«Сплошное удовольствие читать такую ни на что не похожую, умную, заставляющую задуматься книгу».

ПИТЕР ДЖЕЙМС

«Мрачный роман для посмеивающихся над Днем святого Валентина».

THE NEW YORK POST

«Чтение, влекущее в темные глубины. Есть что переосмыслить».

THE SUN

«Шок на каждой следующей странице».

«Да уж, пути «настоя[illegible] неисповедимы... Это [illegible]

LIBRARY JOURNAL

«Увлекательный и крайне правдоподобный триллер Маррса поднимает интересные вопросы о нашем будущем, где наука станет играть первую скрипку».

BOOKLIST

«Маррс способен заинтриговать одновременно и романтиков, и скептиков».

KIRKUS REVIEWS

АЛЬФА-ТРИЛЛЕР

ДЖОН МАРРС

the one

ЕДИНСТВЕННЫЙ

МОСКВА
2021

УДК 821.111-31
ББК 84(4Вел)-44
М28

John Marrs
THE ONE

Маррс, Джон.

М28 The One. Единственный / Джон Маррс ; [перевод с английского А. В. Бушуева, Т. С. Бушуевой]. — Москва : Эксмо, 2021. — 416 с. — (Альфа-Триллер).

ISBN 978-5-04-108442-4

Взгляните на своего партнера и скажите честно: он (или она) действительно тот самый ЕДИНСТВЕННЫЙ? Вы в этом уверены?

Есть способ проверить! Открыт ген идеальной совместимости. Все, что требуется, — простой тест ДНК, и программа сама обнаружит вашу вторую половинку, того, кто создан природой исключительно для вас — как и вы для него. Интересно? Готовы пройти тестирование? Даже если у вас уже есть любимый человек? А что, если программа скажет, что он вам не подходит, — расстанетесь? Что, если ваш избранник окажется сильно старше или моложе, одного с вами пола... или вообще серийным убийцей?

Пять разных людей получили сообщение о том, что идеальный партнер для них найден. Каждый вот-вот встретит свою настоящую любовь. Но будущее в духе «и жили они долго и счастливо» уготовано не всем. Родственные души тоже имеют свои секреты — каждый мрачнее, страшнее... и убийственнее другого.

УДК 821.111-31
ББК 84(4Вел)-44

ISBN 978-5-04-108442-4

Любить, испытывать любовь — этого достаточно. Не требуйте большего. Вам не найти другой жемчужины в темных тайниках жизни.

Виктор Гюго, «Отверженные»[1]

[1] Пер. М. Вахтеровой.

Глава 1

МЭНДИ

Затаив дыхание, Мэнди не сводила глаз с фотографии на экране компьютера.

У обнаженного по пояс мужчины были коротко стриженные светло-каштановые волосы. Он картинно стоял на пляже, расставив ноги; верхняя часть гидрокостюма была спущена до пояса. Пронзительно-голубые глаза. Широкая улыбка, два идеально ровных ряда белых зубов. Мэнди почти чувствовала вкус соленой воды, капавшей с его груди на доску для серфинга у его ног.

— Господи, — прошептала она, даже не заметив, когда у нее перехватило дыхание. Кончики пальцев покалывало, лицо покраснело. Интересно, как тело отреагирует на него при личной встрече, если она сейчас так реагирует всего лишь на фотографию?

Кофе в полистироловом стаканчике уже остыл, но она все равно допила его. Сделав скриншот снимка, добавила его в только что созданную папку на рабочем столе, озаглавленную «Ричард Тейлор». Затем окинула взглядом офис, чтобы проверить, не подглядывает ли кто-нибудь за тем, чем она занимается в своей кабинке. Но нет, никто не обращал на нее ни малейшего внимания.

Мэнди прокрутила экран вниз. Хотелось взглянуть на другие фото в его альбоме на «Фейсбуке» под названием «Вокруг света». Он явно много путешествовал и побывал в местах, которые она если и видела, то только по телевизору или в фильмах. На многих снимках он был в барах, на тропах пеших прогулок и в храмах, позируя на фоне достопримечательностей, нежась на золотых пляжах или ловя адреналин в бурных водах. На этих снимках он редко бывал один. Мэнди нравилось, что он, судя по всему, человек общительный.

Движимая любопытством, она заглянула еще дальше в историю его записей, с того момента, когда он, еще учась в выпускном классе, создал на «Фейсбуке» свою страничку и потом три года вел ее в университете. Даже неуклюжим подростком он показался ей привлекательным.

Спустя полтора часа, изучив почти всю историю красивого незнакомца, Мэнди добралась до его ленты в «Твиттере». Хотелось узнать, чем он считал нужным делиться с миром. Увы, похоже, что его беспокоили лишь взлеты и падения «Арсенала»[1] в английской Премьер-лиге, изредка перемежаемые ретвитами об упавших или наткнувшихся на неподвижные объекты животных.

Их интересы, судя по всему, сильно различались, и Мэнди задалась вопросом, почему их сочли ДНК-парой и что у них могло быть общего. Затем она напомнила себе, что ей пора отбросить образ мыслей, необхо-

---

[1] Британский футбольный клуб.

димый для сайтов знакомств и приложений. Программа «Найди свою ДНК-пару» зиждилась на данных биологии, химии — достижениях естественных наук, которые были выше ее понимания. Но она доверяла ей всем своим сердцем, как и многие миллионы людей.

Перейдя на профиль Ричарда в «ЛинкдИн», Мэнди выяснила, что после окончания Вустерского университета пару лет назад он работал личным тренером в городе, расположенном примерно в сорока милях от того города, в котором жила она. Неудивительно, что он такой мускулистый, подумала Мэнди. Попыталась представить, каково это — ощутить себя в его объятиях.

Она не ходила в спортзал с тех пор, как год назад заняла эту должность. Ее сестры заявили, что пора прекратить лить слезы, оплакивая неудачный брак, и начать новую жизнь. Они увезли ее в ближайший отель, в котором имелся спа-салон, где в течение дня ее тело массировали, выщипывали, удаляли лишние волосы воском, клали на нее горячие камни, затем ее саму — в солярий, и снова массировали до тех пор, пока все до единой мысли о ее бывшем не были выбиты из ее позвоночника, и плеч, и каждой поры ее кожи. Она купила абонемент в спортзал, клятвенно заверив сестер, что будет выдерживать график тренировок, который те для нее установили. Регулярное посещение спортзала так и не стало частью еженедельной рутины, но она все равно платила за членство.

Затем Мэнди представила, какими будут их с Ричардом дети. Унаследуют ли голубые глаза своего отца или они будут карими, как у нее? Будут они темноволосыми и смуглыми, как она, или же белокожими блондинами, как он? Поймала себя на том, что улыбается...

— Кто это?

— Господи! — воскликнула Мэнди. Голос за спиной заставил ее вздрогнуть. — Ты напугала меня до смерти.

— Просто не надо смотреть порно на рабочем месте. — Улыбнувшись, Оливия предложила ей взять из коробки «Харибо» конфетку. Мэнди покачала головой:

— Это не порно, это старый друг.

— Ага, как скажешь. Ты лучше следи за Чарли, он ждет от тебя данные о продажах.

Мэнди закатила глаза и посмотрела на часы в углу экрана. И поняла: если она в ближайшее время не возьмется за работу, в конечном итоге ей придется брать ее на дом. Нажав на маленький красный крестик в углу, она прокляла свою учетную запись в «Хотмейл» за то, что та приняла электронное письмо с подтверждением ее запроса в «Найди свою ДНК-пару» за спам. В результате оно в течение полутора месяцев валялось в корзине, пока Мэнди случайно не обнаружила его чуть раньше сегодня днем.

— Мэнди Тейлор, жена Ричарда Тейлора, рада познакомиться, — прошептала она. И поймала себя на том, что рассеянно вертит на пальце воображаемое обручальное кольцо.

Глава 2

КРИСТОФЕР

Кристофер поерзал в кресле, устраиваясь удобнее. Положив локти на подлокотники, он глубоко вздохнул и почувствовал крепкий запах кожаной обивки. Она не стала экономить на качестве, подумал он. Судя по запаху и мягкой коже, вряд ли кресло это было куплено в обычном мебельном салоне на главной торговой улице.

Пока она оставалась в кухне, Кристофер обвел взглядом ее квартиру. Она жила на первом этаже безукоризненно отреставрированного викторианского здания, которое, судя по витражу над входной дверью, когда-то использовалось в качестве женского монастыря. Он мысленно похвалил ее вкус: на встроенных в стены полках по обеим сторонам открытого камина были расставлены керамические украшения. А вот выбор книг оставлял желать лучшего. Кристофер сморщил нос, увидев романы Джеймса Паттерсона[1], Джеки Коллинз[2] и Джоан Роулинг[3], да еще в мягких обложках.

Что касается остального убранства комнаты, то оно включало в себя обтянутый замшей квадратный поднос посередине массивного журнального столика, на котором лежали два пульта дистанционного управления. Вокруг подноса были аккуратно разложены четыре коврика ему в тон. Такая любовь к симметрии наполнила его спокойствием.

Проведя языком по зубам, Кристофер нащупал его кончиком кусочек фисташкового ореха, застрявший между боковым резцом и клыком. Не сумев вытолкнуть его языком, попробовал сделать это ногтем, но

---

[1] Джеймс Брендан Паттерсон (р. 1947) — популярнейший американский автор остросюжетного жанра, известный прежде всего своими романами о детективе Алексе Кроссе.

[2] Жаклин Джилл Коллинз (1937–2015) — британо-американская писательница, известная своими любовными бестселлерами — романами о голливудских нравах.

[3] Джоан Роулинг (р. 1965) — британская писательница, создательница мира Гарри Поттера.

кусочек ореха крепко застрял между зубами. Поэтому он сделал мысленную пометку, прежде чем уйти, заглянуть в шкафчик в ее ванной на предмет наличия там зубной нити. Ничто так не раздражало его, как кусок застрявшей в зубах еды. Однажды он даже посередине обеда ушел со свидания, потому что заметил у нее в зубах застрявший кусочек капусты.

Вибрация в кармане брюк защекотала ему пах, что по-своему было даже приятно. Как правило, Кристофер строго следил за тем, чтобы в определенные моменты его телефон был выключен, и терпеть не мог тех, кто отказывал ему в этой же любезности. Но сегодня сделал исключение.

Он вынул мобильник и прочел сообщение на экране: это оказалось электронное письмо от проекта «Найди свою ДНК-пару». Кристофер вспомнил, что несколько месяцев назад отправил им мазок изо рта, но до сих пор еще не получил официальный ответ. До сих пор. Готов ли он заплатить, чтобы получить контактные данные своей пары, спрашивалось в сообщении. «Готов ли я? — подумал Кристофер. — Готов ли я на самом деле?» Он убрал телефон и попытался представить, как может выглядеть его «ДНК-пара», однако затем решил, что нехорошо думать о второй женщине, пока он все еще в обществе первой.

Встал и вернулся на кухню. Она была там, где несколько минут назад он оставил ее лежащей на спине на холодном сланцевом полу. Удавка все еще впивалась ей в шею. Та больше не кровоточила, последние несколько капель скопились вокруг воротника блузки.

Вынув из кармана пиджака цифровую камеру «Поляроид», Кристофер сделал два идентичных снимка ее лица и терпеливо дождался их проявки. Положив оба фото в конверт формата А5 с картонной подкладкой, он сунул его в карман.

Положив в рюкзак свой набор, вышел, но, лишь покинув темноту сада, снял пластиковые бахилы, маску и балаклаву.

Глава 3

ДЖЕЙД

Увидев на экране мобильника сообщение от Кевина, Джейд улыбнулась.

«Добрый вечер, красавица, как дела?» — говорилось в нем.

Ей нравилось, что Кевин всегда начинал свои сообщения с одной и той же фразы.

«Хорошо, спасибо, — ответила она, прежде чем добавить желтый смайлик. — Только сильно устала».

«Извини, что не написал тебе раньше. Просто была запарка. Надеюсь, ты не злишься на меня?»

«Да, немного злюсь, но ты ведь знаешь, какая я порой бываю обидчивая дурочка. Что ты делаешь?»

На ее экране появилось фото деревянного сарая и трактора под ярким палящим солнцем. Внутри сарая виднелись смутные очертания коров за металлическими решетками и доильные аппараты, прикрепленные к их вымени.

«Ремонтирую крышу коровника. Не то чтобы мы ждем дождя, просто почему бы не сделать это сейчас. А что у тебя?»

«Лежу в постели в пижаме и рассматриваю странные отели на сайте “Одинокая планета”, о котором ты мне рассказывал». Джейд опустила на пол свой ноутбук и посмотрела на список мест, которые ей хотелось бы посетить.

«Просто дух захватывает, не правда ли? Мы должны поколесить по миру и однажды увидеть их вместе».

«Теперь я даже отчасти сожалею, что не взяла год после универа и не отправилась с друзьями странствовать по всему миру».

«А почему ты этого не сделала?»

«Не задавай дурацких вопросов — там, откуда я родом, деньги не растут на деревьях».

А жаль, подумала она. Лишних денег у родителей не было, и ей пришлось самой платить за учебу. У нее был студенческий заем размером с гидроэлектростанцию, который предстояло выплачивать, пока ее соседи по студенческой общаге разлетелись воплощать свою мечту в жизнь, колеся по Америке. Читая их посты на «Фейсбуке», Джейд буквально кипела от зависти, видя, как на фотках они радуются жизни без нее.

«Не хочу прерывать наш разговор, киска, но отец хочет, чтобы я помог с кормом для скота. Напиши мне позже?»

«Ты шутишь?» — ответила Джейд, раздраженная тем, что их прервали, и это притом, что она прождала всю ночь, чтобы поговорить с ним.

«Люблю тебя, XXX[1]», — написал Кевин.

«Ладно, как скажешь, — ответила она и отложила телефон. Но уже в следующую секунду снова взяла его в руки и напечатала: — Я тебя тоже. XXX».

Джейд вылезла из-под толстого пухового одеяла и, положив телефон на коврик для зарядки на тумбочке, посмотрела в высокое зеркало, к раме которого клейкой лентой были приклеены фотографии ее отсут-

---

[1] Обозначение поцелуев.

ствующих друзей, колесивших сейчас по всему свету. Окинув себя критическим взглядом, она поклялась, что сделает все для того, чтобы уменьшить темные тени вокруг голубых глаз, будет дольше спать и пить больше воды. А также сделала мысленную пометку, что должна на выходных подстричь свои рыжие локоны и побаловать себя спреем для загара. Она всегда чувствовала себя лучше, когда придавала своей бледной коже немного цвета.

Снова скользнув в постель, подумала, как изменилась бы ее жизнь, отправься она путешествовать с друзьями. Возможно, это дало бы ей сил не проигнорировать требование родителей после трехлетнего пребывания в Лафборо вернуться в Сандерленд. Джейд была первым человеком в их семье, кому предложили место в университете, и они отказывались понять, почему, после того как она закончила учебу, работодатели не бросились наперегонки выбивать ее двери с предложениями работы. И поскольку долги по кредитным картам и банковским займам начали расти, Джейд не оставалось ничего другого, кроме как в двадцать один год объявить себя банкротом или вернуться в родительский дом, из которого, как ей казалось, ей удалось сбежать.

Ей не нравилась сердитая, вечно всем недовольная особа, в которую она превратилась, но Джейд не знала, как измениться. Она злилась на родителей, заставивших ее вернуться, и стала отдаляться от них. К тому времени, когда она смогла позволить себе снять квартиру, они уже едва разговаривали.

Джейд также обвиняла их в том, что именно из-за них не сумела пойти по карьерной лестнице в сфере путешествий и туризма и теперь была вынуждена проводить свои рабочие дни за стойкой регистрации в отеле на окраине города. Предполагалось, что это будет временная работа, но в какой-то момент она стала нормой. Джейд устала злиться на всех и вся и мечтала вернуться к той жизни, какую она изначально для себя видела.

Единственным светлым пятном в этом нескончаемом «дне сурка» был разговор с парнем, который был ее ДНК-парой. Кевин.

Джейд улыбнулась последней фотке Кевина, смотревшей на нее из рамки на книжном шкафу. У него были белобрысые волосы и брови, улыбка от уха до уха и загорелое тело, поджарое, но мускулистое. Даже не верилось, что ей достался такой красавчик.

За те семь месяцев, что они общались, он отправил ей всего несколько фотографий, но уже в самый первый момент, когда они впервые заговорили по телефону, Джейд ощутила дрожь, о которой читала в журналах, и потому была уверена: лучшего мужчины не найти во всем мире.

Судьба — последняя сволочь, решила Джейд, так как отыскала ей пару на другом конце света, в Австралии. Но кто знает, вдруг однажды, когда она сможет себе это позволить, они встретятся в реале...

Глава 4

НИК

— Вы, ребята, точно должны сделать это, — убеждала Сумайра, сияя широкой улыбкой и дьявольской искоркой в глазах.

— Зачем? Я нашла свою вторую половинку, — сказала Салли, переплетая пальцы с Ником.

Тот наклонился через обеденный стол, свободной рукой потянулся к бутылке просекко[1] и налил последние несколько капель в свой бокал.

— Кому-нибудь подлить? — спросил он. После дружного «да!» трех других гостей высвободил свою руку из руки невесты и направился в кухню.

— Но ведь вы хотите быть до конца уверены, не так ли? — не унималась Сумайра. — Я имею в виду, что, хотя вам и хорошо вместе, откуда вам знать: вдруг есть кто-то еще...

Ник вернулся из кухни с бутылкой — пятой за вечер — и подошел, чтобы наполнить Сумайре бокал.

Дипак прикрыл рукой бокал жены.

— Эта болтливая особа — прекрасная супруга, но на сегодня с нее хватит.

— Вредина, — фыркнула Сумайра и состроила обиженную гримаску. После чего снова повернулась к Салли: — Я хочу лишь сказать, что, прежде чем идти к алтарю, желательно убедиться, что вы нашли свою пару.

— Ах, послушать тебя — какая романтика! — сказал Дипак, закатив глаза. — Но кто ты такая, чтобы принимать за них решение? Если вещь не сломана, зачем пытаться ее чинить?

— Но ведь у нас с тобой тест сработал, не так ли? Нет, мы, конечно, все равно знали, но он дал нам дополнительную уверенность, что нам всегда было суждено быть вместе.

— Прошу тебя, давай не будем превращаться в пару напыщенных, самодовольных ханжей.

— Быть самодовольным ханжой можно и без пары, дорогой.

---

[1] Итальянское игристое вино.

Теперь настала очередь Сумайры закатить глаза. Под зорким мужниным оком она допила остатки содержимого бокала.

Положив голову на плечо невесте, Ник посмотрел в окно на блики фар и фигуры прохожих на тротуаре возле паба. Они жили в квартире в доме, который когда-то был фабрикой с окнами от пола до потолка. Даже при самом большом желании невозможно не увидеть оживленную улицу и то, какой когда-то была его собственная жизнь. Не так давно его идеальный вечер состоял из походов по барам в тусовочных районах Бирмингема. После чего, уснув в ночном автобусе, он просыпался через десяток остановок от того места, где жил.

Но все мигом изменилось после того, как Ник встретил Салли. Ей было слегка за тридцать, на пять лет старше его, и из самого первого их разговора о старых фильмах Хичкока он понял, что она не такая, как все. В первые дни их знакомства ей доставляло огромное удовольствие просвещать его, открывая новые туристические направления, новые продукты, новых артистов и музыку. Постепенно Ник начал смотреть на мир новыми глазами. Глядя на нее, на ее резко очерченные скулы, каштановые, коротко стриженные волосы и серые глаза, он надеялся, что когда-нибудь их дети унаследуют красоту своей матери и ее открытый взгляд на мир.

Что он мог предложить ей взамен, Ник точно не знал, но, когда на их трехлетней годовщине в ресторане на Санторине он сделал ей предложение, Салли так сильно расплакалась, что он даже не понял, приняла она его или отклонила.

— Если вы двое — лучший пример того, в чем вся фишка ДНК-пар, я очень рад, что мы с Салли остаемся такими, какие есть, — поддразнил Ник и, сдвинув ниже очки, потер уставшие глаза, затем потянулся за электронной сигаретой и сделал несколько затяжек. — Мы вместе уже почти четыре года, и теперь она пообещала любить, чтить и слушаться меня. Я на сто процентов уверен, что мы созданы друг для друга.

— Погоди, ты сказал «слушаться»? — перебила его Сумайра, выгибая бровь. — Тебе крупно повезло.

— Ты слушаешься меня, — уверенно добавил Дипак. — Всем известно, что в наших отношениях брюки ношу я.

— Носишь, дорогой, но спроси себя, кто их для тебя покупает?

— А если и вправду нет? — внезапно спросила Салли. — Что, если мы не созданы друг для друга?

До этого Ник с улыбкой слушал, как Сумайра пыталась уговорить их пройти тестирование на соответствие ДНК. За два года их знакомства она не в первый раз поднимала эту тему, и Ник был уверен, что не в последний. Подруга Салли умела быть одновременно воинственной и вкрадчивой. Но он никак не ожидал услышать такое от самой Салли. Как и Ник, она всегда была ярой противницей такого тестирования.

— Извини, что ты сказала? — уточнил он.

— Ты знаешь, я люблю тебя всем сердцем и хочу провести остаток жизни с тобой, но вдруг... вдруг мы и в самом деле не родственные души?

Ник нахмурился:

— Откуда это?

— Ниоткуда. Не волнуйся, я не передумаю, если ты этого боишься. — Салли ласково похлопала его по руке. — Мне просто интересно, хотим ли мы просто думать, что подходим друг другу, или же знать это наверняка?

— Детка, ты пьяна. — Ник отпустил ее и почесал свой небритый подбородок. — Я совершенно счастлив, зная, что я знаю, и мне не нужно никакое тестирование, чтобы это знать.

— Я читала в интернете, что это тестирование разрушит около трех миллионов браков. Зато в течение всего одного поколения развод исчезнет как явление, — заявила Сумайра.

— Это потому, что брак перестанет быть «главным в жизни», — возразил Дипак. — Он изживет себя как общественный институт, помяни мое слово. Не нужно будет никому ничего доказывать, потому что все будут в паре с тем, с кем им суждено быть.

— Ваши разговоры вряд ли помогают мне, — сказал Ник, вонзая вилку в остатки малинового чизкейка Салли.

— Извини, приятель, ты прав. Давайте выпьем за правоту случая.

— За правоту случая! — ответили остальные и чокнулись с Ником.

Все, кроме Салли. Она не дотянулась до его бокала.

Глава 5

ЭЛЛИ

Пробежав глазами по экрану планшета, Элли сокрушенно вздохнула, прочитав обширный список дел, которые ей нужно было выполнить до окончания рабочего дня.

Ее помощница, Ула, была чертовски аккуратна и обновляла список пять раз в день, хотя Элли никогда не просила ее об этом. Вместо того чтобы находить это полезным, она частенько злилась и на планшет, и на Улу за их постоянные напоминания о том, что она так и не достигла нижних строчек списка. Иногда возникало желание запихнуть чертов планшет Уле в горло.

Когда-то Элли надеялась, что к этому времени она будет сама себе начальницей и наймет достаточное число надежных сотрудников, которым сможет делегировать бóльшую часть своей рабочей нагрузки. Но время шло, и постепенно она начала спокойно воспринимать ярлык «канцелярская крыса», которым ее когда-то наградил бывший парень.

Элли посмотрела на часы. Было 10.10 вечера. Она поняла, что уже пропустила праздничное сборище у начальника отдела, которое тот устроил в честь появления на свет сына. Элли сомневалась, что кто-то поверил ее обещанию присутствовать там — она редко находила время для подобного братания. И хотя поощряла его среди своих сотрудников и даже своей денежкой поддерживала социальный клуб компании, когда дело касалось ее собственного участия, время имело привычку ускользать от нее, несмотря на все ее благие намерения.

Элли сладко зевнула и выглянула в огромные, от пола до потолка, окна. Ее демонстративно скромный кабинет находился на семьдесят первом этаже лондонского небоскреба «Осколок». Отсюда открывался панорамный вид на протекавшую внизу Темзу и дальше, на россыпь разноцветных огней, освещавших ночное небо, докуда хватало глаз.

Сбросив с ног высокие шпильки, она босиком прошлепала по толстым белым коврам к бару в углу кабинета. Проигнорировав запас шампанского, вина, виски и водки, взяла охлажденную банку энергетического напитка, которых там стояло около десятка. Вылив его в стакан, добавила горстку кубиков льда и сделала глоток. Внезапно она поняла: обстановка ее кабинета такая же безликая, как и ее дом. Здесь ничто не говорило о ней. С другой стороны, когда вам безразличны ваши собственные решения, гораздо удобнее платить дизайнерам, чтобы те принимали их за вас.

Приоритетом для Элли был бизнес, а не то, сколько нитей египетского хлопка было в постельном белье на ее кровати, сколько картин Дэвида Хокни[1] украшали стены ее дома или какое количество кристаллов Сваровски сверкало и переливалось в ее люстре в прихожей.

Элли вернулась к столу и неохотно взглянула на список дел на завтра, уже составленный Улой. Она ждала, когда ее водитель и начальник службы безопасности Андрей отвезет ее домой, где она планировала ознакомиться с предложениями отдела по связям с общественностью в отношении ее предстоящей речи перед журналистами о новом обновлении их приложения. Это обновление произведет революцию в отрасли, так что здесь недопустим даже малейший промах.

Затем, завтра в полшестого утра, стилист и визажист приедут к ней домой в Белгравию[2] задолго до начала записи телевизионного интервью для Си-эн-эн, «Би-би-си ньюс 24», «Фокс ньюс» и «Аль-Джазиры». Затем она сядет с журналистом из «Экономиста», чтобы сделать несколько снимков для Ассоциации прессы, и, если все пройдет без сучка без задоринки, вернется

---

[1] Дэвид Хокни (р. 1937) — британо-американский художник, дизайнер и искусствовед, представитель поп-арта, фотореализма и ряда других направлений современного изобразительного искусства.

[2] Один из самых престижных районов Лондона.

домой не позднее десяти утра. Не самый лучший способ начать субботу, подумала Элли.

Ее агент по связям с общественностью предупредила новостные агентства, что Элли готова обсуждать только свою работу, без каких-либо вопросов о ее личной жизни. Именно по этой причине она недавно отказалась от большого материала о себе в журнале «Вог» вкупе с фотосессией у легендарного фотографа Энни Лейбовиц. Материал наверняка получился бы внушительный и его могли перепечатать издания по всему миру, но только не за счет вторжения в ее личную жизнь. Та и так уже достаточно пострадала за эти годы.

Помимо нежелания распространяться о личной жизни, Элли также не хотела публично обсуждать критику в адрес ее бизнеса — это малоприятное дело она перепоручила своей команде по связям с общественностью. Ибо вынесла для себя урок из ошибок покойного Стива Джобса, связанных с решением проблемы антенны четвертого «Айфона», и того, какой ущерб это нанесло в то время репутации как самого бренда, так и его ключевой фигуры.

На рабочем столе замигал огонек мобильника. Лишь горстка людей имела право пользоваться этим номером, а также личным адресом ее электронной почты, а именно лишь десяток человек из четырех тысяч ее сотрудников по всему миру и родственников, которых она практически не видела. И дело даже не в том, что Элли не часто о них вспоминала — за эти годы, чтобы компенсировать недостаток присутствия, она потратила на них достаточно денег. Причина заключалась в ином: ей не хватало двадцати четырех часов в сутках, плюс отсутствие общих тем и взаимопонимания. У Элли, в отличие от них, не было детей. Им, в отличие от нее, не нужно было управлять многомиллиардной глобальной компанией.

Она взяла телефон и тотчас узнала на экране адрес электронной почты. Любопытство взяло верх. Элли открыла письмо. «Подтверждение совпадения “Найди свою ДНК-пару”». Элли нахмурилась. Хотя она зарегистрировалась на сайте давно, ее первой реакцией по-прежнему было подозрение, что это над ней пошутил кто-то из ее сотрудников. «Элли Эйлинг. Ваша ДНК-пара — Тимоти, пол мужской, Лейтон-Баззард, Англия. Пожалуйста, ознакомьтесь с инструкциями ниже, чтобы узнать, как получить доступ к его полному профилю».

Элли положила телефон на стол и закрыла глаза.

— Этого мне только не хватало, — пробормотала она и выключила телефон.

Глава 6

МЭНДИ

— Он уже звонил тебе?

— Он написал тебе или по электронной почте?

— Откуда он?

— Чем зарабатывает на жизнь?

— Какой у него голос? Низкий и сексуальный? Есть акцент?

На Мэнди обрушился целый залп вопросов. Сидя вокруг обеденного стола, три ее сестры и мать вытянули шеи, желая узнать как можно больше о ее ДНК-паре, Ричарде. В равной степени им не терпелось отведать содержимое стоявших перед ними четырех коробок с пиццей, чесночным хлебом и соусами.

— Нет. Нет. Из Питерборо. Он личный тренер, — и нет, я не знаю, какой у него голос, — ответила Мэнди.

— Тогда покажи фото! — попросила Кирстин. — Умираю как хочу увидеть его.

— У меня есть только пара тех снимков, которые я скачала из профиля в «Фейсбуке».

На самом деле их было не меньше пяти десятков, но Мэнди не хотела, чтобы они знали, что она интересуется им.

— Господи, ты не хочешь показать их нам, потому что он прислал тебе свою фотографию голышом?! — воскликнула ее мать.

— Мама! — вспыхнула Мэнди. — Я же сказала вам, мы с ним еще не говорили, и я не видела никаких его голых фоток.

— Раз уж мы заговорили о плоти, давайте начинать мясной пир, — сказала Пола и предложила кусочек пиццы сестре.

Мэнди покачала головой. Она твердо верила, что, хотя ее замужние сестры могли позволить себе почивать на лаврах и питаться так, как их душе и желудкам угодно, она должна быть осторожна в том, что ест. Не имело значения, что это был день чревоугодия. Согласно «Грации»[1], разница между четырнадцатым и шестнадцатым размером порой составляет всего один укус.

Выбрав снимок обнаженного по пояс Ричарда-серфингиста, она пустила телефон по кругу, чтобы мать и сестры могли взглянуть.

— Черт побери, какой красавчик! — ахнула Паула. — Но ведь он наверняка лет на десять тебя моложе! Ты получила себе игрушку. Хищница, вот кто ты такая!

---

[1] «Грация» — изначально итальянский женский еженедельный журнал.

— И когда вы с ним собираетесь встретиться? — спросила Кирстин.

— Я пока не знаю, мы еще не начали переписку.

— Она ждет, когда он пришлет ей свою голую фотку, чтобы линейкой измерить его член, — сказала Карен, и все покатились со смеху.

— У вас на уме одни пошлые мысли, — сказала Мэнди. — Наверное, зря я поспешила. Не стоило вам ничего рассказывать.

Впрочем, на этот раз она была рада, что в том, что касалось ее личной жизни, у нее есть хорошие новости для родственников. Три ее младших сестры давно вышли замуж — и все за своих ДНК-половинок. Она же страдала от чувства неполноценности, считая себя этаким залежалым товаром на полке, особенно с тех пор, как у сестер начали появляться дети. Ей тридцать семь. Она в разводе. И уже начало казаться, что ничего хорошего в этой жизни ей не светит. Однако с тех пор, как Мэнди познакомилась с Ричардом — пусть даже не лично, — ее жизнь осветил лучик надежды, и теперь она думала лишь о том, что все должно измениться к лучшему.

В письме с подтверждением, полученным от сайта «Найди свою ДНК-пару», сообщалось, что Ричард поставил в квадрате галочку, что означало, что в случае совпадения его контактные данные могут быть высланы его ДНК-паре. Он, как и она, наверняка получил уведомление, а также контактные данные Мэнди, хотя до сих пор еще не связался с ней. Ожидание убивало. Но Мэнди была старомодна и в глубине души считала: ухаживание — это прерогатива мужчины.

— Верно, именно это тебе нужно сделать, — начала Кирстин. — Для начала отправь ему сообщение.

Будь активна, назначь свидание, предложи встретиться с ним лично, в ресторане или где-то еще... в какомнибудь стильном заведении, вроде «Карлуччо» или «Джейми». Затем заставь его подождать несколько свиданий, прежде чем позволишь ему поцеловать тебя, не говоря уже о чем-то большем.

— К черту все это, — прервала ее Пола, затягиваясь электронной сигаретой. — Фишка ДНК-пары заключается в том, что вам не нужно возиться со всей этой предварительной игрой. Вы оба знаете, что идеальная пара, так зачем тянуть резину? Давайте, затрахайте друг друга до потери сознания.

Мэнди почувствовала, что заливается краской. Мать покачала головой и закатила глаза.

— Мэнди не такая, как ты, Пола, — сказала Карен. — Она всегда принимает решения медленно.

— И посмотри, где она в итоге оказалась. — Пола повернулась к Мэнди и добавила: — Без обид. Я лишь хочу сказать, что ей пора стать расторопней. Мама отдала бы правую руку, чтобы снова стать бабушкой, а мы с Карен угрохали уйму денег на дизайнерские вагины, так что рожать нам теперь противопоказано. И да, Кирстин, я знаю, что у лесбиянок тоже могут быть дети, но ты слишком увлеклась и никак не можешь угомониться. Мэнди, внук номер четыре лежит, так сказать, на твоих плечах. Просто подумай, к этому времени в следующем году ты можешь быть замужем и беременна.

Мать и сестры тотчас одарили Полу укоризненным взглядом. Та поспешила загладить бестактность:

— Извини. Я не подумала.

— Всё в порядке. — Мэнди посмотрела на стол.

Она всегда мечтала о собственном ребенке, и когда вышла замуж за Шона, у них была парочка обидных неудач. Мэнди и ее школьный принц поженились сразу после школы, скопили денег, купили в складчину дом и попытались создать семью. Выкидыши стали для нее ударом, от которого она так и не оправилась, и это было одной из причин, почему брак распался. В иные ночи, когда ее единственным партнером в спальне была гробовая тишина, Мэнди могла поклясться, что слышит, как неумолимо тикают ее биологические часы.

Похоже, ей осталось меньше десятка лет, чтобы зачать ребенка естественным путем, но и в этом случае ее тело могло отторгнуть его. В те многие вечера, когда она присматривала за своими племянницами и племянниками, ей до боли хотелось иметь собственного ребенка, маленького человечка, которого можно безоглядно любить. Конечно же, она любила детей своих сестер, но это было совсем другое. Мэнди мечтала о существе, которое она могла создать и сформировать, которое зависело бы от нее, нуждалось в ней, которое всегда будет искать ее совета и до последнего вздоха будет называть ее мамой.

Перспектива остаться бездетной пугала и с течением времени становилась все более вероятной.

— Я бы не советовала вам торопиться, — сказала Мэнди. — Пусть он сделает первый шаг, и давайте посмотрим, что из этого получится, хорошо?

Все неохотно кивнули. Мэнди же вспомнила, как не так давно опасалась регистрироваться на «Найди свою ДНК-пару». Ее брак дал трещину из-за выкидышей, но последний гвоздь был вбит в его гроб, когда Шон неожиданно бросил жену ради другой женщины на одиннадцать лет старше ее. Он прошел тест без ведома Мэнди, и ему нашлась пара. Шон быстро расторг брак и, как только их дом был продан, переехал в загородный замок в Бордо, к своей французской ДНК-паре. Мэнди же остались осколки — крошечный домик и разбитое сердце.

Сайт «Найди свою ДНК-пару» больше не был врагом — время примирило Мэнди с ним. И теперь, после трех лет одиночества, она была готова снова разделить свою жизнь с кем-то — на этот раз с тем, кто был создан для нее, — не оставляя все на волю случая. Разве что-то могло пойти не так?

Мэнди надеялась, что Ричард думает точно так же, хотя и не торопится писать ей. Она молила Бога о том, чтобы он не был женат. Ей меньше всего хотелось разрушать чье-то счастье, как поступила с ней Режин, — лишь обзавестись законным мужем и ребенком.

Глава 7

КРИСТОФЕР

Кристофер сидел за антикварным деревянным столом в рабочем кабинете в дальней части своей двухэтажной квартиры.

Включив оба монитора и обе беспроводные клавиатуры, он расположил их точно параллельно друг другу. На первом открыл электронную почту, а на втором, быстро пробежав несколько программ, щелкнул ярлык программы «Где мой мобильный?», которую скачал несколько месяцев назад. На экране появились двадцать четыре разных телефонных номера, но только два вспыхнули ярко-зеленым цветом, что означало, что их пользователи были в движении. Обычное дело для этого времени суток, рассудил Кристофер.

Его любопытство пробудил предпоследний номер. Открыв на панели инструментов карту, он добавил красное кольцо, чтобы указать, где находится пользовательница. Система GPS ее телефона сообщила текущее местоположение: на улице, где она жила.

Исходя из ее типичной модели поведения, Номер Семь только что закончила смену в дешевом ресторанчике в Сохо, где работала до 11 вечера, затем автобусом № 29 поехала домой. Кристофер предположил, что уже через час она будет в постели, чтобы в шесть часов утра отправиться на свою вторую работу в качестве уборщицы в центре Лондона. Между этими часами он мог приступить к своей.

Сужая свой выбор, Кристофер прикинул, как добраться до них: он неплохо знал расстояние между своим домом и домом каждой. Из ошибок, совершенных ему подобными, он знал, в оставленных им следах не должно быть никакой закономерности: внешне все должно быть случайным, но по сути — в идеальном порядке. И со временем определил для себя, к чьему дому ему следует ехать на машине, к чьему — на велосипеде, а в какие места лучше добраться пешком.

Квартира Номера Семь была всего в двадцати минутах ходьбы от его дома.

— Отлично, — пробормотал Кристофер, довольный собой.

Внезапно его взгляд скользнул с красного кружка на одном экране к другому, где отображались десятки его почтовых ящиков. Электронное письмо с сайта «Найди свою ДНК-пару» оставалось непрочитанным с того момента, когда оно появилось в почтовом ящике четыре вечера назад, когда Кристофер был занят Номером Шесть. Однако сейчас, когда он увидел его снова, ему стало любопытно, кто эта женщина, которая лучше всего подходит ему биологически. По крайней мере, он надеялся, что это женщина, — а то Кристофер начитался историй о людях, чьей биологической парой оказывался представитель того же пола или же кто-то, кто был на десятки лет старше. Не хватало еще, чтобы его полюбил педик или обитатель дома престарелых. Если честно, он вообще не хотел, чтобы кто-то его любил. И без того за свои тридцать три года потратил уйму времени на мимолетные отношения и отлично знал, сколько усилий требуется, чтобы удовлетворить другого человека. Нет, это явно не для него.

И все же, невзирая на все неудобства наличия постоянной пары, было любопытно узнать, кто это. Выглянув из окна в темноту сада, Кристофер попытался представить себе, как забавно было бы продолжать свой проект, одновременно притворяясь, будто он живет скучной, банальной семейной жизнью...

Открыл письмо. «Эми Брукбэнкс, женщина, 31 год, Лондон, Англия», было написано в нем, вместе с адресом ее электронной почты. Ему понравилось, что она не дала номер мобильного телефона; это говорило об осмотрительности. Многим девушкам из списка не хватило такой степени осторожности, что и привело их — и еще будет приводить — к краху. Кристофер решил, что, когда этой ночью вернется домой, отправит Эми электронное письмо и представится, просто чтобы посмотреть, что она скажет.

Как он и ожидал, на другом экране местоположение телефона Номера Семь оставалось неподвижным. Довольный, он выключил оба монитора, запер комнату и направился к кухонному шкафу, где хранил рабочую сумку, в которую затем положил продезинфицированную проволоку для резки сыра с деревянными ручками, мобильник с приклеенным к нему номером ее телефона, перчатки и фотокамеру «Поляроид».

Надев перчатки и пальто, Кристофер взглянул на камеру. Это не был оригинал 1970-х годов, так как полиция легко могла отследить фотобумагу, требуемую для каждого отпечатка. Бумага для его камеры продавалась во многих магазинах, а сама камера была цифровой, с такими современными функциями, как цветофильтры. Каждый Номер в его списке имел картинку профиля, которая также была размещена в «Инстаграм». Закрыв за собой дверь дома, Кристофер поправил ремни на рюкзаке и быстро зашагал по тихой улице, твердо зная: ему хочется, чтобы его Номерá даже в смерти выглядели на все сто.

Глава 8

ДЖЕЙД

Джейд искренне изумилась, увидев, как косметологи спа-салона, Шона и Люси, открыли пластиковые пакеты из магазина «Альди»[1] и достали из них свой жалкий ланч.

Содержимое пакета Шоны состояло из полудюжины тонко нарезанных побегов сельдерея, завернутых в пищевую пленку, и горшочка с низкокалорийным хумусом. Люси выбрала безглютеновый рулет и стаканчик готового куриного супа, который исходил паром после минуты разогрева в микроволновке.

Джейд достала из сумки пластиковый ланч-бокс. Она положила в него пакетик маринованного лука, не-

[1] Сеть универсамов низких цен.

большую пачку шоколадного драже, сэндвич с ветчиной и пикулями и банку пепси. У нее не было ни малейшего желания копировать диеты трех десятков своих коллег. Черт с ним, с бикини, подумала она, впиваясь зубами в сэндвич.

— Что там у тебя с тем парнем, с которым ты познакомилась в клубе? — спросила Шона у Люси, слизывая с накладного ногтя каплю хумуса.

— Полный идиот, — фыркнула Люси. — Вчера вечером пообещал пригласить меня на ужин — как оказалось, в «Нандо»[1], — а затем весь вечер таращился на облезлую девицу за кассой. Ну кто так делает на свидании? Это просто знак полного неуважения.

— Серьезно? Вот козел...

— Знаю. Хотя сегодня он придет ко мне. Я сказала, что готовлю. А как у тебя дела? Как насчет того парня с татуировками из «Тиндера»?[2]

— Ты имеешь в виду Дензела? Говорит, что я ему нравлюсь, но не звонил вот уже четыре дня. Как это понимать?

Джейд покачала головой и снова откусила от своего сэндвича.

— Ужас. Не знаю даже, как вы это терпите. Я так рада, что мне больше не нужно проходить через это, — сказала она между кусками. Их разговор напомнил ей о том, как ей повезло, что она нашла Кевина на сайте «Найди свою ДНК-пару». Раздражало одно: он мог жить и поближе, а не на другом конца света, в Австралии.

---

[1] Африканская по происхождению сеть ресторанов быстрого питания, где основу меню составляют пряные куриные блюда.

[2] «Тиндер» — популярный сайт знакомств.

До того как ей пришло электронное письмо с подтверждением соответствия, она была в том же положении, что и ее коллеги по работе, с той единственной разницей, что была чуть более осмотрительна в выборе мужчин. По крайней мере, ей было приятно так думать. На самом деле она встречалась с таким же количеством неудачников из серии «на безрыбье и рак рыба», по выражению «Космополитен».

— Да, у тебя все просто, — сказала Люси. — Ты нашла своего парня.

— Но ведь он еще не на пороге моего дома! — ответила Джейд. — Я не могу просто взять и заглянуть к нему на ужин и устроить обнимашки, не так ли? По крайней мере, вы хотя бы общаетесь со своими парнями, даже если они вас ни во что не ставят и обращаются с вами как с последним дерьмом.

— Все мужики такие, — ответила Шона. — Если ты не из числа счастливиц, которым уже нашлась ДНК-пара, то ничего другого не остается, кроме как ждать своего принца. Если он появится.

— А пока нам придется мириться с огромной кучей дерьма, — добавила Люси.

— Нет, девочки, вы не правы. — Джейд взахлеб взялась просвещать их, что они должны делать. — Если б мы все вместе раскинули мозгами, переписали правила девчачьего поведения и пообещали, что отныне не позволим обращаться с собой как с последним дерьмом, то у парней не было бы иного выбора, кроме как улучшить свою игру. До тех пор они будут и дальше унижать нас, потому что мы им это позволяем.

— Я не понимаю одного: что мешает тебе переехать в Австралию и жить долго и счастливо с твоим Кевином? — спросила Шона. — Если наука считает, что он — твоя пара, зачем тебе тратить свою жизнь, оставаясь здесь?

— Я не могу просто бросить все и уехать. — Джейд твердо покачала головой. — Вы знаете, сколько стоит авиабилет в Австралию? Я только что закончила погашать долг по одной из моих кредиток. Плюс ко всему, у меня квартира, карьера, семья...

— Квартиру ты снимаешь, никакой карьеры у тебя нет; только работа, которую ты терпеть не можешь — я знаю это, потому что мы все терпеть ее не можем, — а свою семью ты видишь раз в год по обещанию. Так что твои отговорки не принимаются.

— Тем более это же не с бухты-барахты, не так ли? — продолжила Люси. — Вы были в буквальном смысле созданы друг для друга. Скажи лучше, что тебе нравится в нем.

Джейд усмехнулась. Если честно, в Кевине ей нравилось все. Ну, кроме почтового индекса.

— Он забавный, благодаря ему я чувствую себя хорошо, он добрый, великолепная улыбка...

— Вы посылали друг другу сексуальные селфи?

— Нет, конечно, — решительно отмела подозрения Джейд. — Я же не шлюха. — На самом деле однажды она попробовала, но Кевин, похоже, этого не оценил.

— Боже! — Люси рассмеялась. — Моих голых селфи плавает в киберпространстве столько, что их хватит, чтобы взорвать инет.

Джейд кивнула и рассмеялась сипловатым смехом, за который ее все любили.

— Ну, если ты этого не делаешь, значит, шлешь ему сексэмэски, верно? — прервала ее Шона.

— Сексэмэски?

— Объясняю: вы шлете друг другу скабрезные текстовые сообщения или ведете грязные разговорчики? Говоришь ему, что ты сделаешь с ним, когда увидишь?

Джейд покачала головой.

— А как насчет сексуальных шуточек в «Скайпе»? Или в «Фейстайме»?

— У Кевина нет ни того, ни другого.

Джейд пару раз предлагала Кевину завести «Скайп», но у него не было ни ноутбука, ни смартфона. Если уж собственное финансовое положение казалось ей никуда не годным, то что тогда говорить про Кевина в его захолустной австралийской дыре! Это была одна из множества их общих черт.

— Ты сказала, что он живет в Австралии... Или все-таки в тысяча девятьсот пятидесятом году? — удивилась Шона. — На тебя не похоже, что ты даешь парню тебя обмануть.

— Мне нет необходимости видеть, как он ходит вокруг да около и строит дурацкие рожи, чтобы знать, какие чувства я к нему испытываю.

Шона и Люси переглянулись и одновременно кивнули.

— Тогда это определенно любовь, — сказала Шона. — У нашей мисс Джейд Сьюэлл зоркий глаз, но, если этот парень такой крутой, как ты говоришь, прекращай понапрасну тратить время здесь и уезжай к нему.

— Если не хочешь закончить, как мы, — хихикнула Люси, но Джейд уловила в ее голосе нечто похожее на предостережение. — Серьезно, Джейд, киса, тут у нас особенно не разгуляешься. Что ни день, очередной приличный парень смывается со своей ДНК-парой. Я и Шона, как стервятники, доклевываем объедки чужого пиршества, и, поверь, это противно. Да-да, именно так. Будь у меня возможность быть со своей ДНК-парой, я первым же рейсом улетела бы отсюда, а не сидела бы на полу, поедая ланч из коробки у служебного входа в отель.

— Да, кончай придумывать отговорки, — добавила Шона.

— Девушки, подобные нам, такого не делают, — сказала Джейд, пораженная прямотой Люси. — Я не могу все бросить и просто так вот взять и уехать. И, как я уже сказала, перелет в Австралию стоит немалых денег.

— Сколько у тебя еще осталось на твоей кредитке?

— Ну, я только что погасила долг по одной...

— Какой лимит?

— Думаю, пара тысяч.

— Тогда устрой себе шикарный отпуск с помощью пластика! Что тебе терять? Пора бы отрастить яйца, красна девица.

— Не заставляйте меня вытаскивать мои яйца, чтобы огреть вас ими по физиономии. Не в моих правилах гоняться за парнем по всему миру.

Шона и Люси уставились на нее. Татуированные брови обеих взмыли вверх настолько, насколько это позволял ботокс.

— При чем здесь это, киса? Он ведь уже твой.

— Я не могу, — повторила Джейд и, секунду подумав, спросила: — Или таки могу?

Глава 9

НИК

— Думаю, мы должны это сделать, — пробормотала Салли. Лежа на спине, она вперила взгляд в открытые балки, поддерживавшие потолок спальни, освещенный лишь уличным фонарем, горевшим снаружи.

— Обычно это занимает у тебя больше времени, но я не жалуюсь, — ответил Ник, поднимая голову, находившуюся между ее ног, и вылезая из-под пухового одеяла. Его рука потянулась к тумбочке у кровати, где она хранила «игрушки».

— Я не о сексе, — сказала Салли. — Думаю, мы должны пройти тест на соответствие ДНК.

Ник переместился на свою сторону кровати.

— Отличный способ убить идеальный момент, детка.

— Извини.

— Почему сейчас? До того как Сумайра и Дипак заглянули на ужин и завели этот разговор, ты была непреклонна. Мол, мы не должны этого делать.

— Я до сих пор так считаю, — сказала она, играя с волосками на его груди, словно пыталась успокоить его. — Но, как говорит Сумайра, перестраховка не повредит. Чтобы действительно знать.

Чертова Сумайра, подумал Ник, но вслух жаловаться не стал.

— Ты уверена, что это не твой способ сказать мне, что у тебя перед свадьбой мандраж?

— Конечно нет, глупый. — Салли притянула его голову, чтобы поцеловать. — Но ты же знаешь, какая я. Это нормально для тебя. Ведь твои родители прожили вместе целую вечность, а моя мать была замужем три раза, а у моего отца сейчас четвертая жена. Они оба вечно ищут то, чего, по их мнению, им недостает, и я очень не хочу быть похожей на них. Я хочу знать, что по крайней мере биологически у нас есть шанс.

— А если окажется, что наши ДНК не совпадают?

— Тогда мы постараемся вложить в наши отношения больше усилий. Как сказал Джон Леннон: «Все, что тебе нужно, — это любовь».

— Да, но он также сказал: «Я — морж»[1], так что давай не будем слишком доверять его мудрым изречениям.

— Так ты это сделаешь? — Она умоляюще посмотрела на него.

Ник не мог сказать «нет» этим по-щенячьи невинным глазам.

— Если это доставит тебе радость, то да, я это сделаю. А теперь могу я снова заняться чем-то другим, что доставит тебе еще большее удовольствие?

На его губах мелькнула улыбка, и голова Ника снова исчезла под пуховым одеялом, между ног Салли.

Глава 10

ЭЛЛИ

Когда Элли наконец оставила попытки уснуть, радиочасы показывали 3.40 утра.

Впереди ждал напряженный день, и ей отчаянно требовался отдых, но ее активный мозг, похоже, отказывался это понять. Вместо этого он мчался со скоростью летящего по рельсам экспресса с грузом дел, которые предстоит сделать в течение ближайших нескольких часов для рекламы их недавно обновленного приложения. При нормальных обстоятельствах Элли приняла бы таблетку снотворного, которое ей прописал личный врач. Увы, сегодня она не хотела рисковать: этак недолго проспать или, по крайней мере, предстать сонной перед журналистами.

Интервью с мировой прессой сидели у нее в печенках с тех пор, как Элли вопреки себе стала публичной

---

[1] Названия двух песен с альбома «Битлз» «Magical Mystery Tour» (1967).

фигурой. Еще десять лет назад она была анонимной рабочей пчелкой, трудившейся за кулисами. И вдруг мировые СМИ принялись наперебой в равной степени восхвалять и поносить ее. Это закалило ее характер. Она быстро приобрела репутацию железной леди, безжалостной в своем стремлении сделать свой бизнес одним из самых успешных в мире. Газеты намекали на недобросовестные методы, благодаря которым она, возможно, взлетела столь высоко, — правда, без каких-либо конкретных доказательств это были не более чем слухи. Элли заплатила немалые деньги, чтобы история ее первых дней в бизнесе не получила огласки.

По мере роста аппетита публики к ее истории таблоиды просеивали каждую частичку личной жизни Элли, изучая ее прошлое, будто она была на скамье подсудимых. Они словно под микроскопом изучили ее романы и потратили немалые средства на ее бывших, чтобы те раскрыли секрет, какова она как человек, как женщина и как любовница.

Все это приучило Элли не доверять не только прессе, но и всем остальным, что исключало какие-то личные отношения. И хотя она была согласна с тем, что несправедливо мазать каждого мужчину дегтем, всякий раз, когда Элли знакомилась с кем-то новым, она тотчас возводила вокруг себя защитный барьер и пыталась угадать мотивы интереса к ней. Интересует только ее богатство? Лишь для того хочется трахать миллиардершу, чтобы потом похвастаться этим перед своими друзьями? Или ей светит увидеть в воскресном номере «Сан» очередной заголовок из серии «Сладкая парочка на свидании»? Элли не могла вспомнить ни единого случая, когда Билла Гейтса, Марка Цукерберга или Тима Кука[1] тащили на раскаленные угли из-за их личной жизни; с ней же это происходило с удручающей частотой.

Перевернувшись на бок, она вытянула ноги и вспомнила, как была вынуждена нанять команду юристов специально для того, чтобы те делали предупредительные залпы каждый раз, когда у нее появлялись подозрения, что пресса замыслила очередную пакость. Затем, выиграв с полдюжины дел о клевете, она стала для журналистов слишком дорогой приманкой, чтобы те могли нагло лгать, и в результате они утратили к ней интерес. За все контакты с прессой теперь отвечала ее медийная команда, и Элли со спокойной душой отключила оповещения «Гугл», удалила учетные записи в «Фейсбуке» и «Твиттере», чтобы избавиться от соблазна узнать, что люди пишут о ней. И лишь в случае крайней необходимости соглашалась выйти на авансцену как ключевая фигура компании.

Сокрушенно простонав по поводу бессонницы, Элли откинула одеяло и включила прикроватную лампу. Ей тотчас вспомнилось электронное письмо, полученное накануне вечером, в котором сообщалось, что ее ДНК-пара найдена. Она зарегистрировалась на сайте еще с десяток лет назад, когда компания пребывала в зачаточном состоянии, но, поскольку популярность начинания быстро росла, Элли решила, что найти свою ДНК-пару — это лишь вопрос времени.

Когда же количество зарегистрированных пользователей перевалило за отметку в один миллиард, Элли начала терять надежду. Ее ДНК-пара либо состояла

---

[1] Тимоти Дональд Кук (р. 1960) — генеральный директор компании «Эппл» с 2011 г., после оставления должности С. Джобсом.

в счастливых отношениях с кем-то еще, либо жила в стране «третьего мира» и слыхом не слыхивала ни про какие ДНК-тесты, либо просто ничего не хотела знать.

И Элли привыкла к одиночеству. В последние годы она с головой ушла в работу, и ей стало все равно. Чтобы быть удовлетворенной жизнью, мужчина не нужен; неплохо и одной. Что может ДНК-пара добавить к ее жизни, чего она не могла бы сделать самостоятельно?

Тем не менее Элли была вынуждена признать, что крошечная часть ее «я» сгорала от любопытства, желая узнать, кем является этот человек.

— Была не была, — сказала она вслух и взяла телефон. Открыла электронное письмо, заплатила 9,99 фунта стерлингов за информацию о своей ДНК-паре и стала ждать. Через пару минут ей пришел автоматический ответ:

«Имя: Тимоти Хант. Возраст: 38 лет. Род занятий: системный аналитик. Глаза: карие. Волосы: черные. Рост: 5 футов 9 дюймов».

Этому описанию соответствовала почти половина мужчин в западном мире, подумала Элли.

«Ула. — Она начала набирать электронное письмо своей личной помощнице. — Узнайте все, что сможете, про Тимоти Ханта, системного аналитика из Лейтон-Баззарда. Адрес его электронной почты скопирован ниже. Напишите утром, что узнали. Спасибо».

К ее удивлению, ответ от Улы пришел немедленно. «Черт возьми, она когда-нибудь спит?» — задалась вопросом Элли.

«У него собеседование с нами? Не вижу в своем списке», — спрашивала Ула.

«Типа того, — ответила Элли. — И постарайтесь найти его фото. Если потребуется, поручите это дело кому-то еще».

Положив телефон на тумбочку, Элли забралась обратно под одеяло, перевернулась на другой бок и уставилась на пустую половину кровати: простыня на ней была такой же свежей и гладкой, как когда домоправительница застелила ее накануне утром. И Элли впервые за несколько лет позволила себе представить, каково это: разделить это пространство с кем-то другим.

Глава 11

МЭНДИ

Мэнди замерла у каменной стены, окружавшей жилье, чей адрес она взяла со страницы Ричарда в «Фейсбуке». Она наблюдала, как люди впереди нее спешат по тропинке, стараясь поскорее укрыться от моросящего дождя, и приготовилась последовать за ними.

В большинстве социальных ситуаций Мэнди, как правило, бывала уверена в себе. Увы, когда дело касалось больших групп посторонних людей, замыкалась в себе и страдала косноязычием. Она понятия не имела, что скажет, если кто-то попытается заговорить с ней, и потому старалась не привлекать к себе внимания. Не страшно, если она на несколько минут опоздает — ее никто не знал и не ожидал увидеть.

Мэнди, без раздумий сославшись на нездоровье, отпросилась с работы, а сестрам сказала, чтобы те ей не звонили, так как у нее курсы. Даже если они и узнают, что она им солгала, то, скорее всего, подумают, что это как-то связано с Ричардом Тейлором, ее ДНК-парой.

Достав из сумочки пакетик мятных леденцов, она сунула один в рот. Затем достала оттуда же зеркальце, дабы убедиться, что после двух часов в машине все еще имеет презентабельный вид. Затем взъерошила волосы, в надежде на то, что от сырости ее кудряшки не будут торчать во все стороны, как закрученная проволока. И наконец, услышав, что внутри начинает играть музыка, медленно зашагала по дорожке, подошла к двери и приготовилась к тому, что ждет ее внутри.

Будь она беспощадно честна с собой, призналась бы, что понятия не имеет, что делает тут или зачем ей это понадобилось. Знала лишь одно: ей и Ричарду суждено пережить что-то вместе, сколь бы сложно это ни было. Поэтому она вошла внутрь и нашла место на самой последней скамье.

Взяла брошюрку с порядком службы, оставленную на краешке скамьи, и, пытаясь успокоить нервы, пролистала ее. Два гитариста, стоя перед микрофоном, исполняли балладу, которую она не узнала. Когда они закончили, их сменил мужчина с искренней улыбкой.

— Спасибо, Стюарт и Дерек, — начал он. — Прежде всего я хотел бы поблагодарить вас всех за то, что вы пришли. А во-вторых, от имени семьи Тейлор хотел бы поприветствовать всех вас в церкви Святого Петра и Всех Святых на специальной церемонии в память о нашем дорогом друге Ричарде.

Глава 12

КРИСТОФЕР

Кристофер пристально следил за ней в окно ресторана, пытаясь расшифровать язык ее тела. Эми, ДНК-пара, с которой у него было свидание, сидела за столиком, сложив руки и скрестив ноги. Нервничает, подумал он. Хотя, согласно одному из множества просмотренных им на «Ютьюбе» обучающих видео, это означало, что она заняла оборону. Впрочем, любой из этих вариантов работал на него, так как давал преимущество.

Эми смотрела на часы на дисплее своего телефона по крайней мере раз в минуту. То и дело поправляла волосы или постукивала ногой по ножке стула. Привлекательная женщина, был вынужден признать он, и выглядит точно так же, как на том фото, которое прислала ему по электронной почте, хотя и не без признаков фотошопа.

Ее длинные темные волосы слегка волнились. Модные очки в черной оправе, едва заметный макияж на бледной коже. Стройная и изящная, она, однако, не выставляла фигуру напоказ, скрывая ее с помощью брюк, каблуков, простого синего топика и жакета.

Кристофер знал: опаздывать на свидание — дурной тон, особенно к той, кого наука сочла идеальной парой. Но ему было наплевать. Это тоже было частью игры. Пусть потомится в ожидании и слегка понервничает. Тогда ситуация будет под его контролем, и он с самого начала возьмет инициативу в свои руки.

Пока Кристофер тянул время у входа в оживленный ресторан, он увидел в окне свое отражение. Он уже забыл, когда в последний раз хорошо высыпался, и поэтому ему пришлось купить маскировочный карандаш, чтобы скрыть мешки и темные тени под глазами. Также воспользовался увлажняющим тональным кремом, который взял в ванной комнате Номера Четыре, чтобы скрыть тот факт, что его ночной проект сказался на уровне мелатонина[1]. В основном он спал днем.

Хотя Кристофер и выкроил время для бритья, он так и не сумел записаться к парикмахеру, чтобы постричься, поэтому сделал с прической все, что смог. С помощью щедрой порции геля, придававшего волосам более темный, нежели его природный рыжевато-каштановый, оттенок, причесал их на косой пробор. Улыбнулся себе, удовлетворенный тем, что, в отличие от многих его бывших одноклассников, у него почти не было морщин, зубы — практически ровные, а черты лица четкие, а не смутные от дряблой кожи. Он выглядел как минимум на пять лет моложе своих тридцати трех.

Кристофер поправил лацканы облегающего пиджака и выждал чуть дольше, пока Эми, похоже, не собралась встать, чтобы уйти, и лишь затем вошел в ресторан.

Притворившись, будто ищет среди посетителей Эми, обвел глазами безликий зал. Стоило их взглядам встретиться, как ее разочарование по поводу его опоздания мгновенно испарилось. Как будто некая невидимая сила отбросила ее обратно на стул, и она смущенно пролепетала:

— Привет.

— Привет, Эми. Простите, что я опоздал, — извинился Кристофер, уверенно пожав ей руку и поцеловав в обе щеки.

---

[1] Гормон, отвечающий за отдых и восстановление организма в соответствии с суточным ритмом. Имеется в виду, что если ночью не спать и тем самым сдерживать выработку мелатонина, нормальный ход биологических процессов нарушается, и это негативно сказывается на внутреннем состоянии и внешнем виде человека.

— Ничего страшного, я тоже пришла сюда всего пару минут назад, — солгала она и постаралась изобразить улыбку.

— Задержался на работе. Надо было кое-что доделать в новом журнале, над которым я сейчас работаю, — сказал Кристофер, садясь. — А потом застрял в пробке.

— Вы сказали в вашем письме, что занимаетесь графическим дизайном? — спросила Эми, пристально на него глядя. А ей не занимать самообладания, отметил он про себя.

— Да, я внештатный работник, так что делаю сразу несколько проектов одновременно.

— И для кого же, если не секрет?

— В основном это журналы, посвященные предметам роскоши — яхтам или самолетам, — а также рекламные брошюры мест отдыха, какие вам вряд ли предложат в турбюро на любом углу, — похвастался Кристофер. — В общем, делаю эксклюзив.

Похоже, это не произвело на нее должного впечатления, как он надеялся.

— И где ваше главное рабочее место? — спросила Эми.

— Работаю дома, в Холланд-парке, что удобно. Может, закажем напитки?

Кристофер придвинул свой стакан к стакану Эми и открыл винную карту. Когда к их столику подошла официантка, он заказал самую дорогую бутылку.

— Вы будете заказывать что-то из блюд?

Услышав вопрос Эми, Кристофер поднял глаза на официантку. Интересно, подумал он, какой звук она издаст, когда его верная гаррота[1], затянутая на ее горле,

[1] Вид удавки.

перережет щитовидный хрящ? Его всегда удивляло, что каждая из убитых издавала свой индивидуальный, неповторимый писк.

Кристофер посмотрел на Эми и поднял брови.

— У вас есть на это время? — спросил он.

— Да, я бы не отказалась, — ответила она, пытаясь — хотя и безуспешно — не выдать надежду в голосе.

Пока они оба молча читали меню, Кристофер почувствовал, как взгляд Эми переместился от страницы к его лицу. Он тоже поднял глаза. Она смущенно улыбнулась, щеки вспыхнули румянцем. В свою очередь, Кристофер внимательно наблюдал за ней, не расширились ли ее зрачки. Он прочел немало книг о человеческом поведении и потому знал: это значит, что она испытывает к нему влечение.

— Извините, не возражаете, если я на минутку отлучусь? — спросила она. — Можете заказать для меня все, что захотите. Пусть это будет первая проверка того, насколько мы на самом деле соответствуем друг другу.

— Конечно, — ответил Кристофер и, когда она отошла от стола, встал.

Изображать джентльмена не представляло для него особого труда, а такие вещи, как умение читать выражения лиц других людей, тонко улавливать их эмоции, он почерпнул из книг и интернета. Ожидая возвращения Эми, Кристофер отрепетировал несколько разных улыбок и заодно проверил мобильник, уточняя, где находится Номер Восемь. Хотелось надеяться, что та вернется домой к тому времени, когда они с Эми закончат десерт, тем более что от ресторана до ее квартиры было всего десять минут езды на машине.

Он заметил, как Эми, выходя из туалета, сунула обратно в сумочку телефон. Интересно, кому она звонила? Скорее всего, подруге, чтобы сообщить, что первое свидание с ДНК-парой идет гладко. Было ясно, что она входила в число тех 92 процентов, что чувствовали мгновенное влечение к подобранной компьютером паре. Сев за столик, Эми как бы невзначай провела языком по губам. Было в этом жесте нечто такое, отчего он ощутил легкий прилив крови к голове — как то бывало с ним после первой затяжки сигаретой или когда он вставал слишком быстро. Списав это на усталость, Кристофер поспешил стряхнуть с себя это чувство. И оно исчезло, столь же быстро, как и появилось.

— Всё в порядке? — спросил он. Ее щеки все еще заливала краска.

— Да, просто нужно было срочно позвонить на работу, — ответила Эми. — Это были суматошные несколько недель.

— По-моему, я еще не спросил у вас, чем вы зарабатываете на жизнь?

— Неужели я этого еще не упомянула? — Эми сделала глоток вина. — Я офицер полиции.

Глава 13

ДЖЕЙД

Джейд спала около трех часов из своего тридцатичасового перелета. До этого дня самым дальним ее путешествием был полет в Магалуф[1] вместе с подругами по универу. Тогда все закончилось тем, что она по пьяни нанесла на левую ягодицу татуировку «Входа нет».

---

[1] Испанский курорт на Балеарских островах Средиземного моря.

Бо́льшую часть перелета из Хитроу в Бангкок, а затем в Мельбурн Джейд провела, впившись ногтями в подлокотники кресла, в ужасе ожидая, что каждый толчок турбулентности закончится падением самолета. Кстати, это была одна из причин, в которой она не хотела признаваться подругам, когда те уговаривали ее отправиться в Австралию. Джейд боялась летать самолетами. Чтобы отвлечься, она прочитала один из триллеров, который загрузила на читалку, и посмотрела шесть фильмов подряд. В конце концов, незадолго до приземления, она уснула.

Ей едва хватило времени на то, чтобы переодеться и привести себя в порядок, после чего она села в заранее заказанный в прокатном агентстве автомобиль. К ее великому облегчению, австралийцы водили машины по той же стороне дороги, что и в Англии. Джейд ввела в спутниковый навигатор нужный адрес. До Эчуки, где начнется следующий этап ее жизни — и самое большое в ней приключение, — было около 250 километров. Ведя машину по Большой Северной автостраде, Джейд подпевала Эду Ширану и Бейонсе и старалась держать нервы в кулаке.

Вспомнился разговор с Люси и Шоной десятью днями ранее. Тогда, глядя через стол на их накрашенные лица и искусственные волосы, она, к своему ужасу, осознала, что постепенно превращается в них, с их навязчивой идеей оставаться вечно стройными, чтобы сохранить шансы на успех в постоянно усыхающем пуле возможных партнеров. Впрочем, Джейд была благодарна им за их простецкие истины. Они правы. У нее не было никаких причин не ехать в Австралию для встречи с Кевином. Единственное, что останавливало, — страх перед неизведанным. Теперь, когда долгий, полный страхов перелет остался позади, ей казалось, что она больше ничего не боится.

К концу той недели Джейд с помощью кредитки приобрела билет в Австралию с открытой датой обратного рейса. Шона временно въехала в ее квартиру, а сама Джейд устроилась на сиденье рядом с проходом в автобусе до Хитроу, совершенно не ведая, что может ждать ее в ближайшие несколько недель.

В аэропорту она отправила родителям сообщение о своих планах. Они моментально перезвонили ей, из чего Джейд сделала вывод, что родители не одобряют ее авантюру. Хотя кто знает? Ведь она не стала отвечать на их звонок. Знала лишь то, что ее вспыльчивый характер может взять над ней верх. Ей же не хотелось, чтобы ссора с родителями испортила ей приятное щекотание нервов.

Еще разок взглянув на фото Кевина, которое она сделала заставкой на своем телефоне, Джейд решила, что ее вряд ли ждет разочарование. Трехчасовая поездка до фермы Кевина пролетела быстро. Джейд казалось, что она вот-вот взорвется на мелкие кусочки от нервного возбуждения, когда она наконец притормозила на обочине, вышла из машины и размяла затекшие ноги.

Ее тотчас обдала волна обжигающего зноя. Джейд мысленно похвалила себя за то, что, прежде чем отправиться в путь, намазалась кремом от загара с высоким фактором защиты. На таком солнце ее бледная кожа сгорела бы моментально. Черт его знает, что здесь с ней будет дальше...

Джейд посмотрела на указатель с надписью «Ферма Уильямсона», прикрепленный к проволочной ограде высотой по пояс, тянувшейся вдоль всей грунтовой дороги, по обеим сторонам которой, глубоко пустив корни в сухую почву, высились чахлые деревья. На расстоянии Джейд разглядела большой белый дом и крыши хозяйственных построек и сараев, которые узнала по фотографиям Кевина.

Живот тотчас свело, как то бывало всякий раз, когда она пыталась представить, каково это — встретиться с Кевином лично. И вот теперь этот момент почти настал, и Джейд была в ужасе. Еще бы ей не быть в ужасе! Кевин понятия не имел, что она нагрянет к нему без всякого предупреждения.

В Хитроу Джейд написала ему невинную ложь, сообщив, что меняет оператора мобильной связи, поэтому пару дней будет вне досягаемости. Судя по голосу, эта новость расстроила Кевина, и она поспешила заверить его, что это вовсе не хитрый способ с ее стороны порвать с ним. Скорее наоборот, подумала она про себя.

Взяв телефон, Джейд переключила его в режим фотокамеры и сделала селфи на фоне фермы родителей Кевина на заднем плане.

«Привет, детка, как дела?» — дрожащими пальцами набрала она сообщение, мысленно благодаря клавиатуру за режим автоматической вставки.

«Привет! — пришел немедленный ответ. — Я так скучал по тебе! Что там у тебя с новым телефоном? Все нормально?»

«Да, спасибо».

«А я с коровами в сарае. Ты даже не представляешь, какая тут вонища!»

«Бедняжка... Угадай где я?»

«В постели?»

«Попробуй снова».

«Еще на работе?»

«Нет», — ответила Джейд и, отправив ему только что сделанную фотку, с замирающим сердцем стала ждать ответ. Вместо этого зазвонил телефон.

— Сюрприз! — завопила она. — Я здесь!

— Извини, но тебе не следовало этого делать, — коротко сказал Кевин и дал отбой.

Глава 14

НИК

— Не открывай! — крикнула в трубку Салли. Ее голос был полон тревоги. — Подожди, пока не вернешься домой, и мы сделаем это вместе.

Салли призналась Нику, что с того момента, как ее «умные часы» сообщили, что ему пришло письмо с сайта «Найди свою ДНК-пару», ее желудок не оставляло ощущение, будто она застряла в лифте, сорвавшемся с двадцатого этажа. Салли тотчас же позвонила ему и, проверив его почтовый ящик, терпеливо ждала на другом конце линии, пока он не убедился, что тоже получил уведомление.

В рекламном агентстве, где он работал, Нику было поручено придумать оригинальные способы продвижения нового бренда интимных салфеток для женщин. Ему же не давало покоя содержание письма. Но еще больше тревожило его настойчивое желание Салли пройти этот чертов тест. Ему казалось, что им хорошо друг с другом и что у них не было ни малейших сомнений в том, что и в будущем они тоже будут вместе. Но ее потребность в научном подтверждении их любви вселяла в него постоянное беспокойство, опасение, что он недостаточно хорош для своей будущей жены, что их пятилетняя разница в возрасте слишком велика и что он был и всегда будет для нее незрелым мальчишкой.

Когда, через полчаса после Салли, Ник наконец добрался домой, она уже держала в руке второй бокал красного вина, усевшись на кухонный стол.

— Извини, я опоздал, — начал он. — Задержался на встрече и...

— Это не имеет значения, — нетерпеливо оборвала его Салли, делая очередной глоток вина. — Давай лучше покончим с этим! — Она нервно постучала другой рукой по столешнице.

— Могу я сначала сказать одну вещь? — спросил Ник, садясь рядом с ней. — Мне все равно, что говорят эти результаты. Даже если моя ДНК-пара — Дженнифер Лоуренс[1], лично мне это совершенно фиолетово. Ты — та, с кем мне суждено быть, что бы там ни говорили эти письма.

Салли улыбнулась и обняла его, затем взяла телефон и нажала иконку электронной почты.

— Ты готов? — спросила она, прокручивая скролл и открывая сообщение. Ее лицо тотчас вытянулось. — Тут сказано: «Совпадение не найдено».

В кухне тотчас воцарилось гнетущее молчание. Оба не проронили ни слова, не зная, что сказать. В конце концов Ник обнял ее за плечи.

— У нас все будет хорошо, вот увидишь, — сказал он. — Миллионы пар живут без всякого теста. Почему мы должны быть исключением? То, что мы не пара по ДНК, вовсе не означает, что нам нельзя быть вместе. Ты

---

[1] Дженнифер Лоуренс (р. 1990) — популярная американская актриса кино и телевидения.

ведь по-прежнему меня любишь, верно? Прочитав это, ты все равно любишь меня?

— Конечно люблю. — Ее голос прозвучал глухо. Она по-прежнему сидела, уткнувшись лицом в его плечо.

— Тогда кого волнует, что там говорят химия или биология? Разве они способны изменить нашу любовь?

Салли тяжело сглотнула и расплакалась.

— Прости, — она шмыгнула носом. — Я просто хотела убедиться, что у нас есть дополнительная гарантия... что нам судьбой предопределено быть вместе.

— Фиг с ней, с гарантией. Почему бы нам не рискнуть?

Салли улыбнулась, и они боднулись лбами. Ее пыльцы пробежали по его густым темным волосам, и она притянула его губы к своим.

— Давай выйдем и пораньше поужинаем, — предложил он. — Тут поблизости открылся новый турецкий ресторан. Я угощаю.

Салли кивнула. Ник спрыгнул с кухонного «островка» и шагнул к крючку для одежды на задней стороне двери, чтобы взять джинсовую куртку.

— А как насчет твоего? — осторожно спросила она.

— Чего моего?

— Твоего результата

— Мне все равно. — Ник пожал плечами. — Я знаю то, что мне нужно знать.

— А я хочу знать, чего ты не знаешь. Поставь себя на мое место: мой жених подходит кому-то еще, кто не я... Хочу знать, кто моя конкурентка — если она уже сделала тест.

— У тебя нет конкурентки.

— И все-таки, дорогой, я очень прошу, открой письмо.

— Лови, — сказал он, бросая ей телефон.

Поймав его, Салли отыскала письмо.

— Боже! — Она громко рассмеялась. Затем прикрыла рот рукой и посмотрела на него широко открытыми глазами.

— Что? У меня есть ДНК-пара?

— Еще какая! — Она усмехнулась.

— Господи, только не говори мне, что это твоя мама...

— Не волнуйся, не она, — ответила Салли. — Твоя пара — некто по имени Александр.

Глава 15

ЭЛЛИ

Элли казалось, что ее лицо застыло, словно схваченное коркой бетона. Она не могла дождаться момента, когда вернется домой, чтобы начать слой за слоем снимать густо нанесенный макияж.

Проведя все утро перед камерами международных новостных телеканалов, Элли попала в лапы к журналисту из журнала «Экономист», которого интересовала в первую очередь ее личная жизнь, но только не запуск обновленного приложения. Впрочем, за эти годы Элли приняла столько пуль, что моментально замечала, когда журналист пытался попасть в цель. Вежливо улыбнувшись, она ушла от ответа на его вопрос, напомнив ему о том, что они с ним собрались обсудить.

Пока Андрей, начальник службы безопасности, вез Элли из центра Лондона в ее таунхаус в Белгравии, Элли открыла на планшете внутренний мессенджер их компании и обнаружила файл, присланный личной помощницей. Назывался он «Тимоти Хант».

Все понятно: это Ула прислала ей данные о ее ДНК-паре, которые она просила найти. Ее палец, дрожа, завис над иконкой. Черт, она нервничала даже больше, чем ей казалось. Ей было любопытно узнать, что там, в папке, и сколько подробностей смогла раскопать Ула. Элли предположила, что та по ее совету перепоручила это задание специальной команде, в чьи обязанности входила проверка биографических данных потенциальных сотрудников, а также расследование угроз, которые она частенько получала.

Глубоко вздохнув, Элли открыла файл. Внутри оказалось несколько документов: газетное фото провинциальной футбольной команды, в которой играл Тимоти, его страничка в «ЛинкдИн», история его браузера за последние шесть месяцев, выписка из банка и еще несколько картинок. Меньше всего ей хотелось знать, какими сомнительными методами была собрана эта информация.

Первым делом Элли нажала на фотографию футбольной команды и, пробежав глазами подпись под ней, в конце концов увидела его имя — Тим Хант. Она нашла его в заднем ряду: среднего телосложения, темные, коротко стриженные волосы с залысинами, бородка и широкая улыбка. И сразу отметила, что физически он не в ее вкусе.

Пробежав глазами его резюме, Элли узнала, что после окончания университета он сменил нескольких работодателей, главным образом в области компьютерной техники. Интернет-история Ханта была типичной для человека его возраста: ютьюбовские ссылки на музыкальные клипы девяностых, мультсериал «Гриффины», футбол, результаты автомобильных гонок, изредка порносайты — к ее великому облегчению, ничего из ряда вон выходящего, — а также регулярные заходы на «Амазон» и в сервисы для скачивания фильмов и музыки.

Похоже, он был фанатом групп «Колдплей», «Фу файтерс», «Стереофоникс» и обожал фильмы с участием Мэтта Деймона и Леонардо Ди Каприо — всё абсолютно не в ее вкусе. Судя по банковской выписке, предпочитал отовариваться в супермаркетах «Теско» и «Альди», а бóльшую часть одежды покупал в магазинах «Бертонс» и «Некст». Он также жертвовал деньги на благотворительность — в фонд поддержки больных синдромом Альцгеймера и бродячих собак, а также ежемесячно откладывал деньги на будущую пенсию.

В файле не было ничего, что указывало бы на то, что он женат сейчас или же был женат раньше, что у него есть жена, или подружка, или дети. За ним не значилось ни судимостей, ни банкротств, ни каких-то заметных проблем с деньгами. Его ипотека была скромной, он вовремя гасил долги по кредитке и полностью выплатил заем на обучение в университете. Его присутствие в социальных сетях было практически нулевым, за исключением нескольких комментариев в чате футбольного клуба «Кембридж Юнайтед».

Короче, Тимоти Хант был ничем не примечательным человеком, хотя с ним ее связывала необычайная связь.

— Мы можем свернуть на Кингс-роуд? — спросила Элли у Андрея.

Через несколько минут, по ее поручению, он купил ей совершенно новый, без излишеств, мобильный телефон с оплатой по факту, чтобы не раскрывать ее личный номер. Она не пользовалась таким телефоном с тех пор, как была бедной студенткой, и сейчас даже поймала себя на том, что улыбается, вспомнив то, гораздо менее сложное время своей жизни.

Вбив номер Тимоти, Элли начала набирать текст.

«Привет! — написала она. — Меня зовут Элли. Мы с вами ДНК-пара!» Затем, подумав пару секунд, удалила сообщение. Слишком легкомысленный тон, решила она. «Привет, я твоя ДНК-пара. Не хочешь встретиться со мной?» Нет, так говорят шлюхи... «Привет, Тимоти, мне кажется, мы должны провести остаток жизни вместе», — напечатала она, а затем добавила смайлик.

Вновь пару секунд поколебавшись, нажала на кнопку «отправить» и застыла с телефоном в руке, испуганно глядя на него. Кто знает, какие сюрпризы может содержать ящик Пандоры, который она только что открыла... Долго ждать ей не пришлось: телефон почти сразу же сообщил о полученном сообщении, громко и резко. Она даже вздрогнула.

«А, будущая миссис Хант! Что так долго? — ответил Тимоти и добавил смайлик. — И, пожалуйста, зови меня Тим».

«У него есть чувство юмора», — подумала Элли и моментально расслабила напряженные плечи. «Извини, выбирала свадебное платье», — напечатала она и послала смайлик с женщиной в фате.

«Какое совпадение, я тоже. Расскажи мне немного о моей будущей жене, так как я знаю только самое главное. Было бы неплохо найти общий язык до того, как я забронирую дату в ЗАГСе».

«Значит, никакого венчания в церкви?»

«Нет, таких сатанистов, как я, там не жалуют».

«Вот и что-то общее», — ответила Элли и добавила иконку ухмыляющегося дьявола.

«Чем занимаешься?»

«Похищаю души».

«Нет, я имею в виду, чем ты зарабатываешь на жизнь».

«Извини. Не считая поклонения Люциферу, прокисаю на скучной офисной работе. А ты?»

«Компьютерный ботан».

В течение следующих тридцати минут Элли не замечала ни дорожную пробку, в которой застряла ее машина, ни барабанивший по стеклу проливной дождь. Когда Андрей наконец остановился возле ее дома, она, как школьница, была буквально приклеена к своему телефону. Они с Тимом в режиме нон-стоп продолжали обмениваться сообщениями. Андрей распахнул дверцу машины и открыл зонт.

«Могу я пригласить свою будущую жену выпить?» — написал Тим.

«Я не уверена...»

«Кусаться не буду, честно. Иногда нам всем полезно рискнуть».

Элли прикусила нижнюю губу и сунула телефон в сумочку. Андрей довел ее до дверей дома. Там она остановилась на пару минут, взвешивая все за и против, прежде чем принять решение. Стоит ли ей пускать постороннего человека в свою жизнь? Сама причина, почему она сдала тест на совпадение ДНК, превратилась в живого, дышащего человека. У него было имя и лицо, и он ждал, чтобы услышать, хочет ли она встретиться с ним. Ей же было страшно. Вынув из сумки телефон, Элли, прежде чем ответить, перечитала его сообщения еще и еще раз.

«Хорошо, я не против», — с опаской напечатала она.

«Тогда, может, в пятницу вечером?»

Глава 16

МЭНДИ

Из заупокойной службы Мэнди узнала о своей ДНК-паре гораздо больше, чем из информации в интернете.

Сидя одна на задней скамье церкви Святого Петра и Всех Святых, она чувствовала себя самозванкой, слушая, как друзья Ричарда рассказывают собравшимся случаи из его жизни: о том, что вдохновляло его, как хорошо он умел хранить их секреты. Она узнала, что он был командным игроком как на спортивной арене, так и за ее пределами, верный друг и плечо, на котором можно поплакать.

Узнала, что он играл за графство в хоккей[1] и бадминтон, в двенадцать лет стал вегетарианцем, в семнадцать победил рак, а его позитивное отношение к жизни помогло ему выдержать химиотерапию. Мэнди тотчас вспомнились снимки путешествий по всему миру на его страничке в «Фейсбуке». Что, если, подумала она, его победа над болезнью вдохновила его увидеть мир?

Ричард также пробежал два марафона, чтобы собрать деньги на нужды Фонда борьбы с раком, и помог местным жителям с трудностями в усвоении знаний пройти курсы ускоренного обучения и физической подготовки. По сравнению с ним Мэнди чувствовала себя жуткой лентяйкой и эгоисткой. Она прекрасно знала: когда придет смертный час, ее не вспомнит никто, ибо за ней, в отличие от Ричарда, не значилось никаких добрых дел.

---

[1] Имеется в виду очень популярный в Британии хоккей на траве.

Прошло чуть больше двух недель с тех пор, как Мэнди узнала жуткую новость о смерти ее ДНК-пары.

Расстроенная тем, что Ричард даже не пытался напомнить о себе, она решила сделать первый шаг сама. Она была предельна осторожна. В своем первом письме даже словом не обмолвилась о том, что искала его в социальных сетях или что у нее на компьютере есть папка с его снимками. Но она добавила свою фотографию, лестную, сделанную три год назад, когда она была чуть стройнее и без хмурых морщин, оставшихся после развода, а также адрес электронной почты и номер мобильника.

К ее великому разочарованию, ответа не последовало. Первой ее мыслью было, что Ричард счел ее некрасивой, но затем она напомнила себе, что, когда вы ДНК-пара, внешность не играет роли — по крайней мере, так считалось. Вдруг в него снова вселился дух странствий и он в очередной раз укатил за тридевять земель? Никаких свидетельств тому в интернете не было... Вдруг сидит в тюрьме? Или жутко стеснительный, или страдает дислексией, или сломал обе руки и не может печатать... Мэнди хваталась за любую соломинку.

Лишь случайно, щелкнув мышкой на его страницу в «Фейсбуке» — один из многих раз за день, — она увидела оставленное его сестрой сообщение, в котором та извещала его друзей о дате и адресе заупокойной службы.

Мэнди впилась глазами в экран и перечитала текст. Заупокойная служба? Что за черт? Это же полная бессмыслица! Ричард не может быть мертв. Они только что нашли друг друга... как может единственный человек в мире, который был создан специально для нее, не жить? И как это она не узнала об этом раньше?

Тщательно изучив страничку Ричарда, Мэнди обнаружила, что, хотя фотографии его профиля были общедоступными, часть его постов оставались закрытыми. Она сделала запрос на добавление в друзья, в надежде, что сестра одобрит и тогда она сможет узнать больше. После пары дней томительного ожидания запрос о дружбе был принят. Там Мэнди прочла соболезнования от друзей Ричарда по всему миру. У каждого нашлись теплые слова в дань уважения человеку, служившему для многих источником вдохновения.

Горе грозило разорвать ее на части, и она, как могла, боролась с ним. Налив себе бокал просекко, внимательно просмотрела местные интернет-издания и постепенно собрала воедино информацию о несчастном случае. Поздно вечером Ричард праздновал победу с товарищами по хоккейной команде. Отделившись от них, он вышел на дорогу, где его сбил какой-то лихач. Его нашли спустя несколько часов лежащим на обочине дороги с серьезными травмами головы.

Не в силах совладать с горем, Мэнди разрыдалась и проплакала всю ночь — до самого утра. Она разглядывала фотографии Ричарда, сокрушаясь о том, *что* он мог привнести в ее жизнь, но не привнесет. У них никогда не будет первого свидания, они никогда впервые не займутся любовью. Она никогда не услышит, как он скажет ей, что любит ее. Они никогда не построят совместную жизнь, у них никогда не будет детей. Она никогда не узнает, что это такое — быть самым любимым человеком в чьей-то жизни. Ее самый жуткий страх воплотился в реальность — она останется там, где оказалась после развода: одна, без какихлибо шансов на будущее, никому не нужная в свои тридцать семь.

Мэнди расхаживала по гостиной, не зная, что ей делать со своей жизнью. Она не была готова принять то, что случилось. Ей нужно узнать больше о человеке, который был украден у нее. Поэтому, пропустив его похороны, она решила без всякого приглашения посетить поминки.

Когда речи наконец завершились, друзья прошли по проходу к открытой двери. Мэнди увидела столы с бутылками безалкогольных напитков, пластиковыми стаканчиками, бумажными тарелками и салфетками. Понимая, что не принадлежит к скорбящим, она заколебалась, но тем не менее что-то заставило ее пойти туда.

Из настенных динамиков тихо звучал легкий рок. Пестрая компания людей, старых и молодых, накладывали на тарелки угощения и болтали. Мэнди не знала, где ей встать. Впрочем, вскоре она поняла, что тяготеет к оживленной группе, состоявшей из мужчин и молодой женщины. Женщина эта оживленно вспоминала время, когда Ричард собирал деньги для приюта бездомных собак, для чего даже совершил несколько прыжков с парашютом — и это притом, что страшно боялся высоты.

Стоя в пределах слышимости их беседы, Мэнди впитывала в себя из истории женщины новые, доселе не известные ей факты о своей половинке. Другой человек в группе рассказал о том, как Ричард убедил некоторых из своих личных учеников принять вместе с ним участие в ежегодном лондонском голом велопробеге — опять же ради сбора средств на благотворительность. Буквально у каждого имелось смешное воспоминание о Ричарде, и, слушая их, Мэнди не могла сдержать зависть.

— А он рассказывал вам о том, когда его обстрекала медуза? — Слова эти слетели с губ Мэнди еще до того, как она испугалась их.

— Нет, — ответил мужчина с челкой, свисавшей до его носа. Взгляды всех тотчас обратились в ее сторону. — А что там случилось?

Ее мысли тотчас помчались к фотографиям Ричарда на «Фейсбуке». Одна особенно врезалась ей в память: на ней он стоял рядом с большим белым катамараном, готовый запрыгнуть на борт и отправиться на морскую экскурсию.

— Мы плавали в океане, в Кэрнсе, — начала она, — как вдруг, откуда ни возьмись, появилась стая медуз. Увидев, как я барахтаюсь в воде, пытаясь вернуться к берегу, он пригреб ко мне на доске и помог добраться до берега, хотя для этого ему сначала пришлось пробираться сквозь этих медуз, и он обстрекал себе ноги. — Мэнди с легкостью, четко и ясно представила сказанное.

— Типичный Рич, — сказала молодая женщина и остальные кивнули, улыбаясь. Мэнди тоже улыбнулась, чувствуя однако, как по ее спине пробежали мурашки. Ложь сошла ей с рук, никто не смог опровергнуть ее.

— Это не помешало ему вернуться в воду, — добавила она. — Никогда не забуду, как мы с ним сидели в Сиднее в ресторане напротив моста через залив и пили до самого утра, рассказывая друг другу истории о путешествиях. Мне его будет страшно не хватать. — По крайней мере, в ее последних словах была доля истины.

— Извините, нас не представили, — сказала женщина и, нежно положив руку на локоть Мэнди, повела ее прочь от остальных.

— Я — Мэнди, — сказала она и протянула руку.

— Хлоя, — ответила женщина. — А как ты познакомилась с Ричем?

Мэнди попыталась скрыть панику, которая нарастала в ней, подобно цунами. Нужно срочно что-то придумать...

— Мы... э-э-э... познакомились в Австралии, где он тогда путешествовал, потом, вернувшись, поддерживали связь.

— И долго ты была там?

— Ммм... несколько месяцев.

— А где именно вы с ним познакомились?

— Мне кажется, он был с друзьями в Кэрнсе, приехал увидеть Большой Барьерный риф[1], а потом мы вместе немного позависали в Сиднее.

— В самом деле? Как интересно. — Женщина изобразила улыбку. — Дело в том, что я присоединилась к Ричу для австралийского этапа его путешествий, и мы никогда не выпускали друг друга из поля зрения в Сиднее.

Мэнди поняла, что завралась. Живот тотчас словно стянуло тугим узлом. Женщина смерила ее возмущенным взглядом.

— А теперь, будь добра, скажи мне, кто ты на самом деле и почему лжешь людям на поминках моего брата.

Глава 17

КРИСТОФЕР

Кристофер гордился многим в себе — внешностью, решимостью, умением манипулировать людьми и тем, что он умел держать свои эмоции в кулаке. Он привык

---

[1] Самая крупная система коралловых рифов на Земле.

думать, что ничто не способно выбить его из колеи. Когда он сталкивался с чем-то, что отвлекало его от плана, который он намеревался осуществить, инстинкт помогал ему приспособиться, где это было необходимо, и идти дальше к намеченной цели.

А вот признание Эми в том, что она — сотрудник полиции, стало для него ударом ниже пояса. Кристофер так увлекся своими другими делами, что ему даже не пришло в голову проверить, кто она такая. Он привык думать, что все женщины точно такие же, как те, на кого он охотился, — доверчивые, наивные, не слишком умные. Офицер полиции явно не из их числа.

Тот факт, что нашлась его ДНК-пара, для Кристофера мало что значил. В его планы не входило встречаться с ней снова. Их свидание было лишь следствием легкого любопытства с его стороны, однако внезапно он ощутил неподдельный интерес. Да еще какой!

— Служите в полиции? — повторил он с застывшей улыбкой. — Должно быть, это жутко увлекательно.

— Бывает, — гордо ответила Эми. — Я сержант. Это тяжелая работа, особенно когда служишь в столичной полиции. Порой сутками не знаешь ни сна, ни отдыха. Зато карьера на всю жизнь.

— Я мало что знаю о внутренней работе полиции, — соврал Кристофер. — И чем же занимается сержант? Или правильнее сказать, «что расследует»?

— Можно и так, и так, — сказала Эми, потягивая через соломинку водку с апельсиновым соком. — Последние шесть месяцев меня прикомандировали в отдел по борьбе с мошенничеством.

— И каковы ваши обязанности?

Кристофер не слушал ответ Эми; тонкости ее роли в этом отделе были ему до лампочки, так как никоим образом его не касались. Тем не менее он включил автопилот и изобразил интерес: пока она говорила, поддерживал зрительный контакт, кивал там, где, как он думал, следовало кивнуть, и улыбался, где было нужно. Все его мысли были о другом. Это надо же! Сидевшая напротив него женщина была ДНК-парой того, кого газета «Сан» окрестила «самым гнусным убийцей Британии». Ирония судьбы, ничего не скажешь...

Кристофера так и подмывало спросить ее о громких убийствах, без которых в последние три недели не обходился ни один выпуск теленовостей, но решил не проявлять чрезмерное нетерпение. Тем не менее после получаса вежливого разговора тщеславие взяло над ним верх.

— А что там с серийным убийцей, о котором твердят в новостях? — небрежно спросил он, откусывая от грибной тартинки. — Сколько женщин он убил на сегодняшний день? Пятерых?

— Шестерых. Вернее, шестерых, о которых мы знаем, но следственная группа рассматривает разные версии, — осторожно ответила Эми. Это был тот же самый официальный ответ, что прозвучал по телевизору на пресс-конференциях полиции.

— Вы не желаете об этом говорить, не так ли? — спросил Кристофер. — Извините, это был неуместный вопрос с моей стороны.

— Дело не в моем желании. — Эми положила вилку рядом с тарелкой. — Ничто так не будоражит прессу, как то, что где-то рядом бродит серийный убийца. В последние годы их было немного.

Кристофера так и подмывало сказать ей: в любое время в Британии действует четверо активных серийных убийц и вы ужинаете с одним из них.

Эми между тем продолжила:

— В последнее время в прессе был ряд утечек, поэтому нам запрещено обсуждать ход расследования с кем бы то ни было.

— То есть я тоже «кто бы то ни было»? — спросил Кристофер и посмотрел на нее щенячьим взглядом. Ее щеки вспыхнули румянцем. Он был уверен, что рано или поздно выудит из нее правду. Ему еще не встретился ни один человек, которым он так или иначе не смог бы манипулировать.

— Извините, я не это имела в виду, — улыбнулась Эми. Кристофер с удовлетворением отметил, что между ее зубами не застряли кусочки пищи.

— Хорошо. Тогда я, пожалуй, сменю тему, — сказал он. — Что заставило вас пройти тест на соответствие ДНК?

Эми посмотрела ему в глаза. Она явно была рада вернуться к теме, более подходящей для первого свидания.

— Многие госслужащие, такие как я, делают это потому, что им некогда посещать те места, где обычно знакомятся люди. Возможно, звучит довольно эгоистично, но это лучший способ отсечь среднего человека. Ну, вы понимаете, без лишних заморочек найти того, кто предназначен только вам... А вы?

Мысли Кристофера тотчас галопом устремились к книгам об отношениях, в которых он флуоресцентными маркерами выделил отрывки о том, что женщинам обычно хочется услышать от предполагаемого партнера. Кристофер был убежден: уже самим фактом обладания нужной ДНК, которая связывала их, он поймал Эми в свои сети, однако все, что он скажет дальше, должно прозвучать на верной эмоциональной ноте.

— Чтобы найти мою половинку, с которой мы станем единым целым, — начал он и преданно посмотрел на нее, как то предписывали руководства и справочники. — Я хотел встретить ту, кто примет меня таким, какой я есть. Кто полюбит меня, невзирая на все мои недостатки и причуды, и кто будет бок о бок со мной преодолевать трудности, стоящие на нашем пути.

Кристофер слегка наклонил голову и, как будто извиняясь, пожал плечами, словно хотел подчеркнуть искренность своих слов. Второй раз за вечер на него нахлынуло странное чувство, от которого слегка кружилась голова, а по коже будто пробегал ток.

Внезапно уголки рта Эми поползли вверх, и она рассмеялась.

— Вы серьезно? Вы как будто зачитали отрывок из книги по психологической самопомощи.

Маска самообладания соскользнула с лица Кристофера. Он даже ощутил нечто похожее на смущение — одну из тех эмоций, о существовании которых знал, но почти никогда не испытывал.

— Я сказал что-то не то? — спросил он, искренне озадаченный.

— Нет, нет, боже, — ответила Эми. — Вы говорили это серьезно, не так ли? Извините, это прозвучало немного... напыщенно, вот и все.

— Понятно, — сказал Кристофер, все еще сбитый с толку, и задался мысленным вопросом, правильные ли книги рекомендовал ему «Амазон».

Эми подалась вперед и заговорила тихо, но уверенно:

— Послушайте, Кристофер, лично я вижу это так. Мы с вами ДНК-пара, что означает, что нам не нужно делать те вещи, которые мы делали, когда встречались с другими людьми. Вам не нужно топтаться за окном ресторана и сознательно опаздывать, чтобы позлить меня. Вам не нужно пытаться произвести на меня впечатление, упоминая шикарную часть Лондона, где вы живете. Вам не нужно тонко намекать мне, что журналы, в которых вы работаете, не предназначены для простых смертных, как я, и вам определенно не нужно выбирать самое дорогое вино в меню. Мы можем перейти к близкому знакомству друг с другом и посмотреть, что бывает, без всяких игр. И прямо сейчас — не важно, что тому причиной: гормоны, химия, три водки и один бокал вина, которые я только что выпила, — я взорвусь, если очень и очень скоро не займусь с вами сексом. Я не шучу — прямо сейчас.

Кристофер оторопел. Ему ни разу не встречалась такая прямолинейная женщина, как Эми. Она начала волновать его, и ему было интересно узнать, что возбуждает ее. По идее, тот факт, что она служит в полиции, должен был отпугнуть его, но на деле он возымел противоположный эффект. Кристофер ощутил возбуждение.

— Гм, конечно, — ответил он и поманил официантку, чтобы та принесла счет. Как обычно, расплатился наличными — и через десять минут они уже ехали к ней домой.

Глава 18

ДЖЕЙД

Джейд убрала от уха телефон и пристально посмотрела на него, как будто проблема заключалась именно в нем, а не в том, что ее ДНК-пара только что заявил ей, что не желает ее видеть.

Она потратила на дорогу из Англии почти два дня и вот теперь, стоя в начале грунтовой дороги, что вела к его дому, готовая встретиться с ним, мучилась вопросом, что, черт возьми, происходит.

Должно быть, она ослышалась, решила Джейд, и перезвонила. Звонок тотчас был перенаправлен на голосовую почту. Она вновь набрала номер. А затем еще раз, на всякий случай.

«ЧТО ЗА ФИГНЯ?» — написала Джейд сердитыми заглавными буквами и, держа перед собой телефон, стала ждать ответа. Он не пришел.

Чувствуя, как полуденный зной обжигает ее обнаженные плечи и шею, она снова села в свой взятый напрокат автомобиль и включила на полную катушку кондиционер. Она проделала такой долгий путь, а Кевин был так близко, и она не видела причины, почему он должен ее отвергнуть...

Бросив взгляд на ферму впереди, Джейд повернула ключ зажигания, сделала разворот и, чувствуя себя униженной и оплеванной, медленно поехала по шоссе в обратном направлении, откуда только что приехала.

Она даже ущипнула себя, чтобы не заплакать. Должна же быть какая-то причина, подумала она: Кевин слишком нервничал, не решаясь встретиться с ней лицом к лицу, она же загнала его в угол...

Интересно, задумалась Джейд, какова была бы ее собственная реакция, появись Кевин неожиданно на пороге ее дома? (Запрыгала бы от восторга, подумала Джейд, — но, опять же, она знала, что Кевин намного спокойнее.) Она же зашла слишком далеко, чем поставила его в крайне неловкое положение; ему же требуется время, чтобы разобраться в своих чувствах. Она даст ему это время, а затем попробует еще разок, позже.

Джейд ругала себя за свою глупость и была зла как черт на Шону и Люси за то, что те вложили ей в голову эту нелепую идею.

Она двигалась в направлении городка, расположенного в милях двадцати, который проехала по пути сюда. Там она поселится в отеле. Позже, может быть, даже завтра, напишет Кевину и поговорит с ним.

«Ты дура? — внезапно подумала Джейд и, заморгав, нахмурилась. — Почему ты обвиняешь себя? С каких это пор ты позволяешь себе усомниться в собственной правоте? В том, что случилось, виноват Кевин, а не ты».

Мысли, как безумные, завертелись в ее голове. Джейд принялась перебирать возможные причины того, почему он не захотел ее видеть. Она посмотрела достаточно эпизодов сериала «Одиночество в сети», чтобы знать, что полные надежд романтики вечно попадаются на крючок к тем, кто выдает себя за других людей. Вдруг этот Кевин на самом деле женщина, которая, когда они разговаривали, нарочно говорила басом? Или, может быть, он стар и годится ей в отцы, но не хочет в этом признаваться? Или же живет на ферме не с родителями, а с женой?

Похоже, так оно и есть. Кевин женат, и поэтому не имеет ни «Скайпа», ни «Фейстайма», чтобы его не застукала жена. Вероятнее всего, он разговаривал с Джейд по второму, секретному телефону, о котором его вторая половина даже не подозревает. Возможно, у него есть ребенок или даже несколько детей от разных жен, как в сериалах про многоженцев, которые Джейд смотрела. Боже, как она надувала щеки, уверенная, что Кевин не такой, как те ничтожества, с которыми встречались Люси и Шона, как вдруг оказалось, что он точно такой же... Джейд в отчаянии стукнула кулаками по рулю.

Чем больше размышляла Джейд, тем убедительней становились ее теории и тем больше — ярость. Как же хорошо устроился этот Кевин! Семья здесь, в Австралии, а девушка, которой он пудрит мозги, в другой стране... Главное — осторожность, и никто никогда его не застукает! Вряд ли его ДНК-пара отправится на другой край света, чтобы неожиданно появиться на пороге его дома, не так ли?

— Еще как появится! — пробормотала Джейд, чувствуя, как ее температура дала свечку вместе с ее уверенностью. С силой нажав на тормоз, она резко остановилась и, в очередной раз развернув машину, разбрасывая во все стороны фонтаны гравия и сухой земли, полетела по грунтовой дороге к белым зданиям впереди.

Вскоре перед ней возник белый деревянный одноэтажный дом с серебристой крышей из гофрированного железа, перед которым стояли несколько легковых машин и грузовиков. Окна всех автомашин были опущены, а сами они — пусты.

Для фермы, да еще и пыльной, все выглядело удивительно чистым и ухоженным, и не таким бедным, как утверждал Кевин. Перед домом, пестрея яркими красками, выстроился ряд цветочных горшков, рядом лежал шланг. Еще больше цветочных горшков свисали с карниза. Джейд не сомневалась: здесь явно поработала женская рука. Однако никаких качелей, горок или детских игрушек она не увидела. Значит, Уильямсоны еще не обзавелись детьми.

В паре сотен метров из огромного сарая доносилось мычание коров, а вдалеке, как ей показалось, она разглядела большое стадо овец. С этого расстояния они казались такими крошечными, что напоминали перекати-поле, приклеенное к линии горизонта.

Джейд повернулась лицом к дому и шагнула к крыльцу; ей даже не требовалось набирать полную грудь воздуха. Она понятия не имела, что скажет, однако была исполнена решимости заявить о себе во что бы то ни стало. Она стучала колотушкой по двери до тех пор, пока не услышала внутри шаги. В конце концов дверь открылась, и появилось лицо.

Стоявший перед ней мужчина выглядел точно так же, как ее ДНК-пара, но она тотчас поняла: предчувствия ее не обманули.

— Ты не Кевин... — начала Джейд и отшатнулась на два шага назад.

Глава 19

НИК

— Очень смешно! А на самом деле? — спросил Ник.

— Я не шучу. Посмотри сам. — Салли протянула телефон, чтобы он смог прочесть. — Там написано «Николас Уоллсворт. Ваша ДНК-пара — Александр, мужчина, Бирмингем, Англия. Ознакомьтесь с инструкциями ниже, чтобы узнать, как получить доступ к полному профилю».

— Дай мне, — сказал Ник, выхватывая у нее телефон. Какая дурацкая шутка... Но пробежав глазами письмо, понял, что Салли не шутила.

— Ты гей, — рассмеялась она. — Подумать только, мой парень, мой жених — гей!

Ник перечитал письмо и положил свой телефон на кухонную стойку.

— Чушь собачья, — сказал он. — Они либо совершили ошибку, либо кто-то прикалывается надо мной.

— Что ж, точность 99,999997 процента, что гораздо надежнее, чем тест на детекторе лжи.

— Все равно это не исключает вероятность ошибки, а если вероятность ошибки есть, то она теоретически возможна. И это доказательство того, что гребаная ошибка была допущена.

— Детка, не сердись, — сказала Салли, подавляя смех. — Это был бы первый случай в мире, когда компьютер ошибся в подборе пары. Ты был бы единственным из примерно полутора миллиардов зарегистрированных участников. Думаю, тебе стоит признать факты, мой дорогой, — ты джентльмен, которому нравится общество подобных тебе джентльменов.

— Замолчи, Сэл, — раздраженно бросил ей Ник. — Весь этот проект — полная чушь, мошенничество, на котором кто-то делает немалые деньги, иначе они не стали бы брать по десять фунтов с носа, чтобы сказать, кто кому пара. Гороскопы и те заслуживают большего доверия, чем это.

— Эй, это не проблема, — поддразнила его Салли. — Мне всегда хотелось заарканить гея, и, похоже, мне это удалось.

Ник закатил глаза:

— Я не гей, понятно?

— Тогда бисексуал? У меня нет с этим проблем. Кстати, в универе у меня были моменты с девушками...

— Будь я геем, уже знал бы об этом. Как такой может дожить до двадцати семи лет, ни разу не ощутив влечения к другому мужчине? И вдруг ты уже бисексуал или гей лишь потому, что лизнул ватную палочку, и тест выдал свой вердикт...

— Не знала, что ты такой гомофоб.

— Неправда, я не гомофоб! Поверьте мне, будь я геем или бисексуалом, мы с тобой не жили бы вместе и не собирались бы пожениться. Это открыло бы для меня целый новый мир возможностей, и я только и делал бы, что пытался засунуть свой член в ранее не известные мне места.

— Ты воспринимаешь все слишком серьезно.

— Я просто не хочу, чтобы ты думала, что я что-то от тебя скрывал, — ведь это означало бы, что наши отношения были сплошной ложью. В то время как это самые честные отношения, которые у меня когда-нибудь с кем-то были.

— Ладно, дорогой, не сердись, я пошутила, — сказала Салли. — Я не думаю, что ты гей, однако согласись, это забавно. Это как в той старой песне Р. Келли: «Твой разум говорит тебе "нет", но твое тело...»

— Не смешно. — Ник долил в бокал Салли вина и сделал большой глоток.

— Я не знаю, как еще реагировать, кроме как шутить по этому поводу, потому что, похоже, мы не созданы друг для друга. И хотя мужчина моей мечты еще не дал о себе знать, вдруг мужчина твоей мечты живет на соседней улице? Он ведь тоже из Бирмингема. Странное совпадение, не правда ли? Возможно, мы даже знакомы с ним.

— Не говори глупостей. Нет никакого «мужчины моей мечты».

— Но если верить этому письму...

Ник закатил глаза.

— Давай посмотрим, вдруг он есть на «Фейсбуке»? — предложила Салли.

— Что?

— Разве тебе не интересно, смогу ли я найти своего соперника?

— Нет, я не хочу.

— Боишься влюбиться в своего нареченного?

Ник покачал головой:

— Мы ведь даже не знаем его фамилию.

Салли взяла у него телефон и с помощью трех прикосновений к экрану заплатила 9 фунтов 99 пенсов, необходимые для получения более подробной информации.

— Имя: Александр Ландерс Кармайкл, — прочитала она вслух. — Возраст: тридцать два года. Род занятий: физиотерапевт. Глаза: серые — как у меня. Волосы: темные — как у меня. — Она улыбнулась. — Рост, пять футов восемь дюймов — опять же как у меня. Дорогой, похоже, у тебя есть любимый типаж. Он — мой двойник.

— У тебя есть три отличия — две груди и вагина.

— Этого должно быть достаточно, чтобы найти его в «Фейсбуке».

— Честное слово, я не хочу...

— Да ладно, это будет весело.

Вбив в поисковик имя Александра, Салли протянула вниз полоску фотографий размером с почтовую марку.

— Каковы шансы, что в районе Бирмингема будут четыре Александра Кармайкла? Может, добавить его второе имя? Много Ландерсов уж точно не будет.

— Похоже, только один, — ответил Ник, указывая на экран.

Они одновременно прищурились, глядя на миниатюрное фото, и Салли попыталась нажать на его профиль. Увы, настройки конфиденциальности на страничке Александра Кармайкла закрывали доступ на нее посторонним. Только друзья. Но даже крошечный снимок говорил сам за себя: это был красивый мужчина. Волевой подбородок оброс темной щетиной, волосы слегка волнились и касались воротника, губы полные, взгляд открытый и теплый.

— Должна воздать тебе должное, детка, — сказала Салли. — У твоей ДНК отменный вкус.

Глава 20

ЭЛЛИ

Андрей открыл для Элли дверцу машины, и она последовала за ним по дорожке вдоль канала к видневшемуся впереди зданию.

— Вам нет необходимости заходить внутрь. Все будет хорошо, — сказала она ему, почти уверенная, что ей нечего опасаться в провинциальном пабе.

— Это то, за что вы мне платите, — ответил Андрей с восточноевропейским акцентом и решительно шагнул внутрь, чтобы осмотреть помещение. За три года работы он не раз доказал, что получает деньги не зря, принимая на себя предназначавшиеся ей удары. А однажды ему в грудь даже вонзили разбитую бутылку. Обернувшись, Элли увидела в машине, припаркованной позади той, в которой приехала она сама, еще двух сотрудников службы безопасности.

— Ладно, — уступила она, — только чтобы он вас не заметил. Будьте осторожны, я не хочу, чтобы вы его отпугнули.

— Осторожность — мое второе имя, — ответил телохранитель и скорчил серьезную мину.

Получив сообщение со словами «все о'кей», Элли вошла в загородный паб «Глобус» в городке Лейтон-Баззард и с опаской огляделась. В первое время после университета она частенько зависала в подобных пабах с их дешевыми, но сытными воскресными обедами. Это напоминало ей о доме. Теперь же, когда ей случалось вечером высунуть нос из дома, это были исключительно помпезные винные бары, закрытые для посторонних клубы и грандиозные ужины.

Элли осмотрелась. Тим сидел в одиночестве за двухместным столиком; перед ним стояла наполовину пустая пинта. Он был явно взволнован и то и дело стрелял глазами по сторонам. Внезапно их взгляды встретились. Элли надеялась, что он не узнал ее из газет. Сегодня она нарочно надела повседневные джинсы и блузку и собрала волосы в хвост; косметику также свела к минимуму, а дорогие украшения оставила дома в сейфе.

По лицу Тима расползлась широкая улыбка, и он помахал ей. Когда Элли подошла к столику, он встал, чтобы пожать ей руку, затем притянул ее к себе и чмокнул в щеку. Когда же она подставила для поцелуя вторую, он промахнулся и вместо щеки поцеловал ее в нос. Оба рассмеялись, и после первых слов знакомства и шуток Тим отправился в бар за напитками. Вскоре он вернулся к столу, неся джин с тоником для нее и вторую кружку пива для себя; в зубах его были зажаты два пакетика чипсов.

— Извините, но я голоден как волк, — сказал Тим, бросая их на стол. — У нас сейчас на работе запарка, поэтому я пришел сюда прямо оттуда и даже не успел поужинать. Угощайтесь. — С этими словами открыл один пакетик и предложил ей чипсы.

— Спасибо. — Элли улыбнулась и из вежливости взяла пару чипсин, представляя себе испуганное лицо ее личного тренера, случись ему стать свидетелем того, как она после шести вечера поглощает углеводы.

Разговор между ними протекал так же легко, как и в сообщениях. Они были как старые друзья, которые некоторое время не виделись и теперь продолжили беседу с того места, на котором расстались. Делились историями о своем неудачном опыте свиданий. Тим пытался убедить ее, что Квентин Тарантино — величайший режиссер всех времен и народов, Элли в свою очередь превозносила достоинства макробиотической диеты[1]. У них почти не было общих интересов, но их это не беспокоило. Тим рассказал ей о своей работе в качестве внештатного системного аналитика и программиста. Элли сказала, что она — личный помощник генерального директора в Лондоне. Она побоялась сказать правду, испугавшись, что та может его оттолкнуть. Надо сказать, она была столь убедительна в своей роли, что даже сама поверила в собственную ложь.

— Значит, ты веришь в эту вещь? — спросил Тим через пару часов после начала свидания.

— Да. А ты, судя по твоему голосу, нет?

— Не буду кривить душой, сначала я был слегка не уверен и записался на тест лишь потому, что один из моих товарищей убедил меня его пройти. Теперь он зол на меня, потому что у него, спустя два месяца, до сих пор нет пары. Я же нашел тебя в течение недели. Но и тогда не был уверен, что это что-то реальное. Уж слишком гладко все это выглядит, чтобы быть правдой, тебе не кажется? То, что в мире есть только один человек, который полностью связан с тобой через вашу ДНК и в кото-

---

[1] Диета, основанная на принципе гармонии двух начал древнекитайской философии — «инь» и «ян».

рого ты должен влюбиться по уши... Но потом ты вошла в паб, и у меня желудок едва не выскочил из задницы.

Увидев, что Элли удивленно уставилась на него, Тим улыбнулся. Ей явно с трудом верилось, что такие полные противоположности, как они, оказались ДНК-парой. Такого простого человека, как Тим, ей ни разу не доводилось встречать, тем более на свидании.

— Честное слово, Элли, когда я увидел, как ты вошла в паб, я выпустил самый длинный пук в моей жизни и даже испугался, что сейчас полечу через весь зал, как проколотый воздушный шарик.

Элли невольно рассмеялась.

— Не знаю даже, то ли виной любовь, то ли выдохшееся пиво, — пошутил он. — Поди разберись...

— Так это была любовь с первого пука?

— Мне кажется, я что-то почувствовал... Прости, если тем самым я поставил тебя в неловкое положение или если ты думаешь иначе, но поверь, я очень рад, что ты согласилась встретиться со мной.

— Я тоже, — ответила Элли, чувствуя, как в ней шевельнулось что-то теплое. Кто знает, что было тому причиной — четыре джина с тоником или же весьма неожиданный, но такой милый Тим, сидевший перед ней, — однако внутренний голос подсказывал, что ландшафт ее мира внезапно изменился.

Глава 21

МЭНДИ

— Извините, — пробормотала Мэнди, чувствуя, что ее вот-вот вырвет. — Мне действительно нужно идти.

Внезапно ее охватило желание бежать отсюда, с этих поминок в честь человека, которого она никогда не знала. Откуда ей было знать, что его сестра начнет выяснять, кто она такая? И кто дернул ее за язык выдумать случаи их мифического знакомства?

Казалось, стены зала подступают к ней со всех сторон. И зачем только она сюда пришла? Мэнди уже приготовилась броситься в бегство, но сестра Ричарда, Хлоя, схватила ее за руку.

— Нет, — твердо сказала она. — Я должна знать, кто ты и почему лжешь, говоря, что проводила время с моим братом, хотя этого никогда не было.

— Я... я... — пролепетала Мэнди, заикаясь.

— Ты была знакома с Ричардом?

Мэнди ничего не ответила.

— Думаю, нет. Ты ведь лет на десять старше его? Значит, вы не ходили в школу вместе. Признавайся, ты одна из похотливых бабенок не первой молодости, которых он тренировал в спортзале и которые вечно вешались ему на шею? Или какая-то извращенка, обожающая ходить на похороны людей, которых никогда не знала?

— Нет! — Мэнди очень хотелось, чтобы сестра Ричарда не думала о ней плохо, хотя и понимала, как это выглядит со стороны. — Я не из их числа.

— Тогда кто ты и почему ты здесь?

Мэнди крепко зажмурила глаза.

— Он был моей ДНК-парой.

— Что?

— Несколько недель назад я прошла тест на совместимость ДНК и узнала, что моя пара также прошла этот тест. Но когда я... хотела познакомиться с ним... — Мэнди умолкла, чувствуя себя идиоткой. — Оказалось, что он... он умер. Это был Ричард.

Хлоя заговорила не сразу, лишь окинула Мэнди пристальным взглядом.

— Ты снова врешь.

— Нет, клянусь. Смотрите. — Мэнди открыла сумочку и показала Хлое распечатку письма, подтверждающего их совпадение.

— Но зачем ты пришла сюда? — По прочтении письма тон Хлои заметно смягчился.

— Звучит глупо, когда я говорю это вслух, но я хотела попрощаться с ним. Я провела последние несколько недель, оплакивая человека, которого никогда не встречала... мне хотелось узнать о нем больше. У всех здесь есть воспоминания о вашем брате, у меня же нет ничего, только имя и несколько фото, которые я нашла в интернете. Слушая рассказы о нем, я так увлеклась, что придумала собственную историю. Извините, это было глупо и бездумно с моей стороны, и я, как взрослый человек, должна была это понимать. Я не хотела вас огорчать.

— Пожалуй, я поняла, — сказала Хлоя, взяв со стола два бокала вина, вручила один Мэнди. — Так что ты хотела бы знать о Риче?

Мэнди густо покраснела.

— Сейчас, когда разговариваю с вами, я даже не знаю, с чего начать.

— А вот и наша мама, давай я вас познакомлю...

— Нет! — в панике воскликнула Мэнди. — Я не готова к этому.

— Тогда оставь мне свои контактные данные, и мы будем на связи. Ты же сообщи мне, когда ты будешь готова. — Хлоя отдала Мэнди ее телефон. — Может, даже выкроишь время, чтобы приехать к нам в гости, и познакомишься с ней?

Мэнди кивнула и с опаской вбила номер телефона.

— Мне пора, — сказала она. — Было приятно познакомиться. И примите мои самые искренние соболезнования. Как жаль, что его больше нет...

— Мне тоже очень жаль, — ответила Хлоя. — Жаль вас обоих.

Низко опустив голову, Мэнди юркнула вон из церкви мимо матери Ричарда и поспешила обратно к своей машине. То, что виделось способом узнать больше о ее покойной ДНК-паре, по идее, должно было стать и концом всей истории.

Однако что-то подсказывало Мэнди: это только начало.

Глава 22

КРИСТОФЕР

— Гребаная сука! — завопил Кристофер, пытаясь вырвать из ее рта свой пульсирующий от боли большой палец.

Женщина продолжала сжимать зубы. Кристофер даже испугался, что она прокусит затянутый в перчатку палец до кости. Но пока дело не сделано, он не мог отпустить проволоку вокруг ее шеи.

Его девятое за последние пять недель убийство должно было пройти столь же гладко, как и все остальные. Как и в случае с другими, он прилежно выполнил домашнее задание, тщательно изучив объект, ее привычки и место, где она жила.

Главная угроза любому преступнику — камеры видеонаблюдения. По этой причине Кристофер исключал девушек, живших в многолюдных местах, где камеры были установлены буквально на каждом шагу — на фонарных столбах, магазинах, школах, офисах или многоквартирных домах. Другие камеры, которых также следовало избегать, это камеры видеонаблюдения в автобусах и на выделенных полосах, в такси, на станциях метро, регистраторы скорости или системы распознавания номерных знаков транспортных средств. Если не засвечиваться на этих камерах, то нет никаких причин опасаться, что твое присутствие в этом районе будет кем-то замечено и вызовет подозрения.

Подойдя к дому Номера Девять, Кристофер дважды проверил по GPS ее местонахождение и, терпеливо выждав некоторое время, чтобы убедиться, что она одна, надел на кроссовки бахилы, чтобы не оставить никаких следов. С помощью проверенного комплекта отмычек открыв замок на задней двери, вошел в квартиру и бесшумно закрыл за собой дверь.

Оказавшись на месте, он вынул из рюкзака белый бильярдный шар и бросил его на пол. Шар приземлился с громким стуком. Крепко зажав ручки сырной проволоки, Кристофер застыл, ожидая, пока она откроет дверь своей спальни, чтобы узнать, что это был за стук.

Смерть Номера Девять должна была следовать по накатанной, безотказной схеме. Как только она окажется перед ним, он начнет действовать: гарротой выдавит из ее легких последний воздух, разложит с ужасающей симметрией на кухонном полу ее все еще теплое тело и камерой «Поляроид» сделает два снимка. Застигнутые врасплох, Номера с Первого по Восьмой не оказывали ему существенного сопротивления — лишь неуклюже цеплялись за проволоку, пытаясь сорвать ее с шеи. Элемент неожиданности в сочетании с физической силой и решимостью всегда были на его стороне. Он прекращал затягивать проволоку лишь тогда, когда чувствовал, как та впивается в кожу и начинает прорезать мышцы. Если дать проволоке войти глубже, все вокруг будет заляпано кровью. В его же планы не входило провести остаток ночи, занимаясь полномасштабной уборкой.

Увы, смерть Номера Девять обернулась неожиданностью. После того как бильярдный шар со стуком упал на пол, открылась, к великой досаде гостя, не дверь спальни, а дверь ванной комнаты, из чего следовало, что она отнюдь не спала, как надеялся Кристофер. Он выпрыгнул из тени, и она увидела его лицо. И все же не успела ускользнуть от проволоки. Та легла ей на шею, и он тотчас шагнул ей за спину и с силой натянул проволоку. Она все еще была на каблуках и, от рывка потеряв равновесие на плиточном полу, повалилась навзничь, увлекая за собой Кристофера. Он тоже упал.

В суматохе проволока ослабла, и ей удалось просунуть под нее пальцы, чтобы дышать. Она также сумела повернуть голову и, найдя его большой палец, впилась в него зубами.

— Сууукааа! — выкрикнул Кристофер, лицо которого было скрыто балаклавой. Боль в большом пальце была нестерпимой. На какой-то миг он даже подумал, не ослабить ли ему хватку. Но затем оттянул ее голову назад и с силой ударил о кухонный пол. К тому времени, когда ее череп треснул, она уже разжала челюсти, и он смог вытащить большой палец из ее рта. Еще дважды стукнул ее головой о пол. В шов между плитками потек ручеек крови, и Кристофер понял, что она уже не очнется.

Он поспешил через кухню к раковине из нержавеющей стали, снял перчатку и под струей холодной воды промыл рану. Боль слегка отступила. Кристофер с опаской посмотрел на палец: все было не так уж плохо, как он думал, но, похоже, придется наложить швы. С трудом сдерживая ярость, Кристофер обернул большой палец чайным полотенцем и сделал фотокамерой «Поляроид» две ее фотографии.

Затем, встав над бездыханным телом, поднял ногу и с силой вдавил подметку ей в лицо. Ее нос расплющился, как суфле. Он с остервенением принялся бить ее ногами, в ярости от того, что у нее хватило наглости дать ему отпор. Остановился, лишь когда ее ребра превратились в крошево и ломать больше было нечего. Тогда он взял с кухонной стойки хлебный нож и выколол ей глаза, оба раза повернув лезвие одинаковым движением по часовой стрелке, а ошметки размазал по ее лицу. Она не заслуживала того, чтобы лежать в морге, как другие, похожей на ту, что мирно умерла во сне. Он сделал все для того, чтобы тот несчастный родственник, который придет опознать ее тело, запомнил ее как окровавленное лоскутное одеяло, собранное из осколков костей его руками.

Кристофер чувствовал себя крайне измученным. Ему очень хотелось бросить ее, вернуться домой и заползти в кровать, но было еще много работы. Найдя в кухонном ящике тюбик с клеем, он заклеил рану на большом пальце и временно перевязал ее скотчем; когда вернется домой, то обработает ее должным образом.

Отмыв раковину от следов крови, он тщательно вытер пол и забил ей рот лоскутом ткани. Схватив со столешницы скалку, с гораздо большей силой, чем требовалось, разбил ей вдребезги зубы, после чего вытащил из ее рта ткань с осколками зубов, аккуратно сложил и сунул в сумку. Не хватало еще, чтобы кто-то нашел у нее во рту его ДНК.

Внезапно его телефон завибрировал. Звонила Эми.

— Привет, — начала она, — что ты делаешь?

— Ничего особенного, — солгал Кристофер. Прижав телефон ухом к плечу, он щедро лил в рот Номера Девять отбеливатель, растекавшийся по ее лицу. Это должно уничтожить все его следы.

— Ты сейчас не писаешь, случайно? Я слышу, как течет вода.

— Нет. Просто чистил зубы.

С одной стороны, ему не терпелось поскорее повесить трубку и завершить уборку; с другой, глядя на жуткие останки женщины, которую он только что убил, Кристофер поймал себя на том, что, разговаривая со своей подругой, испытывает странное возбуждение. Эти две женщины как будто были рядом, даже не находясь в одной комнате.

— К сожалению, я не успела бы сегодня вечером, но как ты смотришь на то, если мы перенесем нашу встречу на завтра? — спросила Эми. — Работа была просто адской.

— Не имею ничего против.

— С тобой всё в порядке? Голос у тебя какой-то озабоченный.

— Просто я устал, и мне нужно как следует выспаться.

— Отлично, потому что, когда мы встретимся в следующий раз, я не выпущу тебя из спальни всю ночь, — пообещала она кокетливым тоном.

Кристофер улыбнулся этой мысли.

Дав отбой, он осмотрел комнату и в целом остался доволен результатами уборки. И хотя не горел желанием возвращаться к этой неудачно выполненной работе, все равно знал, что через несколько дней ему придется вернуться, чтобы закончить ее и оставить свой фирменный знак.

Большой палец все еще болел. Чтобы как-то унять боль, Кристофер проглотил пару обезболивающих таблеток, которые нашел в сумочке Номера Девять, и, тихо выскользнув за дверь, зашагал в направлении другого дома. Он пошел в обход, по тихой улице новых четырехэтажных домов. На всякий случай проверив, что не привлек к себе ничье внимание, обошел дом с обратной стороны и нашел дверь в квартиру на первом этаже, которая была не заперта.

Исходившая из комнаты вонь вызвала бы у большинства рвоту, но неприятные запахи, особенно смрад разлагающихся тел, не беспокоили Кристофера. Поводив фонариком, он навел луч на лицо Номера Восемь. Разложение началось с плеч, головы и шеи и с правой стороны туловища. Кожа пошла темно-зелеными пятнами. И если при жизни Номер Восемь носила шестой размер одежды, то теперь та стала ей явно мала. Живот раздулся от скопления газов, язык вывалился изо рта, глаза вылезли из орбит. Вены сделались темно-коричневыми, словно прожилки на мраморе, кожа на руках и ногах блестела.

Вынув фотографию Номера Девять, которую сделал полтора часа назад, Кристофер осторожно положил ее на грудь трупа. Выйдя на улицу, вытащил из рюкзака аэрозольный баллончик и одним быстрым движением разбрызгал на тротуаре по трафарету черную краску. Затем отступил, чтобы посмотреть на свою работу — изображение человека, несущего по воде ребенка, — и довольно улыбнулся.

Номер Восемь обнаружат в ближайшие часы, подумал он. Потому что полиция уже хорошо знала его визитную карточку.

Глава 23

ДЖЕЙД

Стоявший в открытой двери фермы мужчина определенно не был Кевином, но сходство было поразительным. На вид ему было лет двадцать пять, то есть чуть больше, чем Кевину. Он тоже был чертовски симпатичным блондином, но его волосы были темнее и прямее. Голубые глаза сверкали той же искоркой, что и глаза Кевина на фото, но у этого человека были крупнее нос и более тонкие губы. Он с тревогой смотрел на нее, как будто ждал ее нападения.

Но, несмотря на ярость и растерянность, Джейд сумела сохранить благоразумие. Осторожность не помешает. Она не рискнула подойти ближе, предпочитая держаться от незнакомца на безопасном расстоянии. Дверь ее машины была не заперта, и она на всякий случай зажала ключи в руке. Вдруг она будет вынуждена срочно уехать или же пустить их в ход, как холодное оружие?

— Кто вы? Уж точно не тот, с кем я переписывалась последние семь месяцев! — сердито бросила она.

Незнакомец смотрел на нее со смесью любопытства, восторга и страха. Джейд несколько раз открыла было рот, пытаясь что-то сказать, но снова закрыла его. По тому, как часто он дышал, словно только что пробежал марафон, Джейд поняла: его что-то беспокоит и она одержала верх. Он не представлял для нее угрозы, решила она. Ее единственным врагом здесь, похоже, было солнце. Джейд подумала о своих бедных белых плечах.

— Может, пригласите меня войти? — сказала она, на мгновение забыв, что просится войти в дом совершенно незнакомого человека.

Мужчина кивнул и отошел в сторону, и Джейд, поднявшись на крыльцо, шагнула в прохладный холл с кондиционером. Ее потную шею тотчас обдал приятный холодок. Для Джейд это было сродни райскому блаженству.

Входная дверь закрылась, и Джейд заметила над пианино стену, сплошь увешанную семейными фотографиями в рамочках, какие можно увидеть практически во всех семьях. Это слегка ее успокоило. Не похоже, что она напросилась в гости к техасскому маньяку с бензопилой. С одного фото на нее смотрели мужчина средних лет, женщина и двое мальчишек-подростков, один из которых — правда, уже старше возрастом — сейчас стоял перед ней. Вторым подростком на снимке явно был Кевин.

— Вы брат Кевина? — спросила Джейд.

Мужчина кивнул.

— Марк, — пробормотал он.

Ярость Джейд остыла на пару градусов.

— И где же он прячется?

— Он уехал в город, — тихо ответил Марк. — Не знаю, когда вернется.

Переминаясь с ноги на ногу, он изо всех сил пытался смотреть ей в глаза, хотя взгляд его то и дело скользил куда-то ей за спину в открытый дверной проем.

— Сомневаюсь, что вы говорите правду, Марк. Не считайте меня дурочкой. Вы знаете, кто я?

Он кивнул.

— В таком случае вам известно, что я приехала за тридевять земель, чтобы встретиться с вашим братом. И если он рассказывал вам обо мне, то вам наверняка известно, что я не тупая нахалка и мне не нравится, когда меня водят на нос. Так что я не уеду отсюда, пока он не найдет в себе смелость поговорить со мной, встретиться лицом к лицу. Мне все равно, есть у него жена или подруга, но я хочу услышать от него правду. И не выйду из этого дома, пока не услышу ее.

Ее гневная речь явно озадачила Марка. Он снова невнятно пробормотал что-то.

— Всё в порядке, Марк, — раздался из дверного проема голос Кевина.

Джейд резко обернулась к своей ДНК-паре, и от неожиданности у нее отвисла челюсть.

— Привет, Джейд! Не совсем то, что ты ожидала увидеть? — спросил он.

Глава 24

НИК

В полдень улица встала в дорожной пробке. Когда Ник и Салли подъехали к Колмор-серкус, злые как черти, водители возмущенно гудели клаксонами.

Дорожная авария в туннелях Куинс-уэй привела к тому, что четыре полосы движения сузились до одной. Вокруг слышался непрерывный вой дрелей и грохот отбойных молотков — это строители возводили новый многоэтажный дом на месте недавно снесенного офисного здания.

Подняв голову, чтобы взглянуть на их место назначения, Ник заметил на двух окнах третьего этажа сделанную красно-черными буквами надпись — «Массаж для вас». С его опытом в рекламе и маркетинге, он мысленно разнес в пух и прах устаревший выбор шрифта и графики.

— Почему я это делаю? — снова спросил он Салли.

— Потому что мы оба должны знать, есть ли хоть какая-нибудь частичка общего между тобой и этим человеком.

— Да это курам на смех, — заявил Ник, что он часто теперь говорил после того, как узнал, что его ДНК-пара — мужчина. — Я гетеросексуальный чувак, меня физически не тянет к мужчинам. Во-первых, ничего общего нет и не будет, а во-вторых, даже если, предположим, и будет, как можно измерить и определить, что это и есть то самое общее?

— По твоим словам, в ту ночь, когда мы познакомились в баре, ты якобы мгновенно понял, что мы поженимся, — ответила Салли. — Ты сказал, что твое сердце тотчас затрепетало. Теперь же, для моего собственного душевного спокойствия, я хочу, чтобы ты встретился с этим парнем, чтобы выяснить, затрепещет твое сердце при виде его или нет. Чтобы потом весь остаток жизни не мучиться этим вопросом.

— Нет, детка, остаток жизни мучиться этим вопросом будешь ты. А меня замучает другой: с какой стати, черт возьми, меня спарили с чуваком, когда я по уши влюблен в женщину.

— Пойми, Ник, это не гадание на кофейной гуще. Это наука, а она основана на фактах, веришь ты в это или нет. Ты должен это сделать.

Ник, глубоко вздохнув, взял лицо Салли в свои ладони и крепко поцеловал в губы. Хотя внешне могло показаться, что предстоящая встреча с его ДНК-парой его никак не волнует, внутри Ника нарастало любопытство: что представляет с собой тот, с кем он якобы связан самой прочной связью?

— Ладно, давай покончим с этим делом, — сказал он, вздохнув.

— Когда вы закончите, я буду ждать тебя в кофейне через дорогу.

Ник изобразил улыбку, нажал кнопку автоматического замка и, как только дверь открылась, поднялся на третий этаж к ресепшен.

— Привет! — Он нервно улыбнулся девушке-портье с татуировкой в виде розы на руке. — У меня на два тридцать назначена встреча с Александром.

— Дэвид Смит? — спросила она, взглянув на экран компьютера. Ник кивнул. Он правильно поступил, сменив имя. Если Александр также запрашивал контактные данные своей ДНК-пары, Ник не хотел бы, чтобы он заранее знал, что они скоро встретятся лицом к лицу. — Вам нужны процедуры для шеи и плеча, верно? — продолжила девушка.

— Да.

— Хорошо, просто заполните эту форму, и Алекс будет с вами через несколько минут.

Сев в кресло, Ник принялся заполнять краткую анкету о своем вымышленном заболевании. Наряду с именем, он также придумал причину: ушиб, полученный во время недавней, такой же вымышленной, автомобильной аварии.

— Дэвид? — раздался за его спиной низкий, но дружелюбный голос с легким акцентом, который Ник не смог определить. Он обернулся. В дверях, улыбаясь ему, стоял Александр.

— Д-д-да, — заикаясь, выдавил из себя Ник.

— Я — Алекс, — начал врач, протягивая для рукопожатия руку. — Заходите, и давайте посмотрим на вас.

Ник последовал за ним в кабинет и уселся на физиотерапевтическую кушетку. Алекс сел на раскладной стул напротив.

— Итак, расскажите мне про боли и их причину, — попросил Алекс.

Начиная свой рассказ, Ник надеялся, что врач не заставит его вдаваться в подробности, ограничившись лишь той информацией, которую Ник отрепетировал. Однако Алекс задал ему несколько общих вопросов о его здоровье и привычках. Отвечая, Ник старался не таращиться на него. Даже он был вынужден признать, что фото не солгало: Алекс был невероятно хорош собой.

— Хорошо. Если вы не против снять футболку и лечь лицом вверх... — сказал Алекс и брызнул себе на руки немного дезинфицирующего средства. По сравнению с его широкой грудью, видневшейся из выреза футболки, Ник внезапно ощутил себя тощим задохликом.

— Я лишь немного пощупаю вам шею и плечи, — объяснил Алекс и встал позади него.

О черт, подумал про себя Ник, готовясь к прикосновению пальцев Алекса. Он очень надеялся, что тело не предаст его: соски не встанут по стойке «смирно», член не задергается. Напомнил себе, что, когда бывал пьян, часто обнимал своих друзей, и это никогда не вызывало сексуальной реакции. Закрыл глаза и, как только руки Алекса коснулись его плеч, вознес молитву. И... ничего не случилось. Ник чувствовал только пальцы Алекса, как они мнут и вертят его шею, прося наклонить ее то в одну, то в другую сторону. Ник с облегчением вздохнул.

Затем по просьбе Алекса он перевернулся и лег на кушетку лицом вниз, к специальному отверстию. Руки Алекса пробежали по его позвоночнику, со слышимым треском то там, то здесь выравнивая их положение.

Хотя порой это было больновато, Ник был не прочь немного поболтать.

— Так вы австралиец?

— Нет. Я из Новой Зеландии.

— Вот как... давно вы здесь?

— Года полтора или около того. Но моя виза истекает. Мой старик не очень хорошо себя чувствует, так что придется вернуться домой.

— Жаль. И что, навсегда?

— Думаю, да. Мы только что получили для моей подруги разрешение на трудоустройство в Новой Зеландии. Она британка.

У него есть девушка, он не гей, подумал Ник. Слава богу, они в одной лодке. В одной и той же старой как мир гетеросексуальной лодке.

Пока Алекс продолжал заниматься плечами и шеей Ника, они немного поговорили о работе и о том, где любят проводить свободное время. Ник узнал, что время от времени они посещали одни и те же бары, но в остальном у них было мало общего. Алекс был спортсмен, бо́льшую часть выходных играл в регби — он с гордостью продемонстрировал фото своей команды на стене кабинета — или проводил время с подружкой в туристических походах или занимаясь скалолазанием. В отличие от Алекса, единственным физическим упражнением Ника была пробежка до автобусной остановки, когда ему случалось проспать.

— Ну вот, приятель, на сегодня, пожалуй, хватит, — сказал Алекс. — Были кое-какие проблемы, но в целом все не так уж плохо. Подождите недельку и, если симптомы сохранятся, еще разок запишитесь ко мне на прием.

— Отлично, спасибо, — ответил Ник, надевая футболку и пиджак. Поднявшись с легким головокружением на ноги, он увидел в окно тремя этажами ниже сидевшую в кафе Салли. Улыбнулся, довольный, что встреча с Алексом не порушила их планы. Та, с кем ему суждено провести остаток жизни, сидела на противоположной стороне улицы, а не стояла с ним в одной комнате.

Обменявшись с Алексом рукопожатием, Ник направился к стойке регистрации. Поднеся телефон к сканеру, чтобы расплатиться за прием, подумал, как же глупо с его стороны было опасаться, что он, возможно, латентный гей. Вот вам доказательство, сказал он себе, что все эти тесты на совместимость ДНК — мошенничество чистой воды.

На прощание Ник обернулся на процедурную комнату — как раз в тот момент, когда Алекс тоже повернул голову. Их взгляды встретились. Внезапно Нику будто дали под дых. Сердце бешено заколотилось в груди, зрачки — он это чувствовал — мгновенно расширились, желудок словно приготовился сделать сальто. Судя по тому, как лицо Алекса внезапно приняло недоуменное выражение, тот ощутил то же самое.

— Ваша квитанция, — с улыбкой сказала администратор, и колдовские чары мигом рассеялись. Ник встрепенулся и в панике бросился вниз по лестнице и вон из здания.

Чувствуя, что задыхается, он постоял на тротуаре, прислонившись к стене, надеясь, что легкий летний ветерок охладит его разгоряченное лицо. «Что это было?» — спросил он себя.

Наконец дыхание успокоилось, пульс пришел в норму, и он направился к Салли.

— Ну как? — с тревогой спросила та, когда он сел на табурет рядом с ней.

— Нормально, но он не в моем вкусе. — Ник улыбнулся и даже выдавил усмешку.

— Значит, мне нет причин опасаться, что некий мужчина отобьет у меня моего жениха?

По ее тону могло показаться, что она шутит, но Ник видел: вопрос был задан совершенно серьезно.

— Ты на самом деле думала, что такое может быть?

— Нет. Хотя кто знает... Немного. Да.

— Конечно нет, — поспешил заверить ее Ник и для пущей убедительности поцеловал в лоб. Она протянула руки и крепко его обняла. И в этот миг взгляд Ника скользнул через дорогу и поднялся на три этажа — в клинику, где, он уже знал, осталось его сердце.

Глава 25

ЭЛЛИ

С ним явно что-то не так, подумала Элли, читая очередное сообщение от Тима. Не проходило и часа, чтобы один из них не отправил другому что-нибудь. Почувствовав в кармане вибрацию телефона, она пожелала, чтобы деловые встречи проходили быстрее: поскорее прочесть, что нового он хотел сказать ей. Она уже отказалась от второго телефонного номера и дала ему личные контактные данные. И хотя во время той первой встречи в пабе несколько дней назад у нее не возникло к Тиму физического влечения, было в нем нечто такое, что притягивало.

Тим без восторга отзывался о своей карьере системного аналитика — тоска, мол, зеленая. Элли же была еще более неоднозначно настроена в отношении своей карьеры. Она сообщила Тиму, что работает в крупной компании в Сити. Когда же он попытался уточнить, чем собственно занимается ее фирма, ушла от прямого ответа, сказав лишь, что это связано с экономикой, и больше ничего не добавила. Ибо знала: если их дружбе суждено перерасти в нечто большее, она не сможет вечно ему лгать. А пока ей нравилось притворяться обычным человеком. Оставалось лишь надеяться, что он не угробит их отношения поиском информации о ней в интернете.

После долгой полосы разочарований Элли впервые проявила интерес к мужчине. Ее последние кавалеры в первую очередь видели в ней двигатель для расширения своего бизнеса или источник привлечения инвестиций. Другие, будь то на первом, втором, третьем или четвертом свидании, неизбежно находили способ поднять тему ее денег. Это тотчас отбивало в Элли всякое желание продолжать встречи. Было видно, что их неуверенность в собственных силах вселяла в них страх: на ее фоне они боялись показаться «недомужиками». Увы, слишком многие мужчины видели в независимой, богатой и привлекательной женщине вроде нее угрозу для себя, думая, что ее следует держать в узде.

В двадцать с небольшим лет Элли считала, что можно по уши влюбиться в любого, а не только в свою ДНК-пару. В конце концов, так было в течение тысяч лет, прежде чем была обнаружена генная совместимость. Но с течением времени, перешагнув порог тридцатилетия, она утратила веру в то, что когда-либо сможет найти общий язык с человеком, кто не является ее ДНК-парой. Иногда у нее вспыхивали искорки влечения, но тотчас гасли, стоило ей узнать их истинные намерения. Интересно, что движет Тимом? Элли поймала себя на том, что пытается найти некий скрытый мотив, и ее жутко злило, что ей не к чему в нем придраться.

«Во вторник я работаю в Лондоне. Не хочешь составить мне компанию за ужином до того, как я последним поездом уеду домой?» — написал Тим.

«Это было бы чудесно», — ответила она, чувствуя внутри прилив тепла.

Хотя Элли так и не испытала любовь с первого взгляда, которую якобы чувствовали девяносто два процента ДНК-пар в течение первых сорока восьми часов, она все равно находила Тима особенным. Нет двух одинаковых пар. Иногда всепоглощающая любовь может прийти со временем, поэтому Элли не волновалась. Чем больше будет проводить времени в его обществе, тем быстрее сбросит с себя защитный панцирь.

Но достаточно ли он особенный, чтобы раскрыть ему свой секрет? Этого она еще не решила.

Глава 26

МЭНДИ

Стоило Мэнди ступить на подъездную дорожку, как входная дверь в скромный дом, который Ричард когда-то называл своим, открылась. На крыльце, сияя улыбкой, выросла Хлоя. В эти мгновения в ней не было ничего от той подозрительной особы, с которой Мэнди пересеклась на поминальной службе.

— Входи, — пригласила она, и гостья нервно последовала за ней по коридору в просторную кухню.

На табурете у барной стойки сидела женщина, которую Мэнди уже видела в церкви. Между братом и сестрой, или матерью и сыном, не было большого внешнего сходства, но в том, как они смотрели друг на друга, было нечто такое, что подсказало Мэнди: эта женщина — часть семьи. Она тотчас ощутила некую тягу, какая обычно бывает к ДНК-паре.

Из-за очков смотрели глаза скорбящей матери, которая все еще не смирилась с потерей сына. Мэнди протянула для рукопожатия руку, но женщина схватила ее за плечи и крепко обняла.

— Большое спасибо, что согласились прийти, — шепнула она ей на ухо.

— Хорошо, мама, можешь ее отпустить. Мэнди, это наша мама, Патриция, — сказала Хлоя.

— Приятно познакомиться, — ответила Мэнди.

— Можешь звать меня Пэт, — сказала Патриция, окинув взглядом ДНК-пару сына с головы до ног. — Ричард тебя обожал бы!

Мэнди почувствовала, что краснеет.

— Посмотри на нее, Хлоя. Она ведь красавица, не так ли?

Та кивнула из-за другой стороны барной стойки, где готовила им чай.

Мэнди оглядела кухню и столовую. Ее взгляд задержался на семейных фотографиях в рамках, которыми был уставлен сервант. К пробковой доске, рядом с медалью за участие в лондонском марафоне, был пришпилен листок с порядком поминальной службы по Ричарду. Мэнди чувствовала на себе пристальный взгляд Пэт, но не ощущала неловкости.

— Ричарду было интересно знать, какая ты, — в конце концов произнесла Пэт. — Когда он проходил тест, то задавался вопросом, кто его пара и где она живет. Не знаю, говорила ли тебе Хлоя, но Ричард обожал путешествовать. Я уверена, он отправился бы даже на край света, чтобы быть с той, кто выпал ему в пару.

— Я живу всего в двух часах езды отсюда, рядом с Эссексом. — Мэнди улыбнулась. — Ему не нужно было бы далеко путешествовать. А вы знаете, почему он прошел тест?

— Думаю, по той же причине, что и все остальные. Да, в свои двадцать пять Ричард был молод, но он всегда мечтал остепениться и создать собственную семью. Когда мы с его отцом познакомились, не было никаких тестов, но мы прожили вместе двадцать лет, до самой его смерти, и я не помню, чтобы мы хотя бы раз повздорили. Ричард мечтал о таких же отношениях; он не хотел оставлять столь важную вещь, как брак, на волю случая.

— Что ты подумала, когда узнала, что случилось? Про аварию? — спросила Хлоя, передавая Мэнди чашку чая.

— Наверное, это звучит глупо, ведь мы ни разу не встретились, но я была совершенно убита горем, — призналась Мэнди. — Это все равно что узнать, что у тебя никогда не будет детей. Как будто отнимают право выбора, и ты оплакиваешь потерю того, чего никогда не было... Со мной было именно так. Звучит смешно, не правда ли? — Мысль о детях пронзила ее болью. Невзирая на то что было с ней в прошлом, Мэнди прошла множество тестов, и те показали, что она способна зачать ребенка. Мэнди всегда считала, что ей повезло, что она не из тех бедных женщин, о которых говорила. Но теперь она потеряла все — Ричарда, шанс когда-либо иметь детей, будущее...

— Глупышка, — сказала Пэт и положила на руку Мэнди ладонь. — Ты потеряла то же самое, что и мы;

нам лишь повезло в том, что он был с нами всю свою жизнь. То, что его потеряла ты, так несправедливо...

Слова Пэт немного успокоили Мэнди, помогли побороть слезы, которые грозили взять над ней верх.

— Я не думала, что кто-то меня поймет, — тихо призналась она, сглатывая комок слез.

— Хочешь увидеть его спальню?

— Мама, — прервала ее Хлоя. — Дай ей время, она ведь только что пришла. Зачем ей лишние переживания?

— Ничего страшного, я с удовольствием взгляну.

Мэнди кивнула и последовала за Пэт к лестнице.

— Поступив в колледж, Ричард уехал от нас, но по окончании снова вернулся домой, а потом снова уехал, но уже в путешествие, — объяснила Пэт. — Хлоя шутила, что мы должны установить вращающуюся дверь, потому что он вечно то приезжал, то уезжал. Затем, когда его бизнес личного тренера пошел на лад, он накопил денег на квартиру. — Пэт открыла дверь, перед которой они стояли. — Заходи и посмотри, если хочешь. Я не буду тебе мешать.

Спальня Ричарда была опрятной и просторной. Мэнди направилась к стене, увешанной сотнями снимков из его путешествий по всему миру: по Австралии, Азии, Южной Америке, Восточной Европе и даже Аляске. Рядом с кроватью стоял платяной шкаф, в котором висели рубашки и брюки, все аккуратно отутюженные. Мэнди провела пальцами по толстому джемперу и притянула его к лицу, чтобы вдохнуть его запах, но уловила лишь аромат кондиционера для ткани.

Затем она подошла к креслу в углу комнаты — через его спинку был перекинут шарф. Взяв его и поднеся к лицу, Мэнди глубоко вдохнула, отчаянно желая ощутить незримую связь с Ричардом. Ноздри ей тотчас защекотал запах его лосьона после бритья. Ноги мгновенно сделались ватными, грозя подкоситься. Она не могла толком описать, что почувствовала в тот момент, но позднее сравнивала это ощущение с погружением в теплую мыльную пену или в чьи-то сильные и надежные объятия.

Затем внезапно, к ее собственному удивлению, Мэнди расплакалась. Видеть фотографии Ричарда, познакомиться с его матерью и сестрой — это одно, вдыхать же его запах — нечто совершенно иное. Тотчас закружилась голова; перед глазами заплясали черные точки. Чтобы не упасть, Мэнди, прежде чем выйти из комнаты, была вынуждена опереться о комод. Закрыв за собой дверь, она первым делом вытерла с покрасневших глаз слезы.

Вдруг до нее дошло: она влюблена в мертвого человека. И влюблена сильнее, чем могла себе представить.

Глава 27

КРИСТОФЕР

Кристофер открыл окно, выпуская из кухни дым, и мысленно отругал себя за то, что налил в сковороду слишком много масла чили.

Стейки слегка подгорели, покрывшись корочкой, поэтому он разогрел в микроволновке пакетик с перечным соусом. При этом специально закрыл дверь кухни, чтобы Эми не услышала, как звякнет микроволновка. Он уже выставил ее вон из кухни, похвастав, что стейк, дольки сладкого картофеля и соус — его фирменное блюдо; очередная ложь из многих, что он вливал ей в уши. Увы, не мог ничего с собой поделать. Что-то внутри него нуждалось в том, чтобы другие восхищались им: его поступками, внешностью, работой, а теперь и анонимными убийствами. Сегодня вечером настала очередь кулинарных талантов.

Пораненный большой палец — до крови прокушенный Номером Девять — пять дней спустя все еще болел под повязкой, но у Эми не было причин усомниться, когда он сказал ей, что прищемил его дверью ванной.

В подгоревшем стейке Кристофер винил недостаток сна. С тех пор как он познакомился с Эми, у него не получалось поспать больше чем несколько часов за раз. Она частенько ночевала у него, поскольку это было гораздо ближе к ее работе в Управлении столичной полиции, а ее сексуальный аппетит был почти таким же ненасытным, как и его собственный. Это означало, что время, которое Кристофер обычно проводил, наблюдая за местонахождением остальных Номеров в своем списке, пришлось ужать до ночей, проведенных в одиночестве.

Эми внесла дополнительные осложнения в его и без того сложную жизнь. У него и раньше бывали подружки, но она отличалась от них тем, что за три недели, прошедшие с их первого свидания, Кристофер еще не мечтал убить ее. Она была его ДНК-парой; он же считал, что подобные ему способны испытывать искренние чувства к любому. Ее присутствие в его жизни выбивало Кристофера из колеи. Однако было в ней нечто такое, отчего он хотел, чтобы Эми всегда была рядом — по крайней мере, какое-то время.

Вытащив из духовки готовые картофельные дольки, Кристофер симметрично расположил их на тарелках и, добавив листья салата и капнув на них немного бальзамического уксуса, принес в столовую. Поставив тарелки на стол, бросился обратно на кухню — что было совершенно не в его духе — спрятать пустые пакеты на самом дне мусорной корзины.

— Смотрю, ты любитель чернухи, — сказала Эми. Вернувшись в столовую, Кристофер обнаружил, что она стоит перед книжными полками и, наклонив голову, читает названия на корешках. Книги на каждой полке были расставлены по размеру и цвету обложки. — «В умах серийных убийц», «Зодиак[1]», «Антология серийных убийц», — зачитала она вслух. — Плюс четыре книги о Джеке Потрошителе и две о Фреде и Розмари Уэст[2]... Чувствуется стабильный интерес, Крис.

— Мне интересно знать, отчего у людей едет крыша, — небрежно ответил он и налил два бокала вина, тютелька в тютельку до одного уровня. — Мне интересно человеческое поведение. Даже если это попахивает чернухой.

В свое время он прочел несколько биографий Питера Сатклиффа, Йоркширского Потрошителя, убившего в 1970-х и 1980-х годах прямо под носом у ничего не подозревавшей жены тринадцать женщин. Кристоферу было интересно узнать, как это сошло ему с рук и какой кайф он получал от такого риска. Любил ли он свою жену? Или же в мире параноидальной шизофрении Сатклиффа она была якорем, удерживавшим его от отплытия в полное безумие?

Кристофер начал обнаруживать параллели в их жизни — за исключением психического расстройства.

---

[1] Так и не найденный серийный убийца, действовавший в Калифорнии в конце 1960-х гг.

[2] Супружеская пара серийных убийц и насильников из Англии, действовавших в 1960—1980-х гг.

Он твердо знал: одно из многих его преимуществ перед Сатклиффом состояло в том, что ему не требовался такой балласт, поскольку он не был сумасшедшим даже близко. Все проведенные им исследования и тесты показали, что уровень его ай-кью гораздо выше среднего. Он убивал не потому, что не мог этого не делать, а потому, что это был своего рода вызов.

— Даже твой выбор художественных книг жутковат, — продолжила Эми, — «Восхождение Ганнибала», «Американский психопат», «Что-то не так с Кевином»[1], автобиография Дональда Трампа...

Кристофер прочел и посмотрел немало портретов психопатов, но с ними у него было мало общего. Писатели и сценаристы неправильно их истолковывали, искажали, преувеличивали, превращали в карикатуру, а все потому, что они были доступной мишенью и легко приводили в шок публику. Патрик Бейтман из «Американского психопата», Ганнибал Лектер, Эми Данн из «Исчезнувшей»[2] или уродливая душа Кэти Эймс из стейнбековского «К востоку от рая» — все они имели различные степени психопатических черт, но никто из них не был похож на него.

Только Том из романа «Талантливый мистер Рипли» имел с ним некое сходство: например, их объединяла любовь к красивым вещам и то, что способ их достижения демонстрировал явное отсутствие чувства вины. Но махинации Тома привели к любопытной

---

[1] В русском переводе под таким названием известен голливудский фильм по этой книге Л. Шрайвер, а роман издавался как «Цена нелюбви»; произведение повествует о семье подростка, который устроил массовое убийство в школе.

[2] Триллер-бестселлер Г. Флинн, также ставший основой голливудского фильма.

смеси триумфа и паранойи, чего нельзя сказать о нем самом.

Внезапно внимание Эми привлекла белая книга без заглавия на корешке. Она протянула руку и вытащила ее на пару дюймов из ряда. Сердце Кристофера забилось, он затаил дыхание. Склонная к риску сторона его «я» намеренно оставила ее там, желая, чтобы Эми вытащила эту книгу и открыла ее; но холодная, трезвая сторона знала: если она это сделает, для нее настанет конец игры.

— Ужин остывает, — сказал Кристофер. Эми тотчас оставила книгу там, где та стояла, и присоединилась к нему за столом. — Почему вашему серийному убийце не дали имя? — спросил он, энергично разрезая стейк.

— Что ты имеешь в виду?

— Большинству серийных убийц дают прозвище — либо журналисты, либо полиция. Йоркширский Потрошитель, Зодиак, Ангел Смерти... А этого парня никак не назвали.

Кристофер был искренне оскорблен тем, что его усилия еще не были вознаграждены прозвищем. Неужели девятерых мертвых женщин — он надеялся, что еще одна пополнит завтра ночью список его трофеев, — недостаточно, чтобы воспринимать его всерьез?

— Я не знаю, — ответила Эми. — Обычно это делают СМИ. Может, ты придумаешь его сам?

— Как-то мне не по себе это делать.

— И это говорит тот, у кого на полке два десятка книг о серийных убийцах? Кому, как не тебе, ведь ты эксперт...

— Прежде чем я выберу имя, расскажи мне, что ты знаешь о нем.

— Все, что знаю, я знаю от моего следователя, который на этой неделе провел встречи со всеми департаментами, на тот случай если те обнаружат что-то знакомое. Психологический профиль говорит нам, что это мужчина в возрасте от двадцати до сорока лет, а его объекты — незамужние одинокие женщины. Его образ действий всегда один и тот же: он проникает через дверь на первом этаже или дверь внутреннего дворика, открыв замок отмычкой — их двери почти всегда довольно старые, без сигнализации, — убивает в кухне, затем выкладывает трупы: руки вдоль тела, ноги прямые. Затем в течение промежутка времени от двух до пяти дней он убивает другую женщину, после чего возвращается на место предпоследнего преступления и помещает фотографию последней убитой на грудь ее предшественницы. Он методичен и не оставляет следов ДНК, но, поскольку все убитые найдены в границах Лондона, похоже, выбирает их навскидку, что затрудняет поиск места, где он может нанести следующий удар.

В животе у Кристофера как будто запорхал огромный рой бабочек. Все его тело гудело и трепетало от волнения. Он впервые слышал, чтобы кто-то рассказывал ему о его же работе, причем с такими подробностями; если он с кем-то и обсуждал эту тему, то лишь через анонимные мессенджеры.

— Нам кажется, убийца оставляет эти снимки либо в знак насмешки над нами, либо чтобы показать, что не намерен останавливаться, — продолжила Эми. — А еще он оставляет на тротуаре у дома каждой жертвы сделанный из баллончика рисунок, своеобразный указатель, что она внутри: силуэт человека, который несет что-то на спине.

— Да, я видел фото в «Ивнинг стандарт».

— Он словно призрак, исчезает, а потом появляется снова.

— «Убийца-призрак».

Эми покачала головой:

— Глупое имя для него.

— «Тихий убийца».

— Разве так не называют уже угарный газ?

— «Душитель с проволокой для сыра»?

— Слово «сыр» звучит так, как будто ты тривиализируешь то, что он делает... — Эми внезапно умолкла. — Откуда тебе известно, что он использует сырную проволоку?

Кристофер на миг задумался, осознавая свой промах. Во всех сообщениях, которые он читал, говорилось, что для убийства использовалась проволока, но нигде не уточнялось, что это проволока для нарезки сыра.

— Легко догадаться, — нашелся Кристофер. — Если собираешься задушить кого-то жесткой проволокой, понадобятся ручки, чтобы держаться за них, иначе рискуешь отрезать самому себе пальцы.

— Мы тоже думаем, что это сырная проволока, — сказала Эми.

Отлично; похоже, она купилась на ложь.

— Судя по ширине и глубине проникновения, а также по химикатам в ранах жертв, он регулярно чистит ее между убийствами.

— Вы знаете, откуда это оружие?

Эми кивнула и проглотила еще один кусочек стейка.

— Держу пари, что его можно купить в любом магазине по всей стране.

— Марки «Джон Льюис», и она в продаже, по крайней мере, десяток лет. Смотрю, ты сделал свою домашнюю работу, я права?

Кристофер кивнул. Эми понятия не имела, какие горы домашней работы он сделал и как она только что его порадовала.

— Если ты придумаешь ему прозвище, непременно упомяни его на работе, — посоветовал он. — Как часто тебе приходится придумывать прозвище серийному убийце?

— Примерно так же часто, как видеть его воочию.

Глава 28

ДЖЕЙД

Стоявший перед Джейд человек был определенно Кевином, но, очевидно, фотографии, которые он ей прислал, были сделаны какое-то время назад.

Это был не тот Кевин, ради которого она приехала на другой край света. Его лицо было молодым, но глаза утратили блеск, запечатленный на многих его фотографиях. Он был почти полностью лыс, не считая мягкого пуха кое-где на голове. Его руки были жилистыми; спортивные штаны и футболка, которые, возможно, когда-то плотно сидели на нем, теперь болтались как на пугале. Кожа бледная и изможденная. В левой руке он держал переносную капельницу, прикрепленную к металлической раме на колесиках. Джейд окинула его взглядом с головы до пят, одновременно удивленным и растерянным. Ее первоначальный гнев моментально испарился.

— Не возражаешь, если мы сядем? — Кевин слабо улыбнулся.

Не зная, что ответить, Джейд ограничилась кивком и прошла за ним в просторную, ярко освещенную гостиную с огромными окнами, за которыми, покуда мог видеть глаз, на многие мили вокруг раскинулись поля. Опершись на подлокотник кресла, Кевин медленно опустился в него.

— Извини, что я велел тебе уйти, когда ты позвонила, но ты застала меня врасплох, — начал он. Его юношеский голос резко контрастировал с его внешним видом. — Откуда мне было знать, что ты прилетишь сюда, чтобы познакомиться со мной?

— Эта идея пришла мне в голову всего несколько дней назад, — прошептала Джейд. — Я... Я... прошу прощения.

— Ух ты! Заметила, что за все время нашего знакомства ты ни разу не извинилась? — поддразнил Кевин.

— Я не привыкла это делать.

— Я шучу. Не ты должна извиняться, а я. Я не был честен с тобой. Думаю, это очевидно. Непросто сказать: «Джейд, у меня лимфома». Причем на четвертой стадии, что означает... вернее, не означает ничего хорошего.

Джейд не осмеливалась посмотреть ему в глаза. Парень, в которого она влюбилась виртуально, и тень человека перед ней — это были совершенно разные люди.

— Мне сообщили диагноз год назад, еще до того, как я прошел тест, — продолжил Кевин. — Мне было любопытно узнать, есть ли где-то моя идеальная девушка, и через несколько месяцев ею оказалась ты. Я хотел поставить на этом точку и не разглашать свои контактные данные — это было бы некрасиво по отношению к тебе, — но человеческая натура любопытна, и когда днями торчишь в больнице или дома, то ни о чем другом просто не можешь думать. Я не смог удержаться от искушения узнать о тебе как можно больше. Это было эгоистично с моей стороны, и я прошу за это прощения.

Джейд, кивнув, согласилась с тем, что, если б их роли поменялись, ей тоже хотелось бы узнать все о своей ДНК-паре.

— Сколько... — Она не договорила; это было бы верхом бестактности, даже для нее.

— Сколько мне осталось? — закончил за нее Кевин. — Где-то месяц, самое большее два.

— А как же снимки, которые ты мне присылал?

— Они были сделаны прошлым летом.

— Так вот почему ты не хотел общаться по «Скайпу»? Еще несколько минут назад мне хотелось разорвать тебя в клочья... Я была уверена, что у тебя есть жена и дети.

— Ха! — усмехнулся он. — Уж что-что, а семья мне точно никак не светит.

Джейд внезапно поняла: то же самое она может сказать и о себе. И моментально почувствовала себя очень, очень одинокой. Возможно, со временем она в кого-нибудь влюбится, но это будет не то. Ведь это будет не Кевин.

Джейд ответила ему сочувственной улыбкой, но без пустых слов. Что она могла сказать, чтобы это хоть что-нибудь изменило?

— Послушай, — продолжал Кевин, — если ты хочешь уйти, честное слово, я пойму. Потому что, будь я на твоем месте, мне было бы стыдно сказать, что я хочу это сделать. Ты ни в чем не виновата.

Джейд стиснула зубы и сжала в кроссовках пальцы ног. Нет, она не расплачется перед ним. Ни за что.

— Ты тоже, Кевин, — ответила она. — Так что, если не возражаешь, я побуду у тебя чуть дольше, чтобы мы ближе познакомились друг с другом. Как тебе это?

Кевин кивнул, с трудом сдерживая счастливую улыбку, которая расползалась по его осунувшемуся лицу.

Глава 29

НИК

— Мне казалось, ты бросил курить.

— Я и бросил. Вернее, думал, что бросил. Просто последние несколько дней... были своеобразными.

— Что случилось... или это секрет?

С высоты пожарной лестницы офисного здания Ник посмотрел на центр Бирмингема. Ему были слышны звонки трамваев, ползущих по Нью-стрит, а внизу под ним жители пригородов торопливо шагали по Корпорейшн-стрит в направлении вокзала.

Когда Ник вышел на лестницу, Риан стояла, прислонившись к перилам, и пыхтела электронной сигаретой. В ящике стола у Ника тоже лежала электронная сигарета, но сегодняшний день не был днем полумер.

На Новый год Ник пообещал Салли, что бросит курить. Очередная ложь в его быстро растущем списке. Он также утверждал, что по-прежнему на сто процентов уверен, что Салли его единственная, что они будут жить долго и счастливо и что он ни разу не вспомнил об Алексе с тех пор, как впервые его встретил. На самом же деле если Ник о ком-то и думал, то только о нем.

— Да все этот наш проект, — ответил Ник. — Главный менеджер сам не знает, что ему нужно. Такая заноза в заднице...

— Не принимай близко к сердцу, просто попытайся придумать что-то оригинальное.

За три года работы в агентстве в качестве младшего копирайтера Ник еще ни разу не спасовал перед проектом, за который отвечал, хотя и продвигал кучу непонятных продуктов, о которых отродясь не слыхивал и о существовании которых даже предположить не мог. Его успехи в деле продвижения на рынок нового крема от молочницы и растительного препарата для лечения эректильной дисфункции снискали ему среди коллег прозвище Генитальный Гигант, вызывавшее у него улыбку. Ник гордился своим умением продать что угодно кому угодно, да еще под броским слоганом, но на этой неделе был слишком занят собственными мыслями, чтобы создать аппетитный образ лосьона от лобковых вшей.

Он изо всех сил пытался держать эти самые мысли в узде, не позволяя им уноситься к Алексу, и почти убедил себя, что эмоции, которые тот вызвал в нем, — лишь плод его воображения. И хотя Ник зарабатывал тем, что впаривал потребителям всякую не нужную им дребедень, он знал: обмануть самого себя он не сможет. Он действительно почувствовал тогда нечто такое, чего не испытывал ни разу в жизни. И он не сомневался, что и Алекс тоже.

После их встречи Ник мучился бессонницей, и его постоянная усталость делала его нетерпеливым и раздражительным в общении с Салли. Он поймал себя на том, что огрызается на все, что бы она ни сказала или сделала, начиная с безобидной просьбы купить по дороге домой кочан капусты и кончая тем, какой новый телесериал смотреть.

В сердце Ника нечто отклонилось от пути, по которому он шел, и ему стало муторно. Или же в тот момент его просто едва не стошнило от сигареты. Точно сказать он не мог.

Докурив, Риан направилась обратно в здание. Ник сделал последнюю длинную затяжку до самого фильтра и, затушив сигарету о металлическую ступеньку, поднес пальцы к лицу и понюхал. И моментально сморщил нос. Пропахшая табаком одежда и кожа — он хорошо помнил эти малоприятные побочные продукты курения, с тех пор как стал рабом никотина.

В следующий миг зазвонил его мобильник. Ник посмотрел на экран — номер был скрыт, но он все равно ответил.

— Алло, говорит Ник Уоллсворт...

Возникла пауза, означавшая, как предположил Ник, что сейчас последует автоматическое рекламное сообщение какого-нибудь банка или страховой конторы. Он уже было собрался нажать на кнопку отбоя, когда услышал голос, который мгновенно узнал.

— Привет, — сказал Алекс.

Сердце Ника за секунду совершило прыжок от нуля до шестидесяти. Ему было одновременно и страшно, и радостно.

— Так, значит, это был ты? — продолжил Алекс. — Ты приходил ко мне.

— Да, — прошептал Ник. Во рту внезапно пересохло. Пару секунд оба молчали. Первым заговорил Алекс:

— Почему ты не сказал мне, кто ты?

— Чтобы ты не подумал, что я чокнутый. А также потому, что я не верю во всю эту фигню с соответствием ДНК.

— Я тоже. Вернее, не верил, пока...

— ...пока я не ушел...

— Ты ведь что-то почувствовал? Или мне показалось?

— Нет, приятель, ничего. — Хотя ему не было холодно, Ник ощутил, что дрожит. — Извини, что я соврал насчет своего имени. Как ты меня нашел?

— Я получил ответ с сайта и узнал, что моя пара — мужчина. Потом, когда ты уходил, что-то шепнуло мне, что это был ты. Я заплатил за доступ к твоим данным и понял, что ты пришел ко мне под чужим именем.

— Извини.

— Всё в порядке. На твоем месте я, наверное, сделал бы то же самое.

И вновь в их разговоре возникла пауза. Оба умолкли. Ник крепче сжал пальцы, прижимавшие телефон к уху, чтобы они не дрожали.

— Получилось слегка по-дурацки, тебе не кажется? — сказал Алекс.

— Надеюсь, ты это серьезно.

— Это ведь полная чушь, правда? Результаты теста — фигня.

— Да, конечно. Полная фигня.

— Как такое могло получиться?

— Какой-то сбой или вирус в компьютере или что-то в этом роде.

— Похоже на то.

— Как ты думаешь, может, нам стоит встретиться и поговорить об этом? Скажем, за парой пива. Как тебе эта идея?

— Может, прямо сейчас? — даже не подумав, выпалил Ник.

— Хорошо, давай через полчасика в баре «Бахус» в торговой галерее?

— Отлично. До скорого.

Алекс повесил трубку первым. Подождав, пока голова перестанет кружиться, Ник поспешил назад в кабинет, чтобы взять пальто.

Глава 30

ЭЛЛИ

— Извини, если они выглядят жалко. — Тим со смущенным видом вручил Элли букет цветов, лежавших на стойке перед ним. — Я не стащил их с кладбища, честное слово.

— Нет-нет, они прекрасны, — ответила Элли, глядя на скромный букетик чахлых белых гвоздик и красных роз, чьи стебли были обернуты коричневой бумагой. Тем не менее сам жест был ей приятен.

Тим поднял брови, будто не поверил ей.

— Да, они немного жалкие, но в целом это очень мило с твоей стороны. — Она улыбнулась.

— Я носил их с собой весь день, и они успели слегка увянуть. Я купил их сегодня утром на тот случай, если мне не подвернется другой цветочный магазин.

Элли была тронута его наивностью — это надо же, полагать, будто в Лондоне только один продавец цветов...

Тим уже ждал в ресторане, когда Элли приехала туда через несколько минут. Невзирая на настоятельные протесты Андрея, своего начальника службы безопасности, она поехала на такси одна, проигнорировав его слова о том, что сейчас, когда по Лондону рыщет серийный убийца, ей как никогда следует быть предельно осторожной. Место их второго с Тимом свидания располагалось на тихой улице неподалеку от Ноттинг-Хилл. Это был выбор Тима: семейная французская пивная, чьих стен не касалась кисть с краской еще со времен Тэтчер.

Тим сидел на барном табурете, в ожидании ее прибытия отдирая этикетку с бутылки импортного пива. Она еще с улицы в окно заметила его темный костюм. Волосы были причесаны на косой пробор, и он грыз ногти. Похоже, на этот раз приложил больше усилий к своей внешности, а также больше нервничал.

Его нервозность заставила Элли напрячься. Что, если он узнал, кто она такая, и, как следствие, счел нужным произвести на нее лучшее впечатление? Это было совсем не то, чего ей от него хотелось; сколько раз она была свидетелем того, как мужчины из кожи вон лезли, чтобы конкурировать с ней... Другие же наивно полагали, что, осыпая ее дорогими подарками, смогут завоевать ее сердце. Хотя Элли и восхищалась такой сильной личностью, как Мадонна, она не назвала бы себя «материальной девушкой»[1].

— Джин с тоником, пожалуйста, — сказал Тим бармену, когда Элли уселась рядом. Ей понравилось, что он запомнил ее любимый напиток. — Ты сегодня классно выглядишь, — сказал он, окидывая взглядом ее черный топ, юбку до колен и черные кожаные ботинки.

— Ты тоже, — ответила она. — Это новый костюм?

— Да, а как ты узнала?

— Ты оставил на кармане вот это. — Элли улыбнулась и сорвала ценник. Правда, при этом оторвала от шва часть кармана. — Ой, извини! — Она испуганно прикрыла рот рукой.

---

[1] Обыгрывается название одного из хитов Мадонны.

— Ничего страшного, — заверил Тим и похлопал по карману, чтобы тот вернулся на место.

— Я чувствую себя ужасно... ты приложил столько усилий...

— О, ерунда!

— Цветы, новый костюм, лосьон после бритья... но сегодня, в отличие от первого раза, ты как будто чем-то озабочен. У тебя всё в порядке?

— Извини... — Тим вздохнул. — Но я должен сделать одно признание.

Черт возьми, подумала Элли, чувствуя, как внутри у нее все сжалось. Вот и всё. Он изучил ее профиль и решил, что она ему не пара.

— Я рассказал своему приятелю Майклу про наше первое свидание, и он отчехвостил меня, — продолжил Тим.

— Не совсем уверена, что понимаю тебя...

— Он сказал, что, хотя мы с тобой и ДНК-пара, я должен был принести тебе цветы и пригласить в какое-нибудь приятное место, а не в местный паб. И что мне следовало бы прифрантиться. Вот я и купил новый костюм. Я давно не был на свидании, Элли. Несколько последних были с женщинами с сайта знакомств, и я единственный, кто на них пытался прилагать усилия. Поэтому с тобой я пошел другим путем. Затем, когда ты вошла, такая красивая, такая стильная, я понял, что был не прав. С другими, в тех редких случаях, когда я знакомился с кем-то, кто мне действительно нравился, это никогда не было взаимно, и я почти сразу перемещался в круг друзей, не более того. Но когда мы встретились, я определенно почувствовал нечто большее, чем просто волнение при виде красивой пташки. Что-то подсказало мне, что нам с тобой суждено стать чем-то большим, нежели просто друзьями. И теперь я немного нервничаю по этому поводу, так как не знаю, что должно произойти дальше. Я не хочу отпугнуть тебя... даже не знаю, можно ли отпугнуть свою ДНК-пару... Кстати, не стесняйся, можешь перебить меня в любой момент, пока я не наговорил кучу глупостей.

— Честное слово, Тим, мне даже понравилось, что ты был самим собой, — сказала Элли, не уверенная в том, когда в последний раз встречала человека, не стесняющегося изливать перед ней душу.

— Но когда тебе оказывают знаки внимания холеные лондонские типы в костюмах от «Хьюго Босс» и с часами «Ролекс» и вдруг оказывается, что твоя ДНК-пара — это провинциальный плебей...

— Поверь мне, Тим, — прервала его Элли, — мне было куда приятней с тобой в твоем местном баре, чем с кем-то из этих типов в очередном стильном заведении.

По лицу Тима промелькнуло облегчение.

— Может, попробуем сегодня еще разок? — спросил он.

— Нет, я тайно наслаждаюсь неловкостью текущего момента.

— Тогда пойдем и посмотрим, готов ли наш столик. Тогда я смогу капнуть супа на свою рубашку или пролить на колени вино, и тогда нам будет что вспомнить.

— Главное, чтобы с тобой вновь не случилась «любовь с первого пука».

— Не хочешь узнать, что происходит, когда у меня любовь со второго?

Элли рассмеялась. В Тиме было немало вещей, которые Элли находила милыми: например, то, как подрагивают уголки его губ за секунду до того, как он зальется смехом; то, что в его бороде поблескивает легкая седина, что его левое ухо торчит чуть больше, чем правое; то, как лицо его делается пунцовым, стоит ему смутиться...

И хотя для нее это не было ни любовью с первого, ни со второго взгляда, в одном она была уверена: в Тиме есть нечто такое, что располагает к нему.

Глава 31

МЭНДИ

Мэнди внимательно слушала, пока мать Ричарда, Пэт, вспоминала случай за случаем из жизни ее сына, восполняя многочисленные пробелы в скудных знаниях Мэнди биографии ее ДНК-пары. Это была их вторая встреча за неделю, на этот раз в кофейне садового центра в деревне на полпути между их городами.

— Женщины, которых Ричард тренировал в спортзале, обожали его. — Пэт усмехнулась. — Он был красивым парнем, но, помимо этого, имелось в его личности нечто такое, от чего они просто млели. Думаю, это потому, что он каждой уделял внимание, внимательно слушал их. Наверное, это то, чего они не получали от своих мужей. И, конечно, некоторые из них ошибочно воспринимали это за некий интерес к себе.

Мэнди поняла, что именно в Ричарде так привлекало к нему женщин. Чем больше она слышала о нем от тех, кто знал его лучше других, тем глубже влюблялась в него, вопреки себе самой. Она цеплялась за каждое слово Пэт, когда та описывала его раннее детство, то, как он унаследовал от отца любовь к приключениям и что, где бы он ни был, всегда поддерживал контакт с семьей, будь то по электронной почте или по телефону. Пэт рассказала о том, что, когда Ричарду было всего девять лет, его отца унес из жизни внезапный сердечный приступ, и он тотчас же взял на себя роль главного мужчины в доме.

— Полагаю, Хлоя рассказала тебе о его раке? Который вдохновил его на путешествия?

— Да, она упомянула об этом.

— Ему было семнадцать, когда он нашел в яичке уплотнение, и сначала ничего не сказал... Вряд ли подростку хочется, чтобы его мать знала, что у него там что-то не так. Но когда он наконец признался мне, я потащила его к врачам. Через пару дней Ричард уже был в больнице, где ему удалили это уплотнение. Увы, оно оказалось злокачественным, и ему пришлось пройти несколько сеансов химиотерапии, но через полгода он снова был здоров.

— Представляю, что вы тогда пережили...

— Да, это было не лучшее время. После этого Ричарда стало не узнать. Мне кажется, в душе он знал, что его время на этой земле ограничено, и он хотел использовать его по максимуму. Разве можно поставить это ему в упрек? В конце концов, он был прав, и ему удалось сделать за эти годы больше, чем многие другие делают за всю жизнь.

— Уж точно больше, чем я, — сказала Мэнди. Любовь Ричарда к приключениям заставила ее устыдиться собственного домоседства. Она невольно задавалась вопросом, какие уголки мира они могли бы увидеть вместе, если б не вмешалась судьба.

— А как насчет тебя, Мэнди? — неожиданно спросила Пэт. — Я все рассуждаю о Ричарде, о том, каким он был, но ни разу не спросила тебя, что ты чувствуешь, когда слушаешь мои рассказы?

Мэнди убрала пальцы от чашки кофе и взглянула на посетителей: те поднимали цветочные горшки и придирчиво рассматривали растения в них. Затем ее внимание привлекла пожилая пара: держась за руки, они сидели рядом на скамье, молча наблюдая за яркими рыбками в искусственном пруду. Им с Ричардом никогда не состариться вместе.

— Когда вы говорите о нем, у меня возникает чувство, что я многое пропустила, — ответила она. — Человек, который любит свою семью и хочет стать главой новой семьи... именно о такой ДНК-паре я мечтала. Меня словно разорвали пополам — мне приятно, что наши ДНК совпали, но грустно, что мы даже ни разу не встретились, не говоря уже о том, чтобы быть вместе. Говорят, что нельзя тосковать по тому, чего у тебя никогда не было, но это неправда. Я тоскую по нему, хотя ни разу не видела его.

Пэт положила руку на локоть Мэнди.

— Лично я гордилась бы, будь у меня такая невестка, как ты.

Мэнди отвернулась и прикусила губу, чтобы та не дрожала. Увы, этого было недостаточно, чтобы остановить слезы, что уже катились по ее щекам.

Глава 32

КРИСТОФЕР

Глоток алкоголя, который Кристофер добавил в свой эспрессо, взбодрил его. Убийство Номера Десять ранним утром прошло на редкость гладко. Он совсем не устал, скорее наоборот, испытывал приятный прилив сил и потому не спешил лечь спать. Голова была полна планов, которые требовалось обдумать. Поэтому он надел шорты, майку и кроссовки — аккуратно зашнуровав их, чтобы петли были одинакового размера, — и вышел из дома на утреннюю пробежку. Когда в его мыслях царил кавардак, физические нагрузки помогали разложить все по полочкам.

Кристофер обожал быть объектом внимания, независимо от того, откуда оно исходило. Его убийства были анонимными, поэтому он добивался его другими способами: носил дорогой, сшитый по индивидуальной мерке костюм, брал для пробного вождения автомобили, которые не собирался покупать, или договаривался с риелторами о показе недвижимости стоимостью в несколько миллионов фунтов стерлингов, которую никогда не смог бы себе позволить. У него имелась привычка ходить по раздевалке в тренажерном зале дольше, чем нужно, демонстрируя мускулистое тело, которому, он был уверен, позавидуют другие мужчины. А когда бегал, нарочно не надевал нижнего белья, чтобы прохожие могли видеть, как его член болтается в спортивных трусах из стороны в сторону.

Дорогие кроссовки стучали по оживленным лондонским тротуарам, неся его к зелени Гайд-парка. Он бежал и задавался вопросом, что было в нем такого, что заставляло его искать это внимание и сопутствующие ему проблемы и осложнения.

Жизнь была бы гораздо проще, если б после убийства он просто тихо покидал дома убитых и ждал, когда полиция обнаружит тело. Кристофер же предпочел делать вещи поинтереснее: рискуя быть пойманным, он возвращался на место преступления, чтобы оставить свой фирменный знак, фотографию следующего объекта, и картинку на тротуаре, нанесенную по трафарету из баллончика с краской. Полиции не оставалось ничего другого, как, высунув язык, бегать от одного трупа к другому, в надежде на то, что со временем осмотрительность изменит Кристоферу и он оставит улики. А пока им было не за что зацепиться.

Это своего рода изюминка, подумал он, и она наверняка возбудит интерес прессы и общественности, которым, когда дело касалось серийных убийц, нравились визитные карточки. Фильмы и книги подогревали уровень ожидания, и Кристофер был счастлив доставить аудитории удовольствие. Полиция всегда будет проводить идентификацию следующей девушки, думая, что с каждым новым убийством он становится небрежнее и обязательно оставит какую-нибудь зацепку. Пока что им было не за что зацепиться.

Частью его плана всегда было в течение двух-трех дней вернуться к ним в дом, чтобы оставить фотографию и рисунок. Надо сказать, что до сих пор ему везло: к этому моменту полиция еще не успевала обнаружить тело. Кристофер рассматривал возвращение на место преступления как своего рода бонус: шанс еще разок взглянуть на искусно проделанную работу.

Увеличив громкость на пристегнутом к руке МР3-плеере, Кристофер побежал в такт любимым мелодиям. Следующей исполнительницей была Адель, и он задумался, почему все убийцы в телевизионных сериалах слушали исключительно агрессивный, бьющий по ушам и мозгам тяжелый металл, а все вымышленные черные преступники — один только рэп. Никто никогда не убивал и не грабил банк под песни Рианны или Джастина Бибера.

Перебежав улицу, Кристофер продолжил бег мимо череды магазинов и вскоре увидел знакомый дверной проем. Он никогда не выбирал свои объекты наобум, лишь на основе строгих критериев. Это были молодые незамужние женщины, которые пребывали в активном поиске и жили одни. Обычно они снимали квартиры в старых домах без охранной сигнализации и с древними замками на входных дверях. Все они жили вдалеке от своих родных, а поскольку Лондон — большой и анонимный город, то своих соседей они тоже не знали. Проходила пара дней, прежде чем кто-то из знакомых или коллег по работе замечал отсутствие человека и в конечном итоге сообщал в полицию.

Посмотрев на дверной проем, Кристофер вспомнил литовскую девушку, которая там жила. Он несколько раз поболтал с ней в интернете, и она вошла в его длинный список. Но затем Кристофер обнаружил, что она ищет себе соседку по квартире. Он знал, какой мощный кайф он словил бы от убийства двух девушек за одну ночь. Увы, риск облажаться был слишком высок, и Кристофер удалил ее из своего списка. Она никогда не узнает, как ей повезло.

Эксперты возлагали ответственность за серийные убийства на «человека с психопатическими наклонностями», и это единственное, в чем они были правы. Этот диагноз не был для Кристофера новостью. Много лет назад он по собственной инициативе выполнил ряд тестов, чтобы лучше понять, кто он такой.

Псих — это было первое прозвище, которого он удостоился еще в школе, после того как во время матча в регби грубым захватом сломал ключицу другому мальчику. Был еще и мяч для хоккея на траве, нарочно брошенный с такой силой, что выбил одной девочке глаз. А вылитый в школьный пруд отбеливатель! Тогда ему хотелось проверить, сколько времени потребуется тритонам, чтобы всплыть на поверхность брюхом вверх. Прозвище не беспокоило его — тогда он толком не знал, что это значит. Тем не менее оно, похоже, снискало ему репутацию пацана, с которым лучше не связываться, и это Кристоферу нравилось.

Теперь он понимал: его родители наверняка знали, что с их младшим ребенком что-то не так, раз проверяли его на аутизм и синдром Аспергера[1]. Результаты оказались отрицательными, и тогда они, закрыв глаза на его странности, сосредоточились на том, чтобы помочь ему вписаться в общество. Когда он сказал им, что изо всех сил пытается почувствовать хоть что-то, от сострадания до любви, они вместо этого научили его подражать общественно приемлемому поведению.

Став подростком, Кристофер зациклился на том, как люди реагируют на не зависящие от них обстоятельства и, в частности, на созданные им самим сценарии. Однажды он забрал соседского малыша из их сада и бросил в лесу в двух милях от дома, просто чтобы посмотреть, какова будет реакция родителей, когда те заметят пропажу ребенка. Реакцией были ужас и отчаяние. Кристофер же искренне не понимал, почему он не способен испытывать то же самое или почему «эмпатия» для него чуждое слово.

Он также не умел определить страх по выражению лица, как не мог определить сарказм и не чувствовал вины, стыда или раскаяния. Даже когда его собственные родители застукали его, пятнадцатилетнего подростка, когда он в теплице трахал дочь их соседа, Кристофер просто повернул голову и смотрел на них, пока

---

[1] Психическое расстройство, схожее с аутизмом и также характеризующееся сложностями в коммуникации с людьми, но в более легкой форме.

они не ушли. К ужасу девушки, он даже не думал останавливаться.

Когда его одноклассники начали находить себе подружек, его интересовало лишь то, что может привести к оргазму, а вовсе не прелюдии и не последующие обнимашки. Любовь казалась пустой тратой времени и энергии за минимальное вознаграждение.

Только когда ему исполнилось двадцать с небольшим, Кристофер досконально изучил, что означает слово «психопат». Оказалось, таких, как он, много, а значит, он нормален — просто это некий иной вид нормы. И слова, которыми на протяжении многих лет швыряли в него, — такие как «бездушный» и «хладнокровный ублюдок», — наконец обрели смысл.

В 1996 году Кристофер заполнил опросник из «Перечня черт психопатических личностей» Роберта Хаэра и, ответив на двадцать вопросов, призванных определить психопатическое поведение, набрал тридцать два балла, то есть значительно выше среднего.

Он также узнал, что, по мнению ряда ученых, мозг психопата устроен неправильно: связи между компонентами, отвечающими за эмоции, слабые. И именно эти слабые звенья и были причиной того, что Кристофер был не в состоянии глубоко чувствовать.

Это его удовлетворило. Ему нравилось, что он не виноват в том, что не владеет своими импульсами. Так что если его когда-нибудь и поймают за его преступления, сей факт послужит ему оправданием. Вместо тюрьмы его поместят в психиатрическую клинику строгого режима, где он станет объектом пристального внимания со стороны тех, кому будет интересно узнать о нем больше. Есть намного худшие способы прожить жизнь, чем пользоваться таким спросом, решил Кристофер.

Он пересек Гайд-парк и вскоре, оставив траву и деревья позади, направил стопы в сторону улиц и массивных викторианских особняков в Ледброк-гроув. На секундочку притормозив, чтобы купить энергетический напиток у уличного торговца, нарочно улыбнулся гей-паре, что разинув рот таращилась на движение члена в его шортах.

Через несколько минут он остановился рядом с магазином здоровой пищи на Портобелло-роуд и посмотрел на окна квартиры на втором этаже. Дважды проверив приложение на смартфоне, чтобы убедиться, что жившая там Номер Одиннадцать все еще на работе, при помощи отмычки открыл входную дверь и ознакомился с планировкой ее квартиры. По сравнению со снимками, размещенными на сайте агентства недвижимости, здесь мало что изменилось, и Кристофер предположил, что его следующее убийство пройдет без сучка без задоринки.

Осматриваясь и решая, где ему спрятаться, он нахмурился. Что-то было не так. Обычно с первого мгновения, стоило ему войти в дом следующей в его списке, его охватывало волнение, приятное предвкушение предстоящего убийства. Увы, сегодня он не ощутил обычного воодушевления. Вместо этого подумал о том, сколько времени стал отнимать у него этот проект, а ведь это время можно потратить в другом месте — например, в обществе Эми... Досадный побочный эффект знакомства с ней заключался в том, что она возбуждала его так, как до нее ни одна другая женщина — ни те, с кем он встречался, ни те, кого убивал. И он никак не мог найти ответа почему.

Глава 33

ДЖЕЙД

В отличие от хмурого Марка, остальные члены семьи Кевина были на удивление рады свалившейся на них гостье из другой части света.

Когда родители Кевина, Дэн и Сьюзан, вернулись из города, куда ездили пополнить припасы, они пришли в восторг, увидев белокожую британку с огненно-рыжими волосами и задиристым характером, о которой они так много слышали, сидящей в гостиной. Мгновенно узнав ее по фотографиям, которые показывал им Кевин, они, как только преодолели первоначальную растерянность, засыпали ее вопросами и настояли, чтобы она осталась хотя бы на ночь.

— И надолго ты приехала в Австралию, милая? — спросил Дэн, когда они сели ужинать в столовой.

— У нас есть гостевой дом с ванной комнатой, так что тебе не придется делить кров с этими грязными пьяницами, — пошутила Сьюзан, глядя на своих сыновей. И хотя она, похоже, обращалась к ним в своей обычной шутливой манере, Джейд чувствовала, что за этим веселым фасадом скрывается глубокая печаль.

— Спасибо. Я пока не знаю, как надолго останусь, — ответила Джейд, и так оно и было. Сказочного романа между ней и Кевином, как она себе это представляла, не получилось, и самое простое, что можно было бы сделать, — это как можно скорее вернуться домой при первой же возможности. Но всякий раз, стоило ей посмотреть на Кевина, как влюбленное выражение его лица говорило ей то, чего не было в его словах. Он отчаянно хотел, чтобы она осталась. — Наверное, задержусь на недельку, если вы не возражаете...

Дэн подал блюда с холодным мясом, картофелем и салатом, а Марк принес к столу тарелки. Кевин единственный из семьи не налегал на еду. Его тарелка была полупустой.

— Мне нелегко удержать пищу в желудке, — пояснил он позже. — Рак засел в моей пищеварительной системе, и она отторгает еду.

Джейд еще не привыкла к страшному слову на букву «р», которое никак не ассоциировалась у нее с Кевином. Всякий раз, услышав его, она вздрагивала, как будто получив удар током, тогда как остальные члены семьи как ни в чем не бывало продолжали беседу. Впрочем, она понимала, что у них было гораздо больше времени, чтобы смириться с неизбежным, чем у нее.

— Лишь благодаря тебе он задержался с нами дольше, чем думали доктора, — сказала ей Сьюзан, когда они вместе вытирали посуду.

— Это почему же?

— Когда нам сказали, что надежды нет... с ним произошло то, что и со многими людьми, — он впал в депрессию. Кто может обвинить его в этом?

— Я была бы зла, как черт.

— Он тоже был — поначалу. Надеялся, что впереди у него вся жизнь, но ему сказали, что она будет гораздо короче, чем он полагал... — Сьюзан умолкла и отвернулась от Джейд, словно вновь пережив тот миг, когда им сообщили эту ужасную весть.

— Для нас всех это был удар, — продолжила она, прочистив горло. — Никто не знал, как на это реагировать или чем ему помочь. Затем в самый тяжелый период его жизни он узнал, что у него есть ДНК-пара. И не имело значения, что она живет в другой стране и что он, вероятней всего, никогда не встретится с ней лицом к лицу. Просто тот факт, что ты есть, ваше общение друг с другом — все это помогло ему протянуть дольше.

— Я не имела понятия ни о чем из всего этого.

— Он должен был тебе сказать. Я говорила ему, что ты имеешь право знать, но он никак не решался поднять эту тему. Ты помогала ему забыть о болезни. Когда вы с ним обменивались сообщениями или разговаривали, Кевин забывал, что происходило с его телом. Он стал другим человеком... Он снова был моим младшим мальчуганом. — Сьюзан крепко сжала руку Джейд. — Спасибо, — прошептала она. — Спасибо тебе за дружбу с моим сыном, и спасибо, что ты приехала навестить его.

— Я рада, что приехала, — улыбнулась Джейд.

Это был длинный и необычный день, и когда он закончился, ей вдруг захотелось расплакаться. Такое было для нее в новинку — она не хотела, чтобы кто-то подумал, что она слабая. И Джейд, сглотнув комок в горле, сдержала слезы. Нет, она не раскаивалась в своем порыве — она была рада, что познакомилась с Кевином, и уже ощутила с ним родство душ.

Была только одна проблема: Джейд понимала, что, встретив свою ДНК-пару, не влюбилась в него.

Глава 34

НИК

Похоже, чувство, которое Ник и Алекс испытали в клинике, не было мимолетной случайностью. Стоило Нику заметить Алекса в модном баре, как он испугался, что ноги подкосятся под ним еще до того, как он дойдет до стола. Мужчины вежливо пожали друг другу руки и обменялись смущенными улыбками.

— Тебе заказать что-нибудь выпить? — спросил Ник.

— Да, еще одно пиво. Спасибо, приятель, — ответил Алекс и поднял бутылку.

Ник кивнул и направился к бару. Заказывая напитки, он заметил в зеркале за бутылками отражение Алекса. Салли была права, когда отметила его броскую внешность. Даже не будучи геем, Ник мог оценить, что тот был красивым парнем. Гораздо более мужественный внешне, чем он сам, да и держится уверенно. На таких обычно гроздьями вешаются женщины, и по какой-то причине эта мысль его рассмешила. Он проверил свой телефон, чтобы узнать, получила ли Салли его сообщение, в котором он писал, что опоздает домой из-за встречи с клиентом. Вполне правдоподобная ложь, подумал Ник. Ему частенько доводилось водить по барам и угощать как существующих, так и потенциальных клиентов.

«О'кей, детка, люблю тебя», — прочитал он ее ответ. Но сам не ответил.

Ник вернулся в кабинку с бутылками, сел и снял пальто. Оба не знали, с чего начать.

— Как дела? — в конце концов спросил Ник.

— Хорошо, спасибо, очень занят на работе. А твои?

— То же самое.

Не в состоянии долго поддерживать зрительный контакт, ибо это было чревато повторением того, что они почувствовали во время первой их встречи, оба одновременно опустили глаза на свои напитки, ибо оба чувствовали себя крайне неловко. На заднем плане прозвучали два припева старой песни группы «Оазис», прежде чем кто-то сказал хотя бы слово.

— Вообще-то все не так хорошо, — признался Ник. — Я просто не знаю, как это сказать, чтобы не показаться полным кретином, но я должен сбросить с себя этот груз, прежде чем отступлю. Чем больше я стараюсь не думать об этом, тем сильнее это становится той единственной вещью, о какой я могу думать вообще. Я про то, что случилось... про нашу первую встречу.

Понимая, как нелепо звучат его слова, он умолк и посмотрел на Алекса, в надежде увидеть подтверждение тому, что его визави чувствует то же самое, но на лице Алекса не дрогнул ни единый мускул. «Семь бед — один ответ», — подумал Ник и продолжил:

— То чувство, которое я испытал, когда посмотрел на тебя, уходя. С тех пор я думал о нем тысячу раз и до сих пор не могу найти ему объяснения. Это полная бессмыслица. Я не гей.

— Я тоже не гей, — ответил Алекс.

— Тогда что нас с тобой связывает?

— Не знаю.

— Я ни разу не целовал парня, даже хохмы ради или когда бывал пьян.

— И я нет.

— Но если ни тебе, ни мне не интересны парни, то тогда что здесь происходит?

— Все просто. Этот тест левый, и нас перепутали с кем-то еще, — решительно заявил Алекс.

— Я тоже так сказал. И даже отправил им электронное письмо с просьбой проверить результаты, но мне прислали стандартный ответ, в котором говорилось, что тест в полном порядке и на сегодняшний день у них не зафиксировано ни одного случая несоответствия... Но в любом случае это не объясняет, что я тогда почувствовал. Что, как мне кажется, мы оба почувствовали. Мы будем и дальше это отрицать или как?

Алекс поерзал на стуле. Затем, сделав несколько глотков из бутылки и подавшись вперед, тихо сказал:

— Я знаю лишь то, что после того, как я сделал тебе массаж, случилось нечто необъяснимое. Когда ты вошел в кабинет, я ничего не почувствовал; когда ты снял футболку, когда я прикоснулся к тебе, когда мы пожали друг другу руки — ничего, но потом... Я не знаю... что-то произошло.

Ник с облегчением вздохнул: Алекс описал то же самое, что испытал и он сам.

— И что ты почувствовал? — спросил он.

— Честно? Во мне как будто разом взорвалась тысяча бомб, но не в плохом смысле... Их взрывы как будто разбудили меня. Внезапно я ощутил себя более живым, чем когда-либо прежде, и как бы глупо это ни звучало, вот единственный способ описать то, что я тогда почувствовал.

— Нет, нет, это круто. Я знаю, что ты имеешь в виду. Со мной было точно так же.

— Но почему ты и я? Судя по разговору, который у нас был в прошлый раз, есть ли у нас хоть что-нибудь общее? Я люблю спорт, ты любишь компьютерные игры. Я через пару месяцев собираюсь вернуться домой, чтобы жить в Новой Зеландии, а ты любитель городской жизни...

— И у нас обоих есть подружки.

— Да, и у нас обоих есть подружки, — согласился Алекс.

— Тогда почему я сижу здесь, и у меня в животе порхают бабочки размером с орла, и я не осмеливаюсь посмотреть на тебя, а потом, когда делаю это, не могу оторвать от тебя глаз?

Ник подвигал ногой и случайно задел коленом ногу Алекса. По его телу моментально пробежали мурашки. Алекс тотчас подвинул ногу ближе, чтобы их ноги продолжали соприкасаться. Не говоря ни слова, они посмотрели друг другу в глаза, и каждый прекрасно понимал, что чувствует в эти мгновения другой.

Глава 35

ЭЛЛИ

На втором свидании время пролетело для Элли и Тима с быстротой молнии, стоило им взяться за еду.

Элли доводилось ужинать в «Ям-Ча», «Сержанте-вербовщике» и «Серебряной башне» — трех самых знаменитых ресторанах Парижа, — а звездные шеф-повара Жан-Кристоф Новелли и Элен Дарроз даже готовили для нее в ее собственном доме, но она не могла вспомнить ужина вкуснее, чем тот, который делила с Тимом в этой скромной кафешке. Конечно, меню было совершенно не в ее вкусе — все, что она заказала, оказалось либо жареным, либо густо сдобрено чесноком, — но она не жаловалась, по достоинству оценив усилия, которые Тим предпринял при организации их свидания.

Тим был добрым, искренним человеком, какие ей не встречались долгое время. Привлекал ли он ее? Да, решила Элли, но не так, как она ожидала. Она провела достаточно времени в обществе пар, которые познакомились через сайт знакомств, и потому знала, как выглядит влюбленная пара. У них с Тимом этого не было. За эти годы Элли возвела вокруг себя так много барьеров, что их отношения не скоро запылают, да и то лишь слабым язычком, а не всепоглощающим пламенем страсти.

Наконец ужин был съеден, а кофе выпито. Элли позволила Тиму расплатиться, после чего он подержал для нее винтажное пальто от Александра Маккуина, помогая ей надеть его. Внезапно она ощутила себя виноватой, что надела это пальто на их свидание. Оно наверняка стоило больше его месячной зарплаты. Более того, Элли это точно знала: ее частные детективы сообщили ей сведения о финансовом положении Тима. И хотя ей было отчасти стыдно, что она так беспардонно проверяет его, Элли знала, что не должна корить себя за покупку хороших вещей. Это были ее собственные, потом и кровью заработанные деньги, и она могла распоряжаться ими по своему усмотрению. И если она призывала Тима быть самим собой, когда он был с ней рядом, то же самое касается и ее самой. К тому же она питала слабость к красивой одежде.

Когда они уходили, Тим придержал дверь. Элли не устояла перед соблазном и взяла его под руку. Она тотчас ощутила тепло его тела. Тим моментально замер и, одарив ее самой широкой своей улыбкой, наклонился к ней, чтобы поцеловать. Элли закрыла глаза и, как только их губы встретились, ощутила мощный выброс феромонов. Она была готова поклясться, что слышала, как они пульсируют вокруг всего ее тела. Нервные окончания будто запели, сердце затрепетало. На миг ей показалось, что она видит звезды.

Увы, момент восторга оборвался, толком не начавшись, когда позади них раздался женский крик:

— Ты, гребаная сука!

Оба моментально повернули головы и увидели хмурую женщину средних лет, которая что-то швырнула в их сторону. Тим инстинктивно попытался встать между ней и Элли, и в него полетела целая банка красной краски, заляпавшей ему лицо, рубашку и пиджак. Щедрая порция досталась и Элли, забрызгав ей руки, волосы, щеки и окно ресторана у них за спиной.

— У тебя кровь на руках за то, что ты сделала! — крикнула женщина и, бросив банку в канаву, устремилась прочь и вскоре исчезла в темноте.

Элли даже не шевельнулась, стоя как статуя. Тим тем временем стирал краску с лица.

— Что ты натворила? — спросил он, и его голос был полон недоверия.

От шока Элли будто окаменела. Она не впервые подверглась нападению. Правда, большинство их носили виртуальный или словесный характер, если не считать одного религиозного фанатика, ударившего Андрея разбитой бутылкой. Именно по этой причине она наняла его и его команду, чтобы сопровождали ее на публике. Увы, в этот вечер ей хотелось напомнить себе, каково это — быть обычным человеком на обычном свидании. Когда они с Тимом поцеловались, ее защитная стена дала трещину, и Элли позволила чувствам взять над собой верх.

И вот теперь все, что она чувствовала, — это густая, липкая краска, стекавшая по ее щекам. Элли знала: Тим только что задал ей вопрос, но она была слишком ошеломлена, чтобы как-то отреагировать. Вместо этого уставилась на ротозеев, которые остановились поглазеть на происходящее.

Толпа вокруг них росла на глазах. Стряхнув с себя оцепенение, Тим потащил ее к стоявшему рядом черному такси, которое только что высадило предыдущего пассажира. Сердито взглянув на забрызганную краской пару, шофер открыл было рот, чтобы отказать им, когда Тим вытащил из бумажника пригоршню пятидесятифунтовых банкнот и просунул их через пассажирское окошко. Крупные банкноты плохо вязались с доходами такого человека, как Тим, но Элли, все еще в шоке от нападения, не обратила на это внимания.

— Этого хватит на оплату уборки, — сказал он и, открыв дверь, подтолкнул Элли, не давая водителю возможности передумать. — Где ты живешь?

Но она как будто утратила дар речи.

— Элли, — строго сказал Тим. — Мне нужно отвезти тебя домой, где ты живешь?

— Фуллертон-террас, дом триста сорок пять, Белгравия, — прошептала Элли.

Тим повторил адрес водителю, затем вытащил из кармана носовой платок и осторожно вытер с ее губ красную краску.

— С тобой всё в порядке? — мягко спросил он.

— Я хочу поскорее вернуться домой, — прошептала Элли, чувствуя себя униженной и оплеванной. Она не решалась посмотреть ему в глаза.

— Ты знаешь эту женщину?

— Нет.

— Нужно вызвать полицию.

— Нет, — повторила Элли, более решительно. Тим ждал дальнейших объяснений, но так и не дождался. Она кожей чувствовала его досаду. Выглянула в окно, чтобы не видеть разочарования на его лице.

— Кто ты, Элли? — настаивал он. — И зачем кому-то швыряться в тебя краской?

Элли молчала до конца их неловкой пятнадцатиминутной поездки до ее дома. Вскоре такси остановилось возле внушительного белого четырехэтажного таунхауса. Должно быть, Тиму интересно, подумала Элли, откуда у скромной личной помощницы такие деньги, чтобы жить по столь престижному адресу. Увы, она была не в том настроении, чтобы сказать ему правду.

Пока Тим расплачивался с водителем, она вышла из такси. К тому моменту, когда он получил свою сдачу, Элли уже взлетела по ступенькам к входной двери и приложила к замку ключ-карту. Внутри ее уже ждал Андрей. Взглянув на свою потрясенную работодательницу, он уже было собрался накинуться на Тима, все еще стоящего на дороге, но Элли, войдя, остановила его. Андрей захлопнул дверь, и Тим остался стоять на холоде.

Глава 36

МЭНДИ

Мэнди не могла нарадоваться своей племяннице Белле. Та сидела на высоком стульчике за обеденным столом родителей в окружении других детей, слишком маленьких, чтобы постичь суть праздника.

Вскоре свет потускнел, и в комнату вошла ее мать, неся на блюде розовый праздничный торт, украшенный большой свечой с единицей на ней. Увидев его, Белла тотчас задергала толстенькими ножками. Все собрались вокруг, чтобы спеть «С днем рожденья тебя». Мэнди встретилась взглядом с сестрой — Карен изо всех сил старалась сдержать счастливые слезы. Тетя Беллы, Пола, помогла девочке задуть свечу. Белла выпустила огромный пузырь слюны и протянула руку, чтобы схватить торт.

Мэнди обожала всех трех своих племянниц и племянников и никогда не забывала поиграть с ними. С тех пор как они родились, она потратила на дизайнерские одежки для них больше, нежели потратила на себя. Но у нее был секрет, в котором ей было стыдно признаться: всякий раз, покупая что-то для них, она покупала точно такую же вещь для ребенка, который, как она надеялась, когда-нибудь у нее будет. В запасной комнате у нее под кроватью стояли два чемодана и сумка, до отказа набитые детскими нарядами, которые никто никогда не наденет.

Увы, в последнее время ей становилось все труднее находиться рядом с детьми — от одной только мысли, что у нее, в отличие от сестры, не будет ребенка от ДНК-пары, Мэнди чувствовала себя физически больной. Даже если в скором времени она встретит кого-то, с кем можно завести семью, он никогда не будет ее суженым, потому что ее суженый умер. Ей было страшно, что она не сможет полюбить ребенка от другого мужчины так, как любила бы ребенка от Ричарда. В душе Мэнди уже начинала злиться на Полу и Карен за то, что у тех было все, о чем мечтала она. Если Кирстин найдет симпатичную девушку, с которой свяжет свою жизнь, она будет следующей, и клин, разделяющий их, станет еще шире.

— Да, киска, пойдем со мной, — сказала Пола и, крепко схватив Мэнди за руку, потащила сестру в сад, в пластиковый кукольный домик, устроенный для Беллы. Внутри они присели на крошечные стульчики. Пола с недобрым блеском в глазах достала из кармана пачку сигарет.

— Какую игру ты затеяла?

Мэнди изобразила невинность, хотя точно знала, о чем спрашивает ее сестра.

— Я имею в виду Ричарда, твою пару. Ты обещала познакомить нас с ним сегодня. А в последнюю минуту заявляешь, что у него «срочное индивидуальное занятие»... Кому могла срочно понадобиться индивидуальная тренировка? Давай выкладывай правду.

Мэнди сглотнула застрявший в горле комок. О Ричарде она рассказала семье почти все, за исключением одной вещи — что его больше нет в живых. Она смотрела на Полу, не зная, что сказать.

— Прошло два месяца с тех пор, как ты встретила любовь своей жизни, мы же до сих пор не видели его даже краем глаза, — сказала Пола, выпуская в открытое окошко дым. — Так что с ним не так?

— С ним всё в порядке, — сказала Мэнди и глубоко затянулась. Она даже не осознавала, как сильно ей нужна сигарета, и поняла это лишь тогда, когда дым проник ей в горло.

— У него бородавка на лбу? Татуировки по всему телу? Нет руки или ноги? Он на фут ниже тебя? Черный? Ты ведь знаешь: даже наш старый дедушка-расист не стал бы возражать, знай он, что ты счастлива...

— Нет, нет, все это здесь ни при чем. — В душе Мэнди пожалела, что все не так просто.

— Ты боишься, что бедный парень испугается нас?

— Ну, вы иногда бываете слегка кровожадными, а он довольно застенчив. — Мэнди еще не была готова поделиться правдой. — Я представлю его, когда решу, что он готов.

— Что ж, разумно. — Странно, но ее объяснение, похоже, устроило Полу. — Только давай не будем тянуть с этим делом до второго дня рождения Беллы. Если честно, мне не терпится познакомиться с моим будущим зятем.

— Конечно, не будем, — сказала Мэнди, понимая, что срок действия ее лжи истек.

Глава 37

КРИСТОФЕР

Шагнув в распахнутую дверь, Эми обняла Кристофера. Тот не знал, как ему реагировать. Он не видел выражения ее лица, поэтому обнял ее в ответ. И, похоже, поступил правильно.

— Просто кошмарный день, — тихо сказала Эми и, выпустив его из объятий, прошла по коридору в гостиную. Расстегнув молнию на сапогах, швырнула их в угол комнаты и бросила ключи на круглый деревянный столик. Когда она отвернулась, Кристофер положил ключи ровно и аккуратно поставил обувь.

— Прошлой ночью нашли еще одну девушку, — начала Эми, щедро плеснув водки в стакан из бара с напитками; порция тоника была менее щедрой. Не тот стакан, подумал Кристофер, но не стал говорить это вслух. — На этот раз Южный Лондон.

— Почему это так тебя расстраивает? — спросил он, с трудом сдерживая лихорадочное предвкушение разговора.

— Потому что на этот раз он превзошел самого себя. Избил бедную девочку до смерти, выбил ей зубы, сломал ребра, залил в горло отбеливатель... И выколол глаза.

Это была необходимость, подумал Кристофер.

— Меня не удивит, если он ее также изнасиловал, — добавила Эми.

Кристофер оскорбился этому предположению.

— Господи, — ответил он. — Откуда ты все это знаешь? Я не думал, что ты расследуешь это дело.

— Я не расследую; просто нескольким сотрудникам, и мне в том числе, поручили опросить соседей, поскольку, пока преступник не пойман, нельзя исключать никакие другие варианты. Это его девятая жертва. Можешь в это поверить, Кристофер? Девять бедных девушек...

Скоро они найдут Номер Десять, подумал Кристофер и довольно скрестил на груди руки.

— До того как мы поговорили с соседями, следователь, ведущий дело, показал нам фотографии девушек. Никогда не видела столько тел, связанных с одним расследованием.

Представив, как полиция обсуждает плоды его труда, Кристофер едва сдержал улыбку. И что самое главное, они обсуждали их с той, с кем он был близок.

— Все остальные были задушены, — сказала Эми. — Но эта атака была личной, как будто он знал ее... как будто хотел доставить ей мучения. Это коренным образом изменило его психологический портрет.

Это был не план, подумал Кристофер, а лишь небольшое, но полезное лирическое отступление.

— Каким образом? — спросил он.

— Нет никаких сомнений, что у него не всё в порядке с головой, — ответила Эми. Кристофер тотчас ощетинился. — Но, похоже, он еще и мстителен. Он не просто зациклен на женщинах: у него, видимо, глубокая, укоренившаяся ненависть к ним, вот почему это убийство было таким жестоким. Не знаю, может, мать била его в детстве или что-то в этом роде...

Кристофер сделал невозмутимое лицо — ей ни к чему знать, как сильно она заблуждается. Он считал себя врожденным психопатом, тем, кто появился на свет с этим заболеванием — или даром, как он привык думать, — в отличие от психопатов вторичных, продуктов окружения. Он вырос в зажиточном пригороде, с двумя родителями, которые часто говорили ему, что любят его, даже если он этого не чувствовал.

Их преждевременную смерть — от рака и болезни сердца — Кристофер воспринял примерно как потерю домашнего кролика. Поддерживал редкие контакты со своими братьями, особенно со старшим, Оливером. Как ни старался, Кристофер никогда не мог понять важности денег. Именно Оливер помог ему разумно распорядиться долей внушительного наследства, которое получил каждый из сыновей. Вложенное в высокодоходные бумаги, оно приносило Кристоферу регулярный ежемесячный доход, которого было достаточно, чтобы он мог заниматься графическим дизайном лишь от случая к случаю.

— Они нашли на ней фото следующей? — спросил Кристофер. Он терпеть не мог слово «жертва» — оно подразумевало, что в случившемся нет их вины. В его глазах они напросились сами, поскольку предлагали ему свои номера телефонов, болтая в приложениях для знакомств; они были слишком доступны, а это имело свои последствия. Ни у одной из них не было ДНК-пары. В известном смысле это были граждане второго сорта, презираемые теми, кто нашел свою истинную любовь.

Впрочем, это была беспроигрышная ситуация для всех участников — когда он завершит свой проект, никто так и не узнает его имени, в то время как «жертвы», как назвала их Эми, будут вознаграждены тем, что навсегда останутся частью дела, которое войдет в британскую криминальную историю. О них будут писать книги, снимать документальные телефильмы и сериалы, а само дело будет служить материалом для изучения в течение десятилетий. В своей смерти они достигнут гораздо большего, нежели могли надеяться достичь в своей заурядной жизни.

— Да, там было еще одно фото, — ответила Эми и, сев за стол в столовой, подперла руками голову. — Нет никаких сомнений в том, что она тоже мертва, но нет и никаких подсказок, где может находиться тело. Нам остается только ждать, что кто-нибудь увидит нарисованный на асфальте трафарет.

— Почему вы не хотите опубликовать ее фотографию в СМИ?

— Потому что никакая газета или телеканал не покажет лицо мертвой девушки. К счастью, в интернете нет таких высоких моральных стандартов, и каждая жертва сейчас в Сети. Но мы сделали для газет и телевидения фоторобот последней девушки, так что, возможно, это ускорит процесс.

Похоже, сделанный из баллончика рисунок, который Кристофер оставлял рядом с домом, захватил воображение публики. Он довел счет своих побед до пяти, прежде чем полиция узрела связь, но как только рисунки были обнародованы, по всему Лондону стали появляться их копии.

Следователям еще предстояло установить, что все убитые женщины пользовались одним и тем же приложением под названием «Флирт». Это был побочный проект сайта «Найди свою ДНК-пару», предназначенный для тех, кто таковой еще не нашел, зато мог найти утешение в обществе точно таких же одиночек. Занимаясь составлением длинного и короткого списка, Кристофер работал и с другими приложениями. Как выяснилось, некоторые девушки были зарегистрированы и там, так что полиции было слишком сложно сузить поиск до одной общей ссылки. Даже если полиция проверит их телефоны, она не найдет ссылки на Кристофера в их сообщениях. Он создал более сотни адресов электронной почты, привязанных к нескольким десяткам левых смартфонов, спрятанных в неисправном морозильнике в его подвале.

Кристофер загрузил программное обеспечение из «Темной сети», позволяющее следить за их сообщениями, фотографиями, социальными сетями, «облачными» устройствами хранения и местоположением, но никогда больше с ними не разговаривал. У него не укладывалось в голове, что люди настолько глупы, что хранят всю свою жизнь на пяти дюймах пластика, куда может залезть кто угодно.

— Вряд ли я когда-нибудь это пойму, — сказала Эми. — У меня в голове не укладывается, зачем кому-то нужно отнимать столько жизней? В чем смысл?

Ради самоутверждения, подумал про себя Кристофер. Ради кайфа. Ради учебников истории. Чтобы доказать, что ему хватило силы характера и амбиций стать серийным убийцей, что это его собственный выбор, а не дело случая. Что самому выбрать эту жизнь, а затем самому же поставить в ней точку. Потому что до него никто так еще не делал. Потому что ни одно чувство на свете не сравнится с тем, которое испытываешь, когда жизнь другого человека целиком и полностью находится в твоих руках.

— Я не знаю, — ответил Кристофер. Решил снова ее утешить, встал позади нее, обнял за плечи и привлек к себе. — Может быть, он просто умеет это делать, — добавил он, целуя ее в макушку. — Вот и делает.

Эми на миг отдалась во власть сильных теплых рук своей ДНК-пары. Стоя позади нее, Кристофер попытался представить выражение ее лица, когда она впервые увидела фото того, на что он способен. Даже с его неспособностью понимать эмоции он не сомневался, что это было омерзение.

Глава 38

ДЖЕЙД

Бóльшую часть первой своей ночи в Австралии Джейд не сомкнула глаз, и не только из-за разницы во времени. Известие о неизлечимой болезни Кевина и осознание того, что она его не любит, оставили в ее душе неприятный осадок. Она злилась на него и еще больше злилась на себя.

В тишине гостевого домика на ферме Джейд включила ночник и подключилась к вай-фаю, чтобы выяснить, нормально ли это — ничего не чувствовать к своей ДНК-паре. Она знала, что между ними любовь, но где же тот оглушительный, гулкий, красочный фейерверк или радуга, как то было в фильмах и телепрограммах, которые она смотрела? Вымышленные ДНК-пары западали друг на друга с первого взгляда. Тогда почему с ней этого не случилось?

Джейд проверила официальный сайт «Найди свою ДНК-пару». «Эмоции, которые испытывают участники такой пары, могут варьироваться от пары к паре, — прочла она. — У некоторых это происходит мгновенно, другим может потребоваться несколько встреч или несколько дней, прежде чем они ощутят тягу друг к другу. Иногда это связано с умственными способностями пары или отдельного человека, или болезнью, которая может влиять на выработку феромонов и рецепторов. Сбой биологических часов участника ДНК-пары также может повлиять на то, как они ощущают свои эмоции».

Узнав, что проблема не так уже и редка, Джейд слегка взбодрилась. Она уже начала тревожиться, что причина ее холодности — в состоянии Кевина, в том, как мало он был похож на свои фото, а также в том, что она — бесчувственная дурочка. Теперь же, вооруженная новыми знаниями, Джейд почувствовала себя гораздо лучше. Она влюбится в Кевина. Это непременно случится, ей просто следует подождать. Хотя, по большому счету, признала она, трудно по уши влюбиться в того, кому не светит увидеть следующее лето.

Внезапно раздался негромкий стук в дверь.

— Войдите, — ответила Джейд и приподнялась на локтях. Дверь медленно открылась, и в проеме появилось улыбающееся лицо Кевина.

— Привет! — сказал он. — Я увидел, что у тебя горит свет. Хочешь прокатиться и увидеть кое-что?

— Конечно, — ответила она. Часы на стене показывали 3.56 утра.

— Встречаемся у твоей машины через пятнадцать минут. Возьми кофту. По утрам тут бывает холодно. Да, и твои ключи, конечно.

Когда Джейд вышла из дома, Кевин уже стоял у машины, опираясь на свою металлическую раму.

— Поехали, — бодро сказал он.

Следуя его указаниям, Джейд проехала по грунтовой дороге и вырулила на шоссе. Они ехали минут десять, пока не достигли плоской равнины рядом с дорогой.

— Нельзя быть в Австралии и не увидеть восход солнца, — сказал Кевин. — Такой красоты нет больше нигде.

Они сидели рядом, слушая классику в стиле соул. Между тем тьма постепенно исчезла, сменяясь пурпурно-оранжевым заревом.

— Как часто ты приезжаешь сюда? — спросила Джейд.

— Стал часто сразу после того, как мне поставили диагноз, — ответил Кевин. — Затем я на какое-то время ушел в темное место. Я был зол на всех, особенно при мысли, что у других будет целая жизнь, полная восходов и закатов, в то время как мои можно пересчитать по пальцам. Затем пришел к пониманию, что быть здесь и видеть любой восход — это уже большой подарок. Это значит, что я прожил еще один день.

Джейд инстинктивно положила голову на плечо Кевина и не убирала, пока не взошло солнце и сам он не задремал. Его рука была холодной, а кожа — похожа на пергамент. Интересно, задумалась Джейд, каким он был на ощупь, прежде чем рак начал поедать его тело.

Хотя яркая любовь, какую положено испытывать к своей ДНК-паре, все еще явно отсутствовала, Джейд стало спокойнее на душе. Они много раз и подолгу разговаривали по телефону, и она воспринимала его как лучшего друга, а не только как ДНК-пару. А это самое главное, подумала Джейд. Наверное, если посмотреть глубже, это и есть настоящая любовь: просто быть рядом с кем-то, когда солнце встает и садится...

Когда она вернулась на ферму, Кевин все еще спал. Их встретил его брат, Марк. Открыв пассажирскую дверь, он расстегнул на Кевине ремень безопасности и, подхватив его на руки, понес обратно в дом. Глядя ему вслед, Джейд внезапно ощутила, как в ней шевельнулось нечто такое, чему у нее не было названия.

Глава 39

НИК

Ник зажал ладонями дымящийся пластиковый стаканчик горячего шоколада, купленный в киоске на безопасном расстоянии от игрового поля. Он собирался заодно купить и гамбургер, но вовремя заметил грязные ногти продавца за прилавком. Это был первый матч регби в его жизни — в школе на первом месте был хоккей на траве, — и на улице было холодно, как в Арктике. Он плотно замотал шею серым кашемировым шарфом, который Салли подарила ему на день рождения, и поднял капюшон, чтобы держать уши в тепле.

«Что я здесь забыл?» — спрашивал себя Ник, не имея ни малейшего понятия, каковы правила игры или что вообще происходит на поле. Он знал лишь одно: он был не в состоянии оторвать взгляд от одного игрока перед ним. Глаза Ника скользнули выше, с икр Алекса на его мощные бедра, а затем на крепкий, мускулистый торс. Он почти ждал того мгновения, когда атлетическая внешность Алекса возбудит его, чтобы совпадение их ДНК начало обретать смысл. Если им предопределено судьбой быть вместе, наверняка он должен ощутить хотя бы легкое сексуальное возбуждение... Увы, ничего подобного не было.

Ник ни с того ни с сего решил провести утро наблюдая за игрой. Вспомнив фото команды в рамке на стене офиса Алекса, он нашел в интернете расписание матчей, чтобы узнать, когда будет следующий. Поле располагалось в пригороде Бирмингема, но, памятуя о том, что явиться без приглашения было бы некрасиво, Ник занял место в сторонке от других болельщиков, чтобы наблюдать за Алексом издали.

Прошла неделя с момента их встречи в баре, где они провели бо́льшую часть вечера, ближе знакомясь друг с другом. Оба слегка опьянели, постепенно открывая друг в друге все больше общего, от живописи до архитектуры, от путешествий до рок-музыки. Единственная тема, в которую оба избегали вдаваться, — это их отношения с подругами. И хотя их беседа текла дальше, ни один не решился заговорить о том, что теперь они ДНК-пара, хотя эта мысль витала в голове у обоих.

Конец их беседе положила подруга Алекса Мэри, позвонившая, чтобы спросить, когда его ждать домой. На кратчайший миг Ник почувствовал укол ревности. Прощаясь, они обменялись вежливым, но долгим рукопожатием, и каждый в душе боялся, что это прикосновение может стать последним. Ни один не предложил ни встретиться снова, ни созвониться. Пока им было достаточно знать, что другой существует, хотя и живет своей независимой жизнью.

А пока Салли организовала неожиданную поездку в Брюгге. Ник узнал об этом лишь в пятницу днем, когда она появилась в его офисе с двумя чемоданами, билетами на поезд и распечаткой бронирования отеля. В последнее время в их отношениях возникла дистанция. Нику казалось, что он позволил всей этой истории с Алексом встать между ними. Но то, как Салли устроила этот их секс-тур, навело его на мысль, будто она тоже пытается что-то компенсировать. Она была более рассеянной, чем обычно, и ему ничего другого не оставалось, кроме как предположить, что Салли расстроена тем, что у него теперь есть ДНК-пара. Ник попытался отогнать эту мысль на задворки сознания.

В Брюгге ее сексуальный аппетит был почти ненасытным, и когда они не осматривали достопримечательности города, то были в постели. Одна часть его «я» мучилась вопросом, не подозревает ли Салли, что он вновь виделся с Алексом, и пытается составить тому конкуренцию. Но ни один из них ни разу не упомянул его имя.

По возвращении в Бирмингем Ник не просто хотел снова увидеть Алекса, он испытывал в этом потребность. Они целых восемь дней не видели друг друга.

Внезапно его мысли прервал летящий по воздуху мяч, который ударил его прямо в плечо.

От неожиданности Ник выругался. Толпа перед ним расступилась, и он оказался на виду.

— Передашь нам мяч, приятель? — крикнул коренастый мужчина с бритой головой.

В тот момент, когда Ник неуклюже бросил мяч в сторону игрока, Алекс заметил его. Ник испуганно оглянулся, тотчас пожалев о своем решении тихой сапой вторгнуться в личный мир Алекса. Но стоило ему увидеть на лице того улыбку, как его собственная не заставила себя ждать.

Глава 40

ЭЛЛИ

Когда Тим открыл входную дверь, в руках у него была миска с хлопьями.

Элли судорожно попыталась представить, как это выглядело в его глазах, когда он увидел перед собой высокого, крепкого мужчину с бритой головой, стоящего с ней рядом. У тротуара рядом с его скромным домом стояли два черных «Рейнджровера» с тонированными стеклами. Элли не знала, разглядел ли он фигуры людей за рулем обоих.

— Привет, — пробормотал Тим и проглотил полный рот хлопьев. Рукава его рубашки были закатаны, желтый галстук свободно болтался на шее. Похоже, ее внезапное появление застало его врасплох, и теперь он гадал, как она узнала его адрес.

— Привет, — ответила Элли. — Извини, что нагрянула без предупреждения. У тебя найдется несколько минут, прежде чем пойти на работу?

— Я только и делал, что пытался поговорить с тобой последние несколько дней, но ты не пожелала общаться со мной.

— Я знаю и прошу меня извинить. Именно поэтому я сейчас здесь, чтобы все объяснить. Можно войти?

Тим шагнул в сторону, впуская их. Андрей вошел первым. Войдя, он снял темные очки и осмотрел прихожую и другие комнаты и лишь затем разрешил Элли войти вслед за ним. Тим хмуро посмотрел на этого громилу, а затем — на свою ДНК-пару.

— Это мой телохранитель, — пояснила она почти извиняющимся тоном.

— В таком случае я должен сообщить о семье ниндзя, обитающей в столовой, и о бочках с горчичным газом, который я синтезирую в теплице.

Увы, шутка Тима никого не рассмешила. Андрей одарил его колючим взглядом.

Элли потребовалось четыре дня, чтобы набраться смелости и вновь напомнить о себе Тиму после того, как их второе свидание завершилось метанием банки с краской. С тех пор она забаррикадировалась в своем лондонском таунхаусе и оставалась там, чувствуя себя оплеванной и не зная, как поступить дальше.

Будь ее встреча с Тимом заурядным свиданием с очередным кавалером, Элли никогда не стала бы встречаться с ним снова. Увы, Тим не был ни заурядным, ни очередным. Кроме того, ей нравилось проводить время узнавая его ближе, а их поцелуй незадолго до нападения оказался верхом блаженства.

Элли привыкла выступать перед публикой. Некоторые ее речи слушали тысячи людей по всему миру. Но, как ни старалась, как ни репетировала перед зеркалом в ванной, она до сих пор не знала, с чего ей начать. Как объяснить Тиму, что случилось?

— Могу я предложить тебе и твоему ручному гиганту кофе? — спросил Тим, глядя на Андрея.

— Я так его и называю, — Элли рассмеялась, пытаясь ослабить напряженность. — Андре Великан. Так вроде звали знаменитого французского борца? Он еще был в «Невесте-Принцессе»?[1] Это один из моих самых любимых фильмов.

Тим покачал головой и направился в гостиную, где с помощью пульта приглушил голоса утренних телеведущих и, поставив миску с хлопьями на кофейный столик, пригласил Элли сесть.

— Так что же случилось тем вечером? — спросил он. — Почему совершенно посторонняя женщина бросила в нас красную краску и кричала, что у тебя на руках кровь?

---

[1] Голливудский фильм 1987 г., где Андрей Рене Русимов (рестлер, участник спортивно-развлекательного борцовского шоу, известный как Андре Гигант) исполнил роль одного из разбойников.

— Потому что так думают многие, — ответила Элли. — Ты наверняка уже догадался, что я была не совсем честна с тобой относительно того, кто я такая или чем зарабатываю на жизнь.

— Это да.

— Фамилия, которую я указала в своем ДНК-профиле, — это девичья фамилия моей матери, Айлинг. Моя настоящая фамилия — Стэнфорд, и я не работаю личным помощником генерального директора. На самом деле я работаю на себя. И то, что я делаю, немного... спорно.

— Торгуешь оружием или что-то в этом роде?

— Нет, нет, — сказала Элли. — Ничего подобного. — Она умолкла, затем глубоко вздохнула. — Тим, я — ученый, открывший ген совместимости ДНК, за что многие меня ненавидят.

Глава 41

МЭНДИ

Семейные дни рождения, юбилеи, девичники, вечеринки на работе, совместные выходы в рестораны и тусовки — все это осталось для Мэнди в прошлом. Всякий раз, когда ее куда-то звали, она выдумывала отговорку, часто ссылаясь на то, что у нее, мол, уже есть планы с Ричардом в ста милях отсюда. В принципе, она не лгала — по крайней мере, отчасти, — так как решила проводить все больше и больше времени с его семьей, а не со своей.

По тону сообщений голосовой почты можно было легко догадаться, что мать и сестры от этого отнюдь не в восторге. Когда-то это была дружная семья, сплоченная смертью отца более десяти лет назад. Но теперь Мэнди пыталась отстраниться, остальные же не могли понять почему. Конечно, они пребывали в уверенности, что она нашла свою ДНК-пару, и ожидали от нее откровенности; она же не находила в себе мужества сказать им правду. Пока.

Общение с ними не приносило ей того утешения, какое приносило общение с Пэт и Хлоей. Мэнди все больше и больше отдалялась от своей семьи, а две ее сестры купались в любви и счастье, которых у нее никогда не будет. Она сомневалась, что родные смогут понять, через что она прошла. Мать же, хотя и потеряла любовь всей своей жизни, была слишком старомодна, чтобы по-настоящему понять, сколь сильна может быть любовь к ДНК-паре и каково это — потерять ее. Семья Ричарда заполнила эту пустоту.

«Если ты хочешь немного выпить, то почему бы не приехать к нам с ночевкой?» — написала ей Пэт в сообщении накануне вечером. И она, собрав вещи, поехала и провела с ними вечер — смотрела фильмы на DVD, пила вино и листала альбом детских фотографий Ричарда. И в очередной раз задалась вопросом, на кого был бы похож их ребенок.

Когда все легли спать, Мэнди лежала в кровати в гостевой комнате не в силах уснуть. Она закрыла глаза и, как обычно, представила будущее, которого у них никогда не будет. Вот они с Ричардом рука об руку входят в парадную дверь дома ее родителей, вот ее семья окружает его вниманием... Ее пальцы нащупали край одеяла и от отчаяния со всей силой сжали его.

Возвращаясь из ванной, Мэнди заметила, что дверь спальни Ричарда слегка приоткрыта. Она робко открыла ее шире, но комната оказалась пуста. Мэнди вошла, тихо закрыла за собой дверь и включила лампу. Любопытство взяло верх. Она открыла ящик тумбочки и заглянула внутрь. Там лежали туалетные принадлежности — увлажняющий крем, средства для ухода за волосами и дезодоранты, а также распечатанная упаковка из десяти презервативов. Мэнди сосчитала — осталось только четыре. Она тотчас подумала, кто та счастливица — или счастливицы, — с кем он использовал недостающие шесть. При этой мысли у нее защемило сердце. Она завидовала женщине, чье лицо даже не представляла.

Затем Мэнди заглянула под кровать и нашла поношенный зеленый рюкзак из тех его дней, когда он путешествовал. На лямках все еще болтались рваные ярлыки авиакомпаний и автобусов, но сам рюкзак был пуст. Мэнди вынула из комода кое-какую одежду, пробежала по ней пальцами и прижала к лицу, вдыхая запах; и при каждом прикосновении, каждом вдохе по ней будто пробегал ток.

И наконец в нижнем ящике, в дальнем углу, она обнаружила потертый мобильник давно устаревшей модели. Мэнди включила его, предполагая, что батарея разряжена, но, на ее счастье, там еще оставалось два деления. А еще телефон был так стар, что не требовал пароля. Она знала, что вторгается в личную жизнь Ричарда, но ей было все равно: жажда знать о нем как можно больше была неутолимой. И чем больше она узнавала, тем больше ей хотелось знать.

Большинство старых текстовых сообщений были от клиентов, которых он тренировал, или от друзей, которые устраивали вечеринки. Из них Мэнди не узнала о нем почти ничего нового — только то, что у него был широкий круг друзей и благодарных клиентов. А вот в фотогалерее преобладали снимки одного человека, а именно молодой женщины разной степени раздетости. По возрасту она была ближе к Ричарду, чем Мэнди, и гораздо симпатичнее, подумала та. Постаравшись отогнать приступ ревности («Интересно, кто она такая...»), Мэнди, нахмурив брови, продолжила пролистывать фотографии, надеясь, что фотографии девушки вскоре закончатся.

И тут она наткнулась на обнаженное селфи Ричарда. Ей как будто дали под дых. Сердце едва не выскочило из груди. На миг она застыла, не зная, что делать дальше. Затем, пролистав фотогалерею справа налево, увидела еще с полдюжины откровенных фото своей ДНК-пары. Ей тотчас бросилось в глаза, какой большой у него член. Не чувствуя ни малейшего стыда, Мэнди увеличила снимок, чтобы рассмотреть его ближе. Внезапно ее пронзило ощущение, которого она давно не испытывала: ей захотелось мужчину.

Затем она нашла трехминутный видеоклип — и залилась краской. В нем, в этой же самой комнате, на той же кровати, на которой она сейчас сидела, Ричард удовлетворял сам себя. Мэнди была не в силах сдерживаться. Убедившись, что дверь спальни закрыта, она уменьшила на телефоне Ричарда звук и откинулась назад, в том же положении, что и он. Молча и медленно сунула руку в пижаму и, закрывав глаза, потрогала себя, пытаясь представить, каково это: почувствовать внутри себя Ричарда. В считаные секунды все мышцы ее тела сжались, и она кончила в тот же момент, что и ее ДНК-пара на видео.

Положив мобильник обратно в его ящик, Мэнди с блаженной улыбкой легла на кровать, ожидая, когда головокружение ослабнет. Но вместо того чтобы вернуться в свою комнату, погрузилась в глубокий сон. Проснулась спустя несколько часов, когда услышала скрип дверных петель. Открыв глаза, увидела перед собой лицо Пэт.

— Ой, простите, — поспешила извиниться она. — Мне не спалось, и я забрела сюда.

— Всё в порядке, дорогая, — ответила Пэт с ласковой улыбкой. — Можешь оставаться с Ричардом сколько тебе захочется.

* * *

— Тебе хотелось бы иметь своих детей?

Вопрос Пэт застал Мэнди врасплох. Они сидели в парке рядом с домом, глядя на холмистый пейзаж. Мэнди поведала Пэт о своем неудачном браке, о том, как долго она была на грани отчаяния, но затем ее взгляд упал на молодую мать с двумя маленькими детьми, и она умолкла. Шумные дети по очереди бросали хлеб уткам в пруду, хихикая каждый раз, когда те крякали.

— Да, я любила бы мужа и детей, — ответила Мэнди с отрешенной улыбкой.

— Ты говорила, что у тебя есть племянница и племянник? И часто ты их видишь?

— Очень часто. Но в последнее время не очень. Сестры говорят мне, что я могу проводить с ними столько времени, сколько захочу, но это не то же самое, когда у тебя собственные дети.

— Думаю, тебе рано отчаиваться.

— Не знаю... Вообще-то я дважды беременела от Шона, моего бывшего мужа, но оба раза дело закончилось выкидышем: первый раз через несколько месяцев после нашей свадьбы, второй — через пару недель после того, как он бросил меня ради своей ДНК-пары. И я поставила на себе крест, решив, что мне никогда не быть матерью ребенка от любимого человека. Вдруг оказалось, что у меня есть Ричард... И мое воображение разыгралось. — Мэнди тихо усмехнулась. — Я мысленно рисовала себе, как мы с ним купим маленький старый сельский домик — чтобы там требовался ремонт с нуля и мы бы трудились вместе — и первая комната, которую мы обустроили бы, была детской. И мы так рассчитали бы график работ, чтобы я забеременела, когда мы завершали ремонт, и я стала бы матерью, которой всегда себя видела... Но теперь эта возможность у меня отнята.

Пэт ответила не сразу.

— Не обязательно, — сказала она, помолчав. — Пойдем со мной, я хочу тебе кое-что показать.

Взбираясь следом за Пэт по крутой тропинке на холм, Мэнди пыталась угадать, что та имела в виду. Минут через десять они остановились и, прищурившись, посмотрели на горизонт.

— Отсюда весь город как на ладони, — начала Пэт. — Видишь тот шпиль вдалеке? Это деревня, где мы с отцом Ричарда поженились — в церкви Святой Марии. А вон там внизу? Там мой Ричард пошел в начальную школу. Теперь, если посмотреть направо, — рядом с большими трубами паб «Лиса и гончие». Там Хлоя получила свою первую работу по выходным, когда готовилась к выпускным экзаменам. С этого холма видна жизнь всей нашей семьи.

— Это должно быть важно для вас.

— Это важно для всех нас. Ричард обожал это место. Он приезжал сюда на своем горном велосипеде и мог сидеть здесь часами. Здесь мы развеяли его прах, чтобы тот разнесся над городом, в котором он вырос. Но не весь; остальную часть мы развеяли рядом с нашим домиком в Озерном крае[1].

– Это так трогательно.

Пэт повернулась к ней и посмотрела ей в глаза.

– Но только потому, что Ричарда больше с нами нет, это не значит, что моему мальчику конец.

– Что вы имеете в виду?

– Я говорила тебе раньше, Ричард всегда мечтал иметь детей. Как и ты, он умел находить с ними общий язык – вероятно, потому, что сам был в душе большим ребенком.

Мэнди кивнула. Именно о таком муже она мечтала.

Пэт продолжала смотреть вдаль.

– Когда он узнал, что у него рак яичка, все мы понятия не имели, чем это обернется в будущем. И тогда Ричард пошел в банк спермы, на тот случай если больше не сможет иметь детей естественным путем. Он должен был сдать три или четыре образца – помню, Ричард шутил, что это куда приятнее, чем визит в обычный банк. Мэнди, образцы все еще находятся в хранилище.

Мэнди повернула голову и посмотрела на Пэт. Взгляд той был по-прежнему устремлен вдаль.

– Надеюсь, ты понимаешь, что я предлагаю тебе, – продолжила она. – Если ты готова выносить моего внука – ребенка Ричарда, – я дам тебе такой шанс.

Глава 42

КРИСТОФЕР

Кристофер посмотрел на спящую в его постели Эми. Ее плечи мерно поднимались и опускались. Он не любил, когда кто-то вторгался в его личное пространство, даже

---

[1] Горно-озерная область на северо-западе Англии, входящая в список Всемирного наследия ЮНЕСКО.

если это были объятия, поэтому, как только она уснула, убрал руку с ее талии, отодвинулся на край кровати, лег на спину и повернул голову. Наблюдать, как она спит, — такого пьянящего чувства Кристофер еще ни с кем не испытывал.

В тусклом свете он едва мог различить яркую татуировку в виде бабочки чуть ниже шеи. Она раздражала его почти так же сильно, как и ее пристрастие к дешевым кольцам и браслетам. Но, не считая этих вещей, в Эми Кристофер больше ничего не стал бы менять. Обычно на этой стадии отношений он нашел бы уйму причин подвести черту и бросить ее на произвол судьбы. Однако для Эми у него имелся другой план.

Его рука медленно скользнула к краю кровати, а затем потянулась к полу. Кончики пальцев бесшумно ощупали пол, пока не коснулись деревянных ручек проволоки для резки сыра, специально оставленной под кроватью. Осторожно протянув ее по мягкой щетине ковра, Кристофер вытащил проволоку и положил на одеяло. Крепко взявшись за рукоятки, поднял ее над собой и растянул до упора. Затем перевернулся на бок, чтобы снова накрыть Эми, и медленно опустил проволоку ближе к ее шее. С каждым сантиметром его сердце билось все сильней и сильней. Наконец проволока заняла хорошо знакомое ему положение, и он замер.

С тех пор как начал убивать, Кристофер получал неимоверное удовольствие, но он всегда выбирал незнакомых женщин. Если их что-то и связывало, то лишь ни к чему не обязывающая переписка на «Флирте». «Треп», как они это называли, длился ровно до тех пор, пока Кристофер не выуживал из них номер телефона. Никто из них не задумывался над тем, что, добровольно называя ему свой номер, они тем самым вручают ему ключ, открывающий дверь ко всей их личности.

Эми прервала его воспоминания, издав сладкий посткоитальный вздох. Интересно, подумал Кристофер, что ей снится? Лично ему никогда ничего не снилось, или, по крайней мере, если и снилось, он никогда не помнил своих снов. Впрочем, он не слишком переживал по этому поводу. Ведь что такое сон? Пустая игра сознания, исчезающая при пробуждении; какой смысл пытаться запомнить их, если нет шансов на успех?

Такого секса, как с Эми, у Кристофера не было ни с кем. У него ни разу не возникало желания удовлетворить хотя бы одну из семидесяти или около того женщин, которые были у него с тех пор, как он в двенадцать лет потерял девственность. Секс неизменно предполагал лишь его собственное удовлетворение. Но Эми стала исключением, и Кристофер был горд тем, что именно он заставлял ее стонать и, доведя до экстаза, мог умерить пыл, пока она не была готова раствориться в нем. Он наслаждался тем, что контролировал ее оргазмы. Впрочем, с не меньшей готовностью он отдавал инициативу в ее руки и не позволял себе кончить, пока она не давала на то согласия. Он ни разу в жизни не позволил никому повелевать им, и только с Эми это было совершенно нормально. Что порождало внутренний конфликт — Кристофер отнюдь не стремился быть нормальным. Он полагал, что его мозг устроен таким образом, что был гораздо мощнее любого «нормального». Это был дар, позволявший ему делать все, что он хотел, без страха и — до сегодняшнего дня — без последствий.

Кристофер придвинулся ближе к ней и почти уткнулся носом ей в затылок. Глубоко вдохнул, втягивая в себя аромат шампуня с лимоном и морской травой, которым она накануне вымыла голову. Это был его самый любимый — ему нравилось, когда она пахла цитрусовыми.

Всего одно быстрое движение, и проволока обовьет ее шею, и она станет цепляться за нее, как и все остальные.

— Почему ты все время ерзаешь? — пробормотала Эми, к его удивлению.

— Извини, я думал, ты спишь.

— Я спала, но потом почувствовала, что тебе не спится. В чем дело?

— Ничего такого. Просто не могу уснуть. Все время думал о тех женщинах, смерть которых ты расследуешь.

— О жертвах.

— Да. — Он сглотнул комок. Это слово все еще оставляло неприятный привкус во рту.

— И что ты думал о них?

Кристофер хотел сказать, что помнит каждый запах и марку шампуня, которым мыла голову каждая девушка; как он вдыхал этот запах, когда, накинув им на шею проволоку, дергал их головы назад. И что с тех пор, как начал свой проект, он понял, что человеческая красота — вещь преходящая, потому что после всего нескольких дней биологического разложения все они выглядели одинаково: раздутые, покрытые пятнами, изъеденные внутри и снаружи собственными бактериями.

— Мне было интересно, что произошло у них в голове, когда они поняли, что скоро умрут, — ответил он. — О чем бы подумала ты?

Эми ответила не сразу.

— Наверное, пожалела бы о том, чего не успела сделать в этой жизни, пока у меня был такой шанс. А ты?

— То же самое, — солгал Кристофер.

Он снова поднял проволоку над ее головой и опустил туда, где та лежала под кроватью. В принципе, он может задушить ее в любой момент. Предвкушение доставляло ему куда большее удовольствие, нежели свершившийся факт.

Кристофер знал, что существенно продвинулся с проектом, который начал несколько месяцев назад, но в бочке меда, увы, присутствовала ложка дегтя. Он встретил женщину, которая ему нравилась, и он впервые в жизни влюбился.

Что совершенно не входило в его планы.

Глава 43

ДЖЕЙД

Прошло чуть больше недели с момента приезда Джейд в Австралию, а здоровье Кевина быстро пошло под уклон. Он терял аппетит и почти все время спал в своей комнате. Хотя на улице стояла тридцатипятиградусная жара, он вечно жаловался, что ему холодно, и надевал на себя несколько слоев одежды. Каждый день он глотал такое количество таблеток, что Джейд была готова поклясться: она слышит, как те гремят внутри него.

Джейд злилась, что их время вместе утекает, проскальзывая сквозь пальцы. Она не была готова к близкой развязке. Поэтому, когда Кевин бодрствовал, делала все возможное, чтобы вовлечь его в разговор и провести с ним время. Они проводили бóльшую часть дня, рассказывая друг другу о своей жизни — до того, как она покинула Англию, а ему поставили диагноз «рак». Они часами лежали, растянувшись на диване в его спальне, глядя на компьютере классические фильмы 1980-х годов. Им было так хорошо друг с другом, что в иные моменты Джейд забывала, что их совместные дни на исходе. Стоило ей вспомнить об этом, как она пыталась представить, как изменится ее жизнь, когда его больше не будет рядом, и у нее моментально портилось настроение.

В начале их отношений, когда Джейд жила в блаженном неведении о его болезни, беседы с Кевином стали неотъемлемой частью ее повседневной рутины: она планировала свой день так, чтобы успеть пообщаться с ним. Ставила будильник, чтобы проснуться раньше, чем нужно, и поговорить с ним, пока оба ели: она — завтрак, он — ужин. Записывала все телепередачи, что шли после 22.00, чтобы посмотреть их позже, а бóльшую часть вечера провести болтая с Кевином.

Джейд привыкла к тому, что ее сердце трепещет, когда он присылал ей сообщение или когда на дисплее высвечивался его номер. Она знала: когда придет неизбежное, ей будет всего этого не хватать. Но еще не решила для себя, станет ли скучать по Кевину или же ей будет грустно осознать, что в этом мире жил кто-то, кто был создан только для нее.

Когда Кевин спал, Джейд лежала с ним рядом, положив голову ему на живот, и слышала, как тот поднимается и опускается с каждым неглубоким вдохом. Когда Кевин плохо себя чувствовал, она предлагала его родителям, Сьюзан и Дэну, помощь по дому или ездила в город, выполняя их поручения. Они показали ей, как работает молочная и овцеводческая ферма, брали ее с собой на грузовике, чтобы она помогла им пригнать в загон овец, и даже научили прикреплять к коровьему вымени доильное оборудование. Это был совершенно иной мир, нежели тот, в котором она прокисала у себя в Сандерленде. Но теперь к ней пришло понимание: проблемой был не город, проблемой была она сама. Что-то в тихой фермерской жизни импонировало ей. Ей казалось, что она может наконец расслабиться и быть собой.

Джейд была поражена тем, сколь близкими ей стали люди, с которыми она познакомилась всего две недели назад. И как жаль, что она не может помочь им избавиться от боли, которую они наверняка испытывали, видя, как угасает их сын... Чем больше времени Джейд проводила с ними, тем больше они как бы сглаживали ее острые углы.

Это также заставило ее задуматься о своих родителях, о той печали и разочаровании, которые она доставила им в последние годы. Джейд так долго носила в себе эту ненужную обиду на них за то, что по окончании университета они заставили ее вернуться домой, — и только теперь поняла, что это было ради ее же собственного блага. Это были хорошие и надежные северяне из рабочего класса: отец работал слесарем сборочного конвейера на автомобильном заводе, мать — в пекарне. Она же отплатила им черной неблагодарностью... Ей стало стыдно за себя.

Как рак у Кевина и боль у Сьюзан и Дэна, имелось и у нее нечто свое, от чего она желала избавиться — и ни за что не призналась бы в этом своей новой приемной семье. Увы, с каждым днем эта страсть разгоралась в ней все сильнее.

Глава 44

НИК

— Чему я обязан этим удовольствием? — спросил Алекс Ника, когда они уезжали с площадки для регби на его машине.

Ник сжал кулаки. От запаха влажных волос Алекса и его лосьона после бритья по его рукам как будто пробегала легкая щекотка.

— Честно? Я не знаю, — ответил он. — Просто само собой пришло в голову. Я вспомнил, за кого ты играл, и прочитал о тебе в интернете. И в следующий момент сделал Салли ручкой, чтобы она провела выходные с мамой, а сам приехал посмотреть, как ты играешь в игру, которую я совершенно не понимаю. Я переступил черту?

— Я должен бы сказать «да», но нет, ты ее не переступил.

Ник был рад это слышать. Он сидел и обдумывал свой следующий вопрос, пытаясь, прежде чем задавать его, правильно и четко сформулировать в голове.

— Наверное, это прозвучит пафосно, но я должен спросить: ты много думал обо мне с тех пор, как мы виделись в последний раз? — Ник отвернулся и стал ждать, что Алекс ответит ему, надеясь в душé, что ответ будет положительный.

— Ты хочешь знать, думал ли я о тебе последние восемь дней, одиннадцать часов и — одну секундочку — сорок семь минут? Да, можно сказать, что иногда думал.

Оба мужчины улыбнулись.

— Теперь могу я кое о чем спросить тебя? — продолжил Алекс. — Когда мы в первый раз разговаривали по телефону, ты сказал мне, что прошел тест на совместимость ДНК, хотя и не верил в него. Тогда зачем ты это сделал?

— Моя подружка, ну, моя невеста, настояла. Мы скоро поженимся, и она хотела убедиться, что мы подходим друг другу.

Ник заметил, что Алекс слегка отодвинулся от него, когда он это сказал, как будто эта новость стала для него неприятным сюрпризом.

— А когда она узнала, что твоя ДНК-пара — мужчина?..

— Расхохоталась. Но именно Салли настояла, чтобы я встретился с тобой, и я назначил встречу под вымышленным именем.

— Почему ты просто не послал ее?

— Это было важно для нее... Я действительно не знаю почему. Наверное, хотя я не хотел этого признавать, мне тоже было немного любопытно.

— Большинство женщин не позволили бы нам даже находиться рядом друг с другом, не говоря уже о том, чтобы поощрять наше знакомство.

— У нас с Салли всегда были честные отношения. Мы привыкли говорить друг другу всё.

— Значит, она в курсе, где ты сейчас?

Ник отвел взгляд.

— Думаю, ты уже знаешь ответ на этот вопрос. А Мэри, она знает, где ты?

— Знает, что отправился выпить с ребятами из команды после матча. Она не ждет меня до вечера.

В субботу днем улицы пригородного Бирмингема были тихими и малолюдными. «Мини Купер» Алекса свернул на трассу М6.

— Куда мы едем? — спросил Ник.

— Не имею ни малейшего понятия, дружище.

Глава 45
ЭЛЛИ

Тим поднял брови:

— Ты шутишь?

Он погрузился в мягкие подушки дивана, переваривая откровение Элли: именно она открыла ген, лежавший в основе проекта «Найти свою ДНК-пару», и благодаря ему создала одну из самых успешных компаний в мире.

Затем, к великому удивлению Элли, Тим захихикал, а потом и вовсе расхохотался. Озадаченная его реакцией, она вопросительно взглянула на Андрея, стоявшего в углу комнаты, но тот лишь пожал широкими плечами.

— Итак, если я тебя правильно понял, — сказал Тим, вытирая глаза, — я был на двух свиданиях с моей ДНК-парой, и она же является той, кто изобрела сам принцип?

— Правильнее сказать «открыла», но в целом ты прав, — Элли кивнула.

— А компания? Например, компания, которая больше, чем «Фейсбук», «Амазон» и «Эппл». Она тоже принадлежит тебе?

— Бóльшая ее часть — да.

Тим покачал головой и провел пальцами по своим редеющим волосам.

— Надеюсь, это не розыгрыш.

— Прости, что я с самого начала не сказала тебе правду, — искренне произнесла Элли. — Если честно, я просто не знала, как это сделать.

— Нет-нет, мне понятно. Ты не доверяла мне, и это нормально. На твоем месте я, наверное, тоже не знал бы, как поступить.

Элли нервно улыбнулась, хотя и не была уверена в том, что с ним все в порядке. Тим взял ее руки в свои — знакомое ощущение мгновенно вернулось. Оно тотчас разлилось по всему ее телу, как это было, когда он поцеловал ее во время их ужасного второго свидания.

— Послушай, Элли, даже работай ты кассиршей в «Лидле», мне это было бы фиолетово. Я это к тому, что при желании ты можешь купить «Лидл», а на сдачу заодно приобрести «Моррисонс» и «Теско»[1], но для меня это тоже не играет никакой роли. Однако взгляни на это дело с моей точки зрения: впервые за сто лет я иду на свидание с женщиной, и кем же она оказывается? Той, что в одночасье изменила само понятие ухаживания. Вот это подарочек!

— Значит, ты не сердишься на меня?

— Нет, конечно нет. Но я до сих пор не понимаю, почему эта чокнутая возле ресторана облила тебя красной краской? Мы тогда как будто провели вечер, забивая тюленей...

Элли вздохнула. Ей было неприятно думать об обратной стороне своей работы.

— Потому что не все довольны последствиями моего открытия. Хотя благодаря ему миллионы и миллионы людей по всему миру нашли свою пару, оно также разбило огромное количество пар, которые думали, что созданы друг для друга, что оказалось не так. И в этом обвиняют меня — причем гораздо чаще, чем ты можешь себе представить. — Она умолкла, пытаясь оценить его

---

[1] Иронично перечислены сети супермаркетов разного уровня: «Лидл» — универсамы низких цен немецкого происхождения, «Теско» — крупнейшая британская розничная сеть, «Моррисонс» — четвертая по охвату в Великобритании.

реакцию, прежде чем говорить дальше. — И добиться того положения, которое я сейчас занимаю, стоило огромных трудов. Как и в большинстве крупных компаний, иногда приходилось срезать углы. Кто-то, безусловно, пострадал. Но это было ради блага, плодами которого мы пользуемся сегодня... Я не хочу, чтобы ты плохо думал обо мне.

— Могу я надеяться, что ты позволишь мне высказать мое мнение?

Элли поколебалась.

— Та женщина с краской. Я покривила душой, сказав, что не знаю ее. Помнишь тот инцидент в Эдинбурге семь лет назад, когда мужчина набросился на людей с ножом в центре города?

— Он еще убил с полдюжины человек до того, как его схватила полиция?

Элли кивнула.

— Убийца был ее сыном. У него имелись проблемы с психикой, и он жил под ее присмотром, пока не нашел свою пару. Та была уже замужем и, как только узнала о его проблемах, бросила его и вернулась к мужу. С горя он начал преследовать ее, а затем и вообще прирезал в магазине, где она работала, после чего набросился с ножом на случайных людей. Это было ужасно.

— И его мать обвиняет тебя?

— Да. Мы сказали ей — через суд, — что не несем ответственности за того, кто проходит этот тест, но она отказывается внять нашим доводам.

Тим кивнул, как будто соглашаясь с ней.

— Извини, что расстроил тебя. Давай перейдем к более легкой теме. Вернемся на несколько лет назад — как ты обнаружила эту штуку с ДНК?

— Спасибо, — сказала Элли. Она была только рада сменить тему. — Все началось двенадцать лет назад, вскоре после того, как я окончила университет. Я тогда в качестве внештатного сотрудника подрабатывала в исследовательской лаборатории в Кембридже, изучая связи между ДНК и депрессией. Однажды я задумалась об одном разговоре с моей сестрой Мэгги. Мы говорили о том, почему она вышла замуж за своего мужа, Джона. Мэгги утверждала, это была любовь с первого взгляда. Хотя им было всего по четырнадцать, когда они познакомились, они знали, что в конечном итоге всю жизнь будут вместе. Я ученый и по натуре скептически отношусь к подобным вещам, но это заставило меня задуматься: что, если она права? Вдруг любовь с первого взгляда действительно существует? Что, если внутри нас все есть нечто материальное, что мы путаем с сексуальным влечением? Не испытав этого сама, я с трудом представляла, как можно, посмотрев на другого человека или поговорив с ним, моментально понять: это тот самый.

— Надеюсь, наш разговор не примет сугубо научный характер? — Тим усмехнулся. — Я проваливал все экзамены, если дело касалось бунзеновских горелок[1] или вскрытия лягушек.

— Нет, постараюсь не углубляться в науку, — сказала Элли. Она уже привыкла объяснять это на пальцах. — Когда впервые видишь человека, уже знаешь, нравится он тебе или нет. И я начала изучать то, что привлекает нас в людях, — например, лицо, телосложение, то, как они себя ведут, и так далее. А потом по-

[1] Такие горелки — непременный атрибут учебных лабораторий.

смотрела, не кроется ли за этим нечто большее, нежели просто мгновенное влечение... И как насчет тех людей, которые в итоге оказались в паре с кем-то, кто совершенно не соответствует их любимому типажу? Мне подумалось: а нет ли некоего элемента или гена, который заставляет все наше тело реагировать, минуя то, что говорит нам наш мозг? Что, если мы неразрывно связаны — в научном смысле — с другим человеком?

Тим сокрушенно вздохнул.

— В свободное время я задаюсь вопросом, как Галактическая Империя сумела построить Звезду Смерти[1] так, что вся остальная вселенная этого не заметила. А ты открываешь гены, о существовании которых никто даже не догадывался...

— Твои вопросы не менее важны, чем мои, — Элли улыбнулась. — Но сейчас последует сугубо научная часть, поэтому слушай внимательно. Я хочу, чтобы ты имел представление о том, с чем я столкнулась. В нашем теле примерно сто триллионов клеток, и внутри каждой — примерно два метра ДНК. Если все это распутать, они протянутся к Солнцу и обратно сто раз.

Тим вытаращил глаза:

— Я внимательно тебя слушаю.

— Расстояние же от Земли до Солнца составляет девяносто восемь миллионов миль. Итак, уже было известно, что женщины производят феромоны, а у мужчин есть рецепторы, которые связывают молекулы феромонов, что и создает притяжение между полами. Но я обнаружила, что, когда определенные люди оказываются рядом, срабатывает вариабельный ген, кото-

---

[1] Сюжет из первоначальной трилогии эпопеи «Звездные войны».

рый позволяет обоим полам и вырабатывать феромоны, и воспринимать их. Обычно это гетеросексуальная пара, но бывает и нет. Пол не важен. Как только ДНК-пара найдена, это навсегда. Я исследовала ДНК сотен пар, и те, у кого имелся этот общий ген, утверждали, что влюбились друг в друга с первого взгляда. Я расширила поиск и включила в свою базу данных тысячи добровольцев по всему миру. Результат повторялся снова и снова — ген делится только с одним человеком. И этот человек — ДНК-пара.

— Мне всегда казалось, что смысл существования всех живых существ состоит в том, чтобы трахаться и размножаться.

— Это то, во что мужчины охотно верят. Но если копнуть глубже, то да, так и есть.

— Допустим, ты восьмидесятилетняя женщина, а ДНК-пара — восемнадцатилетний парень. Вряд ли здесь можно говорить о каком-то размножении.

— Ты прав. Каждый человек производит свой личный феромон — это как уникальный отпечаток пальца, который остается неизменным всю жизнь. И чисто дело случая, живет твоя ДНК-пара в той же стране, что и ты, или же это обитатель бразильских фавел[1]. Точно так же он может быть одного с тобой возраста или же на пару десятков лет старше или младше. Кстати, именно межпоколенческие совпадения помогли снизить уровень рождаемости по всему миру. Кроме того, благодаря этому гену мы имеем снижение числа случайных половых связей и уровня венерических заболеваний.

— Возможно, это природа пытается регулировать нашу численность. Мы близки к победе над раком

[1] Трущоб.

и СПИДом, и теперь она пытается держать нас под контролем с помощью любви.

— Выдвигались и более невероятные теории.

— То есть ты считаешь, что настоящая любовь невозможна между людьми, не имеющими общего гена?

— Нет, нет, конечно возможна. Я лишь говорю о том, что мое открытие способно помочь вам найти вашу ДНК-пару. Если вы не захотите связать с ней жизнь, вам ничто не мешает влюбиться в кого-то другого. Но я обнаружила, что те, у кого имеется общий ген, часто испытывают нечто более глубокое и всепоглощающее. Другой человек буквально становится их вторым «я».

— А как ты превратила все это в бизнес?

— Как только поняла последствия моего открытия, я испугалась так, что некоторое время молчала о нем. Это была огромная ответственность. Я не хотела быть неверно истолкованной. Потому что, как только о нем станет известно, я навсегда изменю то, как люди воспринимают свои отношения. Это все равно что сказать миру: мол, я могу доказать, что Бога нет или что инопланетяне существуют. Люди не поверят мне или будут напуганы. Я попросила многих — речь идет о десятках — ученых проверить мои исследования и убедиться, что я не чокнутая. И когда каждая такая проверка дала положительный результат, его уже нельзя было отрицать. Мои старые друзья по университету, которые теперь стали инвесторами, помогли мне зарегистрировать «Найди свою ДНК-пару» в качестве бренда и получить биологические патенты для Австралии, Европы, Японии и США. А потом, после публикации в «Ланцете»[1], история пошла гулять по всему миру.

---

[1] Один из ведущих мировых медицинских журналов.

— Кажется, где-то я читал об этом, но в то время не обратил особого внимания...

— А вот тысячи и тысячи людей обратили и написали мне, что хотели бы прислать свою ДНК. Мы отправили им наборы для бесплатного проведения теста, но потом, чтобы превратить это в жизнеспособный бизнес, начали взимать плату за результаты.

Тим кивнул. Эта часть была ему известна.

— Всегда ли эти пары чувствуют любовь с первого взгляда? — спросил он.

— Исследования показывают, что девяносто два процента чувствуют влечение в течение первых сорока восьми часов после первой встречи. У остальных восьми процентов это может занять чуть больше времени. Но этому могут быть психологические причины, начиная с психических заболеваний, таких как клиническая депрессия, и заканчивая эмоциональными проблемами. Например, человек по природе недоверчив и склонен создавать вокруг себя барьеры. Есть также ряд других тормозящих факторов. Люди могут бороться с чувствами, но стоит им оказаться рядом со своей ДНК-парой, как в конечном итоге природа берет свое.

— А если взять обычного человека и человека с генетическим заболеванием — например, с синдромом Дауна? Они могут быть ДНК-парой?

— Да.

— Не будет ли это немного... странно?

— Разве люди с проблемами не имеют права найти свою любовь?

— Имеют; я лишь хочу сказать...

— Что общество еще к этому не готово. Да, к сожалению. Но это вне моего контроля. — Элли удивилась, что Тим не читал о таких случаях в новостях. Это был самый спорный и уязвимый момент, и правозащитные организации постоянно поднимали этот вопрос.

— Мы живем всего в пятидесяти милях друг от друга. Наши шансы оказаться ДНК-парой наверняка были минимальны, не так ли?

— Они не такие маленькие, как ты думаешь. Мы обнаружили, что шестьдесят восемь процентов людей могут найти ДНК-пару в своей стране. Мы не знаем, с чем это связано. Возможно, с тем, что сотни поколений назад все мы состояли в более близком родстве: небольшие различия в нашей ДНК могут даже сказать нам, какой континент — родина наших предков. Может статься, что наши гены притягиваются другими, из похожей среды, или же это просто совпадение.

Элли ждала, когда Тим задаст ей следующий вопрос. Его реакция оказалась вполне предсказуемой: так реагировали практически все до него. Казалось, будто у нее берут интервью, но она привыкла к любопытству людей и была даже рада угодить Тиму.

— Ты упомянула, что открытие повлияло на жизнь многих людей, будь то в лучшую или худшую сторону, — продолжил Тим. — Как ты это воспринимаешь? На твоем месте мне было бы страшно нести на своих плечах такую ответственность.

— Порой это очень тяжело, — призналась Элли. — Мне приходят письма с угрозами от тех, чьи партнеры бросили их, чтобы быть со своей ДНК-парой, или от людей без пары, которые думают, что это моя вина. На каждые десять найденных нами ДНК-пар три обычных расстанутся. Мы разорили тысячи сайтов знакомств по всему миру, но, с другой стороны, дали новую работу адвокатам, занимающимся разводами, и консультантам по личным отношениям. Мы дали толчок свадебной индустрии, так как люди, зная, что они созданы друг для друга, как правило, стремятся связать себя брачными узами, — произнесла она почти автоматически.

— Значит, ты не чувствуешь никакой вины или ответственности?

— Нет. С какой стати?

Тим никак не отреагировал на ее слова.

— А каким образом ты не даешь пройти этот тест детям или педофилам, которые могут оказаться их ДНК-парой?

— В каждой стране есть свои законы, основанные на возрасте согласия. Здесь, в Британии, это шестнадцать лет. Наши серверы также проводят поиск в Международной базе данных по уголовным делам и предупреждают тех, чья ДНК-пара имеет судимость. Законы о конфиденциальности означают, что мы не имеем права раскрывать, что это за преступление, но нам разрешено оценивать степень его тяжести по шкале от одного до пяти. Однако иногда люди проскальзывают сквозь сеть — если они никогда не представали перед судом за совершенное преступление, мы ничего не можем с этим поделать. Именно по этой причине на нашем сайте есть около сорока страниц юридических заявлений об отказе от ответственности. Согласна, это неоднозначная практика, и у меня есть целая армия юристов, которые занимаются судебными исками, но пока ни одно дело не прошло дальше первой пары судебных заседаний. Мы не несем ответственности за результаты. Все равно что подавать иск на производителей оружия от имени того, кто был застрелен. Это не вина оружия, а того, кто им воспользовался. Я создала инструмент, способный изменить вашу жизнь, но не несу ответственность, если вы злоупотребляете им. Обычно я беру с собой команду телохранителей, чтобы избежать ситуаций, как тот инцидент с краской. — Она указала на молча стоявшего в углу комнаты Андрея. — Но в тот вечер, когда мы с тобой встретились за ужином, я настояла на том, чтобы пойти одной. Хотела вновь почувствовать себя обычным человеком.

— И до тех пор, пока она не напала на тебя, — сказал Тим, — со мной ты чувствовала себя обычным человеком.

Элли покраснела.

— Да.

— Я знаю, ты из числа тех восьми процентов, кто еще не испытал удар током, но, к твоему сведению, я уже его ощутил.

Щеки Элли сделались пунцовыми. Она отчаянно боролась с собой, не давая улыбке расплыться от уха до уха.

— Андрей, ты не мог бы на секундочку отвернуться? — спросил Тим и повернул голову, чтобы поцеловать Элли.

Впервые с момента их первой встречи по ее жилам, подобно электрическому заряду, прокатилась волна эйфории.

Глава 46

МЭНДИ

После трех ночей практически без сна Мэнди по дороге с работы домой заехала в «Теско» и купила снотворных таблеток, на которые не требовался рецепт. Она очень надеялась, что крепкий ночной сон поможет ей осмыслить неожиданное и невероятное предложение

Пэт выносить ребенка Ричарда. Увы, вместо этого на следующее утро проснулась вялой и неспособной ясно мыслить.

Тем не менее, когда, как обычно, в семь утра зазвонил будильник, Мэнди заставила себя вылезти из постели и потащила свои усталые кости в душ. Затем, щедро намазав лицо тональным кремом, попыталась придать себе вид, чуть менее напоминающий зомби и чуть более — офисного работника, и отправилась на работу.

Четыре года назад Мэнди начала работать руководителем группы в отделе продаж поставщика электроэнергии. Для нее это был всего лишь источник заработка, и уж никак не карьера. В последнее время ей становилось все труднее заставлять себя каждый день ходить на работу. Фактически после «встречи» с Ричардом у нее плохо получалось вложить свое разбитое сердце во что-либо еще. Работа, семья и личная жизнь наводили на нее тоску. Вот и сегодня, вместо того чтобы изучать таблицы данных, Мэнди безучастно смотрела на стеклянную перегородку своей кабинки.

Не проходило и пары часов, чтобы она не чувствовала потребности взглянуть на фотографии Ричарда, которые держала на своем телефоне, представляя себя в другой жизни: вот она путешествует с ним по всему миру, выходит за него замуж и создает наконец собственную семью... Даже отправила себе видеозапись того, как он мастурбирует. Теперь та была в ее распоряжении, и она могла притворяться, что Ричард записал этот клип только для нее.

Ее мучил вопрос, что сделал бы Ричард, будь он на ее месте, работая на ненавистной работе без света в конце туннеля. Наверняка бы все бросил, подумала она. Собрал бы вещи и отправился в поисках большего и лучшего приключения. Но Мэнди не хватало смелости просто взять и бросить работу, хотя его мать и предложила ей отправиться в совершенно иное приключение. Слова о замороженной сперме Ричарда прозвучали так неожиданно, открыв ей совершенно новый путь, — при условии, что ей хватит мужества.

«Не отвечай сразу, — сказала ей Пэт там, на склоне холма. — Не торопись, обдумай все как следует, взвесь, что будет значить для тебя иметь его ребенка. Обсуди это со своей семьей, но, что бы они ни сказали, помни, что я и Хлоя всегда будем на твоей стороне. Теперь мы тоже твоя семья».

Мэнди всегда мечтала иметь ребенка от мужчины, который по-настоящему ее любил бы, и до недавнего времени это казалось невозможным. И хотя у них не было возможности встретиться, даже по осколкам его жизни она знала, какие чувства испытывает к нему. Но достаточно ли их, чтобы иметь ребенка? Разумеется, нет. Рациональная часть ее «я» знала, как ей поступить. Как она объяснит матери и сестрам, что беременна ребенком мертвого мужчины, которого никогда не встречала? Неужели именно так ей хотелось стать матерью? И что подумает ее ребенок, когда подрастет и начнет задавать вопросы? Может ли она сделать это одна? Сможет ли она сделать это? Соблазн был велик.

— Мэнди, могу я поговорить с вами? — раздался рядом с ней голос.

Встрепенувшись, она увидела своего менеджера Чарли. Несмотря на свою молодость — Мэнди подозревала, что он едва достиг совершеннолетия, — тот уже имел привычку разговаривать свысока, как и любой мужчина вдвое старше его. Она последовала за ним в большой плексигласовый куб, где рядом с настенной доской стоял стол с тремя стульями. Предложив ей сесть, Чарли перетасовал бумаги, которые держал в руках.

— Я изучил цифры вашей команды, Мэнди, и, если честно, они меня настораживают. — Чтобы подчеркнуть свое разочарование, он даже погладил свою стильную бородку. — За последние два месяца мы наблюдали постоянное снижение числа потенциальных клиентов, и в результате продажи встали. Есть что-нибудь, что вы хотели бы мне сказать?

«Например? — спросила она себя. — Что любовь всей моей жизни мертва и я собираюсь завести от него ребенка?»

— Нет, — ответила Мэнди. — У меня есть несколько личных проблем, с которыми я в данный момент пытаюсь разобраться. Прошу прощения, если это сказалось на моей работе.

— Сказалось, еще как сказалось! — ответил Чарли. — Дело в том, Мэнди, что я изучил ваше личное дело и вижу, что у вас здесь может быть долгая карьера. Главное — не отвлекаться и работать усерднее. Верните цифры на прежний уровень... нет никаких причин, почему вы не сможете этого сделать. Скажу больше, к этому времени в следующем году вы можете получить повышение. Я имею в виду, что вы старше, чем другие девушки здесь, и, судя по вашим документам, у вас нет мужа или семьи. Вам есть к чему стремиться, не так ли?

Чарли с надеждой посмотрел на нее. Очевидно, он ожидал, что его слова ее подбодрят, и не понимал, насколько неуместны его комментарии. Мэнди ошарашенно уставилась на него. Чарли даже не догадывался, что по неосторожности он принял за Мэнди решение, а заодно расчистил для нее путь к бегству.

— Спасибо тебе, мелкий высокомерный ублюдок, — сказала Мэнди, поднимаясь на ноги. — Ты определенно дал мне нечто, к чему нужно стремиться. И это дорого тебе обойдется.

— Я всего лишь хотел сказать... — начал оправдываться Чарли, но Мэнди не желала его слушать. Вместо этого она выбежала из кабинки и зашагала по коридору в направлении отдела кадров.

Через два часа Мэнди выторговала для себя щедрые выплаты в связи с уходом по собственному желанию, плюс бонус за то, что не станет подавать гражданский иск на Чарли за сексизм или вторжение в личную жизнь. Решив дела с увольнением, она спустилась с пятого этажа, вышла через вращающиеся двери офиса к своей машине и вытащила из кармана мобильник.

— Привет, Пэт, это Мэнди, — начала она, пытаясь сдержать волнение. — Да, я хочу это сделать. Я хочу родить от Ричарда.

Глава 47

КРИСТОФЕР

— Ты готов? — крикнула Эми с первого этажа Кристоферу.

— Да, просто дай мне минутку, — ответил тот из своего кабинета. Он был занят тем, что изучал на экране компьютера таблицу, проверяя, где сейчас находится Номер Тринадцать. Он был счастлив, видя, что та придерживается своего графика и находится именно там, где ей полагалось быть. Ему нравилось, когда они следовали своим привычкам — это существенно облегчало работу.

Безликие контакты, программы, спрятанные глубоко в «Темной сети», позволяли ему знать все, что нужно, о женщинах из его списка и многое другое, и начиналось это все с номера мобильного телефона. Номер вел его к имени, возрасту, адресу, профессии, состоянию здоровья и месту работы. Он мог узнать практически все, от группы крови до того, что они в последний раз купили на «И-бэй». Их жизни больше не принадлежали им одним, и именно Кристофер решал, сколько времени у них еще осталось.

Он с самого начала знал: секретность и анонимность — вот ключи к его успеху. Если Эми случайно без спроса заглянет в его компьютер, у нее будет лишь доступ к гостевому профилю, который Кристофер настроил на ее имя. Его собственный профиль был защищен программой шифрования паролей, которую не взломать даже самым опытным хакерам.

Виртуальная частная сеть обеспечивала постоянную защиту IP-адреса. Он управлял всеми онлайн-данными через зашифрованный виртуальный туннель, который мешал сайтам отслеживать его онлайн-активность. Каждое электронное письмо, что он отправлял и получал, проходило через программу, которая шифровала и расшифровывала, а для регистрации на «Флирте», единственном приложении, установленном на каждом из нескольких десятков его телефонов, Кристофер использовал бесчисленные псевдонимы и одноразовые адреса.

Благодаря сети «Тор» он получил доступ к самым глубинам мировой виртуальной паутины, где миллионы сайтов и страниц создаются анонимно, а их пользователи общаются друг с другом приватно, не боясь чужих ушей и глаз. Даже для Кристофера это стало полной неожиданностью. Здесь можно было продать и купить все, что угодно, — от наркотиков и оружия до педофильского порно, причем по весьма выгодным ценам. Именно здесь Кристофер приобрел партию смартфонов по смешной цене, заплатив за них криптовалютой, менее известной разновидностью биткойнов. Телефоны ему доставили из Восточной Европы на почтовый ящик в Лондоне, заведенный специально с этой целью.

— Крис! — снова крикнула Эми. — Поторопись, а не то мы опоздаем.

Кристофер прищурился. Он терпеть не мог, когда его так называли, хотя Эми делала так все чаще и чаще.

* * *

К тому моменту, когда нашлось местечко для парковки в двух улицах от ресторана в Боу, они уже опаздывали на десять минут. Обычно Кристофер ненавидел опаздывать куда бы то ни было, но сегодня с ним была Эми, и он не стал на этом зацикливаться.

— Меню великолепное, — сказала она, перелистывая страницы переплетенного в кожу буклета, и улыбнулась Кристоферу. Его желудок тотчас сделал сальто, и он улыбнулся ей в ответ, причем совершенно искренне.

— Ресторан заслужил самые восторженные отзывы в прессе, — ответил Кристофер.

Он невольно ощутил возбуждение. Все его мышцы были напряжены, и он, как мог, пытался скрыть это от Эми. Сегодня — самый главный вечер в их отношениях, и пока что Кристофер сумел сохранить свои приготовления в секрете. Он заказал нужный ему столик в нужной ему части ресторана, и теперь оставалось лишь дождаться, когда наступит нужный момент.

Пока они с Эми изучали список традиционных британских блюд, пусть и в современном варианте, к их столику с бутылкой воды и бокалами подошла официантка.

— Что бы вы порекомендовали? — вежливо спросил Кристофер. Во рту у него от волнения пересохло, и он сделал большой глоток воды. Официантка начала перечислять фирменные блюда. Кристофер ее не слушал, хотя краем уха услышал что-то про «жабу в норке»[1], приправленную перцем чили, и суп со свиной рулькой. Его внимание было приковано к серебряному колечку в носу. Интересно, как больно было бы ей, если б он сейчас его вырвал?

Ему понравились ямочки на щеках официантки, когда та рассмеялась шутке Эми в адрес блюда из кабачков с двусмысленным названием, то, как она закладывала короткие темные волосы за уши и как, выслушивая их заказ, по-собачьи наклоняла голову набок. Кристофер впервые позволил двум своим мирам столкнуться. Свету с темнотой, солнцу с тенью, его девушке с Номером Тринадцать.

Глава 48
ДЖЕЙД

Джейд могла точно назвать момент, когда бикфордов шнур сгорел и по всему ее телу начали взрываться фейерверки. Она направлялась к своей взятой напро-

[1] Сосиски в пудинге из кляра, традиционное блюдо британской кухни.

кат машине, чтобы отправиться в город за продуктами, когда из окна спальни заметила, что Кевину помогают одеться. Пол под ней как будто без предупреждения провалился, и Джейд почувствовала, что летит в бездну. Она жадно хватала ртом воздух, а ее тело стало легким как перышко. Она не заметила, когда приземлилась. Единственное, в чем она была уверена, это то, что время застыло, и во всем мире значение имели лишь два человека — он и она.

Несколько раз, когда они оказывались рядом, Джейд ощущала странное покалывание и подергивание, но не была уверена, что это значит. И вот теперь, ощутив всю их мощь, она все осознала и, оглядываясь назад, поняла, что происходит. Казалось, стоило ей ослабить оборону и начать жить текущим моментом, как ощущения участились. Джейд также начала чувствовать рядом с ним и другие необычные реакции. Но это... это было нечто такое, о чем она только читала.

Джейд смотрела, как они выходят из комнаты Кевина, как идут через весь дом, как выходят во двор. Внезапно их взгляды встретились, и она поняла, что ее ударила молния. Это произошло гораздо позже, чем она ожидала, но, опять же, они были в исключительных обстоятельствах. И вот теперь между ними установилась куда более прочная связь. Не влюбленность и не жалость, и болезнь Кевина здесь ни при чем. Это было нечто большее, и оно не сгорит после того, как сгорит он сам. Это была любовь в ее чистом виде — и это напугало ее до смерти.

— С тобой всё в порядке? — спросил Кевин.

— Конечно, — ответила Джейд. — Почему ты спрашиваешь?

— Ты слегка раскраснелась.

Джейд улыбнулась, но не посмела посмотреть ему в глаза. По идее, она должна была влюбиться в Кевина, а не в того, кто его сопровождал. В Марка.

Глава 49

НИК

Все, что, как казалось Нику, он знал о любви — с первой школьной влюбленности в Бритни Спирс до Салли, единственной женщины, которую он попросил выйти за него замуж, — было ошибочным. То, что он чувствовал к ним, равно как и к многочисленным подружкам, с которыми встречался на протяжении последних лет, было ничто по сравнению с тем, что он ощущал в присутствии Алекса.

Пожалуй, многие ему позавидовали бы. Он жил с женщиной, которую обожал, в квартире, которая постоянно росла в цене, у него была любимая работа, отвечающая его творческим способностям. Друзья, с которыми он любил проводить время, а также родители и брат, которые — хотя он и не видел их слишком часто — поддерживали с ним связь и одобряли его выбор. В общем, ему было за что быть благодарным жизни.

И только сейчас, когда на периферии его жизни — хотя, возможно, в самом ее центре — возник Алекс, Ник знал, что раньше был этой жизнью просто доволен. И с каждым мгновением, проведенным в обществе Алекса, осознавал: этой простой удовлетворенности ему уже недостаточно.

В дни и недели после первой встречи дружба росла и крепла. Им было чертовски приятно находиться в обществе друг друга. Они цеплялись за любую возможность провести время вместе, начиная с обеденного перерыва и до совместной прогулки до трамвайной остановки после работы. Они, как старые друзья, болтали о школьных днях, проведенных в разных концах света, и о планах, которые еще предстояло воплотить в жизнь. Порой им было достаточно просто быть рядом друг с другом, не говоря ни единого слова.

Алекс откровенно рассказывал о борьбе своего отца с деменцией, как, благодаря лекарствам, тому удавалось сохранять рассудок. Правда, мать предупредила, что это лишь временная мера и скоро болезнь возьмет верх. Именно по этой причине дружба будет недолгой: Алекс и его подружка улетали в Новую Зеландию через шесть недель.

Помимо наличия у обоих подруг, неизбежный отъезд Алекса был еще одной темой, какую они старались не затрагивать. Всякий раз, когда этот слон пытался вторгнуться обратно в комнату, они вешали на дверь новый замок. Однако оба чувствовали скрип петель под натиском его туши.

* * *

— Что за черт? Как ты можешь внезапно стать геем? — воскликнул Дипак.

— Я не гей.

— Ну, тогда бисексуал.

— Опять же нет, и в этом-то вся суть. Честное слово, я скоро чокнусь. — Ник вздохнул и подпер подбородок кулаками. Дипак открыл очередную бутылку пива и протянул ее другу. — Кстати, ничего не говори Сумайре: сам знаешь, какая она. Тотчас настучит Салли... Я же пока не готов к этому разговору.

— Конечно, не скажу, — заверил его Дипак. — Я не говорю ей всего. Но когда ты говоришь «пока», ты имеешь в виду, что хочешь бросить Салли?

— Что? Нет, конечно. Мы поженимся через несколько месяцев, как я могу?..

— Дружище, ты не можешь жениться на ней, если твое сердце принадлежит другому. Вы будете жить как кошка с собакой.

— Неправда. Клянусь Богом, я люблю ее. Просто с Алексом у нас все... по-другому

— По-другому — это как?

— Сам знаешь. Ты и Сумайра ведь ДНК-пара, так?

Дипак кивнул, хотя и не слишком убедительно.

— Это то чувство, которого нет, когда ты рядом с кем-то еще. Как будто в целом мире для тебя не существует никого, кроме твоей ДНК-пары. Как будто вы — единое целое, один человек... И какое бы дерьмо ни швырял в тебя мир, ты пройдешь через все, потому что рядом с тобой твоя половинка.

Ник сделал большой глоток из бутылки и поставил ее на подставку.

— Да, мужик, тебе не позавидуешь, ты влип, — сказал Дипак. — Не понимаю, почему ты борешься с этим. Если он — твоя ДНК-пара, что вам мешает быть вместе?

— Не хочу изменять своей девушке.

— Ты уже ей изменяешь, приятель. И это не такой большой грех, как тебе кажется. Иногда нужно поставить себя на первое место и просто плыть по течению. Она ведь сделала бы то же самое, если б нашла свою ДНК-пару.

— Ты думаешь?

— Конечно. Это сидит в нас всех, разве не так? Все хотят изменять. Проблема лишь в том, чтобы найти для этого вескую причину.

Ник давно подозревал, что его друг не всегда был самым моногамным из мужей, но не стал развивать эту тему.

— Ладно, хватит обо мне. О чем ты хотел поговорить со мной? Ты сказал, что у тебя якобы есть новости.

— Это может подождать до следующего раза.

— Нет уж, давай выкладывай. Думаю, мне полезно отвлечься от моих собственных проблем, — гнул свою линию Ник.

— Ну ладно. Оказывается, я вскоре стану отцом. Сумайра беременна.

— Дип, это фантастика! — воскликнул Ник с неподдельным энтузиазмом и через стол протянул для рукопожатия руку. Он был искренне рад за друга. — И какой срок?

— Только что закончился первый триместр, и у них всех все отлично.

— У всех?

— Она ждет близнецов. Похоже, в их семье это частое явление.

— Невероятно! Я не могу дождаться, когда увижу, как ты управляешься с грязным подгузником, не говоря уже о двух, — пошутил Ник. — Теперь больше никаких мальчишников по будням, никаких косячков украдкой на балконе, когда ты думаешь, что она не видит...

— Кто бы говорил! Ее уже начало разносить, и наша сексуальная жизнь свелась к нулю. Если это мое будущее, мне ничего не остается, как развернуть бурную деятельность на «Тиндере».

Ник ждал, когда Дипак рассмеется или добавит, что это шутка, но тот этого не сделал.

— Что ж, вам обоим, конечно, придется нелегко, но я уверен, вы справитесь, — добавил он.

— Боюсь, моя жизнь больше не будет накатанной дорожкой. Впереди сплошные ухабы.

— Кто бы говорил! — ответил Ник и допил остаток пива.

Глава 50

ЭЛЛИ

Сидя на заднем сиденье «Рейнджровера», Элли машинально выбивала каблуком дробь по коврику под ногами. Даже в обычных обстоятельствах поездки домой к родным впервые почти за год было бы достаточно, чтобы разволноваться. Но на этот раз она взяла с собой Тима. Чувствуя ее дрожь, тот взял ее руку, сжал в своей и ободряюще улыбнулся.

— Ты же знаешь, я сертифицирован как безопасный продукт, который можно спокойно представлять родителям, — пошутил он. — Честное слово, меня просветили рентгеном и прощупали, и крайне маловероятно, что я украду что-нибудь или назову твою няню шлюхой.

— Моя няня давно умерла.

— Тогда ей тем более все равно, как я назову ее! Давай, улыбнись мне.

— Извини, просто я давно их не видела, и чем больше промежуток между нашими встречами, тем труднее.

— А в чем, собственно, трудность? Ведь это родные.

Элли вздохнула:

— Боюсь, у нас почти ничего общего, и это не их вина, а моя. Когда мой бизнес пошел в гору, у меня было все меньше и меньше времени для личной жизни. Мне казалось, что если я хочу быть успешной бизнес-леди, то должна поставить крест на личной жизни. Что для того, чтобы меня воспринимали всерьез, я должна вести себя определенным образом, что меня должны видеть в нужных местах и с нужными людьми, и это возможно лишь за счет моей семьи. Когда же я поняла, что круглая идиотка, я пропустила слишком много свадеб, крещений и рождественских праздников. Я купила им машины, оплатила их ипотеку, создала целевые фонды для племянниц и племянников, но это почти ничего не исправило.

— Но для них главным было видеть тебя рядом, верно?

— Думаю, да.

— Тогда давай сегодня вечером начнем новую главу. Тебе повезло, что у тебя есть семья. У меня всю мою жизнь была лишь мама, а когда она умерла, остался только я сам. — Тим кротко улыбнулся.

— Нет, теперь у тебя есть я, — сказала Элли и положила голову ему на плечо.

С тех пор как она появилась на пороге его дома и призналась ему, что она тот самый ученый, который обнаружил ген совпадения ДНК, прошло почти четыре месяца. Тим простил ей ложь, и теперь, когда игровое поле стало ровным, они робко вступили в отношения. Тим был слегка резковат и, если честно, не совсем в ее вкусе. Но как только Элли решилась раскрыться перед ним, отдав инициативу в руки их генетической связи, ни один из контрастов уже не имел значения. Ее, словно магнитным полем, тянуло к нему, и это было чудесно.

После работы они обычно проводили тихие домашние вечера в доме Тима в Лейтон-Баззарде. Дважды в неделю Элли посылала за ним машину, и тогда они проводили время в ее лондонском таунхаусе. Правда, будучи в доме, который создала для себя, она нередко ощущала неловкость. Пять тысяч фунтов стерлингов, потраченных на один рулон обоев, итальянский мраморный пол, кинотеатр в подвале, которым она редко пользовалась, — все это напоминало ей о том времени, когда красивый дом был в ее глазах эквивалентом полноценной жизни.

Элли не только сократила свой рабочий день — она взяла за правило уходить с работы ровно в шесть часов, — но также перестала посещать модные лондонские рестораны, предпочитая им небольшие провинциальные пабы, где транслировали воскресные футбольные матчи, а вечера проводила, свернувшись калачиком на диване перед телеэкраном. Лишь присутствие Андрея и его коллег, несших вахту в машинах у дома Тима, напоминало ей, что их отношения трудно было назвать обычными.

— Мы почти приехали, — объявила Элли, когда они свернули на улицу, где прошло ее детство. В дербиширском пригороде, где она провела первые восемнадцать лет своей жизни, мало что изменилось. Построенные в пятидесятых годах домики практически не тронул прогресс, лишь кое-где владельцы заменили деревянные рамы на ПВХ и замостили газон брусчаткой, чтобы выкроить место для большего числа автомобилей. Когда Элли была подростком, ее окружала безопасная, комфортная среда, и ей было стыдно, что она отвернулась от родных стен и улиц, где прошли ее детство и юность.

— Боже, к нам пожаловала сама королева! — крикнула с порога ее сестра Мэгги и, широко распахнув объятия, прижала к себе младшую сестру. — И она привезла с собой кого-то еще!

В гостиной раздались ликующие возгласы, и вся семья и соседи выбежали встречать высоких гостей. Из стереосистемы на всю мощность звучали хиты группы «Тэйк Зэт», а над дверями красовался транспарант с надписью «С семидесятилетием, мама». К стене был придвинут накрытый салфетками обеденный стол, уставленный угощениями, пластиковыми стаканчиками, столовыми приборами и бумажными тарелками.

— О, дайте мне взглянуть на вас, — продолжила Мэгги и, бесцеремонно схватив Тима, развернула его, как манекен, чтобы все могли его оценить. — У тебя губа не дура, — сказала она Элли, беря сестру за руку.

— Иди ко мне, моя девочка, — войдя, мать улыбнулась и окинула Элли придирчивым взглядом с головы до ног. — Тебе срочно требуется хороший обед, ты стала просто кожа да кости. А кто этот красавчик?

— Это мой друг, Тим, — ответила Элли.

— Рад познакомиться с вами, миссис Стэнфорд, — начал тот, протягивая ей руку.

— Зовите меня Пэм, — ответила она. — А теперь давайте выпьем, и вы расскажете мне о себе. По крайней мере, у вас нормальный вид. Видели бы вы последнего, которого она привозила сюда! Этот типчик провел весь день, осматривая дома, — все пытался вычислить, за сколько он мог бы их скупить. Заносчивый мерзавец!

Весь следующий час Тима, как экспонат, водили по дому из комнаты в комнату, незнакомые люди вручали ему напитки и знакомили с членами семьи, чьи имена он ни за что не вспомнил бы на следующий день. Он потанцевал с двумя младшими племянницами Элли, поболтал о футболе с ее зятьями, для него была организована экскурсия по недавно построенному сараю ее отца. Стоя в сторонке, Элли с гордостью наблюдала за происходящим, напоминая себе, что все-таки можно совмещать два разных мира — работу и личную жизнь.

— Извини, она не слишком допекла тебя? — дерзко спросила Элли, когда мать привела их на кухню.

— Вовсе нет, — Тим улыбнулся. — Я узнал все сплетни о том, кем ты была в детстве, — и судя по тому, что я услышал, форменной зубрилкой. И никакого намека на грудь, пока тебе не исполнилось семнадцать?

— Мама!

— Не пытайся отрицать это, Элли, — строго сказала та и повернулась к Тиму: — Плоская, как гладильная доска, пока не научилась водить машину. И даже в детстве вечно сидела уткнув нос в книжку. А потом она открыла для себя естественные науки. Однажды даже подожгла шторы в своей спальне с помощью пробирки с магнием, которую стащила из школы.

Элли покачала головой и почувствовала, что краснеет, чем удивила Тима.

— Я на минутку воспользуюсь вашей ванной, после чего вы можете рассказать мне больше, — сказал тот и, подмигнув Элли, вышел из комнаты.

— Итак? — с надеждой спросила Пэм.

— Итак что? — дерзко вторила Элли.

— Неужели женщина, которая устроила личную жизнь всех остальных, устроила и свою?

— Может быть, — Элли уклончиво улыбнулась.

— Если мое мнение что-то значит, он просто душка! — вмешалась Мэгги, которая только что вернулась, выкурив сигарету в саду. — Он ни капельки не оробел, увидев нас, он простой и веселый и не запуган тобой. Так что я обеими руками за.

— Ты любишь его? — спросила Пэм. — Если он твоя ДНК-пара, значит, ты его любишь. Ведь так и задумано, я права?

— Да, — Элли снова улыбнулась. — Я люблю его.

— Чертовски приятно это слышать, — раздался сзади голос Тима. — Потому что у меня тоже едет крыша от любви к тебе.

Глава 51

МЭНДИ

Мэнди смотрела на трехмерное, цвета сепии изображение ребенка в своем чреве. Диагност передал ей две распечатки, одну для нее самой и одну для бабушки ребенка, которая вместе с Мэнди пришла на УЗИ на двенадцатой неделе ее беременности.

— Похоже на крошечную фасольку с лицом инопланетянина, — пошутила Мэнди, показывая снимки дома у Пэт.

— Это не инопланетянин, а мой внук, — обиженно возразила та.

— Она просто пошутила, — сказала Хлоя. — Вы только посмотрите, какая прелесть! Кстати, ты спросила, мальчик это или девочка?

— Нет, я готова подождать.

— Это мальчик, — вставила свое веское слово Пэт. — Я нутром чувствую, что у Ричарда будет сын.

Шесть месяцев назад, к огромному восторгу Пэт и Хлои, Мэнди приняла предложение. Она не стала расспрашивать о законности методов, благодаря которым Пэт получила в свое распоряжение ДНК Ричарда, однако наняла адвоката, чтобы тот помог ей разобраться с бумагами, когда она ставила свою подпись под различными формами, полными юридических терминов и жаргона, которых Мэнди не понимала. От волнения и трепета при мысли о будущем материнстве ей и в голову не пришло усомниться в их законности.

Пэт оплатила комплексный медосмотр Мэнди в частной клинике по лечению бесплодия на Харли-стрит[1], где проводились бесконечные анализы: на гормональный профиль, крови, на ЗППП[2], УЗИ, а также процедуры, названия которых она едва могла произнести, такие как гистеросальпинограмма и гистероскопия[3].

Спустя две недели, когда у Мэнди была овуляция, доктор поместил ей в шейку матки каплю спермы Ричарда и отправил ее домой: пусть природа сама сделает свое дело. Когда через три недели у нее наступили месячные, она разрыдалась от горя. Принять решение родить ребенка Ричарда и не забеременеть — одна только эта мысль убивала. Мэнди проклинала себя за то, что позволила надежде взять над собой верх.

В следующем месяце она вернулась в клинику для второй попытки. И еще до того, как, пописав дома на полоску теста на беременность, увидела, как на той проявился голубой крест, она уже знала, что беременна. Симптомы совпадали с симптомами ее первых двух беременностей: с самого первого утра ее мутило, а затем наступали позывы рвоты. Сжимая полоску теста, Мэн-

---

[1] Харли-стрит — улица в Лондоне, где традиционно обосновались самые известные и дорогие клиники.

[2] Заболевания, передающиеся половым путем.

[3] Маточные исследования.

ди сидела на холодном кафеле ванной, думала о своих выкидышах с Шоном и молила Бога, чтобы история не повторилась. Пусть в третий раз ей повезет.

Если честно, Мэнди не знала точно, что она должна чувствовать. По идее, ей полагалось пребывать в восторге и приятном волнении, но единственной эмоцией, пульсировавшей в ее жилах, был страх. Как ни старалась подавить слезы, первые минуты она плакала навзрыд. Первой, кому Мэнди сообщила благую весть, была Хлоя, с которой они сблизились, словно сестры. Ей хотелось, чтобы, когда она скажет об этом Пэт, Хлоя была с ней рядом.

— Раз уж я скоро стану бабушкой, можешь называть меня мамой, если хочешь, — предложила сквозь слезы Пэт. Мэнди вежливо улыбнулась, хотя само это предложение вызвало у нее неловкость. Они с Пэт были близки, но не до такой степени, чтобы называть ее мамой.

Теперь, когда она была избавлена от ненавистной работы в офисе, Мэнди проводила больше времени в обществе Пэт и Хлои. Пэт все еще находилась в отпуске от работы в бухгалтерии супермаркета, а поскольку Хлоя жила всего в нескольких улицах от матери, три женщины нередко проводили дни и вечера вместе.

Мэнди частенько оставалась на ночь в доме Пэт — правда, ее больше не отправляли в гостевую комнату, а предложили занять спальню Ричарда. В его постели, в окружении его запахов и его незримого присутствия, ей крепко спалось всю ночь. Здесь все ее мечты о Ричарде были первозданно чисты, не запятнаны реальностью ее ситуации.

По прошествии первого триместра Мэнди решилась-таки рассказать подругам, что ждет ребенка. Но она понятия не имела, как сообщит эту новость семье. Это по ее вине между ними возникла отчужденность, и Мэнди не знала, как залатать эту трещину. Но в один прекрасный день ее застал врасплох дверной звонок, и она увидела перед собой лица Полы и Карен.

— Что происходит? — начала Пола, даже не войдя в дверь. — Ты не отвечаешь на наши звонки, сообщения приходят от тебя раз в сто лет, и ты вот уже несколько недель ни разу не проведала своих племянниц и племянника.

— Этот твой Ричард измывается над тобой? — напрямую спросила Карен. — Скажи нам честно, и мы тебе поможем. Тебе не обязательно оставаться с ним только потому, что он — твоя ДНК-пара.

— Нет, нет, извините, я знаю, что я плохая сестра и тетя, просто это были... особенные несколько месяцев.

Мэнди провела их в гостиную. С озадаченными лицами, две сестры сидели рядом на диване, глядя на третью, которая нервно расхаживала перед ними по ковру.

— Что значит «особенные»? — спросила Карен. — В чем дело? Мама переживает за тебя. Мы все переживаем.

Не найдя нужных слов, Мэнди просто подняла джемпер и показала небольшой, но заметный животик. Карен и Пола отреагировали так, как она и предполагала: испустив пронзительный визг, обе вскочили, чтобы стиснуть ее в объятиях.

— Почему ты не сказала нам? — упрекнула ее Паула.

— А с ребенком всё в порядке? — спросила Карен.

— Просто после двух выкидышей хотела убедиться, что первые три месяца прошли нормально. И да, Карен, с ребенком всё в порядке. Он хорошо растет, так что поводов для беспокойства нет.

— А что думает Ричард? Когда мы наконец познакомимся с будущим отцом?

— Где он? — Пола повернула голову, заглядывая в кухню и столовую.

— Думаю, вам лучше снова сесть, — спокойно начала Мэнди.

— Только не говори мне, что этот гаденыш слинял! Карен, разве я не говорила тебе, почему мы до сих пор с ним не познакомились? Он ее бросил. Как такое вообще возможно? Вот уж не думала, что ДНК-пара способна на такую подлость...

— Нет, нет, он меня не бросал. Ричард не знает о ребенке, потому что... потому что Ричарда больше нет.

Сестры недоуменно переглянулись, не зная, верно ли поняли ее.

— Значит, он все же тебя бросил? — уточнила Пола.

— Нет, я имею в виду, что он ушел иным образом.

— Иным? Ты хочешь сказать, умер? — спросила Карен.

Мэнди промолчала.

— Боже! — Карен изменилась в лице.

— Твой парень умер, а ты ничего нам не сказала? — тихо спросила Пола. — Как это вообще понимать?

Прежде чем что-то сказать, Мэнди глубоко вздохнула.

— Ричард никогда не был моим парнем, — медленно произнесла она, — потому что мы с ним никогда не встречались. Вскоре после того, как мне сообщили, что у меня есть ДНК-пара, я узнала, что его сбила машина.

Карен с тревогой посмотрела на нее и потянулась к ее руке.

— Тогда как ты забеременела, дорогая?

— Я не чокнутая, Карен, и это не плод моих фантазий. У Ричарда, еще подростком, был рак, поэтому он сдал свою сперму на хранение в клинику по лечению бесплодия. В последние несколько месяцев я близко сошлась с его семьей, и его мать спросила меня, не хочу ли я забеременеть от его спермы. — Говоря эти слова, Мэнди поймала себя на том, как смешно, как глупо все это звучит. Ей лишь оставалось надеяться, что сестры ее поймут.

Карен быстро отодвинулась. Настроение в комнате резко изменилось.

— Что? Она за просто так отдала сперму сына первой встречной? А ты сказала «да»?

— Не совсем так.

— Тогда как? Ты беременна от покойника! Это... это уму непостижимо!

Мэнди покачала головой и провела пальцами по волосам. Ей хотелось, чтобы сестры поняли, каково это — чувствовать любовь к человеку, которого лично не было рядом, каково это, несмотря на все препятствия, ощущать некую глубокую связь. Увы, по их неодобрительным взглядам было видно, что она их не убедила и они не одобряют сделанный ею выбор.

— Извини, Мэнди, ты знаешь, что я люблю тебя, но думаю, что это так... неуместно, — начала Пола. Карен кивнула в знак согласия. — Родить ребенка от покойника, которого ты в глаза не видела, с разрешения женщины, с которой ты едва знакома? Это же курам на смех!

— Чем я отличаюсь от женщин, которые рожают от анонимных доноров спермы?

— Конечно, отличаешься! Твой донор мертв, не так ли?

— Но он — моя ДНК-пара, и я люблю его. — Мэнди тотчас же захотелось взять обратно последние слова.

— Как можно любить того, кого ты в глаза не видела? Мэнди, ты влюблена в идею любви, а его семья вложила эти глупые идеи в твою голову. Ты никогда не станешь частью их семьи. Для них ты — инкубатор. Взятая напрокат матка, суррогатная мать.

В Мэнди закипала злость. Ей стоило огромных усилий держать ее в узде.

— Как ты смеешь это говорить! Вы ничего не знаете о них и о том, что я пережила за последние несколько месяцев. Лишь потому, что это не обычный муж, как у вас, это не значит, что все неправильно. Не каждый может быть такими, как вы. Не каждый может найти свою ДНК-пару и жить долго и счастливо.

— У меня нет никакой ДНК-пары, — тихо сказала Карен. Мэнди и Пола удивленно уставились на нее. — Мы с Гэри прошли тест. Тот оказался отрицательным, но мы сказали всем, что да, мы — ДНК-пара.

— Почему? — спросила Мэнди.

— Потому что, когда вы с супругом не ДНК-пара, люди ждут, когда у вас все пойдет не так. Не потому, что они злые, просто такова человеческая природа. Поэтому было проще соврать. Но мы любим друг друга. Вот и тебе ничто не мешало встретить подходящего мужчину и завести с ним семью.

— А я не хочу! Это всегда второй сорт за неимением лучшего! Он никогда не будет значить для тебя все на свете, дети от него — это не дети от того самого. Ты всегда будешь искать себе оправдание.

— Не смей так говорить о моих детях! — возмутилась Карен, вскакивая с дивана. Пола попыталась удержать ее. — Мои дети никогда не будут вторым сортом!

— Я не это имела в виду, просто неправильно выразилась, — сказала Мэнди. Ее глаза наполнились слезами. — Вы не слушаете меня.

— Ты должна поехать с нами к матери, — твердо заявила Карен. — Пола, иди и собери ее одежду, а я возьму туалетные принадлежности.

— Прекратите! — крикнула Мэнди. — Хватит судить меня, хватит твердить мне, что я поступаю со своей жизнью неправильно. Это не ваше дело!

— Ты — наша сестра, поэтому это наше дело, особенно если у тебя с головой не всё в порядке. Как можно влюбиться в покойника?.. Тебя нужно лечить.

— Вон из моего дома! — вскрикнула Мэнди и, схватив Карен за руку, потащила ее к входной двери. Растерянно посмотрев на нее, Пола пошла за ней следом. — Выметайтесь вон, немедленно! — кричала она.

Пораженные ее вспышкой, сестры неохотно ушли.

Когда через два часа Мэнди добралась до дома Пэт, она знала, что теперь рядом с ней те, на чью поддержку она всегда может рассчитывать. Когда она рассказала им о случившемся, Пэт ласково обняла ее.

— Спасибо, мама, — прошептала Мэнди.

Глава 52

КРИСТОФЕР

Тридцать.

Число, которое для разных людей представляет множество безобидных и относительно важных вещей. Цифры, которые очень важны, когда дело касается возраста, ограничения скорости в пешеходной зоне, порядкового номера цинка, числа композиций на «Белом альбоме»

«Битлов», возраста, в котором был крещен Иисус, и количества вертикальных камней в Стоунхендже.

Но для него, Кристофера, число тридцать будет означать завершение проекта по организации крупнейшего в Великобритании дела о нераскрытых убийствах. Если все пойдет по плану, тела тридцати задушенных женщин будут найдены по всему Лондону, и никто не будет иметь ни малейшего понятия о том, кто убийца и почему он это сделал. Затем, так же неожиданно, как и начались, убийства прекратятся.

Эми была занята на работе, поэтому большую часть времени, которое Кристофер проводил в одиночестве, он размышлял над идеей, которая впервые посетила его полтора года назад. Холостой и с ненасытным сексуальным аппетитом, он устал платить за услуги эскорта, снимать «телочек» в барах и посещать закрытые клубные вечеринки, а по сути оргии. Вместо этого его внимание привлекли сайты знакомств. Загрузив несколько приложений, Кристофер удивился тому, как быстро, всего одним прикосновением к экрану смартфона, можно организовать сексуальную связь. Вскоре он выяснил, что пользователи состоят из тех, кто еще не нашел свою ДНК-пару. Сайты знакомств они выбирали потому, что устали от одиночества либо были не прочь провести время со случайным партнером, пока не отыщется их ДНК-пара.

Его также удивило, с какой легкостью женщины выдавали свои номера телефонов — а нередко и домашние адреса — совершенно незнакомому мужчине. Попади их данные не в те руки, с ними может случиться что угодно, подумал он.

И это подсказало ему идею. Что, если эти руки — его? Сумеет ли он, Кристофер, уйти от наказания за убийства в эпоху, когда все, что вы делаете, куда ходите и с кем общаетесь, можно отследить по телефону у вас в кармане? Чем больше он размышлял по данному поводу, тем больше проникался этой идеей.

Им уже давно владел горячий интерес к тому, что двигало серийными убийцами, и ему хотелось понять, почему тех, кто не страдал психическими расстройствами, часто принимали за психопатов. Эксперты предполагали, что они убивали, чтобы избежать чего-то в своей повседневной жизни, что было им в тягость, — и поскольку этот акт требовал напряжения физических и душевных сил, преступление действовало как блокиратор реальных проблем. Но у Кристофера не было таких проблем. Возможно ли просто хотеть убивать, без мотивов, чтобы проверить, сойдет это с рук или нет? Чем больше он об этом думал, тем сильнее становилось его желание проверить это на практике.

Больше всего его вдохновляли преступления Джека Потрошителя. Причем не методология Джека, не его выбор объектов и даже не его откровенная ненависть к женщинам. А то, что, спустя почти 130 лет с тех пор как Джек Потрошитель терроризировал Лондон, мир все еще был очарован тем, что после пяти убийств его личность так и осталась загадкой. Кристофер решил, что хочет добиться такой же черной славы, только в более широких масштабах. Он хотел, чтобы в течение многих десятилетий его убийства изучали, чтобы они становились предметом научных споров и никто по-прежнему не знал бы, кто он такой, каковы были его мотивы или почему они столь внезапно перестали действовать.

Главная проблема заключалась не в выборе объектов и даже не в самом убийстве, а в том, чтобы не оставить на месте преступления никаких улик и не попасться на глаза властям. Если его личность когда-либо будет раскрыта, в ней больше не будет никакой тайны, а убийства забудутся в течение одного поколения. Этого он хотел меньше всего. И хотя у него не было опыта убийств, Кристофер не сомневался: отняв чью-то жизнь, такой человек, как он, вряд ли будет мучиться угрызениями совести.

Кристофер обожал победы, даже над самим собой, поэтому, чтобы заставить план работать, ему требовалась амбициозная цель, к которой он мог бы стремиться, иначе быстро утратил бы интерес. Ему никогда не достичь рекордной цифры, 260 умерших от руки Гарольда Шипмана[1], — но это и не нужно, хотя бы по той причине, что убийства Шипмана были примитивны и не требовали никаких особых умений. Своих больных, немощных страдальцев он получал на блюдечке с голубой каемочкой. Кристоферу же было достаточно тридцати убийств — требовавших ловкости и изобретательности, однако осуществимых.

Спустя год двенадцатым убийством он сравнялся с результатом Фреда и Розмари Уэст. Пятнадцатым на целых два обгонит Йоркширского Потрошителя и достигнет уровня Денниса Нильсена[2]. Хотя он активно стремился побить их результаты, Кристофер обиделся бы, если б его поместили в одну категорию с ними — они не обладали ни его умом, ни его амбициями. Они не планировали с той же глубиной, им не хватало его тщательности. Вместо того чтобы следовать голосу

---

[1] Британский врач, при помощи наркотических инъекций убивавший своих пациентов в 1980—1990-х гг.

[2] Британский серийный убийца-некрофил, действовавший в конце 1970-х — начале 1980-х гг.

разума, они следовали за своими низменными желаниями.

Он никогда не испытывал такой гордости, как когда его подвиги стали достоянием новостных выпусков, а столицу накрыло кроваво-красным облаком. Как и хотел, Кристофер заставил полицию теряться в догадках и ощущать собственное бессилие. А поскольку он не был ни жадным, ни небрежным, а аккуратным и дотошным, — он всегда был на шаг впереди ее.

Кристофер поклялся себе, что, как только совершит свое тридцатое убийство, его миссия будет завершена, а поскольку никаких улик не останется, он спокойно поставит на ней точку. Полицейское расследование будет тянуться еще несколько месяцев, пока постепенно не сойдет на нет. Затем, через пару лет, не имея новых зацепок, это дело объединят с остальными «висяками», которые копы так и не смогли раскрыть. Тем временем Эми подарит ему нечто новое, во что он сможет вложить свое время и энергию...

Кристофер сел, скрестив ноги, на пол и осторожно положил фото Номера Тринадцать под пленку на странице в белом альбоме, который хранил в гостиной, — тот самый, который Эми едва не открыла. Держи все на виду, и никто ничего не заподозрит, сказал он себе.

Кристофер так и не узнал, насколько больно будет официантке, если он вырвет у нее из носа кольцо, так как она потеряла сознание прежде, чем он успел его выдернуть. Однако Номер Тринадцать была особенной: первая, кого он представил Эми. Поэтому Кристофер положил ее кольцо с кусочками хряща под пластик рядом с фотографией. Закрыв альбом, вернулся к столу и продолжил разрабатывать план своего визита к Номеру Четырнадцать позже этим же вечером.

Глава 53

ДЖЕЙД

Как такое вообще может быть? Джейд задавала себе этот вопрос так много раз, что тот уже звучал как заезженная пластинка. Ей нужно было разобраться в собственных мыслях, поэтому она отправилась в один из ближайших городков милях в двадцати от фермы. Джейд приехала на край света, чтобы встретить мужчину, который был ее ДНК-парой, родственную душу, в которого, как ей казалось, она влюбилась еще до того, как они встретились лицом к лицу. Но, проведя в его обществе какое-то время, поняла, что между ними нет никакой искры — по крайней мере, в том, что касалось ее самой. Они держались за руки, смеялись, говорили о жизни и смерти и о всякой ерунде, им было приятно быть рядом друг с другом... Но они не обменялись ни единым поцелуем.

И вдруг, совершенно неожиданно, все те чувства, что она должна была испытывать к Кевину, фейерверк, о котором читала, она теперь испытывала к его брату Марку. «Нет, это нехорошо, — сказала себе Джейд. — Ты толком ни разу не разговаривала с ним. Всякий раз, когда Марк тебя видит, кажется, что он предпочел бы быть где угодно, но только не рядом с тобой».

И тут внезапно отношение к ней Марка прояснилось. Он чувствовал то же самое. То, что Джейд раньше принимала за странную неприязнь или враждебность, на самом деле было желанием скрыть свои чувства. И вот теперь все встало на свои места. Он часто бывал с ней косноязычен или полностью ее игнорировал, но лишь потому, что им владела такая же сильная любовь и даже похоть, как и ею, только они поразили его раньше. И, равно как и Джейд, он знал, насколько это неуместно.

Она вспомнила фильм, просмотренный ею в кино со своими подружками на прошлое Рождество, «Мятежное сердце»[1]. В нем Дженнифер Лоуренс и Брэдли Купер сыграли ДНК-пару, у которой не складывались отношения. Дженнифер внушила себе, что вместо этого влюбилась в его лучшего друга. «Перенос», как они это называли, вспомнила Джейд и взяла в руки телефон, чтобы «погуглить» слово. «Перенос — это феномен, характеризующийся бессознательным перенаправлением чувств от одного человека к другому».

— Да! — сказала вслух Джейд. Где-то в глубине сознания она боялась полюбить Кевина, потому что тот был неизлечимо болен. Конец будет всего один. И, кстати, в последнее время его здоровье резко ухудшилось, так что, похоже, времени у них осталось в обрез. Неудивительно, что ее разум или ее сердце — или даже ее ДНК — зацепились за Марка, как за своего рода механизм выживания.

Джейд откинула голову на подголовник сиденья. Осознав смысл того, что с ней происходило, она смогла наконец вздохнуть свободно: с души будто свалился тяжкий груз. Она не была хладнокровной стервой, которой боялась стать. Просто получив удар судьбы, подсознательно нашла способ с ним справиться.

Джейд знала, что ей делать — следовать примеру Марка и держаться на расстоянии. Всякий раз, когда их пути пересекались, было видно, что он испытывает неловкость. Она оставит попытки вовлечь его в разговор и в целом постарается держаться от него как можно

---

[1] Вымышленный фильм.

дальше. Она очень надеялась, что непрошеная любовь исчезнет так же быстро, как и возникла.

Вернувшись из города и достав из пакетов продукты, Джейд первым делом отправилась в комнату Кевина.

— Как ты думаешь, что произошло бы между нами, не будь я болен? — спросил тот, просматривая список фильмов на канале «Нетфликс». Джейд тотчас ощетинилась.

— Не знаю.

— Ты как-то раз сказала по телефону, что, раз нам суждено было быть вместе, мы, вероятно, поженимся, заведем детей и все такое.

— Да, будь все нормально, вероятно, так оно и было бы.

— Извини, что я не могу быть твоим мужем.

— Не говори глупостей.

— Я знаю, что никогда не смогу дать тебе счастливую семью, но я могу подарить тебе это. — Кевин достал из кармана мешковатых спортивных брюк маленькую бархатную коробочку. — Возьми, — сказал он, передавая ее Джейд. — И открой.

Увидев внутри серебряное кольцо, украшенное россыпью бриллиантов, Джейд озадаченно посмотрела на Кевина.

— Джейд, я знаю, это не то, что мы с тобой планировали, но последние пару недель были лучшими в моей жизни. Я люблю тебя и хочу, чтобы ты стала моей женой.

Она тяжело сглотнула и посмотрела на нервного молодого человека, который дрожащими руками протягивал ей бархатную коробочку. Боже, как же ей хотелось любить его! Но в этот самый трогательный момент она поняла, что не может.

— Тебе не нужно говорить «да» или что-то еще лишь потому, что тебе кажется, что ты должна... — продолжил Кевин.

Но Джейд уже приняла решение — и улыбнулась своей самой светлой улыбкой.

— Да. Я хотела бы стать твоей женой.

Глава 54

НИК

Гости за обеденным столом от души смеялись над анекдотом Джона-Пола про некую молодую звездульку реалити-шоу, которую представляло его пиар-агентство. Сыграла свою роль и щедрая доза кокаина.

С их скабрезными шуточками и сплетнями о знаменитостях, которыми они потчевали присутствующих, Джон-Пол и его жена Люсьен, журналистка, пишущая для таблоидов, всегда были ценным дополнением к их званым обедам, к вящему веселью Салли, Сумайры и Дипака. Не смеялся один только Ник. Вместо этого он смотрел в высокое, от пола до потолка, окно, как часто делал, когда мечтал быть где угодно, но только не здесь.

Его скептическое отношение к компании и малазийской еде, готовя которую Салли угрохала бóльшую часть дня, не осталось незамеченным. Несколько раз Салли прикасалась к руке Ника, и хотя раньше тот неизменно отвечал на этот жест улыбкой, теперь он с трудом сдерживался, чтобы не отпрянуть от ее прикосновения. Он также пил больше, чем обычно, осушая бокал за бокалом шардоне, не думая о похмелье, которое неизбежно даст о себе знать на следующий день.

— Как там ваши свадебные планы? — спросила Люсьен. Ник был достаточно трезв, чтобы не издать стон.

— Осталось не так уж и много, — сказала Салли со странными нотками в голосе. Похоже, поведение Ника ее раздражало. — В Нью-Йорке нас будет только двое. Нужно лишь найти фотографа, а по возвращении домой мы, вероятно, устроим вечеринку

— Жаль, что мы так не сделали, — сказала Сумайра, взглянув на Дипака. — Это сэкономило бы моим родителям кучу денег. И у вас больше нет мыслей о том, чтобы сначала пройти тест на соответствие ДНК?

— Ты опять за свое, — оборвал ее Дипак. — Они счастливы и без твоего теста. Оставь их в покое.

— Я только спросила.

Ник посмотрел на Салли, но она не ответила на его взгляд, сделав вид, будто слишком занята, наполняя бокал Дипака. Что, однако, не помешало ей покраснеть от вопроса Сумайры. Ника удивило, что она не сказала своей лучшей подруге, что они прошли тест, равно как и о его результатах. Он был искренне благодарен Дипаку за то, что тот держал язык за зубами. Но в Сумайре было этим вечером нечто такое, что лично его выводило из себя. Беременность сделала ее хвастливой, что действовало на нервы, как будто она втирала ему в лицо и свой идеальным брак с Дипаком, и свое предстоящее материнство. Его мир как будто балансировал на грани краха, и Ник не мог выносить ее самодовольное выражение.

Пару раз он заставил себя прикусить язык, чтобы не ляпнуть какую-нибудь грубость и вместо этого продолжал тупо таращиться в окно, демонстративно не участвуя в разговоре. За столом воцарилось напряжение; бедные Люсьен и Джон-Пол примолкли.

— В конце концов мы решили не проходить тест, — солгала Салли. — Мы ведь знаем все, что нам нужно знать друг о друге, верно?

Она с мольбой посмотрела на Ника, ожидая, что тот хотя бы кивнет в знак согласия. Но он не кивнул. Если честно, последние две недели он как будто отстранился от нее. Не оставлял на холодильнике никаких страстных любовных посланий, составленных из магнитных букв, его сообщения стали короткими и сухими, и он утверждал, что проводит в офисе все больше и больше времени сверх положенного по контракту. Всякий раз, когда Салли пыталась заговорить с ним по поводу его отчужденного поведения, он находил отговорки, возлагая вину на занятость и усталость. Поначалу это объяснение ее, похоже, устраивало. Но Салли не была глупа, и Ник знал: ей понятно, что за этим кроется нечто большее.

— Что ж, посмотрим, сможете ли вы противостоять тенденции растущего числа разводов у обычных пар, — добавила Сумайра. — Я болею за вас, ребята.

— Напомни мне еще разок, как это было, когда вы с Дипаком только познакомились, — внезапно сказал Ник. Это были его первые слова за полчаса.

— Я уже рассказывала тебе раньше, — поспешно ответила она. — Мы были на свадьбе моего двоюродного брата в Мумбае.

— Нет, — перебил ее Ник. — Расскажи, что вы ощущали, когда впервые увидели друг друга или когда у вас состоялся первый разговор. Как ты узнала, что Дипак и есть тот самый, единственный?

— Это произошло постепенно. — Заданный в лоб, вопрос Ника заставил ее покраснеть. — Через пару свиданий у меня возникло чувство, что он тот единственный, с кем я хочу провести всю свою жизнь. А затем анализ ДНК это подтвердил.

Дипак кивнул в знак согласия, но что-то внутри Ника знало, что этот кивок неискренний. В последнее время он стал докой по части неискренности.

— Только на самом деле он ничего не подтвердил, я прав? — сказал Ник и потянулся через весь стол, чтобы взять бутылку и наполнить стакан.

— Что ты хочешь этим сказать? — спросила Сумайра.

— То, что не было никаких фейерверков, взрывов, грома или молний, о которых говорят другие ДНК-пары.

— У всех это бывает по-разному.

— Нет, Сумайра, ты ничего такого не чувствовала, потому что между тобой и Дипаком нет никаких ДНК-совпадений.

— Ник, что ты говоришь? — спросила Салли, с ужасом глядя на своих гостей с другой стороны стола. — Прошу вас, извините нас.

Джон-Пол и Люсьен тоже переглянулись, очевидно чувствуя себя в равной степени неловко, но любопытство взяло верх.

— Вы либо не стали проходить тест, потому что боялись узнать результаты, либо прошли и выяснили, что никакая вы не ДНК-пара, — продолжил Ник с гримасой на лице. — С тех пор вы лгали об этом, поскольку хотели, чтобы все поверили, будто вы — идеальная пара, которой судьбой предназначено быть вместе. Я видел ДНК-пары, как они ведут себя. Это совсем не похоже на то, как ведете себя вы двое. На самом деле вы понятия не имеете, каково это, когда рядом с вами ваша ДНК-пара, не так ли? Потому что, когда с вами рядом ваша ДНК-пара, весь мир блекнет и исчезает и вы чувствуете, как на вас обрушивается цунами. И никого в этот момент в мире не существует, кроме вас и его.

При слове «его» Салли громко втянула в себя воздух.

— Вы понятия не имеете, что испытывает такой человек, потому что сами ни разу не испытали ничего подобного. Поэтому не пытайтесь даже указывать мне или кому-либо еще, как нам жить, когда ваша собственная жизнь — такая же куча дерьма.

С этими словами Ник схватил бутылку, резко отодвинул стул и бросился вверх по лестнице в спальню, где со стуком захлопнул за собой дверь.

Глава 55

ЭЛЛИ

Захлопнув за собой дверь кабинки, Элли с облегчением вздохнула. Ее компания устраивала рождественскую вечеринку, и каждый раз, когда она пыталась пробраться к туалету, ее неизменно кто-то перехватывал, чтобы заручиться вниманием.

До тех пор пока в ее жизни не появился Тим, она привыкла держаться особняком, боялась людей, крайне редко посещала подобные мероприятия. Ей было неловко расслабляться на публике; иное дело речи или лекции — их она посещала с определенной целью, — но тусоваться и просто так болтать с людьми? Элли моментально робела и становилась скованной. Однако, благодаря поддержке Тима, она добилась невероятного прогресса в борьбе со своими слабостями, и хотя сотрудники буквально соревновались за ее внимание, Элли поймала себя на том, что это даже приятно.

Ей вспомнилось, как на предыдущее Рождество она была поглощена только работой, и ничем другим. Бизнес процветал, но ей не с кем было поделиться его плодами. 25 декабря было близко, Элли же ни разу не задумалась о том, что невольно переносит свою безрадостную жизнь и на своих сотрудников, отказавшись пойти на безликий ужин в бальном зале такого же безликого отеля общего типа. Да, она оплатила счет, но и лишила Рождество веселья.

«Я была Гринчем, похитителем Рождества[1]», — сказала она себе и пообещала измениться.

В этом году Элли дала социальному комитету компании незаполненный чек и разрешение на аренду исторического здания, Олд-Биллингсгейт, бывшего рыбного рынка на берегу Темзы, превращенного в зал для проведения различных торжеств. Чтобы придать корпоративу ощущение зимней сказки, был взят напрокат рождественский реквизит, в том числе гигантские белые медведи, заснеженные деревья, ледяные скульптуры и сани. В зале ее сотрудников ждал роскошный ужин из пяти блюд, после чего колеса рулетки, карточные столы, игровые автоматы и джаз-оркестр будут развлекать их до самого утра.

Время от времени Элли оглядывала зал, проверяя, не заскучал ли Тим. Но всякий раз он болтал с новым собеседником. Его общительность ей нравилась: она могла, не беспокоясь, оставить его одного. В качестве раннего рождественского подарка Элли отправила его на Сэвил-роу[2] для снятия мерки, чтобы он впер-

---

[1] Персонаж сатирической сказки (1957) американского писателя и мультипликатора Т. С. Гайсела (доктора Сьюза), а также фильмов, мультфильмов и мюзикла по ее мотивам.

[2] Улица в центре Лондона, знаменитая элитными мужскими ателье.

вые в жизни сшил себе костюм на заказ. С тех пор как тот был готов и доставлен, Тим отказывался снимать его. Элли не возражала: в нем он выглядел чертовски симпатичным. Она с удовольствием заплатила бы за целый гардероб таких костюмов, если б это сделало его счастливым. Но по урокам прошлого Элли знала, как легко тому, кто с деньгами, задушить подарками того, кто без них.

Справив нужду, она спустила в туалете воду и направилась к раковине, чтобы вымыть руки.

— Привет, Элли, просто потрясающий вечер! — сказала Кэт, начальница отдела кадров и одна из старейших ее сотрудниц. Ее слегка окосевшие глаза говорили о том, что она пьяна.

— Да, похоже, все идет хорошо, — Элли улыбнулась.

— Думаю, завтра по коридорам будет слоняться не одна больная голова. Особенно моя.

— Для этого и проводятся корпоративы.

— А ваш новый парень умеет находить общий язык с людьми.

— Мне даже немного стыдно, что я бросила его сегодня на произвол судьбы.

— А по-моему, он и сам справится. По крайней мере, судя по тому, что я помню о нем.

— Извини, ты его знаешь? — спросила Элли.

— Конечно, — Кэт явно удивилась ее вопросу. — Но, если честно, я не помню, чтобы он прошел второй тур собеседования.

— Боюсь, я плохо тебя понимаю.

— Он приходил ко мне на собеседование года полтора... Мэттью, я правильно помню? Что-то по поводу программирования, когда Мириам ушла в декретный отпуск. Он был очень милым и в целом опытным, но были лучшие кандидаты, и я не рекомендовала ему идти дальше. Наверное, тогда вы и познакомились? На втором собеседовании?

— Видимо, ты его с кем-то путаешь.

— Может быть. Но все равно он очень милый. Во всяком случае, желаю вам прекрасного Рождества.

— И тебе тоже, — ответила Элли, чувствуя, как внутри шевельнулось легкая тревога.

Глава 56

МЭНДИ

— Осталось недолго, потерпи, моя фасолька, — сказала Мэнди, втирая увлажняющий крем в распухшую грудь и живот. — Все с нетерпением ждут встречи с тобой. Через несколько недель ты будешь здесь, а у меня — бессонные ночи на всю оставшуюся жизнь. Но я не жалуюсь. Можешь доставлять мне любую боль, но я всегда буду рядом с тобой.

Она посмотрела в зеркало в спальне, чтобы проверить растяжки, и была рада, увидев, что они больше не растут. Мэнди теперь жила у Пэт на деньги, которые были выплачены ей при увольнении. Учитывая огромные изменения в ее жизни, она была благодарна Пэт за поддержку. Та записала Мэнди к собственному врачу, а также на курсы будущих матерей в местном медицинском центре, помогла ей с родовым планом и даже вызвалась присутствовать при родах. Пэт следила за тем, чтобы в аптечке всегда было все необходимое: витамины, минералы и фолиевая кислота. Порой Мэнди предпочла бы, чтобы та слегка угомонилась, но, кроме нее, была только Хлоя, так что приходилось полагаться на поддержку Пэт.

Прошло пять месяцев с тех пор, как Мэнди поссорилась с Полой и Карен, и с тех пор она не разговаривала с родными, игнорируя все их сообщения и телефонные звонки, даже если те были от матери и Кирстин. Она до сих пор была сердита и разочарована, что те даже не пытались понять ее точку зрения, ее нужду в этом ребенке. Но за гневом скрывалась печаль, что ее беременность прошла без их участия и поддержки.

— Ты все делаешь правильно, — заверила ее Пэт. — Учитывая твои предыдущие выкидыши, тебе нужно держаться подальше от всего, что тебя нервирует.

Мэнди согласилась, что, однако, не излечило ее от грусти. Почти постоянное присутствие Пэт и Хлои отчасти компенсировало ее одиночество. Эти женщины прошли вместе с ней через все: гормональные слезы, перепады настроения, утреннюю тошноту. Теперь они были одна семья, герметически запечатанная ячейка, объединенная мужчиной — сыном, братом, отцом ребенка, — который больше не существовал физически.

Теперь Мэнди постоянно жила в спальне Ричарда, ее одежда висела в гардеробе рядом с его одеждой, ее духи стояли на полочке в ванной рядом с его лосьоном после бритья. Она спала на одной стороне кровати, оставляя свободной половину, на которой спал бы Ричард, и всю ночь обнимала его любимый джемпер, уткнувшись в него лицом в надежде, что ребенок неким образом уловит его запах.

Кстати, Пэт и Хлоя уже собрали деревянную кроватку, и теперь та стояла в дальнем конце комнаты Ричарда. Рядом с кроваткой лежала стопка голубых детских вещей, которые купила Пэт, убежденная в том, что у Мэнди будет мальчик.

Прикрутив крышку к флакону с увлажняющим кремом, Мэнди надела рубашку. Внезапно ей пришла в голову мысль, что они ни разу не обсуждали, как долго она будет жить с ними после рождения ребенка, но Мэнди уже знала, что не хочет уходить. В этой комнате она чувствовала себя в безопасности, как если бы дух Ричарда был рядом, чтобы они чувствовали себя комфортно, и защищал их от любого вторжения извне. Все трое опасались, как бы их история не стала достоянием прессы. Судя по реакции ее собственной семьи, Мэнди была уверена, что мир счел бы ее извращенкой.

Пытаясь найти удобное положение, она легла на бок и подняла взгляд, как часто делала, на коллаж из фотоснимков, которые Ричард прикрепил к стене. Каждый вечер она разглядывала их, а также другие, в альбомах, чтобы узнать о нем больше. Фотографии, на которых он с матерью и сестрой посещал Диснейленд или семейный коттедж в Озерном краю. На одном фото Ричард и Хлоя сидели на велосипедах под изразцовой вывеской «Маунт-Плезант». Похоже, это было тихое, располагающее к уединению место. Интересно, подумала Мэнди, будь он жив, он свозил бы ее в семейный коттедж, побывать в этом чудесном месте? Мэнди видела так много его фотографий, и с такой регулярностью, что ей казалось, что она знает любое выражение его лица, любой его жест так же хорошо, как и свои собственные.

На трех других снимках Ричард был запечатлен на больничной койке в окружении своих друзей. Мэнди предположила, что эти фото были сделаны, когда он проходил курс химиотерапии. На двух из них ее внимание привлекла молодая женщина, чье лицо показалось знакомым. Мэнди попыталась вспомнить, почему она узнала ее, как вдруг до нее дошло: это та самая девушка, которая прислала Ричарду свои обнаженные фото, те, что она видела на его старом телефоне. Мэнди схватила телефон, чтобы проверить, и — конечно же! — девушка была там во всей своей наготе.

Она была примерно того же возраста, что и Ричард, то есть на десять лет моложе Мэнди, и это тотчас бросалось в глаза: высокая грудь, плоский живот, губки капризно надуты, как то обычно делают юные девушки. Мэнди мгновенно ощутила к ней неприязнь, тем более что сама она, с ее огромным животом, была уже далеко не юной и привлекательной. Но уж лучше ее распухший, весь в растяжках живот, чем эти тощие насекомые с накачанными коллагеном губами, с горечью подумала она.

Тем не менее это не помешало Мэнди задуматься, насколько близки были Ричард и эта девушка. Очевидно, достаточно близки, чтобы посылать друг другу голые селфи и чтобы она висела у него на стене; но было ли между ними нечто большее, нежели просто голые фотки и сообщения? Не с ней ли он использовал бóльшую часть пачки презервативов? Мэнди ощутила непреодолимую, совершенно иррациональную потребность знать, кто эта девушка.

Включив планшет, она зашла на страницу Ричарда в «Фейсбуке». Найти девушку не составило большого труда — Мишель Николс. Как оказалось, она живет в деревне в десяти милях от дома Пэт. Страничка Мишель была открытой, и Мэнди смогла просмотреть все ее посты. И чем дальше она читала, тем больше расстраивалась. Как оказалось, Ричард и Мишель около десяти месяцев были в отношениях, которые, похоже, прекратились лишь незадолго до его смерти. Не в то ли время, когда он послал свой мазок на ДНК-тест, задумалась Мэнди...

Но если Мишель на своей странице в «Фейсбуке» сохранила многие их фото, Ричард удалил бо́льшую часть ее фотографий со своей. Для Мэнди это был маленький триумф, однако она удивилась, почему Хлоя или Пэт ни разу не упомянули Мишель.

Следующие несколько дней Мэнди постоянно возвращалась на страничку Мишель, чтобы почитать ее последние посты. Они с Ричардом хорошо смотрелись вместе; на фото она всегда улыбалась по вечерам в барах, с друзьями в ресторанах или в отпуске. Интересно, мучилась вопросом Мэнди, что Ричард находил в ней, кроме самого очевидного. Была ли она умна? Умела ли его рассмешить? Не навязывала ли свое мнение в разговоре? Или просто была хороша в постели? Почему этой великолепной девушки ему было мало? Она ведь явно была влюблена в него по уши. Что побудило его пройти тест на совместимость ДНК, чтобы найти свою настоящую пару?

Сначала Мэнди приписала свое любопытство гормонам, но постепенно поняла, что за этим стоит нечто большее. Пэт и Хлоя рассказали ей о Ричарде многое, но были вещи, которые могла знать только эта девушка. Мэнди хотелось узнать, каков был Ричард в качестве партнера и каково быть любимой им. В общем, нужно непременно встретиться с Мишель, решила она и, открыв мессенджер, начала печатать.

Глава 57

КРИСТОФЕР

— Где ты был? Я пыталась дозвониться до тебя все утро.

Когда Кристофер наконец ответил на ее звонок, в голосе Эми слышались раздраженные нотки. Взглянув на телефон, он увидел, что уже пропустил одиннадцать ее звонков. Сняв с лица пластиковую маску, чтобы голос не звучал глухо, потрогал лицо; кожа была липкой и сальной на ощупь.

— Извини, уснул за рабочим столом, — ответил он. Да, уснул, но только на диване, принадлежащем Номеру Пятнадцать. Сонно протер глаза и, оглядев залитую солнцем комнату, посмотрел на часы. Ему тотчас стало не по себе.

Он еще ни разу не позволил себе небрежности на месте убийства, но совмещать два аспекта своей жизни — Эми и план тридцати убийств — физически становилось все труднее. Чтобы оставаться в работоспособном состоянии, Кристофер взбадривал себя протеиновыми батончиками, энергетическими напитками и кофе, но после них он не находил себе места, плюс возбуждение нередко сопровождалось желудочными спазмами.

Двойная жизнь сказывалась и на его голове. Ему приходилось многое скрывать от Эми, но было в его работе и много такого, чем он хотел бы поделиться с ней. Он буквально разрывался на части: в иные моменты был готов раскрыть ей все свои планы, чтобы убедить себя в том, что если она действительно его любит, то непременно поймет. Но как только Кристофер собирался открыть рот, как его тотчас обуревали сомнения: поймет ли она его, простит ли? Эми слишком быстро становилась неотъемлемой частью его жизни, и ему не хотелось ее терять.

— Найдено тринадцатое тело, — прошептала Эми в телефон. — Газеты не в курсе, и я не имею права никому говорить, но ты ни за что не догадаешься, кто она.

«Официантка, которая обслуживала нас в ресторане на прошлой неделе, — едва не сказал Кристофер. — Красивая девушка с кольцом в носу. Я в любом случае собирался ее убить, но мне нравится думать, что я убил ее для нас, чтобы у нас было нечто общее. Теперь у тебя тоже на руках кровь».

— Понятия не имею, — ответил он, поднимаясь на ноги, чтобы потянуть позвоночник и затекшую шею.

— Та самая официантка из ресторана, куда мы ходили на прошлой неделе, помнишь?

— Не могу вспомнить.

— Хорошенькая девушка с темными волосами и кольцом в носу.

— Ах да, припоминаю... Черт, и что с ней?

— То же, что и с остальными. Задушена и выложена на пол в кухне. Он даже вырвал кольцо из ее носа, больной ублюдок.

Кристофер прошел в кухню и посмотрел на Номер Пятнадцать. Та лежала в том же положении, в котором он оставил ее на полу. Через семь часов после смерти ее щеки впали, а кожа посерела, и по какой-то причине — он не мог объяснить какой — на нее уже слетелись мухи. Он проверил карман, чтобы удостовериться, что сделал два снимка. К великому облегчению, те были на месте. Ее нынешний вид испортил бы эстетику альбома.

— Бедная девочка, — сказал Кристофер и порылся в рюкзаке, чтобы убедиться, что собрал все, что принес. Взяв в руки валик для снятия ворса, он основательно прошелся им по каждому дюйму поверхности дивана, на котором спал.

— Я узнала ее, как только увидела фото, что по крайней мере ускорило процесс опознания.

— А с тобой всё в порядке?

— Вроде бы да. По крайней мере это слегка приблизило расследование к цели.

Ты даже не представляешь, насколько ты к ней близка.

Глава 58

ДЖЕЙД

— Неплохо, а? — спросил Дэн, отступая и восхищаясь своей работой. — Не скажу, что именно так я представлял свадьбу моего сына, но, с другой стороны, сейчас все не так.

Он посмотрел на Джейд, словно надеялся, что она скажет что-то такое, отчего все тотчас станет хорошо. Увы, она лишь смогла обнять его за плечи в безмолвном проявлении солидарности.

Почти весь предыдущий день Джейд провела, помогая Сьюзан, Дэну и их работникам натягивать над травянистым участком сада белый брезент. Они подключили к звуковой системе динамики, расставили раскладные деревянные стулья и столы, накрыли столы полотняными скатертями и украсили их розовыми и белыми букетами, которые поставили в банки из-под варенья. На следующее утро — спустя чуть более месяца с момента ее неожиданного прибытия на их ферму — Джейд должна была стать миссис Кевин Уильямсон.

Местом церемонии выступила выбранная Кевином церковь из шлакобетонных блоков, расположенная в соседнем городке. Таких церквей Джейд еще ни разу не видела; без деревянного распятия у дороги с надписью «Баптистская церковь» большинство прохожих решили бы, что это какое-то полуразрушенное хранилище. Алтарь был сделан из старой двери, опертой на кирпичи, роль скамей играли мутно-белые пластиковые стулья, а единственное окно украшал «витраж» из цветной папиросной бумаги. Но каким бы жутковатым и заброшенным ни казался этот храм, в нем имелось своеобразное очарование. Впрочем, в последние несколько недель в жизни Джейд не было ничего, что можно было бы назвать обычным, так почему же место их свадьбы должно быть другим?

Церемония проводилась перед небольшим сборищем, состоявшим лишь из ближайших родственников Кевина, включая единственного деда, пару двоюродных братьев и горстку их работников. Поступая совершенно эгоистично, Джейд даже не поставила в известность своих родителей. С другой стороны, все случилось так быстро, что они все равно не успели бы прилететь.

Церемония была столь же короткой, как и время, которое потребовалось Джейд, чтобы выбрать платье из скудного набора нарядов в ее чемодане. Пока пожилой приветливый священник читал отрывки из замусоленных страниц Библии, Джейд старалась поддерживать зрительный контакт со своим будущим мужем, даже когда чувствовала на себе взгляд Марка. Она знала, что стоит ей взглянуть на него, как это поставит под угрозу весь спектакль. Будучи шафером Кевина, он стоял позади него, на случай если тот устанет опираться на костыли. Но Кевин был упрямой личностью и наотрез отказался сесть. И все это время он улыбался Джейд.

Родители постоянно слали ей сообщения, требуя ответа, какого черта, по ее мнению, она делает. Эх, видели бы они ее сейчас, подумала Джейд, как она стоит у импровизированного алтаря церкви-сарая, собираясь выйти замуж за смертельно больного парня, хотя на самом деле влюблена в его брата!.. Они наверняка попытались бы ее отговорить. И хотя она все равно их не послушала бы, ей было отчасти жаль, что их здесь нет.

Хотя это было лишь формальностью, когда священник спросил, есть ли причина, почему эта пара не должна вступать в брак, крошечная частичка ее «я» прониклась надеждой, что Марк воспримет вопрос как повод заявить о вечной любви к ней. Увы, такое бывало лишь в романтических фильмах. Джейд знала, что им с Марком никогда не испытать совместного счастья. Как только служитель культа объявил их с Кевином мужем и женой, Джейд собрала в кулак всю свою волю, чтобы под пристальным взглядом Марка поцеловать мужа.

Она приехала в Австралию, следуя зову сердца. Но выходя замуж за Кевина, следовала зову разума, или, точнее, совести. Она поставила потребности другого человека выше собственных, и на миг даже позволила себе возгордиться своим самоотверженным поступком. Тем не менее это не заглушило тихий внутренний голос, который шепнул ей, что она совершила ошибку. Она вышла замуж не за того брата. Но что Джейд могла с этим поделать?

Глава 59

НИК

Гирлянда крошечных огоньков вокруг окна наполняла спальню теплым бледно-желтым светом, но даже это не помогало Нику расслабиться и успокоить нервы. Таким вздернутым он ни разу себя не помнил. Несколько минут назад он устроил безобразную сцену и ушел с ужина, который устраивали они с Салли, предварительно «убив» персонажей Сумайры и Дипака. Полулежа на кровати, Ник сделал очередной глоток вина прямо из бутылки, которую захватил с собой. Проверил мобильник, нет ли сообщения от Алекса, но, увидев пустой экран, в бессильной ярости швырнул телефон на кровать.

— Ты сказал «его». — Ник не ожидал увидеть в дверях Салли. Он даже не услышал, как она вошла в спальню. Интересно, гости всё еще внизу или уже ушли?

— Что?

— Внизу, когда ты рвал в клочья лучших друзей. Один Бог ведает, зачем ты это сделал. — Она тихо, но истерично усмехнулась. — Ты сказал: «И никого в этот момент в мире не существует, кроме вас и его». Ты имел в виду Александра, не так ли? Признайся, когда ты пошел к нему на прием, ты ведь чувствовал это? То, что ты говорил о любви, мол, она как цунами... Ты влюбился в него.

Ник промолчал. Он не мог заставить себя поднять голову и посмотреть Салли в глаза. В последнее время он окончательно заврался.

— Я не безмозглая дура, — усмехнулась она. — Ты встречался с ним?

И вновь молчание.

— Конечно, вы встречались, — продолжила Салли. — Все эти задержки на работе, выходные, когда ты и твой начальник якобы разрабатывали новые кампании и стратегии... Ты был с ним, не так ли?

Ник неохотно кивнул.

— Значит, ты — гей.

— Я не знаю, кто я и что происходит, Салли.

— Но у тебя есть чувства к нему.

Ник помолчал, прежде чем сказать «да».

— А у него есть чувства к тебе?

— Полагаю, что есть.

— Ты хочешь сказать, что не уверен?

— Мы это не обсуждали.

Салли вновь засмеялась, но с опасным блеском в глазах. Она продолжила допрос, и ее голос звучал все громче и громче.

— Это почему же? Потому что все время трахаетесь и вам некогда об этом поговорить?

— Мы этого не делаем.

— И ты ждешь, что я тебе поверю?

— Нет, но я говорю тебе: между нами ничего не было, ничего подобного.

— Но ты хотел бы.

— Я не знаю, чего хочу.

Ник говорил правду. Граница между тем, что он чувствовал к Алексу эмоционально и что — физически, начинала стираться, и действительно бывали моменты, когда он представлял себе их физическую близость. Даже посмотрел пару порноклипов на своем ноутбуке, чтобы увидеть, как воспринимается однополый секс, и хотя они его не завели, но все же и не оттолкнули.

— Даже если между вами нет ничего физического, между вами есть эмоциональная связь, и это эквивалентно роману.

— Извини, — пробормотал Ник и зажал руками голову.

— Как ты мог так поступить со мной? — воскликнула Салли и села на край кровати, глядя на голый кирпич перед ней. — Ты же знаешь, я выросла в семье, где родители только и делали, что лгали друг другу, клянясь в супружеской верности, и ты знаешь, как важна для меня честность. И вот ты сам...

— Это начал не я, — оборвал ее Ник. — Это тебя не устраивали наши отношения. Это ты все чесала и чесала, пока не начесала нарыв, и теперь, когда я легонько его тронул, это случилось. Лучше б ты оставила все как есть.

— Но я была права, потому что мы не были ДНК-парой! Мы были влюблены, но в глубине души оба знали, что никакого «фейерверка», о котором ты только что говорил, не было. У нас нет таких «взрывов», как у тебя с ним.

— Оставь ты все как есть, не пройди мы этот тест, и были бы счастливы, — ответил Ник, не обращая внимания на ее гнев.

— Тогда ты не должен видеть его снова! — крикнула она.

— Ты понятия не имеешь, каково это — встретить свою ДНК-пару, потому что у тебя ее нет!

Гнев Салли грозил прорваться наружу. Она открыла было рот, чтобы возразить, но в последний миг сдержалась. Вместо этого упала на пол и, свернувшись калачиком, разрыдалась.

Салли была «становым хребтом» их отношений. Ник никогда еще не видел ее такой. Он испугался, что сломал ее. Положил руку ей на плечо, но она отпрянула от его прикосновения, как только что сделал он сам.

— Извини, мне не следовало этого говорить. Я не нарочно.

— Не ври, — ответила она. — Но ты прав: это я подтолкнула тебя к этому, и теперь не знаю, как это остановить.

— И я не знаю.

Салли вытерла со щеки слезу и судорожно вздохнула.

— Есть только один путь, Ник: и хотя это меня убивает, ради собственного блага, чтобы не сойти с ума, я должна отпустить тебя. Будь это не твоя ДНК-пара, я бы поборолась. Но я не могу бороться с генетикой. Это война, которую мне никогда не выиграть.

Ник почувствовал, как по его лицу катятся слезы.

— Что ты сказала?

Прежде чем ответить, Салли глубоко вздохнула.

— Ты должен быть с Алексом, а не со мной.

Глава 60

ЭЛЛИ

По предложению Тима, они провели Рождество с семьей Элли в Дербишире. Ее страшила сама мысль о том, что большую часть 130-мильного пути она простоит в дорожных пробках, поэтому в качестве особого подарка попросила Андрея отвезти их на частный аэродром Элстри, откуда вертолет доставил их на школьную игровую площадку рядом с домом ее родителей. За последние пять лет Элли изобрела множество предлогов, чтобы не проводить праздники с семьей, опасаясь, что после приветствий и поцелуев быстро иссякнут общие темы для разговора. Но Тим помог ей понять: если она хочет почувствовать себя частью чего-то, то должна стать этой частью.

Распаковав вещи в старой спальне Элли, они присоединились к остальной семье, чтобы встретить сочельник в местном пабе, а на следующий день праздновали Рождество дома. Это было очень похоже на Рождество, каким она обожала его в детстве, с той разницей, что теперь их семья стала больше и включала супругов и бойфрендов, шумных племянниц, племянников и внуков. Как не похоже это было на предыдущее Рождество Элли, которое она провела в офисе, работая над отчетами о стратегии роста в следующем году!

Когда традиционный обед закончился, дети с головой погрузились в «стрелялку» на игровой приставке, которую подарила им Элли, а родители крепко уснули на диване. Взяв со стола грязные тарелки, Элли понесла их на кухню. Там она на мгновение застыла в дверном проеме, глядя, как Тим и ее сестра Мэгги, которые мыли в раковине посуду, изображают партии Кирсти Макколл и Шейна Макгоуэна из песни «Волшебная сказка Нью-Йорка», которую передавали по радио.

У нее из головы не выходил разговор с Кэт, руководителем отдела кадров. Кэт тогда сказала, что Тим однажды приходил к ней на собеседование. Но, глядя, как легко и непринужденно он общается с ее семьей, Элли решила, что сомневаться в нем нехорошо. Она не просто желала влюбиться в свою ДНК-пару. Уже влюбилась. Наверное, зря она так долго не уделяла родным внимания, тем более что, после того как его мать умерла от рака, у Тима больше не было своей семьи...

Трудно сказать, что было тому причиной — то ли тепло центрального отопления, то ли полный желудок, — но Элли казалось, будто она светится, и ей не хотелось знать почему. Она слишком долго сомневалась в том, можно ли иметь все сразу и даже заслуживает ли она этого. И вот теперь, глядя на своих близких, которых любила больше всего на свете, она знала ответ.

Но праздники завершились. Через пару дней рано утром Тим и Элли пристегнулись к вертолетным креслам и полетели в Лондон. Тим настоял на том, чтобы вместо его дома в Лейтон-Баззарде они несколько дней пожили вместе в ее лондонском таунхаусе, однако вдаваться в объяснение причин не стал.

— Господи, еще чуточку стерильности, и твою квартиру не отличить от операционной, — пошутил Тим, когда они вошли.

— Что ты имеешь в виду? — обиженно ответила Элли. Помнится, когда в первый раз был у нее, он также произнес нечто подобное. У нее не было ни фотографий на стенах, ни безделушек на подоконниках. Тим назвал ее квартиру «совершенно безупречной, но бездушной», поэтому на Рождество она постаралась приложить немного усилий.

— Разве тебе не нравятся рождественские украшения?

— Элли, предложив украсить дом, я имел в виду, что мы с тобой пойдем и купим всё сами. А не поручим стилисту отправиться в «Либерти»[1] и привезти домой огромную искусственную елку и тонну безделушек, которые она же потом на эту елку и повесит.

— Извини, я не поняла, что ты имел в виду...

— Готов поспорить, ты даже не читала книг, стоящих на этих полках, — продолжил Тим, решительно пошагнув к одному из восьми массивных, от пола до потолка, стеллажей.

— Отчего же. Некоторые я прочла.

— Я тебе не верю.

Встав перед стеллажом, руки в боки, Элли пробежала глазами по корешкам, отчаянно пытаясь найти знакомое название, чтобы доказать, что он не прав. Ее внимание привлек один корешок, который она не узнала. Он назывался «Элли и Тим». Элли недоуменно посмотрела на Тима. Тот поманил ее, приглашая подойти ближе. Взяв книжку в руки, она прочла заглавие: «Девяносто пять вещей, которые мне нравятся в Элли Стэнфорд».

— Давай сядем, — предложил Тим, когда она отнесла книгу к дивану.

— Что это?

— Открой и посмотри сама.

Внутри на каждой ярко раскрашенной странице рукописным шрифтом были перечислены причины, по-

[1] Фешенебельный универмаг.

чему Тим любит ее, и добавлены фотографии того, что с этим было связано.

— «Номер один — мне нравится, как ты прочищаешь горло, делая вид, что не хлюпаешь носом, когда смотришь телесериалы», — зачитала она вслух. — Неправда! «Номер два — мне нравится, что единственная фигура, которую ты рисуешь от нечего делать, — это двойная спираль ДНК».

— Где ты это взял? — спросила Элли, указывая на рисунок, который Тим отсканировал со страницы одного из ее блокнотов. — Сколько времени это заняло у тебя?

— Мне стоило неимоверных трудов найти даже десять вещей, не говоря уже о девяносто пяти, если честно, — пошутил он, игнорируя ее вопрос. — Ладно, читай дальше.

Элли буквально пожирала взглядом каждую страницу, то и дело хохоча над снимками, которые выбрал Тим: как зорко, однако, он подметил ее причуды, привычки и слабости, которые другие люди не заметили. Он буквально видел ее насквозь. Она перевернула последнюю страницу.

— «Именно по всем этим причинам я хочу спросить... — Элли ахнула. — Ты выйдешь за меня замуж?»

Она растерянно прикрыла ладонью рот и посмотрела на Тима. И даже не заметила, как он сунул руку в карман и, достав черную коробочку, открыл крышку. Внутри на атласной подушечке лежало обручальное кольцо с большим бриллиантом.

— В канун Рождества я попросил разрешения у твоего отца, и он ответил «да», но опускаться на одно колено было бы перебором, — Тим улыбнулся. — Тем не менее я был бы счастлив, если б моя ДНК-пара оказала мне честь, став моей женой.

Элли обняла Тима и разрыдалась у него на плече.

— Я должен понимать это как «да»? — спросил он.

— Да! — сквозь слезы выкрикнула она и надела на палец кольцо. — Да, да, да!

Глава 61

МЭНДИ

Как только дверь кафе открылась, Мэнди тотчас узнала Мишель по ее фотографиям — и, разумеется, обнаженным селфи. Увы, в жизни бывшая подруга Ричарда оказалась даже красивее, чем на фото. Волосы Мишель были теперь короче и светлее, на ней были узкие джинсы и обтягивающий топик. Загар придавал коже здоровое сияние и подчеркивал белизну зубов.

— Сука, — пробормотала Мэнди и машинально плотнее запахнула пальто вокруг торчащего живота. Как ни радовала ее перспектива грядущего материнства, тот факт, что ей пришлось, пусть временно, пожертвовать модой ради комфортной эластичной одежды, действовал ей на нервы. Она спала и видела, как снова наденет шпильки или узкие джинсы, в которые влезли бы ее распухшие лодыжки.

Мэнди помахала Мишель и изобразила улыбку, подзывая ее к столу в дальней части кафе. У нее ушла целая неделя, чтобы убедить Мишель встретиться. И даже сейчас Мэнди толком не знала, зачем ей понадобилась эта встреча, но некая невидимая сила внутри нее приказывала ей довести это дело до конца.

— Заказать тебе кофе? — предложила она.

— Нет, я всего на минутку. У меня обеденный перерыв, — ответила Мишель вежливо, но кратко. — Я до сих пор не вполне понимаю, почему ты хотела встретиться со мной.

— Как я уже сказала в моих сообщениях, мы с Ричардом — ДНК-пара, и мне хотелось бы узнать о нем больше. У нас никогда не было возможности встретиться, а я знаю, что вы с ним были... близки.

Мишель пристально посмотрела на Мэнди и, наклонившись через стол, спросила:

— Хорошо, что ты хочешь знать?

— Что было между вами? Вы любили друг друга?

Мишель улыбнулась

— Мы с Ричем встречались, но лишь время от времени. Когда мы познакомились, я училась на последнем курсе университета, а он работал в тренажерном зале. — Она умолкла, явно не зная, сколько правды ей сказать. — Я влюбилась в него, но Рич... Думаю, поначалу и он в меня, но потом стал отстраняться. В конце концов мне показалось, что я нужна ему лишь в постели.

— Вот как? — спросила Мэнди. Ответ Мишель ее удивил, хотя в глубине души она слегка позлорадствовала, что даже симпатичных девушек мужчины просто используют.

— Да, у меня возникло ощущение, что нас у него несколько, что у него есть женщины постарше, которых он тренировал в спортзале. Они вечно заигрывали с ним, особенно замужние. Думаю, Рич просто был не из тех парней, которым достаточно иметь одну постоянную девушку.

— Понятно. — Внезапно злорадства Мэнди как не бывало. — Наверное, именно тогда он и сдал тест на совпадение ДНК. Он знал, что ты не его девушка, и не видел смысла продолжать ваши отношения, — сказала она — и тотчас пожалела о своих словах, заметив, как в глазах Мишель промелькнула боль.

— Может быть, — согласилась та. — Но я очень удивилась, когда ты сказала, что ты являешься его ДНК-парой. Рич всегда заявлял, что ни в коем случае не станет проходить этот тест.

— В самом деле?

— Он сказал что-то типа того, что любой мужчина по натуре охотник, в том числе и за женщинами, и что жизнь без риска вообще не жизнь. И никто никогда не прикажет ему, кого он должен любить.

— А если он передумал?

— Возможно, но лично я сомневаюсь.

Мэнди откинулась на спинку стула и уставилась в стол. Мысленный портрет Ричарда, который она за эти месяцы нарисовала с помощью Пэт и Хлои, начал тускнеть и меркнуть.

— Мне кажется, в глубине души я знала, что Рич не мой мужчина, — продолжила Мишель. — Я читала о том, что испытывает человек, встречая свою ДНК-пару, и со мной ничего подобного не было. Но он был неплохой парень, и нам было весело вместе. И... могу я быть с тобой честной?

— Пожалуйста.

— Только не подумай, что я ревную к тому, что вы с ним ДНК-пара или что там еще... Но сложись все иначе, независимо от того, сколь сильно вы ни любили бы друг друга, я все равно уверена, что Рич не из тех, кто кладет все яйца в одну корзину. Он изменял бы тебе.

— Неужели? — спокойно ответила Мэнди. — Мне кажется, это в тебе говорит обида.

— Честное слово, нет. Просто он обладал вольным духом. Ему хотелось колесить по всему свету. Семья, дети — все это было в самом конце списка его желаний. По большому счету, он не очень-то их и любил.

— Он не любил детей?

— Ага. Они раздражали его. Однажды мы даже ушли из ресторана, не съев наш ужин, потому что за соседним столиком был детский праздник. Дети бесили его. Он даже сказал — хоть и признался, что ему стыдно за себя, — что даже рад, что у его сестры нет детей и не нужно притворяться, будто ему нравится быть рядом с ними.

— Тогда почему он сохранил свою сперму? Пэт и Хлоя сказали мне, что он мечтал иметь собственную семью.

Мишель сделала большие глаза.

— Ты знаешь Пэт и Хлою?

Мэнди кивнула.

— Тогда послушай моего совета: держись подальше от них. Это пара чокнутых баб. Неудивительно, что Рич отказывался меня с ними знакомить.

— Чокнутых баб? Но почему? Что такого они тебе сделали?

Мишель придвинулась ближе к Мэнди. Голос ее был тихим, лицо — серьезным.

— Ты не поверишь... Через несколько недель после той аварии они выяснили, кто я и что мы с ним встречались, и заявились ко мне домой. Разговор начался почти как этот — мол, они хотят узнать больше о Ричарде, чего, возможно, не знали, — но к концу вечера они предложили мне его сперму, чтобы я родила его ребенка. Видимо, сбрендили.

Каждый волосок на затылке Мэнди встал по стойке «смирно».

— Они хотели, чтобы ты родила его ребенка? — тихо переспросила она.

— Хотели? Требовали. Это был самый идиотский разговор в моей жизни.

Мэнди сжала кулаки. Она отказывалась поверить в услышанное и пыталась глубоко дышать, чтобы не поддаться панике.

— Когда я сказала «нет», они слегка... не знаю... сменили тактику и даже предлагали мне деньги, чтобы покрыть все расходы, — продолжила Мишель. — Они всё заранее продумали и даже сказали, что до родов я могу переехать к ним. Это продолжалось неделями — звонки, сообщения, письма... В конце концов я пригрозила пойти в полицию, если они не оставят меня в покое, и тогда они отвязались от меня. Но все равно эта история оставила неприятный осадок, и поначалу я не хотела встречаться с тобой.

— Думаю, это понятно, — сказала Мэнди, отчаянно пытаясь найти им оправдание. — Вероятно, они так сильно горевали о смерти Ричарда, что у них поехала крыша.

— Горевали? О смерти Ричарда? — растерялась Мишель. — Кто сказал тебе, что Рич мертв? Он очень даже жив.

Глава 62

КРИСТОФЕР

— Господи, сколько же ты весишь? — задыхался Кристофер, таща Номер Двадцать по коридору в кухню.

Он был крепким мужчиной, но сейчас чувствовал, как капли пота на лбу впитывались в его балаклаву.

Фотографии в профиле не отражали истинных габаритов. Даже когда однажды днем, ведя предварительную разведку, Кристофер ходил следом за ней по магазинам, то решил, что она натянула на себя несколько слоев одежды, потому что на улице слишком холодно. Но в тепле ее дома оказалось, что она — девушка далеко не худенькая.

Необычная планировка ее двухэтажной квартиры означала, что кухня располагалась на втором этаже, над спальнями, отчего Кристофер был вынужден адаптировать и изменить алгоритм убийства. Как только бильярдный шар упал на виниловый пол рядом с ее спальней и она вышла посмотреть, что случилось, он, как обычно, набросил ей на шею проволоку. Та исчезла в складках ее кожи. Тогда Кристофер дернул сильнее, и она потеряла равновесие. Ее вес отбросил его к стене, отчего две картины в рамках упали на пол. Там он и остался, прижатый ее весом к стене, используя каждую каплю силы, чтобы удержать их обоих в вертикальном положении и не рухнуть на пол, как то было с Номером Девять, укусившей его за большой палец. При этом пережал ей обе сонные артерии, которые несли кровь от ее сердца к мозгу. На его счастье, Номер Двадцать уже через минуту потеряла сознание. Но потребовалось еще три минуты, прежде чем она окончательно перестала дышать.

Номер Двадцать отняла у Кристофера всю энергию; натруженные бицепсы и предплечья болели. Дав себе небольшую передышку, чтобы восстановить силы, он надел ей на голову и шею пластиковый пакет, закрепил его резинками и, взяв за запястья руками в перчатках, потащил ее по коридору, мимо гостиной и вверх по лестнице в кухню. Преодолев треть пути наверх, сделал остановку, чтобы отдышаться, и наконец симметрично выложил ее тело на кухне.

Потребность Кристофера в порядке диктовала, что каждое тело должно лежать абсолютно в том же положении, в одном и том же помещении — в кухне. Он не планировал это с самого начала, просто получилось так, что в домах первых трех девушек в кухне имелась ниша — идеальное место, чтобы затаиться и ждать. Убийство Номера Четыре состоялось в столовой, и он оставил ее там, вплоть до того момента, когда уже уходил. Но знал: весь остаток ночи, а затем весь завтрашний день и вплоть до следующего убийства его будет раздражать тот факт, что, оставив ее в столовой, он тем самым сделал ее исключением из правила. Что было совсем не так — Кристофер относился к каждой из них с одинаковым неуважением.

Сняв с ее головы пластиковый пакет, предназначенный удержать капли крови из раны на шее, он поправил на ней одежду, чтобы не было никаких складок, указывающих на то, что, прежде чем придать ей нужное положение, ее откуда-то волокли. Затем взял валик для ворса и основательно прошелся им по ее одежде, убирая любые посторонние волоски, которые могли выпасть из-под его балаклавы или из его бровей и ресниц.

Затем, вооружившись пластиковым баллончиком с люминолом, проделал обратный путь из кухни вниз. При соприкосновении с железом в крови это вещество испускало голубое свечение, что позволяло Кристоферу обнаружить ее следы, если таковые оставались. Наконец он протер все вокруг антисептическими салфетками и, вернув на стены картины, напоследок еще раз прошелся по своему ментальному списку.

Похлопав себя по карману, где в конверте лежали два поляроидных снимка, Кристофер приготовился уйти, но внезапно остановился, вспомнив, что забыл понюхать волосы Номера Двадцать. Это был еще один его ритуал, независимо от того, кем была девушка или как она выглядела. В то утро он жадно вдыхал запах волос Эми, когда она неожиданно пришла к нему в душ. Встав позади нее, втирал шампунь в кожу ее головы, наблюдая, как пена стекала между лопаток вниз, к пояснице. Тогда он присел на корточки и провел языком от ягодиц и до шеи. Ничто и никто в мире не пах так и не был таким вкусным, как Эми. Не потому ли он не понюхал Номер Двадцать?

Нет, это не единственная причина, подумал Кристофер. Было в смерти Номера Двадцать нечто еще, что ему не нравилось. И дело даже не в том, что он убил ее в столовой, и не в истинных ее габаритах, а в чем-то совсем другом: впервые убийство — от начала и до конца — не доставило ему никакого удовольствия. Раньше Кристофер мысленно смаковал, как вернется через несколько дней, чтобы положить убитой на грудь снимок следующей, как проверит скорость разложения, но даже это больше не привлекало его так, как раньше. Его сердце охладело к убийствам, оно было где-то еще и с кем-то другим. Эми меняла его. Вот только в какую сторону?

Глава 63

ДЖЕЙД

Джейд поймала себя на том, что ее раздражает толпа гостей в саду, а судя по усталому взгляду Кевина, тот чувствовал то же самое.

— Давай пойдем внутрь, там будет потише и попрохладнее, — сказала она, и они медленно вернулись в его спальню.

Более сотни друзей, родственников и соседей Кевина пришли на устроенный в спешном порядке прием, неся еду на подносах и бутылки пива. Чтобы те не нагрелись, их сложили в бочки со льдом. Рядом с гаражами ревело пламя мангалов, на которых новоиспеченный свекор Джейд, Дэн, переворачивал гамбургеры и колбаски. В окно спальни тянуло жареным мясом и долетали обрывки разговоров.

— Спасибо, — пробормотал Кевин, устало закрыв глаза.

— За что?

— За то, что вышла за меня замуж. Я знаю, чего тебе это стоило, и знаю почему.

Джейд вытаращила глаза и постаралась не паниковать. Меньше всего ей хотелось сделать Кевину больно, но... Неужели он догадался, что она влюблена в его брата, а не в него?

— Что ты имеешь в виду? — осторожно спросила Джейд.

— Ты знала, что я — твоя ДНК-пара и что долго не протяну... Тебе ничего не стоило отвернуться от меня и улететь домой. Но ты этого не сделала, за что тебе огромное спасибо.

Джейд закусила губу и сжала холодную руку Кевина. Да, она поступила правильно. Дождавшись, когда тот заснет, она снова вышла на улицу к гостям.

Несмотря на отдаленное местоположение фермы, было видно, что Кевин и его семья дружны с соседями. Ее представили десяткам людей, которые любили Кевина и были наслышаны о ней. Все они тотчас пожимали ей руку, обнимали ее, целовали в щеку и осыпали поздравлениями. Увы, за их улыбками крылось чувство жалости к будущей молодой вдове.

Марк единственный не подошел к ней, но именно с ним ей хотелось поговорить в первую очередь. Оба старательно соблюдали дистанцию, и чем дальше они были физически, тем больше ее тянуло к нему.

— Кевину повезло, что у него есть ты, милая, — произнес Дэн, обнимая Джейд за плечо. — Нет, я неправильно выразился. Нам повезло, что у нас есть ты. Я никогда не видел его таким счастливым, как в последние несколько недель. И хотя следующие будут нелегкими для любого из нас, но они будут легче для Кевина, потому что рядом с ним будешь ты.

Джейд улыбнулась дежурной улыбкой и поблагодарила Дэна за его добрые слова, хотя уже чувствовала, как на плечи ей, грозя сокрушить ее своей тяжестью, давит вес ее необдуманного поступка. Извинившись, она выбралась из-под шатра на улицу, подальше от всех, чтобы немного побыть одной.

Напомнила себе, что еще месяц назад встреча с ДНК-парой казалась ей несбыточной мечтой. Она воплотила ее в реальность, но в какой-то момент все пошло не так. И вот теперь Джейд отчаянно пыталась взять контроль над летящим в бездну поездом, в котором она оказалась, в свои руки, но понятия не имела, как это сделать, и вместо этого лишь цеплялась за жизнь.

Джейд тихо подошла к внутреннему дворику. Наконец-то она побудет одна! Но она была не одна. Еще даже не разглядев его в сумерках, кожей ощутила его присутствие. Пульс тотчас же участился, тонкие волоски на руках приподнялись.

— Привет, — смущенно сказала Джейд.

— Привет, — ответил Марк.

— Что ты здесь делаешь?

— Хотелось побыть одному.

— Мне тоже.

— Может, мне лучше уйти?

— Нет, нет! — сказала Джейд с деланой настойчивостью.

Она села на самый дальний от Марка стул и уставилась в сгущающиеся сумерки. Оба не знали, что сказать и как преодолеть владевшую обоими скованность.

— Это была красивая церемония, — произнес Марк. — Я уже давно не видел, чтобы Кевин так улыбался.

— Да, это было прекрасно, — согласилась Джейд и убрала за спину руку с обручальным кольцом на пальце, лишь бы только не видеть его.

— Знаю, это совсем не то, что ты ожидала, приехав сюда, но Кевин и мои родители очень рады, что ты к нам приехала.

— А ты? — спросила Джейд и посмотрела ему в глаза. — Ты рад, что я приехала?

— Мне лучше вернуться, — резко сказал Марк и встал со своего стула.

— Марк, — окликнула она, видя, что он уходит; в ее голосе звучала мольба: — Что нам делать?

Марк повернул голову и посмотрел на нее с такой тоской в глазах, что Джейд едва не расплакалась.

— Ничего, — тихо ответил он, медленно повернулся к ней спиной и ушел.

Глава 64

НИК

Привалившись спиной к гардеробу, Ник сидел на полу дешевого гостиничного номера в центре города. Он весь провонял спиртным из мини-бара, которое прикончил в одиночку. Не обращая внимания на табличку с надписью «Не курить», стряхивал пепел зажженной сигареты в оторванный от пачки «Мальборо» клапан. Одежда, в которой он проходил последние три дня, была свалена кучей в углу. Телевизор работал, но звук был приглушен.

С тех пор как они с Салли познакомились почти четыре года назад, это был самый длинный период, когда они не разговаривали. Даже когда Салли со своими старыми университетскими друзьями улетела проветриться в Таиланд, она все равно находила способ написать ему по электронной почте. Но после того как, по обоюдному согласию, Ник покинул их квартиру, все контакты мгновенно оборвались.

Алекс встал рядом и, открыв об угол комода бутылку пива из упаковки, которую принес с собой, вручил ее Нику.

— Ну как? Все еще страдаешь? — спросил он.

— Не знаю, — ответил Ник. — Месяц назад я собирался жениться, а теперь живу в гостиничном номере. И думаю лишь об одном: как некрасиво я поступил с Салли и как сильно хочу быть с тобой. Кстати, как отреагировала Мэри, когда ты ей сказал?

— Была готова выцарапать мне глаза... Все твердила, мол, она всем пожертвовала, чтобы поехать со мной в Новую Зеландию, что я разбил ей сердце и насрал на нее с большой высоты. И все ныла по поводу денег. Даже влепила мне пару пощечин, заявив, что я ублюдок и она ненавидит меня. Но, я думаю, в глубине души она понимала, что ее истерика бесполезна. Все мы читали о ДНК-парах и потому знаем: бороться с этим бессмысленно.

— Думаю, Салли чувствует то же самое, хотя в конце концов и проявила понимание. Что, однако, не мешает мне чувствовать себя последним дерьмом.

— Я уже это слышал.

Они чокнулись бутылками пива. Алекс опустился рядом с Ником на пол. Сидя бок о бок, оба уставились на репродукцию Энди Уорхола на стене. От вида знаменитой консервной банки с томатным супом пустой живот Ника заурчал.

— Мы должны кое-что обсудить, — осторожно начал Алекс.

— Боюсь, нам нужно обсудить многое.

— Хочешь начать первым?

— Нет.

— Я тоже, но я начну, — сказал Алекс. — Ты и я знаем, что в данный момент это... чем бы оно это ни было...

— Назовем это «отношения»...

— Что эти отношения... ограничены по времени. Через пару месяцев я должен вернуться домой и пробыть там, пока мой старикан не умрет. Я не знаю, когда вернусь. И вернусь ли вообще.

Это не было новостью для Ника, и все равно его паруса опали.

— И даже если я вернусь, — продолжил Алекс, — или если ты прилетишь ко мне, это приводит меня к следующей дилемме. Достаточно ли нам просто быть вместе, как сейчас, или мы готовы сделать следующий шаг?

— Ты имеешь в виду физические отношения?

— Да, именно это я и хотел сказать. — Алекс покраснел, и между ними возникло неловкое молчание.

— Тебе этого хочется? — спросил Ник. — По идее, мы должны испытывать друг к другу сексуальное влечение?

— Так обычно бывает, да.

— И ты его чувствуешь?

— Не буду тебе лгать: я понятия не имею, приятель. Для меня это неисследованная территория — вернее, для нас обоих. Я это к тому, что я люблю секс — если честно, я чертовски люблю секс и считаю его важной частью любых отношений. И если мы с тобой этим не занимаемся, зачем нам тогда быть вместе? Достаточно ли того, что есть между нами сейчас, чтобы секс не имел значения? Должны ли мы жить как монахи всю оставшуюся жизнь или нам нужно снимать напряжение на стороне, с женщинами?

— Это просто уйма вопросов.

— Представляешь, что творится сейчас у меня в голове?

— Еще как представляю, — ответил Ник. — Что, если мы это сделаем, ну, ты понимаешь, попробуем... и один из нас решит, что ему это в кайф, а другой — что нет? Что тогда?

Алекс потер глаза, повернул голову и пожал плечами:

— Да, вот это подлянка.

— А ну повтори.

Алекс глубоко вздохнул и пригладил волосы.

— Нет, — твердо сказал он. — Не собираюсь повторять. Я уже наговорился на всю оставшуюся жизнь.

Ник пристально посмотрел на него. Алекс наклонил голову и медленно придвинулся к нему. Тогда он закрыл глаза и подался ему навстречу.

Губы Алекса были намного мягче и теплее, чем представлял Ник, а вот щетина — ужасно колючей. Пока они продолжали молча целоваться, Ник машинально потрогал лицо Алекса. Тот положил руку ему на бедро и придвинулся ближе. Еще миг, и их тела соприкоснулись, идеально повторяя очертания друг друга, как будто были для этого созданы. И в этот момент, слыша, как их сердца бьются в унисон, оба ощутили себя половинками единого целого.

Глава 65

ЭЛЛИ

Когда Элли предложила временно сохранить их помолвку в тайне, Тим в первые мгновения выглядел озадаченным.

— Только не думай, это не потому, что я не хочу, чтобы люди знали, — поспешила оправдаться она. — Но поверь мне, когда первооткрывательница совпадения ДНК объявляет, что нашла свою ДНК-пару, это может отравить жизнь ее мужчине.

— Интересно, каким образом? — спросил Тим. Столкнувшись с такой наивностью, Элли захотела защитить его еще больше.

— Пресса постарается выяснить о тебе всю подноготную. Журналисты в два счета выследят твоих бывших подружек и даже шлюх, которых ты снимал на одну ночь.

— Главное, чтобы они написали, что у меня большой член, а остальное мне до лампочки.

— Я серьезно, Тим! Они напишут о твоей покойной маме, они найдут твоего отца — если он еще жив — и предложат деньги любому, кто когда-либо знал тебя в надежде на хотя бы мало-мальский скандал. Поверь мне, я не преувеличиваю. Я прошла через это и знаю, как это больно.

— Вот же дерьмо, — буркнул Тим и потер глаза. — Вдруг они найдут порнофильм, который я сделал еще в колледже?

— Что за порнофильм? — спросила Элли с ужасом на лице.

Тим рассмеялся:

— Знаешь, для умной женщины ты слишком доверчива.

Она облегченно вздохнула и шлепнула его по руке.

— Не волнуйся, в моем шкафу только одни скелеты — мышиные.

* * *

Когда Элли сообщила о своей помолвке Андрею, его суровое лицо расплылось в улыбке. Когда же она сказала своим родным, что вскоре они получат третьего зятя, ей пришлось взять с них обещание не говорить об этом никому за пределами их узкого круга.

— Я думала, Тим будет более старомоден, — сказала ее сестра Мэгги.

— В каком смысле?

— Я думала, он сначала попросит у папы твоей руки.

— Он так и сделал, когда мы приезжали на Рождество.

— Отец этого не рассказывал. Не то чтобы это имело большое значение или что-то еще, просто мы были слегка разочарованы.

— Думаю, отец что-то путает, — сказала Элли. *Ведь какой резон Тиму лгать?*

До сих пор ей удавалось скрывать своего жениха от досужего внимания папарацци — правда, ценой отказа бывать на публике. Во время своих редких вылазок в люди они входили в рестораны или театры в разное время и через разные двери. Элли нравилось, когда Тим был с ней рядом, и для нее стало приятным сюрпризом, что журналисты не пронюхали об их отношениях, даже после того как она взяла его с собой на рождественский корпоратив.

Элли обожала обручальное кольцо, которое Тим надел ей на палец, — ненавязчивый бриллиант на полоске белого золота. И хотя оно явно было не самым дорогим, для нее кольцо значило больше любой из тех драгоценностей, которые Элли хранила в банковском сейфе. На работе и на публике она носила его на золотой цепочке на шее, надежно спрятав от посторонних взглядов под блузкой. Время от времени ловила себя на том, что играет с ним. И каждый вечер, садясь в машину, чтобы вернуться домой, надевала его на палец и осматривала со всех сторон.

Однажды вечером, который они проводили порознь, Элли, вернувшись в свою лондонскую квартиру, мгновенно ощутила, как здесь пусто без Тима. Они списались в мессенджере до того, как он пошел играть в свой футбол, и Тим усмехнулся, когда она перевернула телефон, чтобы показать ему гору бумаг, которые ей еще предстояло перелопатить. Прежде чем заняться ими, она разогрела еду, которую экономка оставила в духовке, и села на кухне, слушая плей-лист из инди-групп 1990-х годов, который составил для нее Тим. На столе перед ней лежал созданный им к помолвке альбом, и Элли не удержалась, чтобы заглянуть в него еще раз.

— «Причина номер сорок два: мне нравится, что, будучи детьми, мы носили одну и ту же стрижку», — прочла она и еще раз взглянула на фотографии на странице. С левой стороны было школьное фото, которое

Тим позаимствовал у ее матери: на нем ей было семь лет, и она была по-дурацки подстрижена под горшок. С правой был Тим с почти идентичной прической. Очаровательный мальчик в школьной форме.

То, как Тим этим альбомом сделал ей предложение, было так трогательно, так изобретательно и так романтично! Альбом этот был дороже, чем любые подарки, какие она получала. Более того, на протяжении всех отношений именно Тим демонстрировал свои чувства, в то время как Элли была более сдержанна. Нет, на самом деле она чувствовала себя совсем не так и порой опасалась, что ее внешняя холодность может оттолкнуть Тима.

Внезапно ей в голову пришла идея. Если Тим смог составить альбом о том, что он любит в ней, она тоже могла бы для него что-то сделать. Она соберет фотографии и видео с мобильного телефона и создаст минифильм.

Найдя на ноутбуке сайт, который поможет ей создать собственный похожий проект, Элли принялась собирать информацию со своего телефона и планшета. И уже собралась войти в свою учетную запись в виртуальном облаке, когда увидела на экране учетную запись Тима. Должно быть, он недавно пользовался ее планшетом... Интересно, вдруг получится что-нибудь украсть?

Элли нашла снимки с Рождества, которыми они поделились с ее семьей, фотки их спонтанной вылазки на выходные в Берлин и несколько старых фото его школьных лет. Улыбнулась и принялась листать дальше, глядя, как Тим менялся с годами. Интересно, подумала она, если у них будут дети, на кого они будут похожи? Наткнулась на несколько детских снимков юного Тима с женщиной. Судя по разным местам и промежуткам времени, когда они были сделаны, похоже, это была его мать. Это слегка озадачило Элли: когда она попросила Тима показать ей фотографию его матери, тот заявил, что их у него попросту нет, так как все они сгорели в пожаре.

На одном фото она стояла на коленях спиной к объективу, держа в руках праздничный торт с пятью свечами. На другом — положила руку ему на плечо, но была не в фокусе. Элли продолжала листать фотографии, пытаясь найти снимок, где лицо женщины не было бы размыто, словно кто-то нарочно уменьшал резкость. Наконец, четко увидев на одном снимке женское лицо, Элли невольно ахнула. Теперь она точно знала, кто мать Тима.

Глава 66

МЭНДИ

Мэнди сидела в своей машине возле кафе, где у нее была назначена встреча с бывшей подругой Ричарда, Мишель. Она нарочно опустила окно, в надежде на то, что холодный воздух слегка остудит ей лицо. Раньше с ней не случалось приступов паники, но внезапное сердцебиение и головокружение вкупе с нехорошим предчувствием определенно были признаками такого приступа. Она попыталась успокоиться, вспомнив дыхательные упражнения, которым ее учили в клинике. И если когда-либо ей хотелось вновь выпить чего-то крепкого, то это сейчас.

«Он очень даже жив», — сказала Мишель.

Очень даже жив.

— С тобой всё в порядке? — спросила Мишель, увидев, как она изменилась в лице. Мэнди кивнула, хотя было ясно, что это не так.

— Что ты хочешь сказать... Ричард жив? — спросила она наконец. — Его ведь сбила машина, нет? Я была на его поминальной службе.

— Да, но сбила не насмерть, — ответила Мишель. — Он находится в частной лечебнице где-то в Веллингборо. Хотя в известном смысле — да, он мертв, бедный парень. У него серьезная травма мозга.

— Тогда зачем было устраивать поминальную службу?

— Вот что мне известно: когда его мать и сестра узнали, что их дорогого Ричарда уже не вернуть, они отправили его в эту лечебницу. Сказали его друзьям не посещать его, чтобы не расстраиваться, и устроили службу «надежды», куда все могли прийти и вспомнить его. Только когда дошло до дела, слово «надежда» так и не прозвучало.

Мэнди ломала голову, вспоминая посты на страничке Ричарда в «Фейсбуке», оставленные после аварии, и речи, которые произносились на его поминальной службе. Тогда ею владело такое волнение, что сейчас она не могла вспомнить, что там говорилось. Возможно, там не было ни слова про его смерть. Единственные люди, кто определенно произносил это слово, внушая ей, что его больше с ними нет, были Пэт и Хлоя.

— Я не понимаю. Зачем же они устроили поминальную службу, если он не умер? Зачем она им понадобилась?

— Мы тоже этого не поняли, но кто станет осуждать скорбящую семью? Друзьям Рича не разрешили прийти и увидеть его. Полагаю, это был их способ собраться вместе и вспомнить о нем. Когда его мать и сестра пришли ко мне, они, похоже, хотели поскорее забыть о нем и просто найти бедную дурочку, которая родит им ребенка ему на замену. А я такой не оказалась бы, это уж точно.

Ей никогда не забыть выражение лица Мишель, когда в конце их встречи она поднялась на ноги. Полы пальто распахнулись, открывая раздувшийся живот.

— Господи, — пробормотала Мишель.

Мэнди же хотелось как можно быстрее выйти из кафе.

В машине ей наконец удалось овладеть собой. Вытащив из сумочки телефон, она ввела запрос «частные лечебницы» и «Веллингборо». Поисковик выдал пять вариантов, и в третьем из них ей подтвердили то, что она уже знала сама.

Вбив в навигатор машины почтовый индекс, Мэнди повернула ключ зажигания и взяла с места. Ее путь лежал к человеку, для которого она была создана.

Глава 67

КРИСТОФЕР

— «Психопаты обычно не влюбляются так, как нормальные люди, — прочел вслух Кристофер, сидя в пустом кабинете. — Тем не менее они способны влюбиться».

Тщеславие не позволяло ему носить очки, а поскольку запас одноразовых контактных линз был израсходован, он, чтобы рассмотреть буквы, придвинул лицо к самому экрану.

— «Психопаты предпочитают недолгие сексуальные контакты при условии, что именно они играют в отношениях главенствующую роль, — продолжил он. — Подобные кратковременные связи не ведут к дальнейшим контактам, поскольку психопаты рассматривают сексуальный аппетит партнерши как свидетельство беспорядочной половой жизни, что не мешает им, однако, оправдывать собственные действия. По их мнению, они имеют право изменять и вступать в половые контакты с многочисленными партнершами, но, если их партнер делает то же самое, они встают в позу праведника».

Кристофер кивнул. С этим у него проблем не было. Он вспомнил Холли, девушку, с которой встречался, когда ему было двадцать с небольшим. Она имела наглость отомстить Кристоферу за его неверность тем, что изменила ему сама, и не могла понять — даже после того, как он сломал ей нос, — почему он тотчас же оборвал все связи с ней.

Кристофер сделал глоток из пивной банки. По дороге он купил в газетном киоске сразу две упаковки, когда возвращался домой после того, как положил снимок на грудь Номера Двадцать Два. Возможно, позднее он пожалеет, что зашел в магазин, где наверняка имелись видеокамеры.

— «Единственный способ поддерживать отношения с психопатом — это достичь баланса власти и контроля, — продолжил он чтение. — Психопаты бывают неутомимыми, изобретательными, страстными любовниками, но если они начинают как доминирующий партнер, то таковым и остаются. Стоит им понять, что они подавляют своего партнера или что их партнер выпустил из рук контроль, как они нередко утрачивают интерес и начинают искать новые сексуальные контакты. Тем не менее некоторые психопаты любят делиться своими партнерами с друзьями. Они рассматривают партнера как собственность, которой, если сочтут нужным, могут делиться с кем угодно».

Такой была Тори, вспомнил Кристофер. Она с неохотой согласилась поучаствовать в свингерской вечеринке: только потому, что он ее вынудил. В тот вечер Кристофер наблюдал, как ее один за другим трахали семеро мужчин. До этого он умолял ее уступить, говоря, что это возбудит его и укрепит их отношения. Тори была юной и наивной дурочкой и поверила ему. Затем, сидя в машине рядом с ее домом, он обозвал ее грязной шлюхой и послал подальше.

Кристофер медленно перебирал свою мысленную картотеку женщин, с которыми у него был секс. Фактически обо всех он вытер ноги. Шел по жизни, подавляя их, манипулируя ими, вынуждая их делать самые извращенные вещи, если это доставляло ему удовольствие. Единственный человек, которого он не унижал и не подавлял, была Эми.

Вне стен спальни Кристофер оставил за собой небольшое превосходство — все-таки у него имелся секрет, которым он не был еще готов поделиться. Но в спальне у них шло на равных. Именно понимание этого факта и подтолкнуло его узнать как можно больше о любовных связях психопатов. Веб-страничка под названием «Вам кажется, что вы влюблены в психопата?» расставила все по своим местам.

Он потянул ее ниже.

— «Стоит психопату позволить иметь двойные стандарты, как вскоре отношениям чаще всего наступает конец. Партнер им не ровня и не может ждать уважительного к себе отношения. Бесполезно даже пытаться вновь пробудить к себе внимание психопата. Отношения могут развиваться лишь в том случае, если партнер не позволит манипулировать собой и сохранит самоуважение».

Кристофер подергал ногами, не в силах усидеть спокойно. Все это было будто специально написано о нем и Эми.

— «Поскольку изучение совместимости ДНК началось всего десять лет назад, пока еще рано делать выводы относительно шкалы чувств, какие психопат может испытывать к своей ДНК-паре. Тем не менее первые показатели говорят о притяжении, что, в свою очередь, может означать, что психопат способен на глубокие чувства, как и нормальный человек».

Кристофер глубоко вздохнул и, откинувшись на спинку стула, потер глаза. Значит, он способен любить. Это было доказательством того, что, глубоко захороненное среди других его порывов, его злобы и жестокости, в нем еще оставалось нечто от нормального человека.

Глава 68

ДЖЕЙД

Казалось, ради свадьбы Кевин собрал в кулак последние остатки сил, потому что спустя пятнадцать дней после того, как она произнесла «я согласна», Джейд похоронила мужа.

Все видели, как быстро он угасал, но никто не осмеливался говорить об этом вслух. Вместо этого все занимались своими ежедневными делами на ферме и всячески пытались подбодрить его. Джейд помогала Кевину с приемом лекарств, а из городка дважды в день приезжал врач, чтобы ввести ему обезболивающие.

Когда тонкие, как спички, ноги Кевина окончательно отказали, приковав его к постели, Джейд проводила время в его спальне, независимо от того, спал он или бодрствовал; нежно гладила его руку и иногда бывала вознаграждена слабеньким ответным пожатием. В свое время она где-то читала, что последним у человека отказывает слух, поэтому Джейд вела с ним долгие разговоры ни о чем и одновременно обо всем понемножку. Ей не хотелось, чтобы он покинул этот мир под меланхоличное молчание.

Видя, как угасает ее лучший друг, она ощущала свою полную беспомощность. В самые последние дни, когда тело уже не слушалось его, ватным тампоном протирала ему язык, чтобы у него не сохло во рту, и смазывала вазелином потрескавшиеся губы. Помогала свекру менять под ним грязные простыни и протирала Кевина влажными салфетками. При этом невольно думала о том, что, случись нечто невообразимое, кто любил бы ее столь же беззаветно, как Кевин? Не считая его родных, никто.

Больше всего ее напугали предсмертные хрипы. Этот совершенно жуткий треск в горле и грудной клетке, когда его легкие исторгали из себя зловонную гнилостную жидкость, отравлявшую дыхание. В последние часы вся семья собралась вокруг его постели, ожидая, когда грудная клетка Кевина поднимется в последний раз.

Когда этот момент наступил, Джейд словно почувствовала, как душа Кевина тихо покинула его тело, устремившись в некое новое странствие. Снаружи занимался новый день. Первый за двадцать пять лет, когда Кевин не увидит солнца.

Сьюзан и Дэн сжимали друг друга в объятиях, тихо скорбя по поводу утраты сына. Джейд машинально потянулась, чтобы утешить Марка. К ее удивлению, он не отстранился — наоборот, крепко сомкнул вокруг нее свои сильные руки. Его тело и разум сдались, сломленные горем, и в этот момент Джейд ощутила все, что чувствовал он, впитывая в себя его отчаяние последних месяцев. А также его желание быть с ней. Она чувствовала его каждой клеткой своего тела. Не в силах совладать с собой, Марк крепко прижимал ее к себе, не желая отпускать, как будто вслед за братом боялся потерять и ее тоже.

Похороны проводил тот же священник, что и брачную церемонию. Но вместо того чтобы набиться в тесную церковь, все, ибо таково было желание Кевина, собрались на ферме. Марк с отцом выкопали примерно в миле к северу от дома в тени деревьев могилу, рядом с надгробиями бабушки и деда.

В своей речи священник призвал скорбящих восславить жизнь Кевина, а не думать о том, сколь коротка та была. Он говорил о том, каким чудесным молодым человеком он был, сколько добрых дел успел совершить. Услышав свое имя, Джейд ощутила себя самозванкой. Она не имела ничего против того, чтобы ее называли другом Кевина, но никогда не любила бы его так, как любил ее он.

Глядя, как гроб с телом покойного мужа медленно опускается в землю, Джейд наконец смогла признаться, как сильно она любит Марка. Нет, она не просто перенесла любовь с Кевина на него; все, что она чувствовала к нему, было совершенно искренним. Даже в самые печальные мгновения, когда они бок о бок стояли рядом с могилой его брата, внутри нее все трепетало при одной только мысли о нем.

И хотя Джейд понимала, что это совершенно неуместно, — то, как упорно Марк отказывался посмотреть ей в глаза, подсказывало ей, что он чувствует то же, что и она.

Тем не менее, если не считать первых мгновений после смерти Кевина, когда Марк на миг сбросил с себя панцирь, он держал свои эмоции в кулаке, не давая им возобладать. Их общение вновь свелось к вежливым улыбкам и кивкам. Вскоре Джейд была готова возненавидеть его за это.

— Как хорошо, что они лежат рядом, когда мы так далеко друг от друга, — пояснила Сьюзан, когда гости начали постепенно расходиться. — Кевин всегда любил гостить у бабушки с дедом. И я рада, что теперь они вместе. Им наверняка не так скучно. Как сказал преподобный, давайте восславим жизнь Кевина, а не будем скорбеть о том, как коротка она была.

Джейд улыбнулась и, взявшись за руки с Сьюзан, вернулась в дом. Но, прежде чем присоединиться к остальным за поминальным столом, заглянула в комнату Кевина. Она была благодарна судьбе за то, что повстречалась с ним, за то, что Кевин попросил ее стать его женой, и еще больше за то, что ей никогда не разбить ему сердце, сказав, что он вовсе не тот самый, не единственный.

Она лежала на его кровати и вспоминала его как друга, для которого была всем на свете. Он единственный из всех мужчин любил ее всем сердцем, и было больно, что она не могла ответить ему взаимностью. Старалась, но, когда в ее душе взрывались фейерверки, она точно знала, с кем бы ей хотелось быть рядом. И совладать со своими чувствами Джейд могла лишь двумя способами: либо в ярости отлупить кулаками подушку, пока из той не полетят перья, либо впервые за всю ее взрослую жизнь разрыдаться. Она выбрала второй.

Глава 69

НИК

Последняя неделя Ника в рекламном агентстве ползла черепашьим шагом. Сидя за рабочим столом, он тупо глядел на график на экране монитора, напоминая себе, что именно должен доделать как по работе, так и вообще в жизни, прежде чем совершить прыжок в неизвестное. То и дело отвлекался и начинал искать картинки с видами города в Новой Зеландии, куда вскоре переедет.

Если не считать оставшихся рабочих дней, все остальное вокруг него летело вперед со скоростью света. Охваченный приятным волнением, Ник едва поспевал за развитием событий. Самые сложные и неприятные моменты были уже позади. Он ни на миг не усомнился в правильности принятых им решений и теперь мог спокойно смотреть вперед, навстречу их совместному с Алексом будущему.

Спустя несколько дней после того, как Ник окончательно расстался с Салли, они с Алексом скрепили свои отношения физически. Нет, они уже знали друг друга как самих себя, но телесная сторона подобной любви стала для обоих настоящим открытием. Здесь все было ново — прикосновения, вкус, странные, поначалу робкие и неловкие движения, а также новые, совершенно невероятные ощущения. Но было и то, что вызывало у него сомнения. Например, хотя оба были одного пола, это вовсе не значило, что они знали, как работает тело другого. Тем не менее оба согласились, что им не стоит останавливаться на достигнутом, а делать новые открытия.

Именно Ник робко предложил составить Алексу компанию, когда тот вернется в Новую Зеландию. Алекс пришел в восторг от его предложения, хотя и признался, что с трудом представляет себе, как представит своим родным парня по имени Ник, когда они ожидали увидеть девушку по имени Мэри. С другой стороны, попытка не пытка.

Начальник согласился дать полугодовой отпуск. Ник не стал вдаваться в объяснения, зачем тот ему понадобился, ограничившись словами, что после разрыва с Салли ему нужно сменить обстановку и «заново обрести себя». Впрочем, с Алексом он прекрасно знал, кто он такой и чего ему хочется.

Ник сообщил родным о разрыве с Салли, чем, разумеется, сильно их расстроил, однако умолчал о том, что причиной тому стала ДНК-пара одного с ним пола. Как только истекут полгода, которые они с Алексом назначили себе в качестве испытательного срока, он расскажет им всю правду.

Самой сложной частью его плана было сообщить об отъезде в Новую Зеландию Салли. Пока что она воспринимала все довольно спокойно, но Ник был уверен, что это всего лишь маска. Она наверняка переживает их разрыв, хотя и старается не подавать вида.

Ник, в свою очередь, был благодарен ей за то, что она не пыталась взвалить всю вину на его плечи. Ей как будто было известно, что чувствует человек, найдя свою ДНК-пару, и она понимала, что для него нет другого пути, кроме как следовать зову сердца.

Они весьма прагматично решили вопрос раздела совместно нажитого имущества. Сбережения в банке поделили ровно пополам. Ник также предложил ей остаться жить в их квартире, пока она не захочет ее продать. Собственно, он взял лишь одежду и портфель с проектами. Все остальное всегда можно приобрести заново. Последние полтора месяца Ник жил в квартире Алекса и за это время не обменялся с Салли ни единым словом.

Когда бесконечный день на работе наконец завершился, он отправился на вокзал, чтобы съездить в Лондон и обновить загранпаспорт. Прибыв чуть раньше отправления поезда, решил скоротать время в «Старбаксе» за чашкой горячего шоколада.

Откусив кусок черничного маффина, Ник довольно улыбнулся. Всего за несколько месяцев его жизнь перевернулась с ног на голову, но при этом он остался жив. Раньше он даже не подозревал, какую радость принесут с собой эти перемены. Новая глава его жизни приближалась с головокружительной скоростью, и он сгорал от нетерпения узнать, что ждет его впереди.

В кармане завибрировал телефон. Вынув его, Ник посмотрел на экран и увидел сообщение от Салли. «Нам надо увидеться», — говорилось там.

Ник закатил глаза. Он не хотел быть жестоким, но, видит бог, ему было нечего ей сказать.

«Не думаю, что это хорошая идея», — ответил он.

«Очень прошу».

«Что такое?»

Ответ пришел в виде картинки — и мир Ника провалился в тартарары. Салли прислала ему картинку УЗИ.

Глава 70

ЭЛЛИ

Глядя на картину на противоположной стене, Элли нервно барабанила пальцами по стеклу рабочего стола. Картину эту она приобрела два года назад, отдав за нее сорок тысяч фунтов. Приобрела, поддавшись минутному порыву, увидев его на мольберте в окне галереи в Найтсбридже. Это был портрет маленькой девочки в голубом пальтишке и с огромными зелеными глазами, которые смотрели со взятого в рамку полотна в мир перед ней. Со всех сторон, стоя к ней спиной, ее окружали взрослые и как будто не замечали ее присутствия. Девочка была очень худенькая и похожа на эльфа. Пальтишко на ней было расстегнуто, и под ним виднелся топик, под которым, в свою очередь, смутно проступали очертания ее сердца. Его можно было увидеть, только если хорошо присмотреться. Было в печальном выражении лица девочки и в ее глазах нечто такое, что словно магнитом притягивало к себе взгляд Элли, и она порой забывала все на свете. Сердца девочки почти никто не замечал, Элли же никогда не пыталась обратить на него чье-то внимание. Что же касается Тима, то первое, что он заметил, войдя к ней в кабинет, — сердце.

И вот теперь, глядя на эту картину, Элли думала о Тиме, а точнее, о том, почему, как и эта девочка, он что-то утаивал.

В тот миг, когда Элли увидела на фото, которые он прятал от нее, его мать, она тотчас ее узнала. Саманта Уорд. Лет пятнадцать назад они работали вместе. Хотя на снимках с сыном она была гораздо моложе, Саманта работала лаборанткой в созданной Элли команде, когда только-только был открыт ген совпадения ДНК.

Элли была уверена, что Саманта была в числе тех, кого она в шутку называла «первенцами» — группа коллег, на которых проверялась верность ее теории. Правда, когда ей для экспериментов требовались подопытные кролики, она не всегда следовала правилам.

Саманта запомнилась ей как седая, немолодая, немногословная женщина. Когда Элли «переросла» свою лабораторию и своих коллег, они, как и Саманта, будучи теперь бесполезными ей, просто исчезли с ее радара.

Сохранив фото Тима и его матери на своем планшете, Элли позже открыла его снова. Между ними имелось несомненное внешнее сходство: у обоих были та же теплая улыбка и карие, чуть раскосые глаза. Тим редко говорил о ней, а когда все же делал это, то всегда с неизменной теплотой. Он был благодарен ей за то, что она «пахала» сразу на нескольких работах, чтобы он мог ездить на школьные экскурсии, а позднее — учиться в университете. Элли знала, что Тим до сих пор переживает ее внезапную смерть от сердечного приступа.

А еще она была уверена: это отнюдь не совпадение, что в ее жизни возник сын одной из ее бывших «лабораторных мышек», и ей хотелось непременно знать почему. Знала ли она Тима вообще? Самым простым решением было бы спросить его самого, но Элли решила найти ответы на вопросы сама.

* * *

— Что-то не так? — спросила Кэт, когда Элли без предупреждения пришла к ней в кабинет.

— Мне требуется твоя помощь, а также обещание, что наш разговор останется между нами, — сказала она, и женщины сели на диван. Придвинувшись ближе к Кэт, Элли продолжила: — Ты как-то раз сказала, что, однажды увидев, больше никогда не забываешь человеческое лицо. Это так?

— В общем-то, да, — нервно ответила Кэт.

— Помнишь, во время рождественского корпоратива ты сказала мне, что мой партнер якобы приходил на собеседование, только тогда его звали иначе — Мэттью, если не ошибаюсь?

Кэт кивнула.

— Ты уверена?

— Прошу вас, не сердитесь на меня, — дрожащим голосом ответила Кэт.

— Я не сержусь. Почему я должна сердиться?

— На следующий день после корпоратива я снова просмотрела папку Мэттью, чтобы освежить в памяти его интервью и резюме. Я никак не могла успокоиться и поверить, что я что-то напутала.

Сердце Элли было готово выскочить из груди.

— И что ты нашла?

Кэт встала и, цокая по мраморному полу высокими каблуками, пересекла кабинет. Пробежав глазами по корешкам папок в шкафу, выбрала одну, помеченную белым стикером, и вручила ее Элли. «Мэттью Уорд», — прочла та. Сердце, только что отбивавшее бешеный ритм, замерло. Тот, кого она привыкла называть Тимом, был сыном Саманты Уорд!

— Извините, мне следовало первой прийти к вам, но я не знала, как мне начать этот разговор. Компьютерный файл с его данными стерт, но я привыкла всегда держать про запас бумажную копию. Правда, здесь нет его фото... Помню, я несколько раз пыталась сфотографировать его на цифровую камеру, но всякий раз получала пустую картинку. Тогда я попробовала воспользоваться моим мобильником — с тем же результатом. Мы тогда еще с ним шутили по этому поводу.

— Ты говорила об этом еще кому-нибудь?

— Нет, конечно, боже упаси...

— Спасибо, — поблагодарила ее Элли и, выйдя из кабинета Кэт, поспешила в свой.

Ула оторвала глаза от компьютера и явно собралась что-то спросить у нее, но передумала. Элли же шагнула к себе и плотно закрыла за собой дверь.

Сев за стол, дрожащими пальцами открыла папку. Быстро просмотрев резюме Мэттью, сравнила его с данными, которые собрала о Тиме, когда впервые узнала о существовании своей ДНК-пары. Оба работали айтишниками, но на этом сходство заканчивалось. Буквально все, начиная школой и кончая датой рождения, родным городом, экзаменационными баллами, адресом электронной почты, — все было разное. Даже номер медицинской страховки.

Затем ей нужно было найти фотографическое свидетельство того, что полтора года назад Мэттью Уорд действительно был в их офисе. Она вошла в систему, регистрирующую всех посетителей на входе и выходе. Но, проверив всех посетителей за тот день, когда у Мэттью Уорда состоялось интервью, не нашла ни одного с его именем.

Тогда Элли попросила Улу связаться с начальником охраны, чтобы тот предоставил им записи с видеокамер. В ожидании она расхаживала по кабинету, время от времени поглядывая на силуэты лондонских небоскребов и пытаясь обуздать разгоравшуюся внутри нее ярость.

Как только ей на ящик внутренней электронной почты поступили видео, она один за другим внимательно просмотрела все файлы. Камеры охватывали вход и лобби первого этажа, лифты, стойку дежурного и главные коридоры, но ни на одной записи Элли не увидела никого, даже отдаленно похожего на Тима или Мэттью.

В течение часа она только и делала, что перематывала записи вперед и назад, стараясь обнаружить хоть что-то, когда внезапно заметила странный сбой в записи у стойки регистрации. Часы в верхней части экрана замигали и перескочили вперед, в результате чего выпала целая минута. Внутри Элли шевельнулось дурное предчувствие. Кто-то получил доступ к этой записи и удалил фрагмент. То же самое обнаружилось и на записях, сделанных в лифтах и на первом этаже. На всех них пропало примерно по шестьдесят секунд.

Последний файл, который она открыла, оказался видеозаписью коридора, ведущего к комнате для интервью. К ужасу Элли, за несколько секунд до того, как у Кэт должно было состояться интервью с Мэттью, в коридоре, одетый в дорогой, сшитый на заказ костюм, появился человек, которого она знала как Тима. Он уверенно шел с сумкой на плече. Подойдя к самой последней камере у входа в комнату для интервью, замедлил шаг и посмотрел прямо в объектив.

Нет, не просто посмотрел, а что-то при этом произнес.

«Привет, Элли», — прочитала она по его губам.

Внутри нее все тотчас похолодело.

Глава 71

МЭНДИ

— К нему почти никто не приходит, — сообщила молоденькая медсестра, ведя Мэнди по коридору.

Лечебница, в которой лежал Ричард, пропахла антисептиком и освежителем воздуха. Линолеум на полу был безупречно чист, на стенах висели репродукции акварелей с британскими пейзажами. В конце коридора имелась просторная, ярко освещенная рекреация, в которой, в разной степени сознания, сидели в креслах-каталках пациенты.

— И давно он здесь? — спросила Мэнди.

— Уже месяцев десять, если не ошибаюсь. Поначалу родные навещали его часто, но в последнее время — гораздо реже. А жаль.

— Они это как-то объяснили?

— Нет, но вы удивитесь, если я скажу, скольких пациентов здесь никто не навещает. Для некоторых из них, как только их высадили у ворот, все связи с семьей обрываются, и они больше никогда не видят своих близких.

— Я слышала, близкие Ричарда запретили друзьям навещать его.

Медсестра кивнула.

— Это не было официальное запрещение, но нам было велено не поощрять такие визиты.

— Тогда спасибо вам, что впустили меня.

— Как его ДНК-пара, вы имеете право на некие привилегии.

Мэнди решила, что неприятные ощущения в животе — от нервов. А в следующий миг ребенок больно толкнул ее изнутри ножкой. Она потерла живот, успокаивая его — мол, все хорошо, — но, если честно, ей было не по себе при мысли, как она будет чувствовать себя, когда увидит Ричарда.

— Ну, вот мы и пришли, — сказала медсестра, открывая дверь. — Рядом с кроватью есть стул. Просто поговорите с ним, как вы говорили бы с любым другим человеком.

Перед тем как переступить порог палаты, Мэнди собрала в кулак мужество, но даже войдя, до самого последнего момента, пока не подошла вплотную к кровати, не решалась посмотреть на Ричарда.

Он оказался совсем не похож на того молодого мужчину с фотографий на стене в его комнате или в ее папке. Мэнди привыкла видеть его красивым, загорелым, мускулистым. Именно рядом с таким она представляла себя. Теперь перед ней были лишь жалкие остатки — кожа и кости, скрепленные пластиковыми трубками и дыхательным аппаратом. Руки были тонкими, как веточки; под подбородком, где кто-то побрил его слишком жестко, виднелось раздражение. Длинные волосы были неумело расчесаны на старомодный косой пробор. Кожа серая, пижама болтается как на вешалке. Но, несмотря на его внешний вид и странные звуки, которые издавало его горло, когда вентилятор накачивал кислород в его иссохшееся тело, Мэнди точна знала, что любит свою ДНК-пару.

Она подтянула к кровати кресло и села. Чем ближе к Ричарду, тем быстрее билось ее сердце. Когда же — совершенно машинально — она потянулась и взяла его руку в свою, по жилам ее как будто пробежал электрический заряд.

— Привет, Ричард, — начала она дрожащим голосом, не зная, что сказать дальше. — Я — Мэнди. Ты не знаешь меня, но я знаю о тебе почти все.

Она не могла с уверенностью сказать, чего ждала от этой встречи. Последние несколько месяцев показали, что невозможное возможно. В глубине души Мэнди надеялась, что вдруг случится чудо и он отреагирует на звук ее голоса, ощутит ее запах или ее присутствие... Увы, Ричард даже не пошевелился.

— Здесь довольно мило, — продолжила она, глядя на сад за окном. — И медсестры такие приветливые... Надеюсь, они хорошо ухаживают за тобой.

Внезапно у нее защипало глаза, и как только по щеке скатились первые несколько слезинок, Мэнди уже не смогла остановить остальные.

— Извини, — сказала она. — Все должно было быть не так... я должна была встретить тебя, мы должны были влюбиться, как в фильмах или как в тех житейских историях, какие печатают в дурацких журналах, что обычно лежат на столиках перед кабинетами врачей. И хотя я знаю, что с нами ничего подобного не случится, я все равно не могу не думать о том, что так могло быть.

Одному Богу известно, сколько часов я провела, глядя на твои старые фотографии и видео твоего детства. У меня такое чувство, что мы лично знакомы, даже если я думала, что ты умер. Но теперь мы вместе, и ты все еще жив, и у меня в животе твой ребенок. По идее, это должен быть самый счастливый момент моей жизни, но, увы, это не так. Потому что ты понятия не имеешь, кто я такая и даже что я здесь, рядом с тобой.

Мэнди поднесла ладонь Ричарда к своей щеке. Какая она холодная, подумала она и сжала еще крепче, в попытке хоть немного согреть ее. Его прикосновение было не сравнимо ни с чем. Казалось, кожа проникает сквозь кожу, и она слышала, как три сердца бьются в унисон — его, ее и сердечко их будущего ребенка.

Вдруг на кратчайший миг тело Ричарда дернулось, словно от удара током. Мэнди уставилась на него, уверенная, что это обман зрения, но затем его тело дернулось снова, как будто кто-то приложил к его сердцу дефибриллятор.

Она сидела, не в силах оторвать взгляд от его лица. Между тем его веки задрожали, сначала медленно, затем все быстрей и быстрей. Уголки рта под дыхательным аппаратом едва заметно приподнялись. Затаив дыхание, Мэнди ждала, когда его глаза приобретут фокус и он впервые увидит ее. Вот он, долгожданный момент!

Мэнди выскочила в коридор, чтобы найти медсестру.

— Ричард Тейлор только что пошевелился! — выкрикнула она растерянной сиделке. — Ему нужна помощь?

— Только что пошевелился? — повторила та.

— Да, я приложила его ладонь к своей щеке, и он пошевелил рукой, а глаза приоткрылись. Пожалуйста, позовите доктора. Мне кажется, он просыпается.

Глава 72

КРИСТОФЕР

Вот уже в течение восьмидесяти двух дней Кристофер воплощал в жизнь свой план убийства тридцати женщин, одновременно поддерживая отношения с Эми. Ему стоило немалых сил уделять время тому и другому, особенно когда они с ней проводили вместе каждый второй вечер и выходные.

Это почти не оставляло времени и возможностей следить за оставшимися в списке пятью женщинами. Кристофер при первой же возможности проверял свои компьютеры, а иногда даже бывал вынужден подмешать Эми снотворное, пропофол, которое покупал в «Темной сети», чтобы вырубить ее этак часов на семь. Это позволяло ему спокойно продолжать свои изыскания до самого утра или же, как в случае с Номером Двадцать Четыре и Двадцать Пять, разделаться с ними до ее пробуждения.

Эми первой робко произнесла слово на букву «л», чем удивила его, когда однажды утром они выгуливали с ней в Хэмпстед-парке собаку ее сестры. Облезлый рыжий терьер по кличке Оскар жил у нее целую неделю, пока сестра проводила где-то отпуск, и, хотя Кристофер был равнодушен к домашним животным, ему нравились их долгие прогулки втроем, когда они с Эми ходили, взявшись за руки. Он сказал, что тоже любит ее. На протяжении последних лет Кристофер говорил эти слова многим своим подружкам, но делал это лишь тогда, когда ему было что-то от них нужно. С Эми он впервые произнес их от чистого сердца.

Кристофер даже позволил себе представить, каково это, быть вместе до конца их дней. Быть может, подумал он, в один прекрасный день они купят собственную собаку или даже домик в деревне... Вслед за чем последует брак и создание семьи. Все, без чего, как ему казалось, он мог обойтись, внезапно стало очень даже вероятным, и все потому, что он нашел свою ДНК-пару.

Когда Эми не было рядом, Кристофер ловил себя на том, что думает о ней. И наоборот, когда она бывала рядом, им владело приятное возбуждение, сравнимое разве что с убийством. Или, по крайней мере, с тем, какие ощущения дарили ему убийства несколько месяцев назад, когда он лишь приступил к осуществлению своего плана, — ведь теперь все было иначе. Эми изменила все. Его кожа стала чувствительна к прикосновениям даже тогда, когда она не касалась его. Взгляд смягчился, скользя следом за ней по комнате. Он не мог дождаться того момента, когда наконец завершит свой проект и сможет проводить с ней все время.

Даже сам акт убийства больше не приносил ему былой радости. Последние судорожные вдохи, ранее бывшие музыкой для ушей, теперь означали просто конец. Возвращение в дом предыдущей, чтобы положить ей на грудь фото новой, превратилось в тяжкую обузу. Да что там: в обузу превратилось все, что не имело отношения к Эми!

Их совместная жизнь была замкнутой. Ни он, ни она никого не посвящали в нее. У Кристофера не было никого, кого он мог бы назвать другом, хотя он и лгал, рассказывая Эми про своих университетских приятелей, которых жизнь якобы разбросала по всему миру, что мешает им регулярно встречаться. На самом деле Кристофер не учился ни в каком университете, и единственными людьми, с которыми он изредка виделся, были два его старших брата. Более того, он не смог бы даже вспомнить имена пятерых своих племянниц и племянников, равно как и сказать, чьи они дети.

Эми тоже не рассказывала о нем своим родным, объясняя это тем, что она единственная, к тому же младшая, дочь в семье. Мол, ни ее родители, ни братья никогда не одобряли ее выбор профессии, считая, что как офицер полиции она подвергает себя постоянной опасности. Они отказывались понять, почему ее до сих пор ни разу не посетило желание выйти замуж и обзавестись собственной семьей.

— Я хочу продолжать свою карьеру еще минимум три года, — сказала Эми. — Мои родители — люди другого поколения. Сами они не проходили этот тест, но верят в него. Скажи я им, что встретила свою ДНК-пару, они стали бы без конца давить на нас обоих... Со временем я расскажу им о тебе.

— А твои коллеги в курсе, что ты встречаешься со мной? — спросил Кристофер, в надежде на то, что она кому-то похвасталась своим богатым красивым бойфрендом, который, кстати, был тем самым маньяком, кого разыскивала полиция.

— Они знают, что я с кем-то встречаюсь, но я не говорила им, что это серьезно. Хочу держать свой маленький грязный секрет при себе.

Кристофер улыбнулся, чтобы скрыть разочарование. Азартная часть его «я» была не прочь познакомиться с ее коллегами, особенно с теми, что расследовали загадочные убийства. Он представил, как с энтузиазмом пожимает им руки; они же не имеют ни малейшего понятия о том, что Кристофер и есть тот самый убийца, за которым они охотятся...

— Понимаю, — ответил он. — У нас у всех имеются свои маленькие грязные секреты, не так ли?

Глава 73

ДЖЕЙД

После похорон Кевина прошло почти две недели. Джейд уже начинала задыхаться в тесном пространстве фермы его родителей.

Видеть, как кто-то умирает таким молодым, было до боли печально и одновременно окрыляло. Кевин был полон надежд и стремлений, но, увы, смерть перечеркнула их все. Самое лучшее, что она могла сделать ради его памяти, это начать новую страницу своей жизни, с головой нырнув во все хорошее, что еще мог предложить ей мир.

Кевин не оставил никакого завещания и очень мало личных вещей, однако, по настоянию его родителей, Джейд вернула взятую напрокат машину и вместо нее для своего путешествия по восточному побережью Австралии взяла внедорожник Кевина.

— Тебе будет казаться, что он рядом с тобой, — сказал ей Дэн.

Она планировала останавливаться не в отелях, а в хостелах, где у нее было больше шансов встретить людей ее возраста и получить опыт, какой упустила она, когда ее университетские друзья улетели путешествовать пешком по Австралии.

Джейд решила, что ей хватит пяти недель, чтобы увидеть то, что ей хотелось, после чего она вернется в Викторию, оставит внедорожник Кевина и, попрощавшись с его гостеприимной семьей, улетит домой в Англию. А вернувшись туда, не просто вернется к своей прежней жизни — теперь это попросту невозможно, — а начнет совершенно новую. Если смерть Кевина чему-то ее и научила, так это тому, что жизнь нужно жить, а не наблюдать за ней со стороны.

После похорон Марк упорно избегал Джейд, что причиняло ей боль. Она неизменно была готова поддержать и утешить родителей Кевина, когда тем хотелось выплакаться на ее плече, но что касается Марка, с тех первых мгновений сразу после смерти Кевина они не были рядом ни единой секунды.

Находиться поблизости от него было сродни подвигу Геракла. Всякий раз, когда Джейд чувствовала, что он где-то рядом, она с трудом сдерживалась, чтобы не бросить ему в лицо все, что она думает... или же броситься ему на шею. Фейерверки никуда не делись и продолжали взрываться, стоило ей взглянуть на него. В иные моменты — например, когда он поднимал тюки сена для коров или же в конце рабочего дня окунался в бассейн и когда ей казалось, что он не видит, — она украдкой любовалась его сильным мускулистым телом.

У Джейд тоже вошло в привычку перед сном окунаться в прохладную воду бассейна — этого удовольствия ей явно будет не хватать, когда начнется ее путешествие. Она была вынуждена признаться себе, что пристрастилась к этим вечерним купаниям не в последнюю очередь в надежде встретить у бассейна Марка. Правда, этого еще ни разу не случилось. В тот вечер, когда Джейд, перевернувшись под водой, приготовилась совершить свой пятый заплыв, ее внимание привлекла его фигура на другом конце бассейна.

Марк стоял под пляжным зонтиком, наблюдая за тем, как она плывет. Джейд остановилась и, решив, что он ей примерещился, вытерла с глаз капли хлорированной воды и встала на цыпочках посреди бассейна. Они молча смотрели друг на друга, пока Джейн наконец не выдержала.

— Что? — крикнула она. — Что тебе от меня нужно?

— Ничего, — удивленно ответил Марк.

— Тогда почему ты таращишься на меня?

— Я не таращусь.

— Ты не разговаривал со мной уже целую вечность, ты ходишь мимо меня так, будто я пустое место, ты выходишь из комнаты, стоит мне туда войти... Я чем-то обидела тебя — и вот теперь ты стоишь и смотришь, как я плаваю. У меня голова раскалывается... я не знаю, что мне думать. Поэтому я спрашиваю тебя еще раз: что тебе от меня нужно?

Марк ответил не сразу. Пристально посмотрев на нее, открыл рот, как будто хотел что-то сказать, но передумал. Молча повернулся, чтобы уйти, но снова остановился. Затем, на глазах у Джейд, стащил через голову футболку и, швырнув ее на бортик бассейна, нырнул в воду и поплыл к ней. Вынырнув в считаных дюймах от ее талии, выпрямился, наклонил голову и поцеловал ее, сначала робко, а затем более пылко и жадно.

Стоило губам Марка коснуться ее губ, как голова пошла кругом, и как Джейд ни старалась, она не смогла закрыть глаза, так сильно ей хотелось увидеть желание в его взгляде. Со всей страстью отвечая на его поцелуй, она крепко прижала его к себе. Ее пальцы пробежали по его обнаженной спине, словно высекая из его кожи искры.

Когда они наконец отпустили друг друга, Джейд отступила назад и посмотрела ему в глаза.

— Почему именно сейчас? — спросила она. — Почему спустя все это время?

— Потому что родители сказали, что ты уезжаешь, — ответил Марк и провел рукой по мокрым волосам. — Я не хотел, чтобы ты уехала, не зная, что я всю свою оставшуюся жизнь буду скучать по тебе.

Прежде чем Джейд успела что-то ответить, Марк повернулся и поплыл к бортику, где вылез из воды и зашагал в дом, оставив ее одну.

Не понимая, что произошло, она закрыла глаза и медленно погрузилась на дно бассейна.

Глава 74

НИК

— И давно ты знаешь про свою беременность? — спросил Ник, пытаясь говорить как можно спокойнее.

Сложив на груди руки, он расхаживал по своей бывшей квартире. Салли сидела на диване, в мешковатом шерстяном джемпере, положив на живот руки.

— Я узнала это две недели назад, — тихо ответила она.

— Тогда почему ты ничего не сказала мне раньше? У тебя имелась масса возможностей это сделать.

— И что я должна была сказать? «Ой, Ник, тут такое дело: я знаю, что у тебя есть бойфренд, но я жду от тебя ребенка?»

— Тогда почему ты тянула время и теперь говоришь мне это накануне моего отлета в Новую Зеландию? Как будто решила тем самым удержать меня здесь...

Салли сердито посмотрела на своего бывшего жениха.

— Прекрати! Этот мир не вращается вокруг тебя и твоей половой жизни. Дело не в тебе, а в той новой жизни, что растет внутри меня. Лучше б я ничего тебе не говорила!

— Тогда почему все же сказала?

— Потому что я не знаю, справлюсь ли с этим одна. Жаль, что я не такая сильная, как мне хотелось бы! Потому что, прежде чем принять решение, я подумала, что ты имеешь право знать.

— Какое решение?

— Перестань, Ник, ты не настолько глуп. Ты прекрасно знаешь, о чем я. Я не уверена, что готова в одиночку родить и вырастить ребенка.

— Ты не можешь от него избавиться.

— Не могу?

— Нет.

— Посмотри на меня.

Ник не ожидал услышать в ее голосе столько яда. Похоже, одиночество давалось ей с трудом.

— Что это должно значить?

— То, что ты мне не указчик. Ты сделал свой выбор, когда бросил меня ради своего хахаля.

— Но ведь ты сама сказала, что выбора у меня нет. Сама велела мне уйти!

— Это было до того, как я поняла, что беременна. До того, как ты сделал мне ребенка.

— Я сделал тебе ребенка? Вообще-то в этом участвуют двое.

— Я не заметила за тобой воздержания, когда мы были в Брюгге.

— Так вот где это случилось... Господи, Салли, это ведь было сто лет назад. Неужели ты не могла понять раньше?

— Я прикинула и поняла, что это Брюгге, — огрызнулась она. — Да, наверное, зря я не прислушалась к внутреннему голосу. Мне не следовало ничего тебе говорить.

Некая эгоистичная сторона его «я» согласилась с ней. В этом случае он, пребывая в блаженном неведении, мог спокойно улететь на край света.

— Чего ты от меня хочешь, Салли?

— Ничего. Я просто хочу, чтобы ты знал. — Салли в упор посмотрела на него. — Надеялась, что ты поступишь как порядочный человек, но, видно, ошиблась... Ладно, как-нибудь сама справлюсь.

Увы, Ник знал: совесть не позволит ему хлопнуть дверью.

— Я не хочу, чтобы ты делала аборт.

— И я не хочу. Но нельзя угодить и нашим, и вашим, Ник. Либо ты остаешься со мной и мы поровну делим ответственность, либо оба поступаем так, как каждый сочтет нужным. Выбор за тобой.

Глава 75

ЭЛЛИ

Тим и Элли вели обычную повседневную жизнь, как будто все в их мире шло своим чередом. Со стороны их можно было принять за типичную довольную пару; правда, с единственной небольшой разницей: Элли знала, что их отношения — притворство и обман.

Каждый день в пять тридцать утра Андрей забирал ее из дома и вез на работу в Лондон, и каждый вечер Тим готовил ужин. Затем они устраивались на диване, чтобы вместе посмотреть записанный Тимом фильм, либо сидели, уткнувшись носом каждый в свой планшет.

Элли было неприятно, что она влюбилась в человека, у которого явно имелись свои тайные планы. До того как она увидела видеозапись, на которой он произносил в камеру слова «Привет, Элли!», какая-то крошечная часть ее «я» упорно цеплялась за надежду, что лжи Тима относительно его матери имеется некое невинное объяснение. Например, он обнаружил, что та работала у Элли, уже после их знакомства или же вообще этого не знал. Увы, видеозапись подтвердила то, что подсказывал ей внутренний голос. Не было ничего невинного в том, что касалось Тима и его мотивов. Все, что он делал, было отлично продумано и отрепетировано. Мысли Элли жег один-единственный вопрос: почему? Она точно знала одно: Тим прошел тест на совпадение ДНК относительно недавно, иначе ее давно уведомили бы о наличии у нее ДНК-пары. С другой стороны, он приходил на собеседование более года назад. Может, на самом деле он журналист? Или его наняла компания-соперник, чтобы он проник в их ряды? Или ему просто крупно повезло оказаться ее ДНК-парой? Все это было более чем невероятно, и Элли отчаянно пыталась докопаться до истины.

Но в одном не было сомнений: в какой-то момент, задолго до их личной встречи, Тим, преследуя некие личные цели, уже знал, что рано или поздно она обнаружит видеозапись с ним. И пока Элли не выяснит, что именно он от нее прячет, они продолжат разыгрывать свой спектакль.

* * *

Она вошла в стеклянные двери лондонского отеля «Сохо» — почти бегом, прежде чем папарацци узнают ее, — и в сопровождении телохранителей поднялась на третий этаж, в заранее приготовленный номер люкс. Впереди шагал Андрей, следом — Элли, по бокам — еще два представителя ее службы безопасности. Все уже были ознакомлены с ее подозрениями относительно Тима. Элли отклонила предложение Андрея вырвать у Тима признание силой, равно как и отказалась прервать с ним всякие отношения. Она задалась целью докопаться до истины, не прибегая к насильственным методам, и с завидным упорством продолжала свой квест. Единственное, на что дала согласие, — носить при себе тревожную кнопку, когда бывала с Тимом.

На пороге шикарного, современного номера ее встретила Ула и приняла у нее жакет. В центре комнаты за столом сидели женщина и трое мужчин. Элли сняла солнечные очки и присоединилась к ним.

— Элли, это Трейси Фентон и ее команда: Джейсон, Бен и Джек, — сказала Ула. — Они занимались сбором и изучением личных данных Тима.

Элли еще ни разу не доводилось вживую встречаться с командой частных детективов, работавших на ее компанию. Их услуги нарушали немало законов об информационной безопасности и невмешательстве в частную жизнь, но это меньше всего заботило ее, тем более что данное расследование было для нее крайне важно.

— Итак, начнем? — просто сказала Трейси и открыла разложенные на столе цветные папки. Ее внешность слегка удивила Элли — если учесть, какими сомнительными методами пользовалась ее команда, сама Трейси выглядела серой мышкой. А вот говорила она прямо и деловито.

— Во-первых, от имени моей команды я хотела бы принести вам наши искренние извинения за то, что в первый раз за все время нам забили гол. К сожалению, время, отведенное для завершения нашей работы, не позволило выполнить ее так скрупулезно, как хотелось бы, хотя, разумеется, это не оправдание. И я хочу лично заверить вас, что этого больше не повторится.

Элли кивнула, но более ни единым жестом не показала, что прощает их оплошность.

— Информация по вашему жениху скудна, и, на наш взгляд, зарыл он ее очень и очень глубоко, — продолжила Трейси. При этих словах у Элли тотчас свело живот. Чтобы сохранить видимость самообладания, она уперлась каблуками в ковер. — Тем не менее позвольте доложить вам, что мы имеем на сегодняшний день. Тимоти Хант, настоящее имя Мэттью Уорд, родился в Сент-Неотсе, Кембриджшир. Его родителями были Саманта и Майкл Уорд.

— Он сказал мне, что никогда не знал своего отца. Его родители состояли в официальном браке?

— Да, — ответила Трейси, передавая через стол копии свидетельств о браке и о рождении. — Других детей у пары не было. До шестнадцати лет Мэттью учился в Кембридже. Средний ученик с посредственными результатами выпускных экзаменов. Правда, мы так и не нашли сведений, продолжил ли он где-то свое образование, в том числе в университете. Тем временем, восемь лет назад, спустя двадцать шесть лет супружества, его родители развелись. Каждый из них вступил во второй брак. Мать погибла три года назад в домашнем пожаре, в Оундле, графство Нортгемптоншир. Согласно данным вскрытия, смерть наступила якобы от удушья. Резюме Уорда для работодателей включает в себя ряд вымышленных фирм, чье существование не подтвердилось в ходе проверки. Мы также не смогли найти его текущее место работы.

— То есть в течение почти двух десятков лет Тим... то есть Мэттью... не существовал? — спросила Элли.

— Получается, что так. Он стер все свои следы и упоминания о себе. — Трейси открыла другую папку и протянула Элли новую стопку распечаток и ксерокопий. — Тимоти впервые появился в вашей жизни, когда пришел на собеседование. До этой даты мы не нашли о нем никакой информации. Все, что мы узнали о нем во время нашего первичного расследования, оказалось фейками или подтасовками фактов. Мы поговорили с его товарищами по футбольной команде, и те сообщили нам, что он вступил в клуб всего год назад, но почти не участвует в публичных мероприятиях. Никто о нем толком ничего не знает.

— Допустим, он получил бы у нас работу. Но ведь он наверняка должен был знать, что ложь в его резюме рано или поздно вскроется.

— Думаю, да.

— Это вынуждает меня сделать вывод, что единственной целью его прихода было получить доступ в здание, заглянуть в камеру и произнести мое имя в надежде, что в один прекрасный день я это увижу.

— Он затеял долгую игру. Вот только с какой целью?

Элли покачала головой:

— И если вы не можете найти его нынешнего работодателя, то что он делает, когда говорит мне, что каждый день ходит на работу?

— Если вы не против, мы можем организовать за ним слежку.

— А нельзя поговорить с его отцом? Кстати, он еще жив?

— Жив, но недавно овдовел и находится в приюте для жертв инсульта в Гэлбрейте, в Шотландии. По словам управляющего приюта, у него отнялась речь.

— И вы не смогли больше ничего обнаружить о Тиме даже по его ДНК?

— Ничего, даже когда пропустили его фото через программу распознавания лиц. Информации по его ДНК больше нет в базе данных компании, но мы попытались извлечь хоть что-нибудь из его отпечатков пальцев в вашей квартире. Увы, ничего интересного. Как если б он сыпал позади себя крошки только в том направлении, куда хочет нас привести.

— Черт, — прошептала Элли и откинулась на спинку кресла. Ее спина и подмышки были влажными от пота. Надеясь хоть немного остыть, она прижала запястья к прохладным кожаным подлокотникам. Все, чего она опасалась, оказалось правдой, только правдой гораздо худшей, чем она могла себе представить. Тим не просто был ее ДНК-парой. Он был ее врагом.

Внезапно до Элли дошло, что в комнате воцарилось молчание и все избегают смотреть ей в глаза. Она чувствовала себя оплеванной и униженной. Интересно, они уже посмеялись за ее спиной? Мол, такая богатая — и такая дура, позволившая себя провести... Она поднялась на ноги, надела солнечные очки и жакет и, поблагодарив Трейси и ее команду, направилась вон из номера. Ула и Андрей последовали за ней.

Пока Андрей вез ее, преодолевая утренние лондонские пробки, в офис, горе уступило место злости. Она не просто понесла личную утрату, у нее также украли будущее, и это жутко ее злило. Она потеряла своего милого Тима, чье место занял незнакомец, который явно что-то затеял против нее.

К тому времени, когда ее автомобиль, кое-как преодолев Лондонский мост, подъехал к их офису, расположенному в знаменитом небоскребе «Осколок», Элли уже диктовала распоряжения Уле, которая яростно печатала их на своем планшете: поменять все замки и коды доступа в ее квартире, сменить номер мобильного телефона и адрес личной электронной почты, удалить все текстовые сообщения от Тима и их совместные фотографии, стереть любые контакты, какие только могли иметь место между ними.

Поднимаясь на лифте на семьдесят второй этаж, Элли размышляла о том, как и когда она вызовет Тима на откровенность. И в конце концов решила, не откладывая дело в долгий ящик, прижать его к стенке этим же вечером. Она вернется домой и с помощью Андрея и его команды добьется от него правды, к каким бы средствам ей ни пришлось для этого прибегнуть.

Увы, элемент неожиданности был вырван из ее рук. Закрыв за собой дверь офиса, она увидела Тима: тот сидел в ее кресле, закинув ноги на рабочий стол.

— Привет, Элли. Кажется, нам пора поговорить, — произнес он, улыбнувшись от уха до уха.

Глава 76

МЭНДИ

Мэнди вся извелась за те мучительные полчаса, пока врач осматривал Ричарда. Ей никак не удавалось унять разыгравшееся воображение. Она убедила себя в том, что ее присутствие, а также присутствие их ребенка, вернули его в сознание. Спустя какое-то время врач наконец позвал ее в палату Ричарда.

— Мне очень жаль, — сочувственно начал он, — но я не вижу существенных признаков мозговой активности.

— Я слышала, что люди выходили из комы, услышав песню или знакомый голос. Может, с ним случилось то же самое?

— Возможно, такое иногда случается, но ваш друг не в коме, — ответил врач. — Пожалуйста, присядьте.

Мэнди опустилась в кресло, а доктор Дженкинс уселся в ногах кровати Ричарда.

— Позвольте мне объяснить. Пациенты в коме не реагируют ни на что. Они неподвижны, не реагируют на звуки, не чувствуют боль. Их мозг просто отключается от травмы, которую они пережили, однако исследования показывают, что они осознают, где находятся. В результате тяжелой черепно-мозговой травмы, полученной мистером Тейлором во время аварии, он впал не просто в кому, а в длительное вегетативное состояние, а это совершенно иная вещь. Он лишен сознания, ничего не чувствует и не осознает вокруг себя. Тем не менее отдельные части его тела могут двигаться, как вы видели, — руки, глаза... Он может зевать и даже изредка произносить какое-нибудь слово, но даже это вне его контроля. Просто естественный рефлекс. Если его состояние продлится дольше — а нам кажется, что так оно и будет, — шансы прийти в себя равны нулю. Мне очень жаль, мисс Гриффитс...

Мэнди вытерла глаза рукавом блузки.

— Там было не только это, — возразила она. — Вы сказали, что он не чувствует присутствия других людей рядом с собой, но я уверена, что он... почувствовал меня. Это случилось, когда я поднесла его руку к моему лицу.

Доктор Дженкинс нахмурился.

— Как я понимаю, вы партнер мистера Тейлора, более того, его ДНК-пара. Я прав?

— Да, но до сегодняшнего дня я ни разу его не видела. — Сказав эти слова, Мэнди смутилась. С другой стороны, ей очень хотелось, чтобы доктор Дженкинс осознал всю уникальность ее ситуации. — Я также ношу его ребенка.

Доктор Дженкинс недоуменно посмотрел на Мэнди. Похоже, он решил, что у нее не всё в порядке с головой, подумала она и поспешила добавить:

— Это долгая история.

— Что ж, я читал о случаях, когда пациенты реагировали на свои ДНК-пары, и допускаю, что ребенок может усилить этот эффект. Исследователи объясняют это тем, что гормоны беременной женщины способны посылать химические сигналы, проникающие в подкорку больного. Однако, на мой взгляд, было бы преувеличением приписывать им некий исцеляющий эффект. Нет, я не стану отрицать явление как таковое, но это скорее непроизвольная химическая реакция, нежели реакция сознания.

— Я не понимаю вас.

— Видите ли, на ваше прикосновение отреагировал не Ричард, а его тело — рецепторы, гормоны, нервы, мускулы. Это они уловили присутствие его ДНК-пары, а не его мозг.

Мэнди устало откинулась на спинку кресла. На какой-то миг она позволила себе поверить в невозможное. В то, что, будучи его ДНК-парой, пробудила мужчину, рядом с которым ей было предначертано судьбой прожить всю жизнь. Увы, оказалось, что это все лишь игра молекул в их телах.

Доктор Дженкинс ушел, она же провела в палате Ричарда еще около часа — молча сидела, сжимая в ладонях его руку, и молилась, чтобы его тело вновь отреагировало на ее близость. Увы, мольбы оказались тщетны. В его теле не дернулся ни единый мускул. Затем, признав свое поражение, Мэнди поцеловала его в лоб и пообещала навестить еще раз.

— Извини, — сказала она своему животу и, выйдя из здания, зашагала к машине. Ребенок, стараясь занять удобное положение, снова лягнул ее ножкой, и Мэнди поморщилась.

А еще она знала: на этом сегодняшние перипетии не кончились. Впереди ее ждут довольно неприятные моменты, через которые, увы, придется пройти. Сначала она соберет свои вещи, затем вызовет Пэт и Хлою на откровенный разговор, после чего навсегда покинет их мир обмана и фальши.

Глава 77

КРИСТОФЕР

Взяв Кристофера под руку, Эми брела с ним по унылому галечному пляжу. Серое небо, завывающий ветер, изморось и надвигающийся прилив не испугали ее; несмотря на непогоду, она предложила ему прогуляться вместе по берегу в направлении Олдборо. Надев толстые свитера и одинаковые голубые дождевики, купленные в городе, они вышли из дома.

Прошли мимо луга, за оградой которого под раскидистым деревом пытались укрыться от дождя три большие черные лошади. Кристофер вспомнил, как подростком он однажды открыл ворота в таком же загончике рядом с дорогой, чтобы посмотреть, что случится, после чего сел в канаве напротив и ждал. Ждал недолго. В считаные минуты лошади выбежали на свободу. Вторая лошадь столкнулась с «Фольксвагеном Жук» и головой пробила стекло со стороны водителя. Погибли оба. С тех пор Кристофер питал к лошадям теплые чувства.

— Может, пойдем куда-нибудь выпьем кофе и согреемся? — предложила Эми.

Кристофер с готовностью кивнул. Он замерз да и вообще терпеть не мог длинные прогулки. Одно дело — выгуливать собаку или иметь конкретную цель. Но просто так брести куда глаза глядят — этого он искренне не понимал. С другой стороны, ему было приятно проводить время с Эми. И раз она обожает прогулки, то он постарается разделить с ней удовольствие.

Они зашагали вдоль берега, мимо ярко раскрашенных домиков, затем вверх по бетонному пандусу, затем по торговой улице, по обеим сторонам которой расположились модные бутики, сувенирные магазины и рыбные ресторанчики, и наконец высмотрели симпатичное кафе.

Молодая женщина с мокрыми волосами и измученным лицом что было сил крутила педали огромного велосипеда, пытаясь спастись от дождя, и на какой-то миг Кристофер представил себе, что будет, если толкнуть ее под колеса автомобиля. Его частенько навещали фантазии такого рода — например, на эскалаторах лондонского метро. Глядя, как мимо проплывает другой ряд движущейся лестницы, он мысленно играл с анонимными женскими лицами в «трахнуть или кокнуть», причем чаще его выбором было «кокнуть». Впрочем, после знакомства с Эми эта игра ему почему-то наскучила.

Войдя в кафе, они сели у радиатора, положили на него для просушки свои плащи и принялись ждать, когда к ним подойдет официантка и примет заказ.

— Знаю, что в душе ты городской мажор, но согласись, ведь и здесь тоже неплохо, — сказала Эми, глядя в окно, за которым дождик уже успел превратиться в ливень и с остервенением стучал по стеклу. — Кроме погоды, конечно.

— Нет, мне нравится, — ответил Кристофер, как ни странно, почти искренне. Собственно, на сам городок ему плевать, но было приятно находиться рядом с ней.

— Иногда бывает полезно выбраться из Лондона и проветрить мозги, — сказала Эми.

Кристофер отлично понимал, что она имела в виду. Правда, когда Эми предложила провести их первые выходные за городом в дачном домике ее родителей у моря, его охватило нечто вроде беспокойства. Чтобы довести счет до тридцати, оставалось убить четырех женщин, и он не хотел, чтобы что-то отвлекало его от поставленной цели. Стоит отвлечься — и это будет чревато ошибками. Он и без того уже рисковал утратить видение цели, завязав с ней отношения. И все же желание провести вместе с Эми длинный уикенд перевесило первоначальное намерение поставить на первое место завершение его миссии.

Кстати, после Номера Двадцать Шесть Кристофер стал уже подумывать, не поставить ли точку. В конце концов, он уже добился своего: навел панику на семимиллионный город и удостоился аршинных газетных заголовков по всему миру. Убийства и безликий безумец, который скрывался за ними, занимали воображение всех и каждого. «Что движет им? — спрашивали они. — Как он выбирает своих жертв? Есть ли какая-то закономерность в том, где они жили? И что означает сделанный по трафарету рисунок?»

Кристофер был единственным, кто знал ответы на все эти вопросы, и порой ему бывало обидно и досадно, что он вынужден хранить молчание. Увы, с этим приходилось мириться ради того, чтобы его убийства стали легендой.

— Могу я задать тебе вопрос, Крис? — спросила Эми, когда официантка поставила перед ними два латте со взбитыми сливками. Ему показалось, что она слегка нервничает.

— Давай, — ответил он, симметрично ставя их чашки. То, что Эми пользовалась короткой формой его имени, больше не напрягало его. — Выкладывай, что у тебя на уме.

— В общем-то, ничего, — ответила она и ласково накрыла его руку ладонью. — Просто я хочу знать... честное слово, мне неприятно поднимать эту тему. Но к чему, по-твоему, мы с тобой идем? Я — та самая, единственная? Ты хочешь связать свою жизнь со мной и делать то, что делают все супружеские пары?

Говоря эти слова, она слегка покраснела. Кристофер невольно улыбнулся. Эми между тем заговорила — вернее, затараторила — дальше:

— Знаю, мы ДНК-пара. Но достаточно ли тебе этого? Потому что, даже если да, ты ни разу мне об этом не говорил. Я знаю, ты не такой, как другие парни, с которыми у меня были отношения. Пусть так, но порой мне сложно понять, что ты за человек.

Кристофер нахмурился.

— Что ты имеешь в виду, говоря «не такой»?

— Согласись, ты ведь не привык раскрывать свои карты, не так ли? Есть нечто такое, чем ты не хочешь со мной делиться, и в свое время, с другими бойфрендами, это было бы для меня поводом порвать отношения. В конце концов, я офицер полиции. Моя работа — подозревать всех и вся, даже самых близких людей. Но с тобой... всё не так. Даже если ты что-то недоговариваешь, это не важно. — Эми умолкла, и Кристофер с надеждой подумал, что она права. Его секрет — он и впрямь не важен. — Вряд ли это нечто изменило бы мое мнение о тебе. Это трудно объяснить, но вместо того, чтобы вселять в меня сомнения, это имеет прямо противоположный эффект, заставляя верить тебе еще больше. Я понимаю, у тебя есть свои секреты, но они не мешают мне.

Внезапно Кристофером овладел искус слой за слоем снять с себя защитный панцирь, который он создавал все эти годы, и рассказать ей, кто он такой и чем занимается. Пусть она знает, что, хотя в прошлом люди любили его, до сегодняшнего дня он не умел принимать их любовь. Что до того, как она появилась в его жизни, он просто делал то, что положено делать такому, как он, но теперь темная сторона его «я», которая была его неотъемлемой частью, постепенно слабела и тускнела. И что впервые в жизни ему хотелось быть с другим человеком кристально честным, даже ранимым.

Кристофер закрыл глаза и открыл рот, чтобы признаться во всем. Но инстинкт самосохранения оказался сильнее. Он тотчас напомнил себе, что если сейчас пожертвует своей миссией, то до конца своих дней никогда себя не простит. Некая часть его «я» будет всегда недовольна тем, что Эми встала между ним и его заветной целью. Постепенно это раздражение из зернышка вырастет в высокое дерево, которое в конечном итоге закроет собой исходящий от нее свет. Ему же было страшно представить, что он сделает с ней, если это раздражение возьмет над ним верх.

— Мне хочется того же, что и тебе, — сказал Кристофер и не покривил душой.

Сказав это, он поспешил уставиться в стол, не смея посмотреть ей в глаза; вдруг она видит его насквозь и тотчас поймет, что перед ней тот, у кого нет души?

Глава 78

ДЖЕЙД

Джейд оставалось два дня до следующего этапа ее австралийских приключений, когда она поймала себя на том, что больше не стремится уехать от семьи Кевина.

Поцелуй Марка изменил все. Поначалу верность и элементарное чувство приличия вынуждали их держаться на расстоянии. Но, уступив тогда в бассейне своим эмоциям, теперь они пытались наверстать упущенное, проводя вместе все мгновения, когда им казалось, что их никто не видит. Они вместе ездили в город пополнять припасы, и всю дорогу ее ладонь лежала на его руке, сжимавшей рычаг коробки передач. Они соприкасались локтями за обеденным столом, она помогала ему перед дойкой загнать коров в стойло. Каждая минута, проведенная с ним рядом, заставляла сердце Джейд биться так быстро, что порой ей казалось: оно вот-вот выскочит из груди.

Марк стал для нее чем-то вроде наркотика, слезать с которого она отказывалась. И чем больше ей хотелось его, тем сильнее разгорался ее аппетит.

Собирая чемодан и готовясь к предстоящему путешествию по Австралии, Джейд поймала себя на том, что потребность быть с ним грозит раздавить ее. При одной только мысли, что ближайшие пять недель она его не увидит, Джейд начинала задыхаться. Так, может, махнуть рукой на путешествие и остаться на ферме?

Затем, в последнюю ночь, Джейд решила, что поцелуев, вздохов и редких обжиманий им недостаточно. Сняв с пальца серебряное обручальное кольцо, она положила его на прикроватную тумбочку и, бесшумно выскользнув из гостевого домика и закрыв за собой дверь, зашлепала босыми ногами в спальню Марка в основном доме. Взявшись липкой от пота рукой за ручку двери, произнесла короткую молитву, чтобы он не оттолкнул ее. Впрочем, дверь уже была полуоткрытой. Распахнув ее настежь, Джейд застала Марка лежащим на кровати, но бодрствующим, словно он ожидал ее прихода.

Увидев ее, Марк тотчас откинул простыню, предлагая ей лечь рядом.

* * *

— Поехали вместе со мной завтра, — прошептала Джейд, когда они наконец насытились друг другом. По ее телу разливалась приятная усталость, а вот отдышаться не получалось.

— Ты же знаешь, что я не могу. Все не так просто.

— И ты мне будешь это объяснять? Ведь это я вышла замуж за твоего брата.

— А я тот, кто трахнул его жену.

— Что ты сказал? — спросила Джейд и резко отодвинулась от него. — То есть я для тебя обыкновенная шлюха?

— Извини, я не хотел тебя обидеть.

— Но ведь именно так ты и сказал. Послушать тебя, я готова прыгнуть в постель к первому встречному...

— Знаю, знаю, я сказал, не подумав. — Марк взял ее за руку.

— Мы ведь с тобой знаем, что есть нечто такое, что сильнее нас.

Марк кивнул.

— Тогда поедем со мной. Не обязательно завтра. Можно через неделю и даже через две. Скажи родителям, что тебе нужно проветриться. Нам нужно побыть вместе, чтобы решить, что нам делать дальше. Дай нам шанс.

— Я нужен здесь.

— А мне нужен ты.

— Я не могу так поступить с моими родными и с памятью Кевина. Как я скажу людям, которые всего две недели назад приходили на его похороны, что люблю собственную невестку?

Услышав из его уст слово «люблю», Джейд покраснела. Все ее тело будто горело в огне.

— Но если я чувствую то же самое, что в этом дурного? — спросила она.

Марк пристыженно покачал головой и откинулся навзничь, глядя в потолок, словно ждал, что некая небесная сила подскажет ему, как поступить. Внезапно Джейд ощутила свою наготу, и ей тотчас стало неловко. Отвергнутая и обиженная, она надела футболку и трусы и открыла дверь, чтобы вернуться к себе. Бросила через плечо:

— Я заслуживаю большего, Марк. И если ты в ближайшее время это не поймешь, то, боюсь, дальше будет уже поздно.

Джейд резко повернулась к двери — и в этот момент, к своему ужасу, увидела, что на них из коридора смотрит его мать. На лице Сьюзан одновременно читались ярость и разочарование.

Глава 79

НИК

У Ника пропал аппетит. Всякий раз, когда он пытался хотя бы чем-то наполнить пустой, урчащий желудок, тот, казалось, был готов исторгнуть съеденное назад.

Пришлось сесть на диету из сигарет, жевательной резинки и газировки.

Его первой реакцией на то, что он станет отцом, было бежать, закрыв глаза. Он поселится в той же гостинице в центре Бирмингема, в которой жил, когда они с Салли только-только расстались. В отличие от квартиры Алекса, где повсюду разбросаны его вещи, эта безликая комната позволит ему непредвзято поразмыслить о ситуации.

Последовали долгие часы одиночества, в течение которых Ник стоял у окна девятого этажа, глядя на раскинувшийся под ним город. Он даже обнаружил, что, если убрать из оконной рамы четыре шурупа, можно вывести из строя предохранитель, не позволяющий открыть окно полностью. Первые два уже лежали у него на ладони, когда ему в голову пришла одна идея. Ник тотчас же отогнал ее, хотя и продолжил при помощи чайной ложки вывинчивать остальные два. Это решит сразу все его проблемы, рассудил он.

В этот вечер Ник решил не отвечать на сообщения Алекса. Не знал, как скажет ему, что вместо поездки в Лондон за новым паспортом он провел время в обществе своей бывшей подружки, пытаясь свыкнуться с тем, что к концу года у него будет ребенок. По мере того как тон сообщений, на которые он упорно не отвечал, становился все более тревожным, а звонки и послания на голосовую почту — все более частыми, Ник счел нужным вообще отключить телефон.

В окно залетал свежий вечерок, обдувая ему лицо, но он этого даже не заметил. Вместо этого вспоминал, как всегда мечтал о ребенке, а вот Салли была совсем в этом не уверена. Тогда они пришли к компромиссу, что, поженившись, подождут пару лет, после чего позволят природе сделать свое дело. Но их вылазка в Брюгге положила конец планам, и вот теперь они были вынуждены отвечать за последствия.

— Тебе решать, быть нашему ребенку или нет, — подчеркнула Салли, и он ей поверил. — Я всего лишь знакомлю тебя с фактами. Хочешь — станешь отцом, не хочешь — не станешь. Я же знаю одно: в одиночку мне не справиться. Это не угроза и не ультиматум.

Нику с трудом в это верилось.

Как истинный прагматик, мысленно перебрав все возможные способы того, как он мог принимать участие в судьбе ребенка и одновременно оставаться с Алексом, Ник пришел к выводу, что может эмигрировать в Новую Зеландию, а поскольку авиабилеты с каждым годом дешевеют, то хотя бы раз в год возвращался бы в Англию или даже дважды, если не сорить деньгами. Остальное время он мог бы наблюдать, как растет его ребенок, по «Скайпу» или «Фейстайму». Это, конечно, не идеальный вариант, но ведь точно в такой же ситуации находятся разбросанные по всему миру военные, которые месяцами не видят своих детей. Так что нет никаких причин, почему Салли не справится. Разумеется, Ник исходил из того, что она не сочтет это за «ты все взвалил на меня». Ей было страшно растить ребенка одной, ему же хотелось быть с Алексом. Он боялся даже представить, какой альтернативный вариант может предложить ему Салли.

Просить Алекса остаться в Лондоне — это однозначно исключалось. Тот должен вернуться к больному отцу. Старик слабел с каждым днем, и Ник знал: Алекс ждет не дождется возможности вернуться домой, чтобы провести с ним его последние дни. Знал он и другое: окажись сам в подобной ситуации, тоже поставил бы на первое место своих родных.

Были и другие пути выхода из этого тупика, но все они сводились к одному: Ник станет временным участником в судьбе своего ребенка, за что всегда будет корить себя. Если ему суждено быть отцом, он должен быть отцом настоящим.

Увы, в его голове шевельнулась тревожная мысль, которая не на шутку его напугала. А не зол ли он на ребенка за то, что тот стал между ним и его ДНК-парой? Что, если всякий раз, когда он будет смотреть ему в глаза, те будут отражать пустоту его собственных? Ника передернуло.

Мысль о том, что он какое-то время не будет видеть Алекса, отдалась в его теле тупой болью. Не смеяться вместе с ним, не видеть его широкой улыбки, когда он входит в комнату, не чувствовать, как мерно поднимается и опадает его грудь, когда он спит, — от этой мысли его трясло и мутило. И если он чувствует себя инвалидом, пока они с Алексом в одном городе, то что будет с ним, когда тот улетит на другой край света? Ник знал, знал, знал, был уверен до мозга костей, что не вынесет этого. Стремление найти решение, которое устраивало бы всех, было сродни попыткам отогнать прилив назад в океан шваброй.

Сглотнув комок в горле, Ник со злостью посмотрел на оставшиеся два шурупа и закрыл глаза. Он принял решение и не отступится от него.

Глава 80

ЭЛЛИ

— Привет, Элли. Похоже, нам пора поговорить, не так ли, — произнес Тим, улыбаясь от уха до уха. Голос приветливый и беззаботный, чего нельзя сказать об ухмылке. Откинувшись на спинку кресла за столом со стеклянной столешницей, он покрутил в стакане кубики льда и сделал глоток. На серванте стоял графин с дорогим виски — нарочно выставленный на обозрение Элли.

Увы, это был не тот Тим, в которого она была по уши влюблена. Это был Мэттью, темная лошадка, чужак, которого, еще не будучи с ним знакома, она уже ненавидела. Элли нащупала в кармане жакета тревожную кнопку для вызова Андрея.

— Я в курсе твоей кнопки. Можешь нажать и пригласить сюда твоего громилу. Я не стану тебе препятствовать.

Элли повернулась, чтобы уйти и поднять тревогу, но Мэттью произнес ей в спину:

— Но если сделаешь это, ты никогда не узнаешь, почему я ввязался в этот любовный геморрой.

Элли резко остановилась, но поворачиваться к нему не стала.

— Готов спорить: как ученый, посвятивший свою жизнь решению проблемы, ты умираешь от нетерпения услышать ответ.

Элли вернулась к серванту и налила себе джина с тоником. Затем поправила юбку, села на один из двух диванов, скрестила ноги и подождала, пока Тим сядет на диван напротив. Ее первоначальный шок, когда она неожиданно для себя застала его в своем кабинете, сменился стальной решимостью. Если он хотел поговорить, он должен сам прийти к ней. Она не пришла бы первой ни к одному мужчине.

— Как прошла твоя встреча в отеле «Сохо»? — спросил он, устроившись на втором диване. То, что Мэттью был в курсе ее встречи с детективами, стало для нее полной неожиданностью. Тем не менее она не подала виду. – У тебя паршивый пароль твоего аккаунта в «Облаке». Я всегда знаю, где ты на самом деле. Даже тогда, когда ты говоришь, что на работе.

– Ну а тебе не следовало оставлять свой аккаунт открытым на моем планшете.

– Ты думаешь, это была случайность? Случайностей не бывает, Элли. Лишь тщательно продуманные планы.

– Нельзя ли ближе к делу, Мэттью? – спокойно спросила Элли.

– Ага, вот ты и назвала меня так... Знаешь, Элли, мне это даже нравится. Кстати, знаешь, почему я выбрал имя Тимоти? Оно библейское и означает «чествующий Бога». Ведь ты возомнила себя богом, не так ли? Или, по крайней мере, кем-то вроде бога, перед кем все должны преклоняться.

Элли выгнула брови. Мэттью на минуту умолк, ожидая, что она скажет, но затем продолжил:

– Ты открыла свой маленький ген и теперь указываешь людям, с кем они должны провести остаток своих дней... Лично мне в этом видится мания величия.

– Это обвинение мне не в новинку, – Элли сокрушенно вздохнула. – Давай не будем напрасно тратить время. Что тебе от меня нужно? А тебе наверняка что-то нужно, и первое, что приходит в голову, – это деньги. Ты наверняка ожидаешь, что я предложу тебе плату за молчание: мол, в противном случае ты продашь эту историю газетам.

Мэттью сделал очередной глоток.

– А вот и нет. Я не настолько продажен. Попытайся угадать еще раз.

– Я понятия не имею, кто ты такой.

— Неправда. Так что позволь мне высказаться. Я тот, моя дорогая невеста, кто вот-вот изменит твою жизнь таким образом, какой ты даже представить не могла. — С этими словами он вновь расплылся в ухмылке и поднял стакан, как будто предлагал ей чокнуться с ним.

— И как ты это сделаешь, если не секрет?

— Не торопись. Всему свое время. Но сначала скажу вот что: жаль, что меня не было рядом, когда ты узнала на снимке мою мать. Хотел бы я увидеть в этот миг твое лицо.

— Вообще-то я не слишком хорошо ее помню, — солгала Элли. — Она была всего лишь лаборанткой. Серая невзрачная мышка, если честно.

— Она была в числе первых, кто прошел этот тест, не так ли? Мне казалось, ты должна была запомнить ее лучше, тем более что она даже не догадывалась, что прошла его.

Элли в упор посмотрела на него. Она прекрасно поняла его намек.

— Вот видишь, ты даже не спешишь меня поправить, — продолжил Мэттью.

— Да, я... позаимствовала ДНК у некоторых людей, потому что на тот момент мне требовалось создать базу данных, — призналась она.

— У некоторых? Один твой бывший коллега сказал мне, что тебя называли Оскаром Ворчуном[1], потому что ты только и делала, что рылась в мусорках в поисках использованных пластиковых стаканчиков и вилок. Как я понимаю, ты выуживала их, уносила к себе, брала с них образцы ДНК и без разрешения людей пополняла ими свою коллекцию.

---

[1] Персонаж телепередачи «Улица Сезам», обожающий мусор и безделушки и живущий в мусорном баке.

Внутри Элли все кипело. Она привыкла считать, что те, кто входил в ее внутренний круг, будут молчать про те ранние дни.

— И?.. — спросила она. — Это преступление века?

— Это не только незаконно, но и неэтично.

— Ты собрался прочитать мне лекцию по этике? — Элли рассмеялась. — Да ладно, Мэттью; как говорится, чья бы корова мычала...

— Хорошо. Давай тогда обсудим, как позднее, когда у тебя появились деньги, ты наняла команду для подкупа государственных служащих, чтобы те дали тебе доступ к национальной базе данных ДНК. Или как она платила персоналу в клиниках и моргах, чтобы те предоставляли им образцы биоматериалов.

— Я не несу ответственности за действия третьей стороны.

— Для большего размаха твоих исследований ты получала ДНК умерших, умирающих, больных и преступников. Это обеспечивало тебе дополнительное финансирование и рост твоего бизнеса. В твоих файлах я нашел информацию об известных педофилах, насильниках, убийцах, некоторым из которых ты нашла пары. Когда же я копнул чуть глубже, выяснилось, что у тебя в базе данных имелись образцы ДНК умственно отсталых людей и даже мертвых детей. Мертвых детей, Элли! Скажи, какое ты найдешь этому оправдание?

— Покажи мне крупную мировую компанию, которая на пути к успеху хотя бы раз не переходила черту нравственности. — Элли отвернулась, отказываясь устыдиться того, что она предпочитала не замечать. — Цель оправдывает средства. Мое открытие изменило мир. Что в этом дурного?

— Ты помнишь результаты теста моей матери на совпадение ДНК?

— Разумеется, нет. Это было давным-давно. Смею предположить, что тогда мы не нашли ее ДНК-пару.

— А как насчет моего отца?

— Твоего отца? Ты ведь еще два часа назад не знал о его существовании.

— Мой отец тоже был в числе твоих первых подопытных кроликов. Он работал на правительство, когда ты украла его биоматериал. Затем, когда ты сделала свой тест доступным для широкой публики, ему позвонила женщина, которая оказалась его ДНК-парой. И это тогда, когда мои родители уже подумывали о том, как выйдут на пенсию. И что же? Отец собрал вещи и переехал в Шотландию к совершенно незнакомой женщине.

— Мэттью, я не несу ответственности за...

— Я не намерен выслушивать твои оправдания и твою обычную чушь про то, что ты, мол, не виновата в том, что рушишь человеческие жизни. Я здесь для того, чтобы сказать тебе, как я сейчас разрушу твою. Ты не против, если я налью себе еще немножко?

Глава 81

МЭНДИ

Мэнди облегченно вздохнула, когда, вернувшись из клиники, где она навещала Ричарда, не застала дома Пэт. Ей требовалось побыть одной, чтобы продумать план, а уж потом вызывать Пэт и Хлою на откровенный разговор о том, почему они лгали ей про смерть Ричарда. Но сначала ей нужно было уйти из их дома. Мэнди прошла наверх в свою спальню — спальню Ричарда. Войдя, вновь едва не разрыдалась. Ей было боязно, как этот бурный день скажется на ее ребенке.

День, который начинался как самый обычный, день, которого она ждала, оказался полон непредвиденных событий, на фоне которых бледнели даже сюжеты романов Джеймса Паттерсона. Она устала и не могла дождаться момента, когда наконец окажется под крышей родного дома, в привычной обстановке. Как только она вернется туда, запрет обе двери, погрузится в теплую пенную ванну и постарается переварить все, что она сегодня узнала. А потом, спустя пару дней, когда пыль осядет, съездит к матери и сестрам и попытается помириться с ними. Прошло уже больше полугода с тех пор, как Мэнди виделась с ними последний раз, и сейчас ей, как никогда, были нужны рядом близкие люди.

Торопливо собрав свои вещи, она сложила их в два чемодана. Детскую одежду трогать не стала, оставив там, где ее повесила Пэт, рядом с пакетами подгузников, игрушками, ну и, конечно, коляской. Все это она сможет купить сама.

Услышав, как внизу открылась дверь, Мэнди на миг испуганно застыла на месте, а потом торопливо захлопнула чемоданы и застегнула на них молнии.

— Привет, Мэнди! Ты наверху? — крикнула Хлоя. — Мы купили жареной рыбы с картошкой. Мама сегодня не в настроении готовить... — Увидев на верхней площадке лестницы Мэнди, да еще с двумя чемоданами, Хлоя осеклась. — С тобой всё в норме?

— Хочу съездить на пару деньков домой. Хочется немного побыть одной.

Пэт и Хлоя недоуменно переглянулись.

— Что-то случилось? Это из-за ребенка? С ним всё в порядке? — спросила Хлоя.

— Да, с ним всё в порядке.

— Тогда почему ты уезжаешь? Мне казалось, тебе хорошо у нас.

Мэнди молча посмотрела на двух женщин внизу и впервые поняла, что совершенно их не знает. Они лгали ей с самого первого дня, и теперь она была зла на них за каждую их ложь, за каждое их фальшивое обещание.

— Я знаю про Ричарда, — медленно, но твердо сказала Мэнди.

— Что ты знаешь? — спросила Пэт.

— Сегодня я встречалась с его бывшей подружкой, Мишель Николс. Она рассказала мне о нем массу интересного. Например, что он был жуткий бабник и не хотел иметь детей. Но ведь это даже не половина правды, не так ли?

— Не знаю, что она там тебе наговорила, но все это ложь, — тотчас парировала Пэт. — Эта вертихвостка Мишель просто обижена на него, потому что Ричард ее бросил.

— И вы не просили ее родить ребенка Ричарда и не угрожали ей, когда она отказалась? — Мэнди в упор посмотрела на Пэт.

— Нет, конечно, моя дорогая. Перед смертью Ричард сказал мне, что никогда не любил ее!

— Перед смертью? Пэт, не надо врать. Я знаю правду. Я сегодня провела вторую половину дня у него в клинике!

Пэт растерянно прикрыла ладонью рот. Хлоя отвернулась.

— Почему вы мне лгали? — продолжала гнуть свою линию Мэнди. — Почему вы сказали мне, что он мертв?

— Мы не хотели, — дрожащим голосом прервала ее Хлоя. — Когда ты пришла на его поминальную службу, мы решили, ты знаешь, что он жив. Лишь когда ты переехала к нам, мы поняли, что ты считаешь его мертвым, и... — Хлоя посмотрела на мать. — Мама подумала, что не стоит расстраивать тебя еще больше. Я хотела сказать тебе правду, но потом все зашло слишком далеко, — сказав это, она вновь вопросительно посмотрела на Пэт.

— Ты ведь даже показала мне место, где вы якобы развеяли его прах, Пэт. Какая мать поступила бы так? Когда ее сын еще жив?

Похоже, это стало сюрпризом даже для Хлои.

— Мама? — тихо спросила она, но Пэт пропустила это мимо ушей.

— По большому счету он мертв, — сказала она. — Я потеряла своего мальчика, и я хотела вернуть его назад. А ты... ты хотела ребенка. Прости мне мою ложь, но я делала это ради всех нас, так ведь?

— То есть план был заменить Ричарда моим ребенком?

— Нет, Ричарда никем не заменить! — огрызнулась Пэт.

— Тогда что? Ведь, судя по тому, что сказала мне сиделка, вы никогда не навещаете его. Да, вы оплачиваете его пребывание там, но, с тех пор как встретили меня, вы ни разу не навестили его.

— Это слишком тяжело, — заявила Хлоя. — Видеть, как человек, который был полон жизни, превратился в тень себя былого... Это невыносимо!

— О, бедняжка!.. А как насчет твоего брата? Он ведь там совсем один! Ты ведь даже запретила друзьям навещать его.

— Не смей судить нас! — воскликнула Пэт, делая шаг ей навстречу. — Тебе повезло, что ты видела его только таким, как сейчас, — тело в постели, которому требуется вентилятор, чтобы дышать, катетер в горле, чтобы проталкивать в него пищу, и второй — чтобы выводить мочу. Ты понятия не имеешь, как тебе повезло, что ты не знала его раньше и тебе не с чем сравнить. Это больше не мой сын. Это тело — не он. И поэтому не говори мне, что я должна делать, а чего не должна, потому что ты ничего не знаешь!

— Мама, Мэнди, успокойтесь, — вмешалась Хлоя, но обе ее проигнорировали.

— Тогда кто я для вас? Матка на ножках, чтобы выносить его ребенка?

— Неправда. Будь это так, мы нашли бы суррогатную мать.

— Но ведь то же самое вы хотели от Мишель! Ведь сначала вы обратились к ней?

— Тогда мы плохо соображали, — объяснила Хлоя. — Мы были убиты горем, все еще не отошли от шока. А теперь нам все понятно, правда, мама? Поэтому мы отправили мазок Ричарда на анализ, чтобы найти его ДНК-пару, которая родила бы его ребенка. Этой парой оказалась ты.

— Что? — Мэнди выпустила из рук чемодан, и тот со стуком упал на пол. — Вы сдали за него тест?

Хлоя ответила не сразу.

— Ты сгущаешь краски, — сказала она, опустив голову. — Мама лишь поступила так, как ей казалось правильно. Прошу тебя, Мэнди, поставь свои чемоданы и спускайся вниз. И давай поговорим. Ты — часть нашей семьи, как и твой ребенок.

Мэнди покачала головой и рассмеялась:

— Ошибаешься. Я — не часть вашей семьи, и даже не надейтесь, что мой ребенок ею станет. Вы лгали мне с самого начала. Как я могу поверить вам теперь? Я должна вернуться домой, к своей прежней жизни, в которой не будет вас.

С этими словами она схватила оба своих чемодана, подтащила их к себе и начала спускаться по лестнице.

— Даже не думай! — выкрикнула Пэт и бегом преодолела последние разделявшие их ступеньки. — Ты не можешь забрать с собой моего внука.

Говоря это, она дернула Мэнди за руку. Та потеряла равновесие и покачнулась вперед. И хотя прежде, чем ноги под ней подогнулись, успела ухватиться за парапет, грузное тело помешало ей вовремя остановить падение, и она налетела лбом на балясины. По лицу тотчас потек теплый ручеек крови. Опершись одной рукой о парапет, другой Мэнди потрогала рану. Та оказалась глубокой. От страха ей сделалось дурно.

— Я сейчас вызову «Скорую»! — крикнула Хлоя и побежала вниз за телефоном.

— Стой смирно, глупая девчонка, — сказала Пэт и, вытащив из рукава бумажный носовой платок, приложила его ко лбу Мэнди. — И как только ты могла так рисковать моим внуком?

— Это все из-за вас и вашей лжи! — ответила Мэнди сквозь слезы.

— Мы могли бы быть счастливы вчетвером. Честное слово, ты для меня как вторая дочь. Но ты не должна совать нос в дела, которые тебя не касаются. Нравится тебе это или нет, но я буду участвовать в жизни твоего ребенка. Никто — ни ты, ни один суд в этой стране — не отнимет у меня моего внука.

Испуганная и растерянная, Мэнди хотела одного: поскорее оказаться как можно дальше от Пэт. Оттолкнув от себя ее руку, она вновь потянулась за чемоданами. Но стоило ей сделать лишь один шаг, как ноги под ней подкосились, и она полетела вниз, разбив при этом о балясины и без того уже раненную голову. Рухнув, скатилась по ступенькам и бесформенной грудой — ничком, без чувств — осталась лежать на полу.

Глава 82

КРИСТОФЕР

В ноздри Кристоферу ударили ароматные молекулы каштановых волос Номера Двадцать Девять и, растворившись в слизистой, послали сигнал в мозг. Но что-то во фруктовых ингредиентах ее дешевого шампуня оттолкнуло его, и насколько он помнил, это был первый случай, когда запах произвел на него столь негативный эффект.

Ему хотелось покончить с этим делом как можно быстрее, однако кожа на ее шее оказалось тонкой; он же затянул проволоку слишком туго, отчего та сильно врезалась ей в кожу. Тогда Кристофер немного отпустил удавку, испугавшись, как бы та не повредила ей сонную артерию: тогда все вокруг будет забрызгано фонтаном крови. Чтобы убрать каждую микроскопическую каплю, потребуется уйма времени; Кристофер же был не в том настроении.

Увы, слегка ослабив удавку, он был вынужден ждать мучительных восемь минут — он засек время, — пока женщина окончательно не потеряет сознание и не упадет на пол. Ей следует воздать должное, она оказала ему достойное сопротивление — лягалась, царапалась, пыталась укусить. Но Кристофер слишком хорошо помнил, как Номер Девять укусила его за большой палец, и не терял бдительности. В конечном итоге опыт и элемент неожиданности, которые были на его стороне, сделали свое дело. Дуэль завершилась его победой.

Кристофер опустился вслед за обмякшим телом на пол и снова обмотал проволоку вокруг шеи — туго, но не слишком, чтобы только окончательно перекрыть доступ кислорода к мозгу. В течение пары секунд, увидев свое отражение в стеклянных дверях, он наблюдал, как охотник окончательно добивает свою добычу, слившись с ней словно в некоем жутковатом танго, но затем отвернулся. Он не узнал себя прежнего.

Из горла Номера Двадцать Девять вырвался предсмертный писк, такой же противный, как и запах ее волос. Кристофер проигнорировал слизь, капавшую из ее носа, равно как и пену, выступившую в уголках рта.

Как только жизнь покинула ее, он ослабил хватку и устало лег с ней рядом, глядя в потолок. В голове его роились образы другой женщины из его списка. Номер Двадцать Семь не выходила у него из головы и вообще стала для него поворотным моментом. Благодаря ей и Эми психопат постепенно развивал в себе эмпатию и совесть.

Номер Двадцать Семь была мертва уже почти целых три дня, когда Кристофер вернулся к ней на кухню, чтобы оставить на ее груди поляроидный снимок Номера Двадцать Восемь. Это был единственный случай в его жизни, когда он пришел в шок и одновременно был загипнотизирован увиденным.

Между распухшими, в зеленоватых пятнах, ногами лежал крошечный, безжизненный зародыш размером с яблоко. Несколько мгновений Кристофер смотрел на него как зачарованный, не смея верить собственным глазам. Неужели стресс и нервное истощение, его постоянные спутники в последнее время, довели его до галлюцинаций? Но всякий раз, когда он закрывал глаза и открывал их снова, зародыш никуда не исчезал.

Номер Двадцать Семь звали Доминика Боско, и он никогда не забудет ее имени, потому что она и ее ребенок — единственные, кого он мог назвать жертвами. Кристофер счел своим долгом завернуть зародыша в кухонное полотенце и аккуратно положил его в согнутую руку матери.

Он представил свои чувства, случись ему увидеть, что перед ним лежит Эми и их ребенок, оба холодные и безжизненные, навсегда потерянные для него по злобной прихоти кого-то другого. Впервые за всю его взрослую жизнь Кристофер ощутил в уголках глаз слезы. Он не успел вовремя остановить их, и первые две слезы упали на мать и дитя.

Лишь вернувшись домой и порыскав по интернету, он узнал, что в редких случаях ребенок в чреве мертвой матери способен после ее смерти появиться на свет. Скопление газов в брюшной полости Доминики стало причиной тому, что, разлагаясь, ее тело вытолкнуло из себя ребенка.

Всю остальную часть дня Кристофер провел, тщательно изучая каждую крупицу информации о ней — прошерстил электронную почту, сообщения, странички в социальных сетях. В четырех разных электронных письмах друзьям в Сирии она писала, что беременна. Кристофер сверил даты. Все они были отосланы в те выходные, которые он провел вместе с Эми в Олдборо.

Отношения с Эми начинали сказываться на нем. Он постепенно терял бдительность и проводил больше времени с ней, нежели изучая жизнь своих объектов. Знай он, что Доминика беременна, исключил бы ее из своего списка.

Впрочем, еще всего одно убийство, и его миссия будет завершена. Иное дело, доставит ли ему это удовольствие? Спорный вопрос.

Глава 83

ДЖЕЙД

Никогда еще Джейд не чувствовала себя такой бессердечной, нежели когда стояла полуголой перед своей свекровью, все еще разгоряченная пылкими любовными объятиями ее сына — правда, не того, за которого она вышла замуж.

Падавший из спальни свет освещал возмущенное лицо Сьюзан, а тени только подчеркивали ее гнев. Она с гадливостью поочередно посмотрела то на одного, то на другую, а затем, ничего не сказав, развернулась и зашагала к гостиной.

Марк поднялся, чтобы взять с пола трусы, которые Джейд стащила с него и бросила через всю комнату. Надев их, схватил футболку и, оттолкнув Джейд, увязался следом за матерью.

— Мама, — услышала Джейд его голос и потянулась за махровым халатом, висевшим на крючке на задней стороне двери. Завернувшись в него, на непослушных ногах тоже поплелась в гостиную. Раз уж так вышло, то им лучше быть вместе.

— Как вы только могли, вы оба? — в слезах воскликнула Сьюзан. — Марк, Кевин твой брат и твой муж, Джейд. Как вы могли так поступить по отношению к нему? Мы только что похоронили его!

— Извини, — произнес Марк. — Мы не думали, что ты нас застукаешь.

— Конечно, не думали! И дураку понятно, что вы собирались делать свои грязные делишки втихаря за нашими спинами!

— Неправда!

— А ты... — Сьюзан ткнула пальцем в Джейд. — Мы приняли тебя у себя и относились к тебе как к родной дочери! И чем же ты отплатила нам? Тем, что все это время спала со своим деверем?

— Неправда, не все время, — попыталась оправдаться Джейд. — Это был первый раз.

— И ты ждешь, что я тебе поверю?

— Да, потому что это правда.

— Вы двое понятия не имеете, что такое правда. Марк, я думала, что воспитала тебя порядочным человеком.

— Да, воспитала... — начал было тот.

— Выходит, что нет. Вы оба мне отвратительны!

— Между мной и Кевином не было никакой физической близости! — твердо заявила Джейд, в надежде разрядить обстановку. — Мы не испытывали никакого физического притяжения... Я не знаю почему.

Сьюзан нахмурила брови и смерила ее сердитым взглядом.

— Неправда, было. Не могло не быть, ведь он — твоя ДНК-пара. Я видела, какими глазами он смотрел на тебя. Он тебя любил.

— И я любила его, но как друга. Знаю, мы были ДНК-парой, но между нами не было никакой романтики. По крайней мере, с моей стороны. Думаю, такое иногда бывает...

— Ты хочешь сказать, что, как только узнала, что он болен, ты тотчас утратила к нему интерес?

— Неправда, честное слово, Сьюзан. Будь он мне безразличен, осталась бы я здесь?

— Он был без ума от тебя, Джейд. Я видела это в его глазах. Если ты — его ДНК-пара, почему же не чувствовала то же самое? Ты должна была это чувствовать!

— Я не знаю. Поверьте мне! Я пыталась полюбить его... я... я хотела полюбить его так же, как и он меня... но не смогла.

— Сомневаюсь, что ты даже пыталась...

— Она говорит правду, мам, — перебил ее Марк. — Джейд не могла влюбиться в Кевина, потому что она — не его ДНК-пара.

Обе женщины вопросительно посмотрели на Марка. Тот заговорил не сразу.

— Я знаю, что Кевин не был ее парой, — произнес он, сглотнув комок. — Потому что она... моя ДНК-пара.

Глава 84

АЛЕКС

Придя в пустой номер Ника, Алекс нашел адресованную ему записку.

Отправив десятки текстовых сообщений и сообщений на голосовую почту и так и не получив от Ника никакого ответа, он на следующее утро отменил всех своих клиентов, взял такси и поехал к нему в отель.

Зная, что тот собирался вернуться из Лондона утренним поездом, решил дождаться его в фойе. Однако даже спустя несколько часов Ник так и не вернулся. Не зная, что и думать, Алекс уговорил портье дать ему ключ от номера.

Прикладывая к замку электронный ключ, он заранее затаил дыхание, с ужасом представляя, что его ждет внутри. Но нет, внутри все было чисто и убрано. Зато мусорка была до краев набита сигаретными пачками, бутылками из мини-бара и целой грудой смятых в комки бумажек.

Стоявший рядом с открытым окном охранник был явно озадачен. Хотя врывавшийся ветер, словно паруса, раздувал занавески, даже он был бессилен разогнать застарелый запах сигаретного дыма.

— За это штраф, — пробормотал он на ломаном английском.

Алекс обвел глазами комнату: на подушке аккуратно застеленной постели белел конверт. Узнав свое имя и почерк Ника, он вздрогнул, как будто холодный ветер пробрал его до самых костей. Затем, затаив дыхание, метнулся к окну и посмотрел на бетонную крышу дома девятью этажам ниже.

Глава 85

ЭЛЛИ

Мэттью подошел к бару и, взяв графин с виски, вернулся на диван. Пока он наливал себе очередную порцию, Элли поймала себя на том, что его угрозы и обвинения все больше и больше задевают ее за живое. И еще они оба знали: Мэттью видел ее насквозь, даже сквозь маску ее непробиваемого спокойствия. Сев напротив, он театрально вздохнул.

— После того как мой отец оставил мою мать — спасибо твоему тесту, — буквально в считаные месяцы ее заставили продать наш дом. Все, что она потом смогла позволить себе, это задрипанная квартирка вдали от друзей и ее прежнего дома. Она осталась одна, никому не нужная и оплеванная. Неудивительно, что начала искать забвения в алкоголе. Это стоило ей работы. Ты хотя бы представляешь себе, каково сыну менять грязные трусы родной матери, — потому что она, напиваясь, ходила под себя? Или забирать ее из полицейского участка, когда она закатывала пьяный скандал в супермаркете?

Элли хотела было покачать головой, но не стала. Не хотела доставлять ему такого удовольствия.

— Разумеется, не знаешь. Откуда тебе это знать! — продолжил Мэттью. — Затем, когда она окончательно спилась, ей нашлась ДНК-пара.

Элли поставила стакан на стол.

— Тогда на что ты жалуешься? Если в конечном итоге у нее все оказалось хорошо?

— Это ты так думаешь. Его звали Бобби Хьюз, — сказал Мэттью. — Поначалу он производил впечатление приличного человека. Мать влюбилась в него по уши, как то и положено ДНК-парам. Увы, он оказался полным подонком. Мать же так боялась одиночества, что была готова терпеть что угодно, выполняла любое его требование, в том числе закрывала глаза на его слабость к юным девчушкам. *Очень* юным, судя по трем тысячам снимков, обнаруженных полицией в его ноутбуке. Он пытался оправдаться, заявив, что они-де уже были на его компьютере, когда он купил его на «И-бэй», а моя мать была глупа настолько, что поверила. Пока шел судебный процесс, она платила за него все судебные издержки, для чего была вынуждена взять кредиты в банке. Когда же его посадили, у нее не осталось ровным счетом ничего. Даже средств оплатить какие-то последние судебные пошлины. И все эти беды и неурядицы свалились на нее потому, что она и мой отец прошли этот твой тест, даже не ведая об этом, ибо ты вообразила себя Господом Богом. Ты, в облаках на вершине своей башни из слоновой кости, понятия не имеешь, каково это — видеть, как человек, которого ты любишь всей душой, на твоих глазах превращается непонятно в кого!

— Ты так думаешь? — Элли смерила его колючим взглядом.

— Я говорю не о себе. Это совершенно другое дело, — он отмахнулся. — Я о том, как больно видеть, как умная, волевая женщина физически и эмоционально превращается в инвалида. Знаешь, что она валялась пьяная, когда из ее пальцев выпал горящий окурок и начался пожар? Она сгорела заживо. От нее практически ничего не осталось. Я с трудом опознал ее. — Мэттью с вызовом сложил на груди руки.

Элли сделала очередной глоток джина с тоником. Судя по всему, он надеялся, что ей станет жаль его несчастную мать. Но чем больше горячился он, тем большее спокойствие овладевало ею.

Он недооценил ее. Он не знал ее в те годы, когда она, честолюбивая молодая женщина, пыталась убедить скептиков от науки в важности своего открытия. Она не рассказывала ему о том, на какие жертвы была вынуждена идти, чтобы быть услышанной, и как подавляла свое прежнее «я», чтобы стать той успешной бизнес-леди, какой она была сейчас. Да, Тим смягчил ее, но Мэттью был полным болваном, считая, что она в мгновение ока вновь станет белой и пушистой.

— Миллионы пар по всему миру прошли тест и выяснили, что между ними нет связи на уровне ДНК, — решительно начала Элли. — Это не помешало им остаться вместе, потому что они любили друг друга. Да, возможно, в самом начале я порой срезала углы, но я не могу брать на себя ответственность за принимаемые кем-то решения. Я не заставляла твоего отца бросить твою слабохарактерную мать, я не вкладывала ей в руку бутылку и не вливала спиртное ей в горло. В конечном итоге люди должны уметь отвечать за свои поступки.

— И когда ты готова ответить за свои?

— Мои действия практически положили конец гомофобии, расизму, религиозной ненависти. Совпадение ДНК не знает половых и расовых различий, ему не важно, какому богу ты поклоняешься. Наоборот, мое открытие объединило людей самых разных конфессий и взглядов так, как нам и не снилось. Скажи мне, а что сделал лично ты для уменьшения вражды в этом мире?

— А ты поделила такое же огромное количество людей на «нас» и «их» — тех, которые созданы любить друг друга, и остальных, чьи чувства и отношения обесценились. Разве ты не видишь параллелей с тем, что сделала ты и что сделал Гитлер с евреями? Нацисты методично уничтожали их, пока они не превратились в затравленное меньшинство и на них стали смотреть как на крыс. Это твоя цель по отношению к тем, кто не имеет ДНК-пары? Постепенно затравить их, превратить в людей второго сорта?

— Да ты свихнулся даже сильней, чем я думала, — рассмеялась Элли.

— ДНК-пары благополучнее в финансовом отношении, чем обычные. Они получают бо́льшие налоговые льготы, лучшие условия страхования, они продуктивнее на работе, потому что счастливы дома, им предлагают более высокооплачиваемые должности. Среди не имеющих ДНК-пары выше уровень самоубийств, а также разводов и случаев депрессии...

— В прошлом все они начали снижаться, потому что всё больше людей находят счастье со своими ДНК-парами. Более того, уровень домашнего насилия, как против женщин, так и мужчин, тоже резко упал.

— Лишь потому, что люди боятся заявлять в полицию на своих ДНК-партнеров, даже если те третируют их, унижая физически и морально. Не хотят рисковать, опасаясь еще худших отношений с теми, кто не является их ДНК-парой.

— Иммиграция и эмиграция больше не вызывают ожесточенных споров, — продолжала Элли, приводя новые аргументы. Она ниспровергнет этого лицемерного праведника Мэттью с его пьедестала. — Люди быстрее проходят бюрократические формальности. Они могут свободно путешествовать по всему миру и находить счастье со своей ДНК-парой в любой стране.

— Что в глобальном масштабе нанесло непоправимой ущерб пятой части всех компаний: они потеряли квалифицированные кадры в связи с переездом сотрудников в другой город или даже страну.

— Можешь швыряться в меня любыми цифрами, если хочешь, но ты не можешь отрицать одну вещь: программа «Найди свою ДНК-пару» процветает, хочешь ты того или нет.

Мэттью выразительно посмотрел на нее:

— Я этого не отрицаю, однако предсказываю ей близкий конец.

— Это не тебе решать.

— Это решать людям, — парировал он. — А народ всегда прав.

— Ты о чем?

Мэттью встал и заложил за спину руки.

— Может, еще по стаканчику?

Элли отрицательно покачала головой. А вот Мэттью тем временем налил себе третий стакан. Элли смотрела на него и не узнавала своего Тима, которого еще недавно любила. В Мэттью все было чужим — от высокомерных речей до жестов и даже сидячей позы. Интересно, скольких трудов ему стоило играть перед ней роль милого очаровашки?

— Даже когда ты знаешь, что я такой, ты ведь все равно меня любишь, не так ли? — спросил Мэттью, позвякивая в стакане кубиками льда.

Элли промолчала.

— Я так и думал. Неприятно, когда кто-то другой распоряжается твоей жизнью, словно Господь Бог, не так ли?

— Не заносись. Никакой ты не Господь Бог. Ты просто такой же негодяй, как и тот тип, который обвел вокруг пальца твою доверчивую мать. Только я не такая жалкая тряпка, как она, и не собираюсь позволить этому мелкому недоразумению испортить мне жизнь. Даже если я буду любить тебя, так как ты — моя ДНК-пара, ты мне неприятен, и я больше никогда не посмотрю в твою сторону. Думаю, это наша последняя встреча.

— При всем твоем презрении ко мне ты все еще веришь, что я — твоя ДНК-пара? — презрительно бросил он ей.

— Разумеется, хотя я отдала бы все на свете, чтобы это было не так.

— Вот видишь, Элли, это самое смешное. Потому что мы с тобой никакая не ДНК-пара и никогда ею не были.

Элли пристально посмотрела на него:

— Ты на что намекаешь?

— Ты утверждаешь, что ты ученый, и тем не менее тебе так отчаянно хотелось спариться, что ты ни на секунду не усомнилась в результатах.

— Неправда, мне ни с кем не хотелось «спариться». До тебя я была совершенно счастлива.

— Да, была. Ты и сейчас счастлива — холодная, расчетливая корпоративная сука, крутившая романы с кучкой богатых идиотов. Ты выдумывала предлоги, лишь бы не общаться с родными. Твоей единственной страстью была работа. Со мной ты получила все — и это смешно, потому что на самом деле я для тебя ничто.

— Из миллиарда и семисот миллионов людей, прошедших тест, не было ни одного случая неверного совпадения.

— Не было. До сегодняшнего дня. Мы с тобой не ДНК-пара, Элли, потому что я хакнул ваши серверы и подтасовал наши результаты.

— Ерунда! — ответила Элли, чувствуя, как внутри нее шевельнулась тревога, и с вызовом сложила на груди руки. — Наши серверы защищены лучше серверов любой крупной международной компании. Из всех имевших место на сегодняшний день хакерских атак ни одна не была успешной. У нас лучшее программное обеспечение и, главное, деньги, чтобы купить любую защиту от таких, как ты.

— Отчасти ты права. Но система не учла твоего собственного тщеславия. Помнишь, какое-то время назад ты получила электронное письмо? Его тема была «Бизнес-леди года»? Ты тогда не устояла перед соблазном и открыла его.

Элли смутно помнила письмо, пришедшее на ее личный электронный адрес, о наличии коего знали считаные единицы.

— В письме была ссылка, на которую ты кликнула и которая ничего не открыла, — продолжил между тем Мэттью. — Вернее, не открыла *тебе*, потому что щелчком мышки ты выпустила крошечного «троянского коня», благодаря чему я получил удаленный доступ ко всей вашей сети и всем твоим файлам. Все, к чему у тебя был доступ, теперь было доступно и мне. И я просто слегка подделал свою ДНК, чтобы она стала зеркальным отражением твоей, откинулся на спинку кресла и ждал, когда ты со мной свяжешься. Думаешь, почему я тогда пришел к вам на собеседование? Потому что хотел больше узнать о вашем программном обеспечении и системе. Поблагодари от моего имени начальницу отдела кадров за то, что она на несколько минут оставила меня одного в своем кабинете, а сама отправилась искать исправную камеру, чтобы сфоткать меня. Ты даже не представляешь, как это мне помогло! Да, и скажи ей, чтобы в следующий раз она обыскивала претендентов на наличие в их карманах дефлекторов. Это такие маленькие карманные устройства, которые не дают нормально работать цифровым камерам.

Элли была готова сквозь землю провалиться от стыда и гнева. Ее щеки пылали огнем. Как могла она так наивно, так доверчиво впустить его в свою жизнь!

— Ты влюбилась в меня по собственной свободной воле, — продолжил между тем Мэттью. — Тебе так этого хотелось, что ты убедила себя. Так что не вини за этот конфуз свою ДНК — только себя, любимую.

Элли душила ярость, но она постаралась овладеть собой.

— Я сделал это по ряду причин, — заявил Мэттью, глубже погружаясь в мягкий диван. — Во-первых, мне хотелось тебя унизить. Но также и продемонстрировать тебе человеческую алчность. Как мы готовы пожертвовать всем, даже нашими близкими, стоит нам узнать, что за углом есть что-то или кто-то лучше. То, что ты чувствовала ко мне, не было совпадением ДНК. Мы не созданы друг для друга, звезды не благоволят нам. Влюбиться в меня тебя вынудила не биология, а обыкновенное торжество мысли над материей. Да-да, это была старая как мир история о том, как двое встретились и влюбились друг в друга. Не больше и не меньше. И как только я поведаю всем, как обвел вокруг пальца ту, что открыла так называемое «совпадение ДНК», ты станешь посмешищем в глазах всего мира и больше не сможешь никого убедить в своей правоте.

Обуреваемая яростью, Элли впилась в подлокотники дивана.

— И что тебя останавливает? Давай, делай свое черное дело. Ничего, переживу. В конце концов, миллионы людей благодаря мне обрели счастье, о каком даже не мечтали.

— Эх, Элли... Какая же ты наивная! Неужели так ничего и не поняла?

Не понимая, к чему он клонит, она смерила его разъяренным взглядом.

— Ты не единственная, из-под чьих ног я выдернул ковер. Скоро миллионы твоих подписчиков увидят, как их жизнь переворачивается с ног на голову.

— Что ты хочешь сказать? — осторожно спросила Элли.

— Думаешь, мы с тобой единственная фальшивая ДНК-пара? Разумеется, нет. Я переписал всю программу так, что за последние полтора года по крайней мере два миллиона людей в твоей базе данных получили не свою пару.

Элли сглотнула застрявший в горле комок. Сердце ее билось с такой силой, будто хотело пробить ей грудную клетку.

— Я выбирал их наобум и потому даже не знаю, кто они такие, — продолжал Мэттью. — Это может быть любой, кто в данный период времени сдал образец ДНК и получил ответ; судя по темпам роста твоей компании, примерно двадцать пять миллионов человек. Моими стараниями твой бизнес превратится в ничто. Никому никогда не узнать, рядом с ними их настоящая ДНК-пара или же они просто себе это внушили. Я пообещал уничтожить тебя. Я всегда обещаю только то, что могу исполнить.

Глава 86

МЭНДИ

Мэнди очнулась от того, что в ее голове будто стучал кузнечный молот. Не открывая глаз, она осторожно потрогала правой рукой лицо и нащупала шишку размером с куриное яйцо, болезненную на ощупь. Нащупала швы, скреплявшие кожу. Медленно-медленно она попыталась открыть глаза, но ее веки словно склеились. Тогда она попыталась пошевелить левой рукой, но та, казалось, была налита свинцом — не поднять. Из любопытства ощупала левую правой. И лишь тогда поняла, что левая закована в гипс почти до самого локтя.

Постепенно приходя в себя, Мэнди все еще не могла понять, где она и почему вокруг нее пахнет смесью хлорки и ополаскивателя для рта. Должно быть, в туалете... Затем она повернула голову и, прищурившись, посмотрела в окно. Как только взгляд ее обрел фокус, она узнала пейзаж за окном. Она уже была здесь раньше. Ей знаком этот вид. Дважды, когда у нее был выкидыш, она была здесь. В больнице.

Внезапно ее охватила паника. Мэнди сунула руки под простыню и пощупала живот. Тот оказался почти плоским. Нет, только не это...

— Здесь есть кто-нибудь? — прохрипела Мэнди. Во рту пересохло, как в Сахаре.

Никто не ответил. Похоже, она была здесь одна. Тогда Мэнди попыталась слегка приподняться, чтобы опереться спиной о металлическую раму. Увы, нижнюю часть тела тотчас пронзила резкая боль. Мэнди сморщилась и поводила рукой рядом с кроватью, нащупывая кнопку вызова медсестры. Она точно знала, что такая тут есть... Ааа, вот где... Мэнди с силой нажала на нее.

Через пару мгновений в дверях возникла медсестра с конским хвостом на голове.

— А, вы проснулись? Как вы себя чувствуете? — спросила она с иностранным акцентом и направилась к Мэнди.

— Мой ребенок, — пробормотала та и попыталась встать с кровати. — Где мой ребенок?

— Позову доктора, — сказала медсестра и вышла.

Чувствуя, как ее всю трясет, Мэнди обвела взглядом палату. Шишка на лбу напоминала о себе дергающей болью. Боль разливалась по животу, ныло запястье. К горлу подкатил комок тошноты. Мэнди едва успела наклониться через край кровати, как ее тотчас вырвало. И тут в палату вошел врач.

— Я хочу увидеть моего ребенка, — едва шевеля языком, пролепетала она.

— Нет-нет, вы должны оставаться в постели, миссис Тейлор, — ответил врач. Медсестра тем временем вытерла ей рот. Мэнди была слишком испугана и даже не обратила внимания, что он назвал ее миссис Тейлор.

— Ваш малыш жив и здоров.

— Малыш? Это мальчик? — спросила она. Предсказание Пэт сбылось.

— Да, — сказал врач, глядя на табличку, которую снял с крючка в изножье ее кровати. — Пять дней назад вы родили недоношенного мальчика. Четыре фунта, четыре унции[1]. Как я уже сказал, с ним всё в порядке, он находится в другой палате, дальше по коридору.

— А что случилось со мной?

— Нам сказали, что вы упали с лестницы. У вас черепно-мозговая травма и сломано запястье. Плюс небольшой отек мозга, отчего ваше тело перенесло шок. Последние несколько дней вы находились под транквилизаторами, а ваш ребенок появился на свет в результате кесарева сечения. Это была мера предосторожности.

[1] 1,92 кг.

В ближайшие несколько дней вам нельзя напрягаться. Отдыхайте и набирайтесь сил. Вашему ребенку нужна окрепшая мама. Поэтому давайте не будем торопить события.

— Когда я смогу его увидеть?

— Я попрошу одну из медсестер принести его вам через пару минут.

— Спасибо.

Мэнди откинула голову на подушку и облегченно вздохнула. Она смутно помнила, как упала с лестницы во время ссоры с Пэт и Хлоей, но вот, пожалуй, и всё. Разумеется, это был не самый лучший способ для ее ребенка прийти в этот мир, и тем не менее малыш появился на свет и здоров. Мэнди было больно и улыбаться, и плакать, что не помешало ей сделать и то и другое. Она стала матерью.

Увы, ее восторг моментально сменился тревогой, стоило ей увидеть лицо врача, когда тот спустя несколько минут вернулся к ней в палату.

— Извините, миссис Гриффитс. Похоже, в данный момент ваш сын сейчас где-то с вашими родными. Возможно, они вынесли его на улицу подышать свежим воздухом.

Мэнди вытаращила глаза:

— Мои родные?

— Да, они все это время ждали, когда вы проснетесь. Они буквально не отходили от вашего малыша.

— Кто? Кто именно не отходил от него?

— Ваша мать и сестра, как я полагаю. Это они вызвали «Скорую помощь», которая доставила вас сюда.

Ее моментально сковал леденящий ужас.

— Срочно вызывайте полицию, — прохрипела она, схватив растерянного доктора за руку.

Глава 87

КРИСТОФЕР

Задняя дверь в ее квартирку на первом этаже была хлипкой. На тротуаре внизу валялась осыпавшаяся штукатурка. Оконные рамы в проемах держались на честном слове и потрескавшейся замазке.

Но Кристоферу эта дряхлость и отсутствие должного ремонта были только на руку. Это означало, что за последние двадцать лет здесь ничего не меняли и не обновляли. Для человека с его опытом открыть простенький замок было парой пустяков.

Два щелчка отмычки, и он уже внутри. Тихо закрыв за собой дверь, огляделся, вспоминая планировку квартиры. В последний раз Кристофер нанес визит в квартиру Номера Тридцать несколько недель назад, и с тех пор, похоже, здесь ничего не изменилось. В воздухе по-прежнему ощущался запах сырости, а свет уличного фонаря освещал дешевую, стандартную мебель.

По идее, тридцатое убийство должно было стать его триумфом. Цель, которая порой казалась недостижимой, несмотря на все препятствия, наконец была почти достигнута. Тридцать трупов, тысячи статей в газетах и журналах, телевизионные документальные ленты, фильмы с потугами на драматичную, но далекую от истины реконструкцию событий — и все благодаря ему. Но главное — полное неведение по поводу того, кто он такой и что им двигало.

Впрочем, Кристофер был не в настроении праздновать свой триумф или почивать на лаврах. Ему хотелось одного: поскорее совершить убийство, оставить на тротуаре рисунок и вернуться домой. А следующую ночь он уже проведет в объятиях Эми и в ее постели. Ее рука будет покоиться на его груди, он же будет прижиматься к ней, как будто в мире никого больше нет.

Они могут даже сделать следующий шаг и жить теми мелкими радостями, какими живут все обыкновенные пары. Когда-то его фантазии сводились к убийству незнакомых людей. Теперь же они в основном вращались вокруг уикендов с любимой женщиной. Он представлял, как они, взявшись за руки, бродят по историческим садам и поместьям, как спорят о том, как обставить дом, который они купят, как будут вместе совершать утренние пробежки или, поудобнее устроившись на диване, смотреть сериалы и есть пиццу. Когда-то Кристофер упивался тем, что он не такой, как все. Теперь это не доставляло ему никакой радости. Все, что было чуждо его душе психопата до того, как он встретил Эми, теперь стало притягательным. А все потому, что благодаря ей он почувствовал себя нормальным человеком.

Кристофер молча прошелся по квартире и в очередной раз задался вопросом, хватит ли ему духа в один прекрасный день признаться Эми во всем, в том, кем он был и кем стал благодаря ей. С другой стороны, он давно сделал для себя вывод: крепкие отношения не нуждаются в правде. Они нуждаются в большом сердце, которое будет биться за них обоих.

Из-под двери спальни Номера Тридцать доносились приглушенные звуки радио. Взяв в коридоре свои вещи, Кристофер вынул из рюкзака привычный бильярдный шар и проволоку для резки сыра. Вынул в последний раз. Увы, у него не было ни времени, ни намерения впадать в сентиментальность. Он швырнул шар о стену и, натянув между рук проволоку, ощутил нечто вроде сожаления по поводу того, что сейчас произойдет. Его сердце давно покинуло этот проект, и смерть Номера Тридцать не доставит ему никакого кайфа.

Странно, но, несмотря на стук, дверь спальни осталась закрытой. Наверное, крепко спит, подумал он. Не беда, такое уже бывало — например, с Номером Восемнадцать. Но как только Кристофер шагнул, чтобы подобрать с пола шар и повторить попытку, в затылок ему дважды впилось что-то острое. Он быстро обернулся, но в следующий миг его тело пронзил мощный разряд тока.

Скорчившись от боли, Кристофер рухнул на пол. А за мгновение до того, как провалиться в черную бездну, увидел перед собой лицо Эми.

Глава 88

ДЖЕЙД

Сьюзан и Джейд одновременно посмотрели на Марка, ожидая от него объяснений.

— Я — твоя ДНК-пара? Что ты хочешь этим сказать? — спросила Джейд, качая головой. — Почему ты так говоришь?

— Марк? Что происходит? — спросила ошарашенная Сьюзан.

Марк опустил голову и закрыл глаза. С минуту помолчав, он глубоко вздохнул и лишь затем заговорил.

— Мы с Кевином прошли наши тесты одновременно. Результаты пришли в один и тот же день, когда он лежал в больнице, где проходил один из своих первых курсов химиотерапии, — негромко произнес он. — Открыв свое письмо, я узнал, что моя ДНК-пара — это ты. А вот пары для Кевина не нашлось. Мама, ты ведь помнишь, как, узнав о своем диагнозе, он мечтал, что в мире найдется кто-то, кто сможет его полюбить?

Сьюзан кивнула.

— Я стер его письмо, а ему сказал, что у него есть пара, а у меня нет. Я хотел, чтобы он был счастлив. Поэтому я заплатил за твои, Джейд, контактные данные и перебросил их ему на телефон. Оригинальное письмо он так и не увидел. Видели бы вы его лицо, когда он узнал, что ты существуешь, пусть даже на другом конце света... Помнишь, мама, как к нам тогда словно вернулся наш старый добрый Кевин? Он даже умолял врачей отпустить его слетать к Джейд в Англию, но те ответили отказом — да и он не смог бы получить страховку...

Сьюзан кивнула. Она отлично все это помнила.

— А потом лечение продолжилось. Мне больно было видеть, что с ним творится, как он начал терять волосы и превращаться в скелет. Вскоре в нем стало не узнать моего брата. Но я знал, что поступил правильно, — ведь когда Джейд писала и звонила ему, пусть на миг, но в его потухших глазах зажигался свет, а лицо освещала улыбка.

Джейд вспомнила тот день, когда получила подтверждение наличия у нее ДНК-пары. Извещение пришло днем, в обеденный перерыв. Ее охватило такое волнение, что она заплатила за личные данные ее пары, не обратив внимания на имя. А затем, почти сразу же, пришло сообщение от Кевина, где он предлагал познакомиться. И из их самого первого разговора она решила, что он и есть ее ДНК-пара. Ей импонировали его искренность и энтузиазм. В ее жизни будто появился лучик света. Вынужденная жить с родителями, всеми фибрами душа ненавидя свою работу, Джейд моментально прониклась к нему симпатией.

— Мы едва начали общаться, как между нами что-то возникло, — тихо сказала она. — Мне даже в голову не пришло проверить имя.

После этих слов Сьюзан, похоже, перестала сердиться, чего Джейд не могла сказать о себе. Марк не остудил ее ярость. Скорее наоборот.

— Прости меня, Джейд, — сказал он. — Поверь, я отлично представляю, каково тебе было в последние несколько недель. С самого первого момента, когда открыл тебе дверь, я ощущал те самые фейерверки, о которых обычно пишут. И мне больно, что я заставил страдать ту единственную, которую люблю.

— Ты понятия не имеешь, какие страдания мне причинил! — бросила в ответ Джейд и как можно больнее впилась ногтями в ладони, в надежде, что это поможет ей не впасть в гнев.

— Поверь мне, я знаю... Слышать, как Кевин каждый вечер разговаривает с тобой по телефону, видеть его счастливую улыбку, когда он получал от тебя очередное сообщение, и знать, что все это должно предназначаться мне, а не ему... Это был сущий ад. Я мог лишь гадать, что вы там говорили друг другу и какие чувства ты испытываешь к нему. Я же, черт возьми, не мог сказать ни единого слова. Но мне и в голову не могло прийти, что в один прекрасный день ты появишься на нашем пороге. Однако когда ты это сделала, это был самый страшный кошмар в моей жизни — и одновременно самый счастливый день. Внезапно ты оказалась рядом со мной — та, что предназначена мне, на моем пороге, под крышей моего дома... Увы, ты прилетела не ко мне, а к брату, он же был по уши влюблен в тебя.

Джейд была готова расплакаться. Она поморгала, смахивая слезы, и попыталась взять себя в руки. Какая-то часть ее «я» была готова влепить Марку пощечину, другая — прижаться к нему и не выпускать из объятий.

— Ты лгал мне... ты лгал Кевину... ты лгал людям, которых якобы любишь. Как только ты мог? — спросила она. — Я несколько недель провела, переживая этот кошмар, тщетно пытаясь понять, почему я его не люблю, и считая себя бессердечной эгоисткой. Ты же смотрел, как я все глубже утопаю в этом дерьме, но не сказал даже слова! Ты даже словом не намекнул, что на самом деле все иначе, бросив меня одну разгребать эту кучу... Намекни ты мне тогда, дай мне шанс во всем разобраться, я хотя бы могла решить для себя, надо ли мне делать то, что я сделала. Но ты отнял у меня этот выбор. Ты использовал меня, Марк, и это больнее всего.

— Пожалуйста, попытайся понять, почему я это сделал.

— Я пытаюсь. И это единственное, что удерживает меня от того, чтобы как следует тебе врезать. Я понимаю, ты сделал это ради Кевина. Но я не из доверчивых, и как бы ни тянулось к тебе мое тело, боюсь, мой разум и мое сердце больше никогда не поверят тебе.

— Пожалуйста, не говори так, — взмолился Марк. — Прошу тебя, дай нам шанс.

— Извини, но, боюсь, это невозможно.

С этими словами Джейд выбежала из гостиной и бросилась к себе в домик. Вбежав, она со стуком захлопнула дверь, оставляя за ней любые чувства, которые когда-либо испытывала к своей ДНК-паре.

Глава 89

НИК

После очередной бессонной ночи, перемежавшейся с обрывочными снами об Алексе, Ник вышел из гостевой комнаты в кухню приготовить себе чашку кофе. Салли уже сидела за столом, водя по тарелке наполовину съеденным круассаном с шоколадом. Край футболки уже не закрывал ее округлившийся живот.

— Доброе утро, — пробормотал Ник и шагнул к кофейному автомату.

— Привет. — Она поморщилась и поерзала на табурете.

— Не можешь удобно устроиться? — спросил он.

— Нет. И так всю ночь. Ребенок или давит мне на мочевой пузырь, или толкается.

— А как голова? Прошла?

— Не совсем. Мне нельзя ничего принимать — только в крайнем случае таблетку аспирина, но он почти не помогает.

— Может, стоить сказать об этом акушерке?

— А какой смысл? Она скажет мне, что в этом виновато высокое давление и что придется потерпеть. Ага, потерпеть... Это все равно что пытаться уснуть, когда у тебя в голове работает отбойный молоток.

— Может, тебе что-нибудь заварить?

— Да, травяной чай. Жасминовый с лимоном. Найдешь пакетики в буфете.

Ник поставил чайник на плиту, и пока тот не закипел, оба сидели, молча глядя перед собой.

С тех пор как Ник расстался с Алексом, прошло пять месяцев. Он написал письмо, в котором сказал, что выбирает Салли и ребенка. Письмо было длинным и прочувствованным, и он очень надеялся, что Алекс поймет его решение. И хотя тому наверняка было больно, Ник пытался представить, что было бы, попади Алекс в схожую ситуацию со своей бывшей подружкой Мэри. Он наверняка поступил бы точно так же. Увы, это почти не избавило Ника от чувства вины.

Это была самая трудная вещь за всю его жизнь; гораздо труднее, чем признаться Салли, что он влюбился в мужчину. Ребенок вырастет, даже не догадываясь, чем пожертвовал ради него его отец.

Ник без особой охоты вернулся в их общую квартиру, хотя спал теперь в гостевой комнате. Он надеялся, что резкий разрыв с Алексом ему будет перенести легче, чем болезненное, затяжное расставание. Увы, он пытался обмануть самого себя. Не проходило и часа без того, чтобы он не вздыхал по своей утраченной любви.

За несколько дней до отлета Алекса домой Ник стоял на пороге его дома. Он пришел извиниться. Алекс встретил его холодно и назвал трусом. Впрочем, он не смог обижаться на Ника слишком долго, и они договорились провести последние несколько дней вместе.

Увы, что бы они ни делали, куда бы ни ходили, их отношения были уже не те, что прежде. Нет, страсть никуда не делась, а вот смех, спонтанность, веселье ушли — их вытеснил бросаемый украдкой на часы взгляд. Оба вели последний отсчет, со страхом ожидая тот день и час, когда Алекс навсегда исчезнет из жизни Ника.

И когда этот день настал, он оказался гораздо хуже, чем Ник мог себе представить. Он хотел проводить Алекса в аэропорт, но в самую последнюю минуту расстроенный Алекс передумал, заявив, что ему будет легче, если он останется один. Их прощание свелось к долгим, молчаливым объятиям, пока наконец их не разомкнули настойчивые гудки таксиста. Затем, когда такси, свернув за угол, скрылось из виду, Ник сел на ступеньки крыльца и зарыдал. Он вернулся домой, лишь когда от слез уже саднило глаза и он больше не мог плакать.

Ник отменил отпуск и через неделю вернулся в рекламное бюро. Коллеги даже не догадывались, что произошло. Он с головой ушел в работу, а по выходным они с Салли, словно настоящие супруги, ходили по магазинам, покупая малышу «приданое». Ник сопровождал ее на занятия школы для беременных, оставался дома, когда к ним приходила медсестра, и массировал Салли ступни и лодыжки, если те отекали.

Со стороны могло показаться, будто их жизнь ничем не отличается от той, что была до его знакомства с Алексом. На самом же деле его тень никуда не делась и продолжала висеть над ними.

— Ты разговаривала недавно с Сумайрой? — спросил Ник. — Как там ее малыши?

— Я вчера отправила ей сообщение, — ответила Салли без особого воодушевления.

— Между вами явно произошло нечто такое, о чем ты умалчиваешь. Дети родились уже месяц назад, а ты ни разу не проведала ее.

— Я сто раз говорила тебе, что всё в порядке. Просто я даю ей время войти в новый ритм.

— Ты почти не виделась с ней, когда она ходила беременной. Признайся честно, какая кошка пробежала между вами?

— Ник, у меня раскалывается голова, и я жутко устала. Я не в том состоянии, чтобы говорить об этом.

В следующий момент чайник своим свистом вернул их в реальность. Ник бросил в кружку Салли пакетик с чаем и залил его кипятком. Внезапно его внимание привлек странный звук, будто в кухне где-то закапала вода. Он посмотрел на дно кружки, нет ли там трещины. Нет, все целехонько. И лишь услышав, как Салли вскрикнула, резко повернул голову.

— Воды отошли, — испуганно прошептала она.

Ее пижама была мокрой, лицо искажено страхом.

— Но ведь срок через две недели...

— Скажи это ребенку.

Глава 90

ЭЛЛИ

Элли задыхалась. Как будто в грудь ей кто-то упирался коленом, не давая набрать воздуха. Пульс во всех десяти точках ее тела вибрировал, словно басы стереосистемы. Но единственным звуком в ее кабинете было эхо сделанного Мэттью признания.

«Держи себя в руках, Элли, — приказала она себе. — Он лжет».

— Ну что, каково это — знать, что тебя обвели вокруг пальца? — вкрадчиво произнес Мэттью, словно психотерапевт, беседующий со своим пациентом, и даже сложил перед губами пальцы домиком, будто этот жест добавлял искренности его вопросу. — Как чувствует себя кукловод, узнав, что за ниточки дергал кто-то другой?

— Понятия не имею, — ответила Элли, — потому что за мои ниточки никто не дергает. Все, что ты здесь рассказал, — полная чушь.

— Откуда в тебе такая уверенность?

— Мой компьютерный отдел это докажет. — Она взяла в руки телефон. Увы, сигнала не было. Схватила телефон на столе. То же самое. Со злостью посмотрела на Мэттью: — Что ты сделал?

— Блокиратор сигнала и две телефонные глушилки. Этакая современная клетка Фарадея[1].

— Что тебе от меня нужно?

— Ты не поверишь, но абсолютно ничего. Ни гроша. Никаких извинений или объяснений. С меня довольно того, что в течение нескольких дней, когда история получит огласку, каждый начнет сомневаться в том, действительно ли человек, что лежит рядом с ним в постели, и есть тот самый, единственный, кто должен там быть.

Внутри Элли будто что-то лопнуло. Моментально включился инстинкт самосохранения, выработанный за многие годы, когда она, женщина, пробивала себе путь наверх в корпоративном мире с его засильем мужчин. Элли решительно поднялась на ноги, чего Мэттью явно от нее не ожидал.

— Я просто отмету все твои обвинения. Да и кто вообще поверит тебе? — крикнула она. — У меня есть отдел по связям с общественностью, который зорко следит за такими вещами. Мы выставим тебя обиженным горе-аналитиком, который не имел должной квалификации, чтобы претендовать на работу у нас. Мы найдем все, что нам нужно знать о тебе, чтобы дискредитировать каждое твое слово. Я порву в лоскуты все, что осталось от репутации твоей матери, вываляв в грязи и ее

---

[1] Устройство для защиты электросистем от внешних электрических полей, созданное в XIX в. М. Фарадеем, одним из ключевых разработчиков теории электромагнетизма.

саму, и ее мужика-педофила, а также любых твоих приятелей и знакомых. Твои игроки в воскресный футбол? К концу недели все они как один окажутся без работы, гарантирую. Я затаскаю тебя по судам, я подам на тебя такое количество исков, что у тебя не останется денег даже на кровать. К тому моменту, когда ты выйдешь из здания, мы найдем ту дыру, которую ты якобы прогрыз в нашей системе, и заделаем ее так, что никто никогда не обнаружит, что она когда-либо была взломана.

— Я — твой жених, — с апломбом произнес Мэттью. — Это придает моим словам достоверность. Особенно когда я скажу всем, что женщина, сделавшая на предопределенной генами любви целое состояние, готова скрыть тот факт, что существуют два миллиона людей, получивших свою ДНК-пару по ошибке. Уверяю тебя, без расследования здесь не обойдется. Так что, Элли, тебе не выкрутиться.

— Тебе никто не поверит.

— Вынужден тебя разочаровать: еще как поверят! Я сохранил свои результаты на жестких дисках и флешках, спрятанных по всему городу. И все они ждут своего часа, когда попадут в «Викиликс», и эта история станет достоянием широкой публики. Там обожают бдительных граждан, особенно когда дело касается корпоративных махинаций.

— Знай, я не намерена терять из-за тебя все, что создала! — бросила ему в лицо Элли.

В ответ на эти слова Мэттью лишь усмехнулся, встал с дивана, поправил галстук и подмигнул ей:

— Поживем — увидим. Согласна, Элли? Но помяни мое слово: до конца твоих дней будет стоять очередь длиной с Темзу из желающих подать на тебя в суд за ложные совпадения ДНК и несостоявшиеся отношения. Затем, когда все, что тебе дорого, будет отнято у тебя, ты наконец поймешь, что чувствовала по твоей вине моя мать и бессчетное число других людей. Ты, дорогая моя, по уши в дерьме.

То, как ясно и лаконично Мэттью сформулировал последнюю мысль, убедило Элли, что все его слова — правда. Она тотчас представила, как все, чего она достигла за эти годы, словно ковер, выдергивают у нее из-под ног. Элли вынесла десятилетие нападок и критики, пожертвовала семьей, дружбой, любовью, и все это впустую, потому что один негодяй хитростью проник в ее жизнь...

Это стало последней каплей, переполнившей чашу ее терпения.

Мэттью направился к двери, но затем обернулся, чтобы напоследок взглянуть на нее. Увы, он не ожидал того, что она собралась сделать.

Не думая, Элли схватила со стола хрустальный графин и швырнула в него. Тот попал Мэттью прямо в висок и сбил его с ног. Беспомощной грудой тот рухнул на пол. Элли встала над ним, словно верховный судья. На какой-то миг ей показалось, будто в его глазах промелькнуло что-то от ее старого доброго Тима, того самого, кто помог ей раскрыть в себе ту сторону, которая дремала где-то в глубине долгие годы. Увы, обнажить сейчас эту теплую, любящую сторону ее «я» означало поставить себя под удар. Все, чем она пожертвовала ради своего открытия, пойдет прахом. Нет, только не это... Она не позволит этому жалкому существу, скорчившемуся перед ней на полу, отнять у нее дело всей ее жизни.

Мэттью закатил глаза, пытаясь сфокусировать зрение, и, прижав руки к виску, посмотрел на нее так, будто не верил собственным глазам. Лежа на полу, беспомощный и оглушенный первым ударом, он увидел, как она спокойно подняла с пола графин и во второй раз с размаха опустила его ему на голову, на то же самое место.

Графин разбился вдребезги. Элли почти услышала, как одновременно с ним треснул и череп. По всей комнате разлетелись осколки кости, стекла и капли виски.

Она застыла как каменная, тупо глядя, как тело Мэттью корчится в конвульсиях, а кровь впитывается в ковер. Затем он широко открыл глаза, и в следующее мгновение ее фальшивой ДНК-пары не стало.

Глава 91

МЭНДИ

Мэнди застыла у начала подъездной дорожки, что вела к дому, где она в течение пяти месяцев жила вместе с Пэт.

— Дверь не заперта, вы можете войти, — сказала Лоррейн, стоявшая с ней рядом женщина-полицейский. — Вам не надо торопиться.

Мэнди заколебалась и на всякий случай обернулась через плечо, проверяя, что ее сестра Пола все еще сидит в полицейской машине, в которой они обе сюда приехали. Пола предлагала пойти внутрь вместе с ней, но Мэнди не хотелось, чтобы сестра увидела дом, который она когда-то предпочла своему собственному.

Первой внутрь зашла Лоррейн; Мэнди, робко, — следом за ней. Они вместе остановились в коридоре. Мэнди стрельнула глазами в сторону лестницы, с которой она упала пять недель назад. Посмотрев на открытые двери, что вели из коридора в комнаты, глубоко вздохнула и потрогала ладонями живот. Там, где когда-то толкался ножками ребенок, теперь была лишь чуть обвисшая кожа, и всякий раз, при резком движении, Мэнди чувствовала, как натягиваются швы, оставшиеся после кесарева сечения. И все же она обожала свой шрам внизу живота — это было единственное физическое доказательство того, что еще совсем недавно она и ее ребенок составляли единое целое. Его вынули из ее тела, когда она была без сознания, а потом и вообще украли чокнутая свекровь и золовка, еще до того, как она увидела его своими глазами. Каждое утро, приняв душ, Мэнди вытирала запотевшее зеркало и проводила пальцем по красному шрамику, стараясь представить при этом своего сына.

Это были нелегкие несколько недель. Она регулярно откачивала молоко, чтобы оно не перегорело, — хотела быть готовой к тому моменту, когда возьмет сына на руки и приложит к груди. Проклинала молокоотсос за то, что он не ее малыш. Ей было до боли обидно, что они теряют эти бесценные мгновения близости, и она молилась, чтобы полиция наконец нашла его.

Дом Пэт не проветривался более месяца, и внутри уже начинал скапливаться затхлый запашок. Окинув беглым взглядом гостиную, кухню и столовую, Мэнди зашагала вслед за Лоррейн вверх по лестнице. Лоррейн ей импонировала: ее мягкие манеры резко контрастировали с мужеподобной внешностью. В иных обстоятельствах она точно попыталась бы познакомить ее с Кирстин.

Как только Мэнди сообщила персоналу больницы о пропаже ребенка, те, в свою очередь, оповестили полицию. Был выдан ордер на обыск дома Пэт. Тот оказался пуст, но в нем остались все вещи, за исключением детской одежды и игрушек, купленных для ребенка. В том же состоянии был и дом Хлои. Деньги с их банковского счета были сняты, а сами они вместе с ребенком словно растворились в воздухе.

Родные Мэнди настояли, чтобы она вернулась к ним. Трагедия помогла восстановить мосты — для этого даже не понадобилось никаких извинений. Мать и сестры поддерживали Мэнди, пока та ждала новых отчетов полиции. Вместе они молились, чтобы у Пэт и Хлои проснулась совесть и они вернули бы малыша. Увы, с момента их исчезновения прошел месяц, но они так и не дали о себе знать. После того как газеты напечатали обращение Мэнди, за которым последовала телевизионная пресс-конференция, поступило несколько сообщений о том, что их якобы видели. Увы, все они как одно оказались ложными.

Мэнди пережила целую гамму эмоций — от гнева на больничный персонал за то, что они отдали ее ребенка в руки тех, кого нельзя было подпускать к нему даже на пушечный выстрел, до раздражения на полицию за то, что та не смогла найти новые улики. И даже на себя — за то, что после родов ее тело мешало ей более активно включиться в поиски ребенка. Не до конца заживший шов и ограниченная подвижность наполняли ее чувством вины за то, что она не выполнила первейший долг любой матери — не смогла защитить своего ребенка. Сколько бы раз ее родные, Лоррейн и врачи ни пытались убедить ее в том, что ее вины в этом нет, Мэнди отказывалась им верить. Нет, это всецело была ее вина — она гналась за невозможным, за любовью мужчины, который не мог полюбить ее. И по собственной глупости потеряла ребенка.

— Я хочу вернуться в ее дом и хорошенько его осмотреть, — сказала она Лоррейн после долгих размышлений. Она не знала точно зачем, но что-то требовало, чтобы она это сделала. Лоррейн сомневалась, что это пойдет на пользу ее здоровью, но Мэнди твердо стояла на своем и даже заявила, что при необходимости сделает это одна.

...Мэнди застыла в дверях спальни Пэт. Комната почти не изменилась, если не считать пустых ящиков комода и пустых плечиков в платяном шкафу. Затем она прошла в комнату Ричарда, где провела не один месяц. Как и комнату Пэт, эту в поисках любых улик тоже обшарила полиция. На какой-то миг ей стало не по себе, что ее гнездышко стало частью расследования.

Держи себя в руках, приказала себе Мэнди и сжала кулаки.

Ее взгляд скользнул по фотографиям Ричарда на стене. Как жаль, что они с ним не встретились раньше, с горечью подумала она. Впрочем, судя по рассказу его бывшей подружки, с которой Мэнди встретилась за несколько часов до злополучного падения, Ричард не был мужчиной ее мечты. Бабник и эгоист, он вовсе не горел желанием остепениться и обзавестись семьей. Иными словами, это был живой человек, со своими слабостями и недостатками, а не плод ее фантазии. Теперь она хорошо это понимала.

Разглядывая фотографии, Мэнди задержала взгляд на одном снимке. На нем Ричард и Хлоя были еще детьми, на вид лет десяти. Оба сидели на больших велосипедах рядом с домиком на фоне леса и зеленых холмов.

Внезапно Мэнди словно ударило током, и она прозрела.

— Я знаю, где мой ребенок! — громко сказала она и в упор посмотрела на Лоррейн. — Я знаю, где его искать!

Глава 92

КРИСТОФЕР

Кристофер очнулся от того, что кто-то лил ему на голову холодную жидкость.

Он открыл глаза, но все было как в тумане, и он так и не понял, где находится. Левая половина тела, там, где его задел заряд шокера, болела. Или нет — все тело горело, как будто он упал в крапиву. Кристофер не мог с уверенностью сказать, что его вырубило — то, что он, падая, ударился об пол головой, или 50 тысяч вольт, пронзивших его тело.

Стоило ему очнуться, как на него накатилась волна тошноты. Его скрутили несколько судорожных позывов, прежде чем на джемпер упали первые капли желчи. Кристофер повернул голову и сплюнул омерзительную жидкость на пол. Перед глазами мелькали размытые картинки на экране висевшего на стене телевизора. Судя по тому, что он разобрал, дикторы перечисляли главные события дня. Наконец его зрение обрело фокус, и он остановил взгляд на знакомой фигуре, стоявшей над ним. И тотчас вспомнил, что произошло прежде, чем он вырубился. Эми не дала ему убить Номер Тридцать и положила конец его проекту.

Эми была здесь. А значит, она все знала.

Кристофер посмотрел на свои запястья: те были крепко прикручены веревками к подлокотникам стула. Выходит, он все еще в кухне Номера Тридцать. Пара наручников крепко держала его лодыжки.

И тогда он заметил, что Эми по-прежнему здесь. Посмотрел на ее кроссовки, обернутые в голубые пластиковые пакеты, всего в нескольких сантиметрах от него, затем перевел взгляд на ее темные джинсы и черную толстовку, затем на лицо. Она уже подняла на лоб балаклаву, и та была похожа на повязку от пота. В иной ситуации Кристофер решил бы, что она просто собралась на утреннюю пробежку. Он не разобрал выражения ее лица, но было нетрудно догадаться, что оно отнюдь не дружеское. Пульс мгновенно участился.

— Где Номер Тридцать? — спросил он.

— Так вот оно что! Ты даешь им номера? Между прочим, у каждой есть имя. Они ведь люди.

— Были, — поправил ее Кристофер и на несколько мгновений умолк. — Где она?

По лицу Эми промелькнуло выражение, в коем он тотчас узнал стыд.

— В спальне. Когда она открыла дверь, я ворвалась внутрь, набросилась на нее и связала. После чего заперла в спальне и на всю громкость включила музыку, чтобы она не услышала нас.

Уголки рта Кристофера еле заметно поползли вверх. Впрочем, он поспешил подавить то, что в иных обстоятельствах означало бы улыбку.

— Не смотри на меня так. Я вовсе не горжусь тем, что напугала бедную девушку до смерти. Она будет помнить этот ужас до конца своих дней, и благодаря тебе в этом виновата я.

— И все же ты это сделала... Мы могли бы составить отличную команду.

— Лучше ей пройти через это, чем быть убитой тобой.

Кристофер пожал плечами.

— Будь у тебя способность испытывать какие-то чувства, я бы сказала, что в данный момент ты пытаешься спрятать разочарование.

— Почему же, я чувствую. У меня есть чувства к тебе.

Эми вымучила усмешку.

— Неправда! Ты просто играл свою роль — отлично играл, этого у тебя не отнимешь. Но я всегда была лишь пешкой в твоей мерзкой игре.

— Ты так думаешь?

— А что еще я должна думать? Мой бойфренд — серийный убийца!.. Как ты только мог, Кристофер? Как ты мог?

— Неправда, ты не пешка.

— Будь это так, почему ты не придумал какую-нибудь отговорку и не оставил меня, как только узнал, что я офицер полиции? Почему, если я была тебе небезразлична, ты не дал мне и дальше жить своей жизнью? Я была для тебя лишь еще одним вызовом. Тебе было интересно узнать, сумеешь ли ты и дальше делать свое черное дело, встречаясь с полицейским!

Было видно, что она готова разрыдаться.

— Возможно, поначалу так оно и было, но потом все изменилось.

— И чем все это должно было закончиться? Если должно было? Ты намеревался убивать и дальше?

— Девушка в той комнате была последней. По крайней мере, должна была ею стать.

— Какое совпадение, — усмехнулась Эми.

— Я говорю совершенно серьезно. Моя цель — ровно тридцать.

— Но почему? — недоуменно спросила она.

— Начать с того, что я просто поставил перед собой такую цель. Скажу честно, поначалу мне это было в кайф, но с каждым разом становилось все утомительнее.

Эми покачала головой и закатила глаза к потолку, как будто спрашивала у Господа Бога, не ослышалась ли она.

— Убивать женщин... лишать жизни невинных людей... ты называешь это утомительным? Работать на конвейере, зарабатывать на жизнь мойкой машин — вот что такое утомительный труд, а не убийство двадцати девяти невинных душ, Крис!

— Когда ты догадалась? — спросил он, мучимый искренним любопытством.

— Шесть дней назад. Тебя не было дома. Если мои подсчеты верны, ты отправился убивать свою двадцать восьмую жертву. Я была у тебя; листала книги по психологии и о серийных убийцах на твоих полках, пытаясь понять, что толкает монстров на их дела. И среди книг я нашла фотоальбом.

Кристофер медленно кивнул, довольный тем, что наконец может поделиться с ней своей работой.

— Поначалу это показалось мне полной бессмыслицей, — продолжила Эми. — С какой стати у моего Кристофера должны быть эти снимки и как они попали к нему? Я вернулась в полицейский участок и сравнила их с теми, что были оставлены на телах. Они были почти идентичны — почти. Потому что каждое фото было сделано слегка под другим углом, а значит, снимки в твоем альбоме не были репродукциями или копиями. Кто бы ни был сделавший их, он наверняка побывал на месте каждого преступления. Но последние остатки сомнений развеяло кольцо из носа официантки, которое ты зачем-то оставил себе.

Кристофер даже не пытался оправдаться. Качая головой, Эми принялась расхаживать по просторной кухне, совмещенной со столовой.

— Ты хотя бы отдаешь себе отчет в том, что я подумала, когда поняла, что это был ты? — Вопрос был явно риторическим. Кристофер остался доволен, что теперь он мог различить такие тонкости. — Я обыскала твой дом сверху донизу, нашла в твоем неисправном морозильнике пакет с десятком смартфонов. Включила некоторые из них, и единственным приложением на каждом была служба знакомств, и каждая из твоих жертв сообщила тебе свой номер. Разумеется, все твои компьютеры были запаролены, так что в них я заглянуть не смогла, — добавила она, как будто это только что пришло ей в голову.

— Разумеется, — не без самодовольства ответил Кристофер.

— Посмотри на себя, Крис, — резко бросила ему Эми. — Самомнение тебе только повредит. Ты не так умен, как ты думаешь. Ты оставил на месте преступления свою ДНК.

Он покачал головой:

— Это невозможно. Я всегда был осторожен. Даже не сомневаюсь.

— Номер Двадцать Семь.

— Доминика Боско.

Эмми выгнула бровь:

— Ты знаешь их по именам?

— Только ее.

— Почему? Потому что ты убил и ее ребенка?

Кристофер сердито посмотрел на Эми, и впервые за весь их разговор она увидела в его глазах что-то вроде сожаления.

— Наши судмедэксперты нашли на ребенке крошечный сегмент ДНК, — продолжила она. — В какой-то момент ты вернулся на место преступления, встал над ней и заплакал. Они нашли на его головке и груди слезы. У меня были результаты теста твоего биоматериала, который ты отправил в «Найди свою ДНК-пару», и я заплатила одной частной лаборатории, чтобы там сравнили слезы на тельце ребенка и твои результаты. Совпадение составило 99,97 процента. Хотелось бы знать, что тебя тогда так сильно расстроило...

— Ты, — прошептал он, представив безжизненное тельце ребенка.

— Я?

— Я представил, что кто-то сделал то же самое с тобой, что это я стою над твоим телом, что я потерял тебя. Впервые в жизни я не был властен над своими эмоциями, и они взяли надо мной верх.

При этих его словах Эми как будто слегка поникла и опустила плечи, но затем так же быстро встрепенулась снова.

— Я едва не поверила тебе. Но знаешь, почему я никогда не поверю ни единому твоему слову? Потому что я прочла пассажи в книгах, которые ты выделил маркером и потом дословно цитировал мне, говоря о том, что ты чувствуешь, и выдавая эти слова за свои. Ты говорил мне то, что я, по-твоему, ждала от тебя услышать.

— Это лишь потому, что я не привык выражать свои чувства. Это для меня нечто новое, Эми. Я даже не подозревал, что такие, как я, способны любить.

— Такие, как ты... Ты имеешь в виду психопатов, верно?

Кристофер кивнул.

— Мой бойфренд — психопат... Единственное, чему научили меня твои книги, так это что психопаты — непревзойденные манипуляторы.

— Верно, но только не с тобой. Разве я хоть раз пытался манипулировать тобой?

— Ты знал, кто ты такой и чем занимаешься, и все равно позволил мне влюбиться в тебя.

— Будь честна сама с собой. Я ничего такого не делал. Мы — ДНК-пара. Мы созданы друг для друга.

— Ты прошел тест, чтобы познакомиться со мной. Будь в тебе хоть капля человеческого, ты воздержался бы это делать.

— Прости, но мне было любопытно узнать, кто моя ДНК-пара, а потом, когда я познакомился с тобой, я ощутил нечто такое, чего никогда не чувствовал раньше... нечто совершенно мне чуждое. И мне захотелось ближе узнать женщину, которая произвела на меня такой эффект, захотелось понять, почему это происходит. Я даже начал изучать литературу по этому вопросу, потому что не верил, что такое возможно... но да, я полюбил тебя.

Эми покачала головой.

— Прекрати лгать мне, — сказала она, но по тому, как дрогнул ее голос, Кристофер понял: она начинает ему верить.

— Я знаю, кто я такой, Эми... по крайней мере, знаю, кем я был. Я был тем, кто жаждал славы за свои злодеяния. Отнимая у других людей жизнь, я испытывал удовольствие, какое бессильны передать любые слова. Я был эгоистом, я был коварным и хитрым, мне было наплевать на все и на всех. Я был твоей полной противоположностью. Но когда я с тобой... я становлюсь лучше. По крайней мере, рядом с тобой мне хочется стать лучше.

Слушая его, Эми вытерла рукавом слезы, а затем, сделав несколько осторожных шагов вперед, присела с ним рядом. Теперь их лица были на одном уровне.

— Ты любишь меня, Крис? — спросила она, глядя ему в глаза. — Ты действительно меня любишь?

— Да, — ответил он, ни секунды не поколебавшись. — Да, я люблю тебя.

В кои-то веки Кристофер почувствовал себя уязвимым. И не потому, что был привязан к стулу, не потому, что был наконец пойман. Он знал, что Эми это видит. Видит, что перед ней потерянный маленький мальчик, одиночка, который так и не сумел вписаться в человеческое общество, который, понимая разницу между добром и злом, тем не менее выбрал зло. Ради нее он хотел, он был готов измениться. Она наверняка видела перед собой того, кто нуждался в ее благотворном влиянии. Она видела их совместное будущее.

Эми сунула руку в карман и вытащила ключи от наручников.

Глава 93

ДЖЕЙД

Джейд сняла с крючка в кухонном шкафу ключи от внедорожника Кевина и забралась в автомобиль.

После шокирующего известия о том, что Кевин не был ее ДНК-парой, а вот Марк как раз был, она пулей влетела в гостевой дом и провела следующий час, нервно меряя шагами спальню и стараясь совладать с обуревавшими ее эмоциями. Джейд страшно злилась на себя. Ну почему она позволила себе зайти так далеко с Кевином, хотя и знала, что не любит его? Впрочем, не меньше она была зла и на Марка за то, что он лгал ей. Ведь это из-за него она долго чувствовала себя едва ли не шлюхой, потому что ее тянуло к мужчине, с которым она не была связана брачными узами. Без доверия и порядочности, достаточно ли одного лишь совпадения ДНК для того, чтобы удержать двух людей вместе?

Бросив одежду на пассажирское сиденье рядом с собой, Джейд поехала по проселочной дороге по направлению к шоссе. По радио прозвучали первые ноты песни Майкла Бубле[1]. Это тотчас напомнило ей о том, как она любила подтрунивать над Кевином за его музыкальные пристрастия, которые скорее пристали бы домохозяйке, годящейся ему в матери. В ответ Кевин обычно говорил, что ему без разницы, что музыка — просто музыка, и если она вызывает в человеке эмоции, то совершенно не важно, кто ее исполняет. Джейд сделала погромче песню «Ты никто, пока тебя никто не любит».

Следуя дорожным знакам, она вела машину в направлении Эчуки Моамы на реке Муррей и через час уже сняла номер в дешевой гостинице. Джейд знала: рано или поздно ей придется вернуться на ферму и откровенно поговорить с Уильямсами, но следующие не-

---

[1] Майкл Стивен Бубле (р. 1975) — один из самых известных современных крунеров, представителей особого вокального стиля, где элементы блюза и джаза сочетаются с эстрадной манерой пения, задушевным этническим вокалом, речитативом и драматической декламацией.

сколько дней ей, как никогда, требовалось отдохнуть от всех троих, и особенно от Марка.

Она осматривала местные достопримечательности, путешествовала по морю на старом теплоходе, растворялась в толпе посторонних людей на ежегодном фестивале блюза и этнической музыки, посещала окрестные городки, изучала красные каучуковые леса и болота, и все это время попыталась заставить себя не думать о нем. Увы, ничего не помогло. Ее злость на Марка не утихала, хотя она и знала, что его действия были продиктованы исключительно любовью к брату.

После четвертой ночи беспокойного сна Джейд проснулась рано, разбуженная пением птиц. Она села в машину и по памяти поехала туда, куда Кевин отвез ее встретить первый австралийский рассвет в тот день, когда она приехала на ферму. Она очень надеялась, что умиротворение раннего утра поможет обуздать лихорадочный бег ее мыслей.

Джейд сидела на переднем бампере автомобиля, глядя, как солнце начинает восхождение на небосводе, когда внезапно ее потревожил звук шуршащего гравия. Она оглянулась и увидела Сьюзан.

— Я подумала, что ты наверняка здесь, — сказала та. — Ты не против, если я тоже посижу здесь с тобой? — Ее тон был гораздо мягче и менее категоричен, чем несколько дней назад. — С тех пор как ты исчезла, я приезжала сюда каждое утро, просто на тот случай, если ты вдруг окажешься здесь. Когда Марк и Кевин были детьми, я часто привозила их сюда. Кевин любил смотреть вдаль, стараясь заглянуть до самого горизонта. Его заветной мечтой было однажды объездить весь мир.

— Я помню, как он это говорил, — пробормотала Джейд. — Он хотел, чтобы мы объездили его вместе.

Она закрыла глаза и попыталась вспомнить голос Кевина. Прошло всего несколько недель с его смерти, а Джейд уже начинала забывать, как он звучал. При всех ее чувствах к Марку ей недоставало ежедневных бесед с его братом.

Сьюзан протянула руку и обняла Джейд за плечи.

— Значит, ты вышла замуж за моего сына, хотя и не любила его?

Джейд кивнула.

— Почему?

— Потому что знала, что он будет счастлив. Я была очень привязана к нему и хотела, чтобы он счастливо прожил свои последние дни.

— Ты хотела для него того же самого, что и Марк. И Кевин действительно был счастлив в свои последние дни, за что я всегда буду вам обоим благодарна. Вы оба поставили его нужды выше своих собственных, теперь мне это понятно. Пожалуйста, не надо ненавидеть Марка за этот его шаг.

— У меня нет к нему ненависти, Сьюзан, но это не значит, что последние несколько дней дались мне легко. Обычно я всегда уверена в себе и в два счета могу поставить на место любого. Но Марк затмил для меня все на свете, и я не знаю, что думать и что чувствовать. Единственное, что я знаю: после случившегося, с тех пор как я оказалась здесь, мне нужно побыть одной и подальше от вашей семьи. Извини, я не хочу, чтобы это прозвучало грубо.

— Нет, моя дорогая, это вовсе не грубо. И я не собираюсь притворяться, что понимаю, каково тебе. Но, пожалуйста, прислушайся к совету пожилой женщины: не упусти свое счастье. Я сумела изгнать из своей души злость на болезнь, которая убивала моего сына, ведь единственным человеком, кто от этого страдал, была я сама. Так и ты должна изгнать из своей злость на Марка. Я уверена, именно этого и хотел бы Кевин. Если у тебя есть шанс любить кого-то так же сильно, как любят тебя, хватай его обеими руками и не выпускай.

Глава 94

НИК

Ник искренне не понимал, почему Салли категорически отказывается принять обезболивающее, чтобы хоть немного облегчить муки родовых схваток.

Бóльшую часть последнего месяца беременности она жаловалась на жесточайшие головные боли, от которых ей бывало дурно до рвоты, но Салли не могла заставить себя принять хоть что-то сильнее парацетамола. Теперь ей предложили целый десяток препаратов на выбор, однако она наотрез отказалась от всех. Ник знал: на ее месте он принял бы дозу, достаточную, чтобы вырубить бегемота, тем более что с того момента, как у нее отошли воды, прошло уже двадцать часов.

Глядя, как Салли корчится от боли, Ник задавался вопросом, не пытается ли она что-то доказать этим. Что, если она добровольно проходит через физические страдания, чтобы доказать и ему, и миру, что тоже способна переносить боль? Ник покачал головой: нет, это просто глупо — никто в здравом уме не станет целенаправленно доводить себя до полного изнеможения.

— Ну же, Салли, — ласково произнесла акушерка, — продолжай тужиться, когда я тебе говорю, и ни о чем не беспокойся, у тебя все отлично.

— Я не могу! — исступленно выкрикнула Салли и посмотрела на Ника с таким отчаянием в глазах, что он моментально ощутил себя виноватым в ее страданиях. Собрался с духом, крепко сжал ее руку и потер плечо.

Ник понимал: независимо от того, что было между ними в прошлом, независимо от того, чего он лишился, в данный момент для него имели значение лишь два человека во всем мире, и они были в этой комнате, рядом с ним. Он мысленно поклялся держаться стойко — ради Салли и крошечного существа, которое сейчас находилось на пути в этот мир, чтобы присоединиться к их незаконному союзу.

— Ты справишься, крошка, — тихо произнес он. — Я здесь и больше никуда не уйду.

— А если...

— Никаких «если», — оборвал ее Ник. — Мы с тобой пройдем долгий путь. Обещаю.

Во время перерыва в схватках акушерка посоветовала Нику сходить прогуляться. С начала родов у него во рту не было ни крошки. Конечно, все самое трудное доставалось Салли, но, проведя столько времени с ней рядом, он чувствовал себя совершенно измотанным, и ему отчаянно хотелось чего-нибудь сладкого. Опустив в автомат двухфунтовую монету, Ник купил себе «Сникерс» и кока-колу с большим содержанием сахара в надежде на то, что ударная порция глюкозы поможет ему взбодриться. Затем, видя, что в коридоре нет никого, кто мог бы заметить его и сделать замечание, Ник втихаря затянулся электронной сигаретой, которую сунул в карман, пока они с Салли ожидали такси до больницы.

Вдыхая дым, Ник на мгновение позволил закрасться в голову мыслям об Алексе. Интересно, как тот поживает у себя дома в Новой Зеландии? Они договорились заблокировать друг друга на «Фейсбуке», чтобы никто из них обоих не видел, как другой справляется со своей жизнью. Что, однако, не мешало Нику частенько думать о том, начал ли Алекс с кем-то встречаться, и если да, кто же этот счастливчик — мужчина или женщина? Он с трудом представлял себе, каково это, быть с кем-то еще после того, как ты потерял человека, предназначенного тебе судьбой. Как могут какие-то отношения сравниться с чем-то, когда ты знаешь, что любил кого-то всем сердцем?

Выбросив в урну пустую банку из-под колы и обертку от шоколадки, Ник зашагал к палате, но на полпути услышал сигнал тревоги и пикающие звуки. Причем доносились они из того конца коридора, где находилась палата Салли.

Ускорив шаг, Ник догнал акушерку и двух медсестер — те уже выкатили Салли на ее кровати из палаты в коридор и теперь направлялись к двери с табличкой «Операционная».

— Салли! — крикнул Ник, но та не ответила, недвижно лежа с закрытыми глазами. — Что случилось?

— Произошли осложнения, — спокойно ответила акушерка, передавая кровать подоспевшему санитару. — Салли потеряла сознание, и все наши попытки привести ее в чувство потерпели неудачу.

Ник побледнел. Ноги сделались ватными. Он испугался, что сам, того гляди, рухнет без сознания в больничном коридоре.

— А что с ребенком?

— Наша первоочередная задача — спасти Салли, и пока мы будем реанимировать пациентку. Прибудет хирург-гинеколог, чтобы сделать экстренное кесарево сечение. Бригада врачей уже в операционной.

— Мне можно туда зайти?

— Боюсь, что нет. Давайте я провожу вас в комнату ожидания. Как только будут какие-то новости, я приду и сообщу вам.

— Она неделями страдала от головных болей...

— Мы делаем для нее всё, что в наших силах. А теперь давайте я отведу вас в комнату ожидания.

Стеклянная дверь закрылась. Ник остался беспомощно стоять, глядя вслед шагающей по коридору акушерке, пока та не исчезла из виду.

Он был слишком потрясен, чтобы вертеть головой по сторонам. Неподвижно стоял в пустой комнате, лихорадочно пытаясь осмыслить, что происходит. Он уже потерял Алекса; но потерять еще Салли и ребенка? От такого удара ему просто не оправиться. Без них у него не останется ничего. Он сам будет ничем.

Акушерка вернулась через пятнадцать минут, следом за ней вошла гинеколог. Они еще не открыли рта, но по выражению их лиц Ник уже понял, что они ему скажут.

Глава 95

ЭЛЛИ

Элли застыла, глядя на безжизненное тело Мэттью, — всего миг, но он изменил все.

Внезапно ужаснувшись тому, что только что сотворила, она от страха прикрыла дрожащей рукой рот и замерла на месте. Только б не закричать! Элли обвела взглядом кабинет, не зная, в какую сторону ей смотреть; ноги предательски дрожали и подкашивались. Но она испугалась, что если вдруг решится сесть, чтобы успокоить нервы, то уже не сможет заставить себя снова подняться. Ей хотелось одного: выбежать из кабинета, запрыгнуть в машину и поехать домой в Дербишир к своей семье, а Мэттью пусть останется лежать здесь, за сотни миль от ее дома. Что, кстати, было бы вполне возможно, если б не одно «но» — не соверши она преднамеренное убийство.

Сделав несколько глубоких вдохов, она попыталась сосредоточиться на нескольких, весьма ограниченных, вариантах. Андрей наверняка сможет ей помочь. Элли нащупала тревожную кнопку и с силой нажала. Менее чем через минуту до нее донеслись его шаги по мраморному полу, а затем, с дубинкой в руке, ворвался в комнату и он сам. И тотчас застыл на месте, посмотрев вначале на нее, а затем на распростертое на полу тело Мэттью, вокруг головы которого уже растекалась лужа крови.

Впрочем, выражение лица Андрея оставалось каменным.

— Мне нужна твоя помощь, — прошептала Элли голосом, в котором, однако, слышалась паника.

Окинув взглядом комнату на предмет любых потенциальных опасностей, Андрей вытащил мобильный телефон.

— Бесполезно, можешь даже не пробовать. Сигнала нет, — сказала Элли. — Он об этом позаботился.

— Переоденьтесь в чистое, и мы уходим отсюда, — угрюмо произнес Андрей, жестом указав на пятна крови на одежде Элли. — Я знаю людей, которые могут сделать так, что никто даже не догадается, что здесь произошло.

Она бросила на него нервный взгляд, в котором, однако, читалась благодарность.

— Переоденьтесь, — повторил он, на этот раз более требовательно.

Элли поспешила в туалет. Заглянув в шкаф, где на всякий случай держала запас чистой одежды, она вытащила блузку и юбку, практически идентичные тем, что были на ней сейчас. Водой из-под крана смыла с лица и рук пятна крови. Не в силах до конца осознать весь ужас своего положения, в упор посмотрела на свое отражение в зеркале.

— Он сам виноват, не оставил тебе выбора, — произнесла она вслух. — Ты — хороший человек, ты сделала замечательные вещи на благо всего мира. Он хотел не просто отнять их у тебя, он хотел отнять их у всех людей. Он сам это совершил, ты тут ни при чем.

Стук в дверь вернул ее обратно в реальность. Выйдя, она увидела, как Андрей закатывает тело Мэттью в ковер, на котором тот умер.

— Уходим отсюда. Мои люди здесь все уберут, — сказал он и оттащил завернутого в ковер Мэттью в туалет, с глаз долой.

Элли подчинилась. Андрей вывел ее в коридор, как раз в тот момент, когда к ней подбежала Ула.

— Ваш телефон не отвечает! — испуганно крикнула она.

— У меня совещание, которое...

Но помощница оборвала ее:

— Картинка из вашего кабинета транслируется в режиме онлайн!

— Что?

— Посмотрите, — закричала она и за руку потащила Элли к своему рабочему месту. — Вас и Тима видят все пользователи интернета. Все могут видеть и слышать ваш спор. Но я все же не понимаю: как вы можете одновременно находиться здесь и на экране моего компьютера?

Элли посмотрела на видеоизображение себя и Мэттью. По ее расчетам, судя по тому, что тот как раз налил себе вторую порцию виски, отставание во времени от начала их спора составляло около пятнадцати минут. Посмотрев, как он несет графин обратно к диванам, Элли внутренне содрогнулась при мысли о том, какое применение чуть позже найдет себе этот графин.

— Кому это доступно для просмотра? — не скрывая тревоги, спросила Элли.

Ула проверила.

— Думаю, это автоматически передается на компьютеры или планшеты всех наших сотрудников по внутренней сети.

— Свяжись со службой техподдержки, пусть прекратят трансляцию.

Ула взялась за телефон, а Элли взглянула на Андрея, ища поддержки. Увы, впервые с тех пор, как он начал работать на нее, она увидела в его глазах растерянность.

— Мне сказали, что IP-адрес принадлежит ноутбуку в вашем кабинете, — сказала Ула, — но трансляция также доступна на многих других онлайн-ресурсах. Достаточно зайти в «Ютьюб», «Вимео», «Фейсбук», «Твиттер»... Любой человек в любой точке земного шара может видеть это в прямом эфире, а трансляция ведется из веб-камеры вашего ноутбука.

Андрей метнулся обратно в ее кабинет. Насмерть перепуганная Элли бросилась за ним следом и захлопнула за собой дверь. Вбежав, Андрей выдернул из ее ноутбука все провода, схватил его, поднял над головой и с силой швырнул на пол. Затем еще с десяток раз пнул его ногой.

Когда они с Андреем во второй раз вышли из кабинета, Элли увидела, что у монитора Улы столпилась небольшая группка любопытных. Завидев Элли, они смущенно отпрянули назад.

— Трансляция все равно продолжается, — сказала Ула. — Простите, но айтишники говорят, что трансляция идет не через сервер в нашем здании, поэтому они не могут ничего сделать, чтобы она прекратилась.

Элли окаменела от ужаса. Минут через пять весь мир услышит слова Мэттью о том, как он скомпрометировал ее базу данных и что два миллиона человек, которые доверяли ей, стали жертвами ложных совпадений ДНК. Но и это еще не всё! Затем они станут свидетелями того, как одна из самых успешных бизнес-леди во всем мире графином забивает своего безоружного жениха до смерти. И самое страшное: она была не в состоянии этому помешать...

Взгляды всех, за исключением Элли, были прикованы к монитору Улы. Пытаясь успокоиться, Элли сделала несколько глубоких вдохов и прислонилась к стене кабинета. Она стояла так, медленно сползая вниз, пока не оказалась на полу.

По приказу Андрея Ула вытолкала всех за дверь, и они остались втроем. Глаза Улы и Андрея были прикованы к экрану. Элли даже не пыталась их отвлечь. Как говорится, будь что будет. Она вновь услышала глухой стук — удар графина о голову Мэттью, затем еще один, когда тот упал на колени, и наконец стук заключительного, смертельного удара.

Ула ошеломленно выдохнула и с изумлением уставилась на свою начальницу.

— Пойдемте, — в отчаянии произнес Андрей и протянул к Элли руку. — Давайте я выведу вас из здания.

Но Элли в ответ вежливо покачала головой, затем посмотрела на каждого из них и спокойно произнесла:

— Спасибо вам обоим за все, что вы для меня сделали. Я позабочусь о том, чтобы вы получили за это щедрое вознаграждение. — Она разгладила складки на юбке и заложила волосы за уши. — Ула, после того, чему вы только что стали свидетелями, если ты сможешь собрать мою команду юристов и организовать встречу со мной в переговорной, я буду невероятно признательна. Полагаю, уже очень скоро сюда прибудет полиция. И последнее — очисти на ближайшее будущее мой график.

Элли умолкла и, взглянув на логотип «Найди свою ДНК-пару» на матовом стекле перегородки кабинета, представила завернутое в ковер бездыханное тело Мэттью, лежащее на полу в туалете. Она была с ним счастливее, чем могла когда-либо себе представить, но только сейчас осознала: совпадение ДНК здесь ни при чем. Просто она впустила в свое сердце настоящую любовь.

Элли заставила себя подняться с пола и зашагала к себе в кабинет. Войдя, закрыла за собой дверь, налила джина с тоником и села за рабочий стол. В коридоре уже слышались первые шаги: это люди выходили из лифта и направлялись к ее кабинету.

Элли взяла свой «Айпэд» — хотела пробежать глазами обширный список дел, которые, хотелось ей того или нет, она всякий раз бывала вынуждена завершить до конца рабочего дня. Увы, экран был пуст: Ула уже все удалила.

Глава 96

МЭНДИ

— Оставайся в машине, пока я не выясню, что происходит. Обещай мне, что ты даже не сдвинешься с места. Поняла?

Это не был вопрос. Это был приказ. Исполненная решимости, Лоррейн, офицер полиции, приставленная к Мэнди, не стала дожидаться ответа. Спрыгнув с водительского сиденья, она поспешила к входной двери сельского домика.

Две другие полицейские машины и фургон прибыли сюда раньше их и теперь стояли на булыжной мостовой рядом с двумя каретами «Скорой помощи». Свернувшись клубочком на заднем сиденье машины, Мэнди боялась дышать и лишь тянула шею, пытаясь рассмотреть из-под повязки на голове, что, собственно, происходит в доме. Похоже, там кипела какая-то бурная деятельность. Полицейские сновали туда-сюда, переговариваясь по рации и мобильникам.

В конце концов, не в силах больше выносить томительное ожидание, Мэнди вцепилась потными пальцами в дверь и на дрожащих ногах вылезла из машины

Поездка из Эссекса в Озерный край заняла пять часов. Движение машины и ее собственные нервы делали свое дело — Мэнди постоянно укачивало. Лоррейн была вынуждена то и дело делать остановки, давая ей возможность выйти на свежий воздух, где Мэнди всякий раз тошнило прямо на обочине. От адреналина кружилась голова, но ничего, она готова потерпеть. Главное, наконец можно будет взять в руки своего малыша — при условии, что тот действительно находится в доме Пэт.

Какое счастье, что она вспомнила фото семейного домика в Озерном краю! Пэт как-то раз обмолвилась, что Ричарду нравилось бывать там. Детективы вскоре разыскали среди вороха документов Пэт свидетельство о собственности на дом, после чего немедленно началась полицейская операция. Сначала полицейские в штатском отправились на место и разыскали дом. Как только они подтвердили, что видели там женщину, соответствующую описанию Хлои, как план спасения ребенка перешел в решающую фазу.

— Где он? — выкрикнула охваченная ужасом Мэнди, на ватных ногах подходя к передней двери, из которой как раз показалась Лоррейн.

— Мэнди, прошу тебя, только без паники, — сказала та и взяла ее за руки. — Хлою уже арестовали и увезли в полицию. Твой сын сейчас с Пэт. Но она забаррикадировалась в ванной комнате.

— Но что она там делает?

— Насколько мы можем судить, ребенок в безопасности, но Пэт, прежде чем открыть дверь, хочет поговорить с тобой.

— Мне нечего сказать этой женщине. Мне нужен только мой ребенок.

— Как ты понимаешь, все мы тоже за то, чтобы она отдала его тебе. Поэтому давай попробуем. Я буду рядом с тобой, так что ни о чем не волнуйся.

Мэнди вытерла глаза тыльной стороной ладони и вместе с Лоррейн шагнула в крошечный, под соломенной крышей домик. Поднявшись по узкой, покрытой ковролином лестнице на второй этаж, подошла по коридорчику к деревянной двери. Стены коридора были увешаны пыльными фотографиями Ричарда и всей их семьи. Правда, Мэнди толком не сумела рассмотреть их из-за голов полицейских, которых здесь было с полдесятка. В руках у одного был черный металлический таран, и, похоже, он был готов при первой же необходимости пустить его в ход.

— Успокойся, сделай несколько глубоких вдохов и говори с Пэт так, как ты разговаривала с ней до того, как все это случилось, — сказала Лоррейн. — Спокойно и приветливо, хорошо? Не вступай ни в какие споры и не теряй самообладания. Ты меня поняла?

Мэнди кивнула, совершенно не уверенная в том, что сможет удержать свои эмоции в кулаке, тем более что весь последний месяц она ждала и никак не могла дождаться момента, когда наконец выскажет бабушке ребенка все, что она думает о ней.

— Пэт, рядом со мной стоит один человек, который очень хочет с вами поговорить, — сказала Лоррейн и кивнула Мэнди.

Та про себя сосчитала до десяти, сделала несколько глубоких вдохов и наконец заговорила:

— Привет, Пэт, это Мэнди.

За дверью ванной послышалось какое-то движение, а затем впервые она услышала голос своего ребенка — тихое хныканье или скорее писк. Чтобы не разрыдаться, Мэнди крепко зажмурила глаза. Внезапно ее сын стал реальностью; в эти мгновения их разделяли лишь несколько футов досок и штукатурки. При желании она могла бы снести все это голыми руками, однако была вынуждена сдержаться.

— Что с моим ребенком, Пэт? Ответь мне честно, с ним всё в порядке?

— Да, с ним всё в порядке, — ответила Пэт из-за двери. Мэнди показалось, что она услышала в ее голосе усталость.

— Пэт, я должна увидеть моего сына.

— Я знаю. Но мне хочется побыть с ним чуть дольше.

— Ты уже долго была с ним, Пэт. Я же его еще ни разу не видела.

— Он вылитый отец, наш маленький красавчик... Те же самые глаза и волосы...

— Я жду не дождусь, когда его увижу.

Мэнди вопросительно посмотрела на Лоррейн, молча спрашивая, все ли правильно? Та ответила ей ободряющим кивком.

— Почему ты забрала его себе, Пэт? Почему ты сбежала с ним? Мы все страшно переволновались.

— Извини, но ничего другого мне не оставалось. Ты не разрешила бы нам даже посмотреть на него.

Она права, подумала Мэнди. Как только она узнала, что Пэт и Хлоя солгали ей о смерти Ричарда, ей хотелось лишь одного: вместе с ребенком как можно дальше бежать от них.

— Конечно, разрешила бы, — солгала она. — Ты — его бабушка. Как я могла не показать его тебе?

— Если честно, я не верю тебе, дорогая, но мы должны были убедиться, что это сработает... — Она умолкла, явно не договорив.

— Что именно сработает?

И в ванной, и в коридоре воцарилось молчание.

— Пэт, что ты хочешь сказать? Что должно было сработать?

— Мы вовсе не искали замену Ричарду, как ты подумала...

— Тогда зачем ты забрала моего ребенка? Я ничего не понимаю.

— Хлоя где-то прочла, что дети ДНК-пар обладают особой энергетикой и способны вывести родителя из комы... Твой сын был нашей последней надеждой.

Неужели Пэт говорит правду? Мэнди вопросительно посмотрела на Лоррейн. Та в ответ лишь пожала плечами.

— Но Ричард не в коме. Он в перманентном вегетативном состоянии. Это абсолютно разные вещи.

— Я знаю, но мы все равно решили попробовать. Мы привозили малыша к Ричарду и долгими часами сидели с ними обоими. Но ничего не произошло. Он даже не пошевелился. Мой мальчик даже не пошевелился!..

Мэнди показалось, будто из-за двери донеслись глухие рыдания.

— Тогда почему вы не вернули ребенка мне?

— Я не знаю, — прошептала из-за двери Пэт. — Я не знаю. А сейчас извини, нам пора отдыхать.

После этих ее слов Мэнди почему-то вновь охватил страх.

— Пэт, я очень прошу тебя, отдай его мне прямо сейчас!

Ответа не последовало. Мэнди повторила свою просьбу.

— Пэт! Ты слышишь меня? — в отчаянии крикнула она.

— Я хочу спать, — тихо, едва слышно, ответила из-за двери Пэт. — Мы с моим внуком хотим спать.

Когда Хлоя узнает правду, скажи ей, что я хотела как лучше.

— О чем она? — спросила Мэнди у Лоррейн. Та в свою очередь обернулась к другому детективу.

— Лоррейн! — крикнула в панике Мэнди. — Что происходит?

В следующий момент ей на плечи легли чьи-то руки и оттащили ее от двери. Полицейский, стоявший с тараном наготове, пустил его наконец в ход и, с силой стукнув по дверной ручке, сломал замок. Первыми в ванную ворвались трое полицейских. Мэнди вбежала следом за ними, глазами ища сына.

На полу рядом с ванной она увидела два бездыханных тела — бабушки и внука. Оба белее белого и с закрытыми глазами.

Глава 97

КРИСТОФЕР

Эми стояла на коленях перед Кристофером. Тот сидел прикованный к креслу в доме, который должен был стать домом его последней жертвы. В крепко сжатом кулаке она держала ключ и могла отомкнуть наручники, которыми были надежно скованы его лодыжки.

На мгновение связь между ними сделалась такой мощной, что Кристофер, похоже, прочитал ее мысли: когда он признался, что благодаря ей собрался стать на путь истинный, Эми поверила в искренность его слов. Похоже, он не сомневался, что она по-прежнему любит его, несмотря на все его злодеяния.

— Единственный маленький плюс, который я вижу в данной кошмарной ситуации, это то, что не я пробудила в тебе зверя, — сказала Эми, вставляя ключ в замок. — Когда я сопоставила даты каждого убийства, выяснилось, что они начались за три недели до нашего знакомства.

Кристофер кивнул:

— Это... нечто... в моей голове, оно заставляет меня... но к тебе это не относится. Когда мы только начали встречаться, мне нравилось творить эти дела втайне от тебя — не просто втайне от своей возлюбленной, а от офицера полиции. Но чем больше я тебя узнавал, чем больше влюблялся в тебя, тем менее увлекательным мне стало казаться то, что я делал. Поверь мне, чем дольше мы были вместе, тем сильнее я ощущал, что становлюсь другим человеком.

Эми прекратила поворачивать ключ и замерла.

— Тогда почему ты продолжал убивать, если тебе это больше не приносило удовольствия?

— Извини, что?

— Если благодаря мне ты изменился в лучшую сторону, тогда почему тебе требовалось убивать и дальше?

— Потому что моей целью всегда было довести число убийств до тридцати.

— Значит, дело не в том, что у тебя была потребность убивать, ты просто сам сделал такой выбор? Это было сознательное решение и оно не имело ничего общего с тем, кем ты на самом деле являешься?

— Думаю, да, так и есть.

— И что же дальше? Ты просто собирался прекратить это?

— Да.

— Что ты надеялся благодаря этому получить? Известность? Ты пришел бы с признанием в полицию? Или ко мне?

— Нет. Мне было бы достаточно знать, что никто никогда не догадается, кто я на самом деле, почему начал это делать и почему внезапно прекратил.

— А если б ты не достиг своей цели, тридцати жертв? Если б ты поставил наши отношения выше и прекратил убивать? Что было бы тогда?

— Если честно, не знаю. Я думал об этом: но боялся, вдруг я возненавижу тебя за то, что ты встаешь между мной и моими планами, и, может быть...

— ...Убьешь и меня?

Кристофер кивнул, и во взгляде Эми что-то изменилось. В момент прояснения сознания она вытащила ключ из все еще замкнутых наручников и поднялась на ноги.

— Я так много о чем хочу тебя спросить, но даже не знаю, с чего начать, и боюсь того, что могу услышать.

— Попытайся.

— Ты уже родился таким?

— Да.

— Ты всегда был убийцей?

— Нет.

— Почему ты ненавидишь женщин?

— Это неправда. Просто справиться с ними проще, чем с мужчинами.

— Почему ты начал убивать?

— Чтобы проверить, смогу ли я потом остановиться.

— Почему? Ты же умный человек — и это мне всегда нравилось в тебе. Почему бы тебе не обратить свои усилия на благо людей?

— Мой мозг не так устроен. Мне наплевать на людей. Одна только ты мне небезразлична.

— Почему ты пригласил меня на ужин в ресторан, где работала молодая официантка с серьгой в носу?

— Я не знаю.

— Ты все знаешь, Крис. Это доставляло тебе какое-то извращенное удовольствие — смотреть, как она нас обслуживает, зная, что позже ты собираешься ее убить. Это похоже на то, как кошка приносит мышь к ногам хозяина. Ты решил покрасоваться.

Не выдержав взгляда Эми, Кристофер отвел глаза.

— Что означает символ, который ты рисуешь баллончиком возле домов твоих жертв?

— Это святой Христофор[1], покровитель путешествующих. Он переносит маленького Христа на своей спине через реку[2].

— То есть ты ассоциируешь себя с ним? Со святым Христофором, который переносит этих девушек из жизни с одной стороны в смерть на другой?

— Что-то вроде этого. Но на самом деле они никогда не будут мертвы. Они всегда будут связаны с этой историей, а когда человека помнят, он не может полностью умереть.

— Не надо шутить, Крис. На самом деле они мертвы.

— Можно я сейчас тебя кое о чем спрошу? Почему ты не сдала меня своим коллегам сразу после того, как обнаружила, кто я на самом деле? Это было бы очевидным решением, а не... вот это.

Эми покачала головой и подняла руку, собираясь провести ею по волосам.

---

[1] По-английски написание аналогичных имен «Христофор» и «Кристофер» совпадает.

[2] Согласно житийной легенде, языческий гигант-силач, переносивший людей через реку, выступая в роли живого парома, однажды с трудом перенес мальчика, посреди пути внезапно ставшего невероятно тяжелым. Мальчик оказался Христом, несущим, по его словам, все тяготы мира, и окрестил гиганта Христофором, т. е. «Христоносцем» (*греч.*).

— Не делай этого, — приказал Кристофер. — Если с твоей головы упадет хоть один волос, ты оставишь свою ДНК.

Его забота поразила Эми.

— Мы вродс бы живем и работаем в эпоху равенства, и у меня не меньше возможностей карьерного роста, чем у моих коллег-мужчин. Но скажи я им о том, что знаю о тебе, а затем моим друзьям, моей семье, незнакомцам на улице... в книгах, которые будут написаны о тебе, и в телесериалах, которые будут сняты о нас, я всегда буду женщиной-полицейским, чей возлюбленный оказался одним из опаснейших серийных убийц во всей стране... Детективом, чья ДНК-пара убила двадцать девять женщин прямо под ее носом. Ты не только оборвал жизни этих девушек и разрушил их семьи; ты погубишь и меня, мою карьеру и любую возможность на счастье, которую я могла бы обрести с другим мужчиной, потому что мир будет знать, что я с гнильцой.

При упоминании других мужчин Кристофер ощутил нечто вроде укола ревности. Впервые он задумался о том, как чувствовал бы себя, если б Эми была с кем-то другим, и эта мысль ему совсем не понравилась.

— Тогда дай мне уйти, и у тебя по-прежнему останусь я, хоть и с изъяном, — произнес Кристофер. — Развяжи меня и дай доделать мою работу. Теперь ты знаешь обо мне все, что нужно знать. Терять нам нечего. Ты считаешь, что я разрушил все, что у нас было, но это больше не повторится. Отныне я не разрушу ничего, что у нас с тобой может быть.

— Ты не можешь просить меня об этом, Крис, — еле слышно прошептала Эми и сморщила лицо, пытаясь сдержать предательские слезы. Ей отчаянно хотелось верить ему. В эти мгновения она разрывалась между любовью к своей ДНК-паре и осознанием того, что нужно сделать. Эми вновь принялась мерить шагами комнату, стараясь не приближаться к Кристоферу.

— Что будет, если твоя истинная сущность вновь поднимет свою уродливую голову? Что произойдет, когда тебе вновь захочется испытать то возбуждение, которое ты получаешь от убийств, от своего хитрого плана, этой шумихи — всего того, чего я не могу тебе дать? Сомневаюсь, что ты любишь меня так сильно, чтобы перестать убивать, если тебе вновь подвернется такая возможность. И как бы я ни хотела верить, что этого больше не произойдет, вместе нас будет удерживать не любовь и не совпадение наших ДНК. Это будет мой страх, что ты вновь выйдешь на охоту и пострадает очередная невинная жертва...

— Ты не понимаешь, — оборвал ее Кристофер. Его уже начал мучить страх, что он так и не сможет убедить Эми. Пока они вместе, у него вряд ли возникнет желание убивать. — Я люблю тебя, Эми.

Прежде чем та успела отреагировать на его слова, раздался голос телеведущего:

— Невероятные новости об истории, за которой мы пристально следим этим вечером. После трансляции, которую мы видели ранее, когда на наших глазах предположительно исполнительный директор компании «Найди свою ДНК-пару» Элли Стэнфорд оказалась вовлечена в фатальную ссору с мужчиной, считавшимся ее женихом, в своем официальном заявлении компания подтвердила, что ею начато немедленное расследование его заявлений о том, что им якобы была предпринята хакерская атака на базы данных ДНК, что повлекло за собой ложные совпадения по всему миру.

Эми и Кристофер мгновенно обратили взгляды на экран, внимательно слушая слова диктора. Тот между тем продолжал:

— В результате этого, одного из самых крупных за последнее десятилетие взлома баз данных пострадали предположительно два миллиона пар, что ставит под угрозу взаимоотношения всех пар, которые познакомились в последние полтора года.

Наморщив лоб, Кристофер повернулся к Эми, пытаясь переварить услышанное. Он не слишком хорошо понимал других людей, но знал, что означает выражение ее лица.

— Эми, — взмолился он, и голос его дрогнул. В свою очередь она шагнула прочь, исчезнув из его поля зрения. — Это ничего не меняет, мы знаем, что созданы друг для дру...

Прежде чем он договорил, проволока для резки сыра, которую он пускал в ход двадцать девять раз, оказалась на его собственной шее и начала затягиваться. Кристофер принялся раскачиваться взад-вперед, затем из стороны в сторону, пытаясь освободиться, однако Эми отказывалась сдаваться. Она была женщиной сильной, и все равно ей наверняка пришлось до предела напрячь мышцы рук и торса, чтобы удержать его на месте.

Когда же проволока вошла ему под кожу, Кристофер внезапно оставил попытки сопротивления и расслабился, позволяя спокойствию захватить контроль над его телом и разумом. Он запрокинул голову назад и пристально посмотрел Эми в глаза, глядя, как слезы падают с ее подбородка ему на лицо, смешиваясь с его слезами, и так до тех пор, пока все вокруг не провалилось в черноту.

Глава 98

ДЖЕЙД

Почти весь свой последний день на ферме Джейд провела, готовясь к путешествию вдоль восточного побережья Австралии.

Когда она вернулась из магазина, где покупала съестные припасы, Сьюзан уже постирала, высушила и отутюжила всю ее одежду и сложила аккуратными стопками рядом с ее чемоданом. Взяв ключ от грузовика Кевина, Дэн удостоверился, что шины как следует накачаны, в багажнике есть запасное колесо, а масло, вода, охлаждающая и тормозная жидкость — в наличии. Загрузив в автомобиль семь двухлитровых бутылок воды на экстренный случай, он вручил Джейд запасное зарядное устройство для телефона. А также взял с нее обещание присылать на электронную почту все фото, какие она будет делать по дороге.

Перед отъездом Джейд выбрала время, чтобы посетить могилу Кевина. Сев возле временного деревянного креста, установленного, пока не будет готов каменный обелиск, она погрузилась в задумчивость. Стоило ей закрыть глаза, как Джейд едва ли не кожей начинала чувствовать то, что ее окружало. Она ощущала присутствие Кевина в легком ветерке, а когда делала глубокий вдох, то в аромате цветов чувствовала его запах. Он был в листве деревьев, он был частью каждого рассвета, который она видела, просыпаясь рано поутру. Он всегда будет оставаться внутри нее, как бы далеко ни увела ее дорога.

Джейд пролистала сообщения в своем телефоне, оживляя в памяти сотни диалогов, которые они вели в течение тех шести месяцев, что были знакомы, прежде чем она приехала сюда, в Австралию. ДНК-пара он ей или нет, она ужасно скучала по нему. Никто в целом мире не знал ее лучше, чем Кевин.

Когда Джейд вернулась на ферму, Сьюзан и Дэн оставили вниз, под задние пассажирские сиденья, коробки, набитые сэндвичами и салатами.

— Ты уже всё собрала? — спросила Сьюзан.

— Думаю, да.

— На всякий случай, в дополнение к твоему навигатору, я положил дорожную карту, если вдруг техника тебя подведет, — сказал Дэн.

— Спасибо, — ответила Джейд и обняла свекра.

— Нет, это тебе спасибо за все, — возразила Сьюзан. — Знаю, тебе было нелегко, особенно в последние несколько недель, но я рада, что мы по-прежнему друзья. А теперь пообещай мне кое-что еще, хорошо?

— Конечно. Что именно?

— Пообещай мне, что присмотришь за моим мальчиком.

— Мама, со мной все будет хорошо, — улыбнулся Марк и, прежде чем бросить рюкзак на заднее сиденье, поцеловал ее в щеку.

— Обещаю, — ответила Джейд. — Никто из нас не покинет эту семью в ближайшее время.

Глава 99

НИК

Ник ждал, пока служители отнесут гроб в крематорий. Все это время его взгляд был прикован к дверному проему.

В колонках играла выбранная им песня Эми Уайнхаус. Плетеный гроб поставили на стол в траурном зале, полном людей, пришедших проводить Салли в последний путь, и началась поминальная служба. Родители Ника стояли слева и справа от него, поддерживая под руки.

Патологоанатом отдал тело семье через восемь дней после смерти, и хотя расследование было закрыто, официальное заключение еще не было сделано. Ника неофициально проинформировали о том, что в мозгу у Салли была обнаружена не выявленная ранее аневризма, что и было причиной ее постоянных головных болей. По всей видимости, и причиной ее смерти тоже.

Внезапная смерть Салли стала для Ника тяжелым ударом, но было и кое-что еще. Когда она умирала, врачи посредством экстренного кесарева сечения извлекли из ее утробы мальчика. Ребенок был жив, и его кожа была такой же темной, как и его волосы.

* * *

— Как часто это происходило?

— Несколько раз.

— Несколько — это сколько? — повторил Ник, на этот раз более жестко.

— Не знаю, не считал. Но, в общем-то, достаточно часто, мне так кажется.

— Это был просто секс?

— Нет.

— Что же это тогда было?

— Она была моей ДНК-парой.

— Что?

— Мы прошли тест, и Салли оказалась моей парой. По крайней мере, так мы думали.

Ник мгновенно перестал мерить комнату шагами и уставился на Дипака. Малыш Дилан спал, положив голову на полотенце, перекинутое через его плечо.

Друзья и родственники, приходившие посмотреть на мальчика, не могли не заметить разницу между его темной кожей и белолицыми Салли и Ником. Как только первый шок, вызванный смертью Салли, отступил, Ник осознал: биологически это не его сын, и что-то подсказало ему, что настоящий отец мальчика был близок к их семье.

Вскоре Сумайра и Дипак, также недавно ставшие родителями, приехали в квартиру Ника выразить свои соболезнования и впервые взглянуть на Дилана. Испуганного выражения на лице Дипака было достаточно, чтобы подозрения Ника подтвердились. Сумайра и Дипак почти ничего не сказали и быстро уехали. На похоронах Салли они также отсутствовали.

И вот теперь Дипак неподвижно сидел на диване в квартире Ника. Под его покрасневшими глазами залегли темные тени.

— Значит, несколько месяцев назад, в тот вечер, как это все началось между Салли и мной, я был прав, когда сказал, что ты и Сумайра не ДНК-пара?

Дипак кивнул:

— Мы прошли тест уже после свадьбы, но Сумайре было стыдно признаться в этом перед людьми. Ты же знаешь, как некоторые относятся к таким бракам, где нет совпадения по ДНК.

— Но с чего ты взял, что твоей ДНК-парой была Салли?

— Мы с Сумайрой прошли этот тест пару лет назад и выяснили, что совпадения у нас нет. Мне пришло письмо, и там были ее данные. Салли. Как оказалось, она работала вместе с Сумайрой — вот это совпадение, правда? Мне захотелось с ней встретиться, и в конечном итоге я уломал Сумайру организовать эту встречу, в тот вечер, когда мы пошли в китайский...

Ник медленно кивнул:

— В тот вечер нам пришлось уйти рано, поскольку Салли плохо себя чувствовала.

— Да, — рассмеялся Дипак, все еще со слезами на глазах. — В тот вечер, как ты помнишь, все мы много выпили. Я перебрал с пивом, но все равно почувствовал... Ну, ты понимаешь. Как будто все эти лампочки разом зажглись в моей голове.

Конечно же, Ник понимал. Он старался не думать о том дне, когда впервые встретил Алекса.

— Она почувствовала то же самое, что и ты, так ведь?

— Да.

— И вы начали спать вместе?

— Нет, далеко не сразу. Вначале мы стали друзьями на «Фейсбуке», затем начали переписываться, потом изредка встречались, чтобы пообедать или попить кофе. Но этого было недостаточно, и постепенно все зашло еще дальше.

Ник знал: с его стороны было бы лицемерием упрекать Салли за ее ложь, поскольку его отношения с Алексом развивались примерно по тому же сценарию, и все же переварить слова Дипака было ему тяжело.

— Она собиралась от тебя уходить, — нерешительно добавил Дипак. — А я собирался уйти от Сумайры. Мы слишком долго обманывали вас за вашими спинами. Нам же хотелось быть вместе и ни от кого не скрываться. Затем Сумайра забеременела близнецами, и это привело меня в чувство. Я порвал отношения с Салли. Не думаю, что та была слишком счастлива от этого, но я был уверен, что хочу быть с Сумайрой, и сообщил ей об этом. Именно тогда она взяла билеты в Брюгге, чтобы попытаться воссоединиться с тобой.

Нику еще тогда показалось странным неожиданное желание Салли поехать куда-нибудь вдвоем.

— Продолжай, — сказал он Дипаку.

— Когда Салли предположила, что, возможно, беременна, она запаниковала, так как не знала, кто из нас двоих — отец ее будущего ребенка. Она боялась, что если сообщит тебе правду, ты не захочешь быть с ней и уедешь к Алексу. Ей было страшно остаться матерью-одиночкой.

— Поэтому она меня использовала.

— Пожалуй, так оно и есть.

Было в рассказе Дипака нечто такое, что тревожило Ника.

— Ты выбрал Сумайру, а Салли, похоже, выбрала меня. Как, черт возьми, вы выносили разлуку друг с другом? Я знаю, насколько сильным может быть чувство к своей ДНК-паре... — С тех пор как он в последний раз видел Алекса, прошло уже шесть месяцев, и это ощущение жизни в разлуке давило на него тяжким грузом.

— Вряд ли мы на самом деле были ДНК-парой, — неохотно признал Дипак. — Я видел новости. Скорее всего, мы были одной из тех ложных пар. Только сейчас, когда оглядываюсь назад, я начинаю понимать, что после первых счастливых моментов искра между нами со временем потухла, и мы стали похожи на все прочие пары, которые обманывают своих партнеров у них за спиной. Даже если вспомнить тот вечер, когда мы впервые встретились и все эти фейерверки, о которые говорят люди... Я думаю, мы просто были пьяны и потеряли голову. Мне очень жаль, дружище.

Раскаяние Дипака, похоже, было искренним, но Ник не мог заставить себя принять его извинение.

— Мы оба это знали, но поскольку считали, что являемся ДНК-парой, то думали, что нам суждено быть вместе. Увы, в конечном итоге это была всего лишь банальная интрижка.

— Меня беспокоит другое, — перебил его Ник. — Если Салли думала, что была твоей ДНК-парой, почему тогда она настаивала, чтобы мы с ней сделали этот тест?

— Думаю, она хотела дать тебе возможность уйти... Чтобы ты ушел сам и остался со своей парой — тогда ей не нужно было бы разбивать тебе сердце и выглядеть в глазах людей негодяйкой из-за того, что она тебя бросила. Вместо этого Салли сама стала бы жертвой сложившейся ситуации. Кроме того, когда выяснилось, что твоя ДНК-пара — мужчина, это стало таким же шоком для нас, как и для тебя. Мы даже не предполагали, что тебе захочется его увидеть. Салли не ожидала, что ей удастся уговорить тебя встретиться с ним.

— Что ж, я рад, что ее план избавиться от меня был осуществлен столь удачно, — саркастически заметил Ник.

— Прекращай, дружище. Согласись, что в конце концов все закончилось хорошо. Разве не так?

Если под «хорошо» Дипак имел в виду мертвую невесту, чужого ребенка и возлюбленного на другом конце света, с которым пришлось расстаться навсегда, — что ж, тогда все и вправду просто замечательно, с горечью подумал Ник.

По выражению лица Дипака было видно, что тот осознал всю нелепость своих слов, поскольку предпочел уставиться в пол.

Ник был просто ошарашен, к каким способам пришлось прибегнуть Салли в ее отчаянии.

— Я даже не представлял себе, что она была способна на такие манипуляции, — пробормотал он. — А что скажет Сумайра о том, что ее муж является отцом ребенка ее лучшей подруги? У твоей жены обычно есть собственное мнение по большинству вопросов.

— Она в шоке. Из дома не выгнала, однако не хочет, чтобы я навещал ребенка Салли.

— Ну а ты сам? Какого будущего ты для него хочешь? — Бремя ответственности за судьбу мальчика выпало на долю Ника, и он любил его всем сердцем, что не мешало ему задумываться о том, не было бы лучше, если б Дилана взял к себе его родной отец.

Дипак в задумчивости отвернулся, но Ник продолжал в упор смотреть на него, хотя и пытался не подавать виду, насколько важен для него ответ на этот вопрос. Он знал: на его месте многие мужчины отказались бы от ребенка, зачатого от другого отца, но Ник и без того уже пожертвовал слишком многим, чтобы отказаться еще и от Дилана. Крошечный мальчик, который так мирно спал у него на руках, потерял мать, еще даже не появившись на свет. Так разве он позволит ему потерять того, кто надеялся стать его отцом? При одной этой мысли Ника захлестнула волна нежности к сыну.

— Я не вижу для этого ребенка и для себя совместного будущего, — в конце концов произнес Дипак. — По крайней мере, мне так кажется.

— Тебе так кажется или ты точно знаешь?

— Точно знаю.

— Ты не испытываешь к нему вообще никаких чувств?

— Нет, и мне совершенно не стыдно в этом признаться. Я сижу здесь, смотрю на него и абсолютно ничего не чувствую. Все, что я вижу, — это проблемы и сложности. Мне не хочется взять его на руки или приласкать, как моих дочек. Даже если б Сумайра его не отвергла, мне он все равно не нужен.

Это признание вызвало у Ника отвращение.

— Ты и Салли имели между собой больше общего, чем ты думаешь. Вам обоим нет дела ни до кого, кроме себя, любимых.

— Если ты хочешь, чтобы он остался с тобой, я подпишу любые бумаги, чтобы все было официально. — С этими словами Дипак поднялся и зашагал к двери. — Ник, — добавил он, не оборачиваясь, — мне и вправду очень жаль, и я надеюсь, что ты мне веришь.

Ник ничего не ответил. Когда дверь за Дипаком закрылась, он крепко обнял сына и нежно поцеловал его в лобик.

Глава 100

МЭНДИ

— Похоже, это не первый случай, когда Пэт взяла чужого ребенка, — сказала Лоррейн. — Ни ДНК Ричарда, ни ДНК Хлои не совпадают друг с другом и с ней. Все трое не состоят в родстве.

— А не могла она их усыновить?

— Мы проверили европейские и американские базы данных и пока не можем это подтвердить. Сейчас подняли старые случаи — ищем детей, о которых сообщалось как о пропавших примерно в то время, когда якобы родились Ричард и Хлоя.

— О боже, — Мэнди недоверчиво покачала головой. Ей стало жутко при одной только мысли о том, что могло бы произойти, не узнай она на фотографиях Ричарда летний домик в Озерном крае. Крепче прижала сына к груди и попыталась представить, что пережили биологические родители Ричарда и Хлои, не ведающие, что стало с их детьми.

— Что будет с Хлоей? — спросила она у сидевшей напротив Лоррейн. Эта была их первая встреча с того момента, как неделей ранее ее младенец был спасен.

— Ее обвиняют в похищении ребенка, но поскольку раньше у нее не было судимостей, то ее выпустили под залог. Далее — расследование. Мы предполагаем, что защита будет настаивать на невменяемости. Но не волнуйся, ей теперь запрещено куда-либо ходить и особенно подходить к тебе или к твоему дому. После попытки самоубийства Пэт содержится в психиатрической клинике, но пройдет время, прежде чем мы узнаем все подробности этой истории.

Мэнди было сложно стереть из памяти тот момент, когда она впервые увидела своего ребенка. Завернутый в полотенце, он лежал на руках у Пэт, которая сама была без сознания, а вокруг валялись пустые упаковки из-под таблеток. Все это напоминало кадры замедленной съемки: Лоррейн пыталась удержать Мэнди, а та тянула руки к сыну. Вместо нее его подхватил медработник. Он отнес малыша на лестничную площадку, где, положив на пол, развернул полотенце и проверил тельце ребенка на предмет повреждений и травм. Лишь когда стало ясно, что с мальчиком всё в порядке, Мэнди разрешили впервые взять его на руки.

Когда ей дали ребенка, Мэнди упала на колени. Она понюхала его макушку, провела пальцами по нежной коже его тельца, а затем прижала к себе так крепко, что почувствовала, как бьется его крошечное сердечко.

Мэнди не заметила, как медики бросились спасать Пэт, не смотрела, как они перевернули ее на бок, как засунули в горло трубку, чтобы вызвать рвоту. Все голоса, которые обращались к Мэнди, звучали глухо, как будто издалека. Единственный звук, который она воспринимала, — это едва различимое дыхание ее ребенка.

— Я должна сказать тебе кое-что еще, чего мне, наверное, не следовало бы говорить, — продолжила Лоррейн. — Нечто такое, что мы обнаружили в медицинской карте Пэт. По всей видимости, в ее анамнезе были эпизоды психического расстройства. Лечащие врачи считали их результатом многочисленных выкидышей и по меньшей мере двух случаев мертворождения. В какой-то момент эти эпизоды, похоже, прекратились, что совпадает по времени, когда в ее жизни появились Ричард и Хлоя.

Мэнди невольно прониклась сочувствием к Пэт. Какие страдания выпали на ее долю! Кому, как не ей самой, было знать, как это ужасно — пережить выкидыш — и как это может разрушить всю вашу жизнь... Пусть это не оправдывало последующих действий Пэт, но хотя бы отчасти объясняло. Прежде чем выйти из больничной палаты, Мэнди обняла Лоррейн и поблагодарила за все, что та сделала. Затем, взяв на руки сына, пошла навестить Ричарда. Чтобы собраться с духом, ей потребовалось всего мгновение. Она медленно открыла дверь в палату, где лежал Ричард — там же, где она впервые поздоровалась с ним шесть недель назад.

— Привет, Ричард, — тихо произнесла Мэнди и села на стул возле его кровати. — Я принесла кое-кого тебе показать. Это твой сын, Томас. Я назвала его в честь своего отца, который умер несколько лет назад. Надеюсь, ты не возражаешь. Знаю, ты видел его до того, как твоя мать увезла его, но я подумала, что нам неплохо побыть только втроем.

Мэнди посмотрела сначала на отца, потом на сына и была вынуждена признать, что Пэт права: между ними невероятное сходство. Одинаковый оттенок кожи и даже расположение ямочек на щеках.

Ей вновь вспомнились новости про скандал с фальсификацией результатов программы «Найди свою ДНК-пару», о котором она услышала по дороге в больницу. Даже если результаты ее и Ричарда сфальсифицированы, решила Мэнди, это не имеет значения. Результатом был этот прекрасный младенец, лежащий в автокресле с ней рядом. Когда-то она переживала, что не сможет полюбить ребенка от мужчины, который не был ее ДНК-парой. Но теперь она знала: это не так.

От резкого запаха больничной дезинфекции у Мэнди защекотало в носу, и она дважды чихнула, отчего Томас взвизгнул. Она поднялась, положила его на кровать, внутрь загородки, рядом с рукой Ричарда, которая все так же лежала вытянутая вдоль тела, и пошарила в кармане в поисках платка.

Когда же она вновь повернулась, чтобы взять сына на руки, что-то изменилось. Рука Ричарда больше не была безжизненно вытянута вдоль туловища. Нет, повернутая ладонью вверх, она держала ручонку мальчика.

Мэнди ахнула, отказываясь поверить собственным глазам: пальцы Ричарда медленно переплелись с пальчиками сына.

Глава 101

ЭМИ

Эми не могла заставить себя посмотреть на безжизненное, застывшее лицо человека, которого она когда-то любила и чью жизнь сама же оборвала.

Склонив набок голову и скорчившись в кресле, к которому она его привязала, сидел Кристофер, и в уголках его налитых кровью глаз все еще стояли слезы. Эми отчаянно желала вернуть к жизни того, кого когда-то любила всей душой, но, даже сумей она воскресить мертвого, он принес бы с собой с того света все свои страшные наклонности, которые были ей ненавистны.

Ради каждой убитой им женщины — да и самой себя — нужно было поступить именно так, именно Эми должна была выпустить на свободу его истерзанную душу.

— Держись, — сказала она себе и до боли сжала кулаки, не желая сдаваться на милость раскаяния и горя. Ее по-прежнему била дрожь. Эми поднялась на ноги и порылась в рюкзаке Кристофера. Не оставалось ничего другого, кроме как использовать его снаряжение, дабы стереть все следы своего присутствия в доме до смерти перепуганной женщины, что лежала связанная наверху, в своей спальне, не догадываясь о произошедшем под крышей ее дома.

Эми мысленно перенеслась на несколько дней назад, когда, обнаружив, что любовь всей ее жизни оказался серийным убийцей, она в его присутствии была вынуждена делать вид, что всё в порядке, хотя в душе уже со скорбью осознавала, что вскоре потеряет его.

И пока Кристофер строил планы убийства своей последней жертвы, Эми — после долгой и изнурительной внутренней борьбы — решила, что должна собственноручно покарать его, лишить жизни.

Однажды, поздним вечером, когда Кристофер отправился на тихую улочку в Айлингтоне, она последовала за его машиной. С безопасного расстояния смотрела, как он шагал по дороге, а сама мысленно оценивала расположение уличных фонарей, доступ к черному входу в квартиру на первом этаже и возможные пути отступления. Составляя план действий, она была вынуждена зажать руками рот, чтобы люди, проходившие мимо машины, не услышали рыданий.

Если она верно поняла график его убийств, следующий удар будет нанесен в течение ближайших сорока восьми часов. Когда же Кристофер, сославшись на срочную работу в редакции, отменил их следующее свидание, она уже точно знала, куда он направился, и прибыла туда раньше его.

Затаившись в темноте, Эми с дрожью в коленях поджидала прихода Кристофера. Вскоре он вошел, поставил сумку на пол, достал проволоку, затем взял бильярдный шар, который бросил в стену, чтобы привлечь внимание Номера Тридцать. Эми с ужасом наблюдала за тем, как перед ней раскрывается его истинная сущность — безжалостный, расчетливый психопат, ведущий охоту за ничего не подозревающей жертвой. Стоя за его спиной с пистолетом в руке, Эми едва ли не кожей ощущала бурлящий в его крови адреналин, и от этого ее едва не вырвало.

И вот теперь, приведя в порядок место преступления, Эми обыскала карманы Кристофера. Все, что в них было, — два телефона: его обычный мобильник, которым он все время пользовался, и временный, для проверки местонахождения Номера Тридцать. Ни в одном из них не было никаких намеков на личность владельца, но она все равно забрала их себе.

Встав напротив бездыханного тела, Эми глубоко вздохнула. Затем, собравшись с силами, принялась толкать его вместе с креслом, дюйм за дюймом, через кухню, к задней двери, через которую он вошел, пока не вытолкала во двор. Затем вернулась в дом, взяла из пустой комнаты покрывало и набросила на Кристофера, накрыв его с головы до ног. И наконец, набрав со стационарного телефона номер 999, попросила соединить с полицией, а когда оператор ответил, прошептала: «Помогите мне». Трубку она положила на кухонный стол — полиция прибудет примерно в течение часа и найдет девушку.

На улице Эми достала две литровые бутылки растворителя, которые взяла из арсенала убийцы, и обильно полила им накрытое покрывалом тело Кристофера, пока ткань не впитала всю жидкость. Затем, отступив на шаг назад, зажгла спичку и бросила ее на покрывало, которое моментально вспыхнуло. Как только пламя охватило тело Кристофера, она резко повернулась и зашагала прочь — не было ни малейшего желания наблюдать, как огонь пожирает плоть на костях человека, которого она когда-то любила.

«Учитывая, что ты только что слышала об этих фальшивых совпадениях ДНК, был ли он действительно твоей парой или тебе просто нравилась эта идея — найти свою идеальную пару? — внезапно спросила она себя. — Подумай сама, как мог порядочный человек вроде тебя, кто всегда стремился творить добро, оказаться в паре с этим чудовищем? Совпадение ваших

ДНК — это результат интернет-мошенничества. Ты просто стала жертвой момента».

Эми кивнула сама себе. Похоже, это действительно единственное логичное объяснение, даже если в глубине души она не была уверена. Сознательный выбор мужчины, который оказался серийным убийцей, — отвратительный вариант; намного лучше, если он и вправду ее ДНК-пара. По крайней мере, это меньшее из двух зол, и со временем она, возможно, свыкнется с этой мыслью.

Оставляя отметку возле дома Номера Тридцать, Эми знала: пройдут месяцы, прежде чем труп Кристофера будет опознан. Она поехала к нему домой и с помощью его связки ключей вошла в квартиру. В ближайшую неделю Эми планировала, насколько это возможно, очистить его квартиру от следов своей ДНК. После этого останется сделать последний шаг: она оставит его машину с ключами зажигания в каком-нибудь криминальном районе Южного Лондона. Не надо быть семи пядей во лбу, чтобы знать: долго машина там не простоит.

Но и после того, как полиция установит личность Кристофера, раскрыть их связь будет практически невозможно. Кристофер всегда расплачивался наличными, поэтому отследить их встречи через историю оплаты его кредиткой в тех местах, где они ужинали и которые посещали, не получится. Все его компьютеры запаролены, но их можно и просто уничтожить с помощью молотка, а затем утилизировать. Поскольку ни он, ни она не были знакомы с друзьями, родственниками или коллегами друг друга, ничто не даст повода заподозрить, что они были знакомы — за исключением ссылки на сайте «Найди свою ДНК-пару». Однако ни у кого нет и быть не может никаких доказательств, что они предприняли шаги к личному знакомству. Поначалу их обмен сообщениями осуществлялся с анонимных номеров Кристофера, но и эти телефоны она тоже разнесет вдребезги.

В ближайшие месяцы коллеги-полицейские будут ломать головы, но так и не выяснят, почему последняя жертва из череды загадочных серийных убийств оказалась мужчиной, почему был выбран именно он и почему его тело сожгли. Это придаст истории дополнительную интригу. Эми не сомневалась: Кристофер по достоинству оценил бы ее искусство самосохранения. Он достиг своей цели, вот только, увы, тридцатой жертвой стал сам. При этом он смог сохранить анонимность, к которой так стремился. Единственное, чего не хватало во всей этой истории, — прозвища, которого он так и не удостоился. Неожиданно на Эми снизошло озарение.

«Когда я завтра приду на работу, то предложу коллегам назвать тебя Христофором-убийцей, — подумала она, мысленно представив, как он посмотрел бы на нее и улыбнулся. — Тридцать убийств и прозвище... В конце концов твоя мечта исполнилась, не так ли?»

Глава 102

НИК

Город оказался куда более шикарным и красочным, нежели Ник представлял его себе после просмотра картинок в «Гугле».

Климат был мягкий, почти средиземноморский. Ник в шортах с карманами, футболке и шлепанцах бродил по ухоженным улочкам кварталов в испанском колониальном стиле. Наслаждаясь жарким декабрьским утром, он уселся на деревянную скамейку на автобусной остановке. Ряды магазинов перед ним были чистыми и опрятными; а их товары — способны удовлетворить каприз любого из семидесяти трех тысяч жителей города.

Время от времени малыш Дилан радостно агукал в своей коляске; его приводила в восторг и изумление висящая у него на запястье цветная пластиковая погремушка с коровками и лошадками, позвякивавшая каждый раз, когда он взмахивал ручкой. Для четырехмесячного младенца Дилан замечательно перенес двадцатитрехчасовой перелет, лишь однажды покапризничав во время особо затянувшейся турбулентности.

Заселившись в гостиничный номер с завтраком, Ник был слишком возбужден, чтобы лечь спать, поэтому вместе с малышом отправился на их первую прогулку в парке — посмотреть зимний сад и покормить уток. Затем они зашли в кафе перекусить, после чего отправились на Рассел-стрит. Рядом с ними, через три двери направо, стояло здание, в котором находился человек, ради которого они проделали путь длиной в двенадцать тысяч миль.

По мере приближения обеденного времени улицы городка Гастингс, Новая Зеландия, становились все оживленнее. Люди выходили из офисов, чтобы перекусить или встретиться с друзьями. Ник немного подождал, стараясь сохранять спокойствие, но в действительности больше всего на свете ему хотелось вбежать в дверь магазина и объявить о своем прибытии.

Еще до того как он открыл дверь, Ник чувствовал его присутствие. Казалось откуда-то из глубин естества выпорхнули стайки разноцветных бабочек и разлетелись по всему телу. Когда он вошел, у Ника перехватило дыхание.

Алекс на мгновение замер, еще не видя его, и Ник отметил про себя, что волнистые волосы его половины были короче, чем когда он видел его в последний раз, почти девять месяцев назад. Он также сбрил щетину со своего резко очерченного, чуть угловатого лица.

Неожиданно на лице Алекса отразилось замешательство, словно он испытал нечто необычное, но не мог понять, что же это значит. Ник отлично осознавал, что он чувствовал, — ведь сам ощущал нечто подобное.

В следующий миг их взгляды встретились. От неожиданности Алекс как будто в шоке отпрянул назад. Неудивительно, подумал Ник, учитывая детскую коляску.

— Ну, привет, незнакомец, — произнес он, шагнув вперед.

Алекс был слишком ошеломлен, чтобы что-либо ответить.

— Алекс, это Дилан. Дилан, это Алекс.

Алекс вопросительно перевел взгляд с Ника на Дилана. Обратив внимание на темную кожу мальчика, в недоумении воззрился на Ника.

— Это очень, очень долгая история, — продолжил Ник, — но я должен тебя предупредить, что отныне мы с ним идем только в комплекте. Однако если ты нас примешь, мы останемся здесь навсегда.

Алекс было закрыл рот руками, однако уже был не в силах скрыть широкую белозубую улыбку или сдержать слезы, катившиеся из глаз. Шагнув им навстречу, он заключил Ника в крепкие объятия, по которым тот так соскучился, и Ник понял: это означает «да».

Глава 103

ЭЛЛИ

Элли сидела за столом в своем кабинете, глядя на то место, где почти полтора года назад она до смерти забила своего жениха.

До нее доходили слухи, что некоторые сотрудники компании недоумевали, как она может оставаться в кабинете, где случилось такое тяжкое преступление? Когда же ее отказ покинуть старый кабинет стал достоянием прессы, журналисты также сочли такое упрямство жутким извращением. Но Элли была тверда: она не позволит кому бы то ни было выставить ее с семьдесят второго этажа самого высокого здания в Лондоне. То, что случилось в день убийства Мэттью, никак не повлияет на ее работу, ее детище, ради которого она пожертвовала всем на свете. Мэттью заслуживал смерти, и Элли ни на секунду не пожалела о содеянном. И даже теперь, сидя в кабинете в гордом одиночестве, она заслужила право быть на голову выше всех остальных.

С того дня Элли успешно стерла из памяти человека, известного ей как Тим. Даже на допросе в суде она не сказала ничего конкретного об их отношениях — несмотря на все попытки адвоката, из кожи вон лезшего, дабы представить ее в выгодном свете, а не чудовищем, совершившим в режиме онлайн, на глазах у миллионов, кровавое убийство. Та Элли была в отчаянии и бессилии; она убедила себя, что влюбилась в мужчину, которого на самом деле просто не могла полюбить. Та Элли сама сотворила свою незавидную судьбу. У этой же Элли не было ни малейшего желания вновь стать той женщиной. И она проводила семь дней в неделю в этом кабинете, а обитавший теперь в нем призрак служил ей постоянным напоминанием о том, что нельзя быть такой глупой и доверчивой.

Внезапно она заметила, как тихо в окружающих ее коридорах и кабинетах. Еще совсем недавно жизнь била здесь ключом. Ула и ее ассистенты отвечали на многочисленные телефонные звонки, вечно болтали друг с другом. Теперь же, когда бизнес приостановился, треть персонала уволилась, а новых сотрудников не набрали, на этаже было пустынно. Даже в ее собственном кабинете стояла тишина — компьютер выключен, стационарный телефон отключен, а мобильный переведен в режим полета.

Элли обвела глазами кабинет. Ее взгляд упал на кипу газет и журналов на стеклянном столике. С самого первого дня реакция прессы на ее арест и предъявленные ей обвинения была именно такой, какой она и ожидала. Таблоиды будто сорвались с цепи, соревнуясь в смаковании кровавых подробностей, и нередко пересекали черту дозволенного, особенно когда дело касалось вещей, которые они могли безнаказанно напечатать, несмотря на то что дело еще не дошло до суда.

События двадцати минут, радикально изменивших ее жизнь, так часто мелькали в новостях и в интернете, что стали знаковыми. Подобно примелькавшимся кадрам рушащихся башен-близнецов или ланкийского цунами, унесшего тысячи жизней, эта история постепенно приелась зрителям. Со временем люди стали спокойно воспринимать тот факт, что на их глазах убивали человека. Что, кстати, пошло Элли только на пользу: в глазах многих Мэттью стал восприниматься как враг, и их число все возрастало.

Телекомментаторы и психологи всех мастей анализировали эти кадры, пытаясь вникнуть в характер Мэттью, в язык его телодвижений, его ложь и мотивацию. И все они единодушно заклеймили его латентным психопатом. Затем за дело взялись «Твиттер», «Фейсбук» и другие соцсети. Благодаря им Элли превратилась в примерную девушку, этакую овечку, ставшую жертвой жестокого, бессердечного негодяя. Впервые с тех пор, как к ней десяток лет назад пришла известность, те, кто когда-то клеймил ее как железную бизнес-леди, готовую ради достижения собственных целей идти по головам и втаптывать в грязь человеческие жизни, теперь сочувственно называли ее не иначе как бедняжкой, пострадавшей от бессердечного манипулятора. Компания по связям с общественностью, которой она платила сотни тысяч фунтов, сделала безупречную работу. Самой Элли было противно даже думать о том, в кого она превратилась в глазах публики, однако ее многочисленная команда юристов частенько напоминала ей, что если благодаря этому она сумеет избежать тюрьмы, то оно даже к лучшему.

Увы, хотя популярность самой Элли в глазах широкой публики росла, доверие к ее детищу, программе «Найди свою ДНК-пару», рухнуло. Спустя все эти месяцы, даже несмотря на успешные маркетинговые кампании, она так и не оправилась от нанесенного Мэттью удара — двух миллионов ложных совпадений. В первый месяц количество новых запросов на тестирование упало на 94 процента. В последующие недели это падение стало менее резким, но потенциальные клиенты больше не желали отдавать свои сердечные дела на откуп фирме с подмоченной репутацией.

Иски не заставили себя долго ждать, слетевшись подобно стае воронья. Телеканалы по всему миру транслировали рекламу конкурирующих адвокатских фирм, предлагавших бесплатное представительство в суде для тех, кто полагал себя попавшими в число двух обманутых миллионов. Страховщики угрожали не выплачивать компенсаций за понесенный ущерб, обвиняя фирму Элли в ненадлежащем уровне информационной безопасности, что и позволило Мэттью взломать базы данных. Увы, без поддержки страховщиков ее компании грозит неминуемое банкротство.

Элли посмотрела на часы: 14.00. Она встала, накрасила губы, надела солнечные очки, перебросила через плечо сумочку и вышла из кабинета. В сопровождении трех телохранителей в лифте спустилась на этаж, где располагался один из шести ресторанов «Осколка». На мгновение подумала про Андрея, бывшего главу службы ее безопасности. Ради его же блага она тихо удалила его из своей жизни. В противном случае его ждали обвинения в соучастии — ведь кто, как не он, пытался помочь ей избавиться от тела Мэттью. Элли предположила, что Андрей вернулся домой, в Восточную Европу. Полученные им отступные были щедрыми; в ближайшие годы он мог жить на них, ни в чем себе не отказывая.

Элли уверенным шагом прошла через многолюдный обеденный зал. От нее не скрылось, как смолкали разговоры за столиками, мимо которых она проходила, как обедающие склоняли головы, глядя в тарелки. Впрочем, ее больше не заботило, что думают о ней окружающие; об этом пусть болит голова у отдела по связям с общественностью. Это также касалось и ее родных, которых после смерти Мэттью она не видела.

Время от времени общалась с ними через Улу. Когда их дом начали осаждать репортеры, Элли невольно ощутила себя виноватой. Однако, приняв Тима как члена семьи, они тоже сыграли свою роль в том, что она утратила присущую ей бдительность, позволив ему делать за ее спиной свое черное дело. Элли убедила себя в том, что ее родные и Тим были связаны некоей незримой нитью, и если она с корнем вырвала его из своего сердца, то должна вырвать и их.

Не снимая солнцезащитных очков, Элли вслед за метрдотелем подошла к угловому столику с видом на Темзу. Заказав, как обычно, джин «Хендрикс» с тоником, поблагодарила нервного молодого официанта, который дрожащей рукой налил ей в бокал минеральной воды. Запах духов Улы она уловила еще до того, как та подошла к ее столику.

— Простите за беспокойство, но только что звонил ваш адвокат, — сказала Ула, не в силах скрыть волнение. — Суд готов вынести вердикт.

Элли кивнула, отпила из бокала и в сопровождении телохранителей последовала за Улой к лифту, а затем — к припаркованной возле служебного входа машине. Сев в нее, они быстро поехали в направлении суда Олд-Бейли, где в течение последних четырех месяцев, пока шли судебные разбирательства по делу об убийстве Мэттью, она появлялась ежедневно. Элли настаивала на своей невиновности на том основании, что в момент убийства не отвечала за свои действия.

— Вы уже приняли решение относительно повторных тестирований? Будем ли мы предлагать их тем, кто сомневается в своей ДНК-паре?

— Вряд ли, — холодно ответила Элли. — Любой, кто в этот период времени получил ложную пару, должен следовать своим инстинктам. Трава не всегда зеленее на другой стороне, и мы должны оставаться там, где наше место. А иногда нужно просто рискнуть и надеяться на лучшее.

— А если решение суда будет не в вашу пользу? — спросила Ула. — Что тогда?

— Ты знаешь, что делать, — ответила Элли. — Нажми на кнопку, и пусть люди заново начнут совершать свои собственные ошибки.

От автора

Прежде всего я хотел бы поблагодарить Джона Рассела. Прими мою благодарность за то, что всегда находил время выслушивать мои идеи, а также щедро делился своими собственными. Для человека, который редко берет в руки книгу, они были просто потрясающими. Спасибо тебе также за терпение, с которым, когда я прятался в своем кабинете, ты кормил и поил меня.

Спасибо моей маме, Памеле Маррс, привившей мне любовь к книгам, за ее неизменную поддержку и понимание. Огромное спасибо и Трейси Фентон, королеве «Книжного клуба "Фейсбука"», за ее советы и ангельское терпение. Для писателей, как опытных, так и начинающих, ты — подарок судьбы.

Заодно хотелось бы выкрикнуть громкое «Спасибо!» членам вышеуказанного клуба, крупнейшего интернет-сообщества читателей-единомышленников. Второго такого просто нет; я благодарен каждому из многих тысяч вас, скачавших мои романы.

Особое спасибо говорю бесподобной Повелительнице Грамматики Кэт Миддлтон и Рэндили Кеннеди (обе — сами прекрасные писательницы), Энни Лайнс за ее орлиный глаз и неподражаемой Саманте Кларк.

Слова благодарности также полагаются самым первым моим читателям и верным последователям, таким как Алекс Айстон, Сьюзан Уоллес, Джанет Хейл, знатоку географии Мишель Николс, Дженис Лейбовиц, Рут Дейви, Лоре Понтен, Элейн Байндер, Ребекке Бернтин и Деборе Дорин. Хочу также отметить моих друзей, Райана Моллоя и Мэнди Браун, давно читающих мои книги.

Искренняя благодарность моим собратьям по писательскому цеху — Эндрю Уэбберу (что бы я делал без твоего энтузиазма) и Джеймсу Райану. Спасибо Питеру Стерку за его советы во всем, что касается ДНК и генетики, Анджеле Холден Хант, Хлое Коуп Непп за советы в области медицины и австралийского сленга и Джулии Макгукиан за рекомендации по зачистке места преступления — без тебя Кристофера поймали бы после первого же убийства!

Спасибо также моему другу Адаму Смолли с thedesigngent.co.uk за придуманные им подложные веб-страницы — такие, что даже я поверил, что они настоящие. Для лучшего объяснения психики Кристофера источником ценной информации стал для меня сайт psychopathyawareness.wordpress.com.

Огромнейшее спасибо редактору «Ибери» Эмили Йау. Из сотен книг, всплывающих перед тобой каждый день, ты положила глаз на мою и рискнула в нее заглянуть. Ты решила дело, за что тебе моя вечная благодарность.

И, наконец, спасибо вам, мои читатели, кем бы вы ни были, — спасибо за то, что решили купить эту книгу. Вы даже не представляете, как важно это для ее автора!

Оглавление

Литературно-художественное издание

АЛЬФА-ТРИЛЛЕР

Джон Маррс

THE ONE. ЕДИНСТВЕННЫЙ

Ответственный редактор *Д. Субботин*
Редактор *Г. Буровин*
Художественный редактор *Р. Фахрутдинов*
Технический редактор *Г. Романова*
Компьютерная верстка *Г. Клочкова*
Корректор *М. Мазалова*

ООО «Издательство «Эксмо»
123308, Россия, город Москва, улица Зорге, дом 1, строение 1, этаж 20, каб. 2013.
Тел.: 8 (495) 411-68-86.
Home page: www.eksmo.ru E-mail: info@eksmo.ru
Өндіруші: «ЭКСМО» АҚБ Баспасы,
123308, Ресей, қала Мәскеу, Зорге көшесі, 1 үй, 1 ғимарат, 20 қабат, офис 2013 ж.
Тел.: 8 (495) 411-68-86.
Home page: www.eksmo.ru E-mail: info@eksmo.ru.
Тауар белгісі: «Эксмо»
Интернет-магазин : www.book24.ru

Интернет-магазин : www.book24.kz
Интернет-дүкен : www.book24.kz
Импортёр в Республику Казахстан ТОО «РДЦ-Алматы».
Қазақстан Республикасындағы импорттаушы «РДЦ-Алматы» ЖШС.
Дистрибьютор и представитель по приему претензий на продукцию,
в Республике Казахстан: ТОО «РДЦ-Алматы»
Қазақстан Республикасында дистрибьютор және өнім бойынша арыз-талаптарды
қабылдаушының өкілі «РДЦ-Алматы» ЖШС,
Алматы қ., Домбровский көш., 3«а», литер Б, офис 1.
Тел.: 8 (727) 251-59-90/91/92; E-mail: RDC-Almaty@eksmo.kz
Өнімнің жарамдылық мерзімі шектелмеген.
Сертификация туралы ақпарат сайтта: www.eksmo.ru/certification

Сведения о подтверждении соответствия издания согласно законодательству РФ
о техническом регулировании можно получить на сайте Издательства «Эксмо»
www.eksmo.ru/certification
Өндірген мемлекет: Ресей. Сертификация қарастырылмаған

Подписано в печать 30.10.2020. Формат 84x108 $^{1}/_{32}$.
Гарнитура «Petersburg». Печать офсетная. Усл. печ. л. 21,84.
Доп. тираж 5000 экз. Заказ 9614.

Отпечатано с готовых файлов заказчика
в АО «Первая Образцовая типография»,
филиал «УЛЬЯНОВСКИЙ ДОМ ПЕЧАТИ»
432980, Россия, г. Ульяновск, ул. Гончарова, 14

ISBN 978-5-04-108442-4

9 785041 084424 >